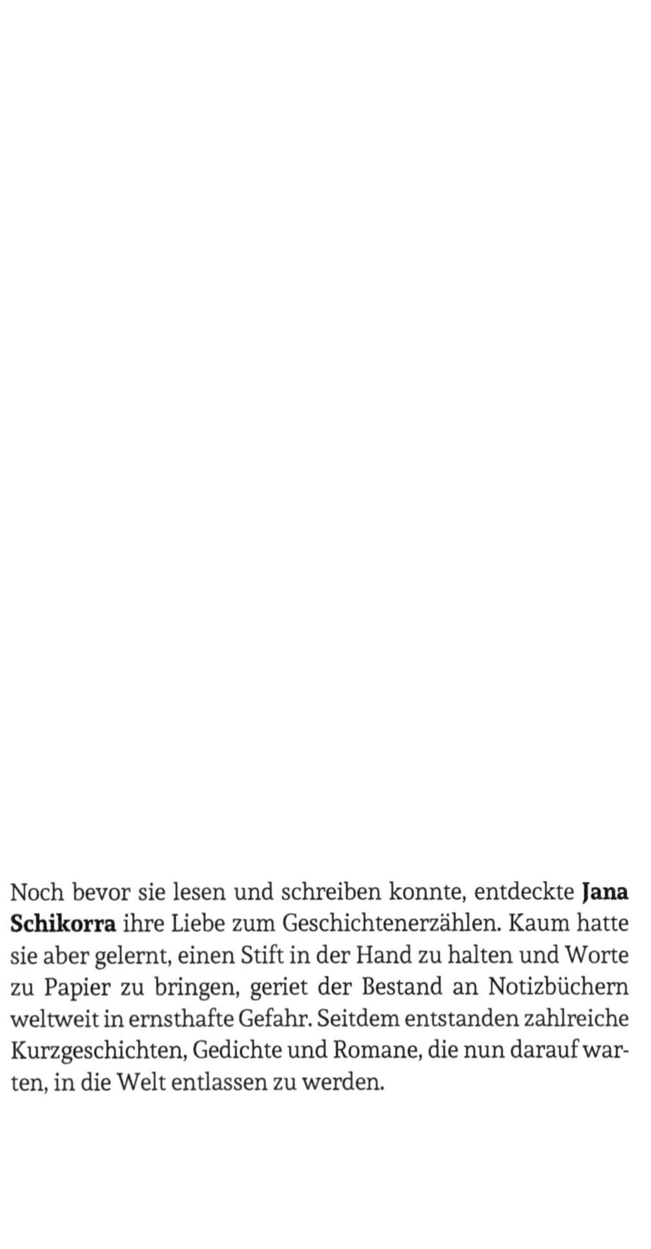

Noch bevor sie lesen und schreiben konnte, entdeckte **Jana Schikorra** ihre Liebe zum Geschichtenerzählen. Kaum hatte sie aber gelernt, einen Stift in der Hand zu halten und Worte zu Papier zu bringen, geriet der Bestand an Notizbüchern weltweit in ernsthafte Gefahr. Seitdem entstanden zahlreiche Kurzgeschichten, Gedichte und Romane, die nun darauf warten, in die Welt entlassen zu werden.

JANA SCHIKORRA

DIE BEGABTEN

Erstausgabe Oktober 2021

Made in Stuttgart with ♥

SHADOW AND DARKNESS

ISBN 978-3-96817-987-2
E-Book-ISBN 978-3-96817-847-9

Covergestaltung: ARTC.ore Design
Umschlaggestaltung: ARTC.ore Design
Unter Verwendung von Abbildungen von
Shutterstock.com: © Boiko Olha, © Dean Drobot
freepik.com: © wirestock, © nensuria, © vectorrific23, © createvil
Lektorat: Stephanie Schilling
Satz: dp DIGITAL PUBLISHERS GmbH
Druck und Bindung: Books on Demand GmbH, Norderstedt

1. FARBEN UND WORTE

Es war ein ganz gewöhnlicher Dienstagmorgen während eines ganz gewöhnlichen Sommers. Das Licht der aufgehenden Sonne verdrängte die Dunkelheit der vergangenen Nacht, die Vögel sangen ihre Lieder und die Menschen erwachten aus ihren Träumen – oder aber aktivierten wohlig seufzend die Schlummerfunktion ihrer Wecker und setzten ihren Schlaf fort.

Niemand spürte, dass sich etwas verändert hatte.

Auch nicht das 22-jährige Mädchen mit den unzähligen Sommersprossen und den widerspenstigen roten Locken, das an seinem Schreibtisch saß und das vor ihm ausgebreitete Lehrbuch feindselig anstarrte.

Liska Cavanaugh hielt es für ausgesprochen ungerecht, einen Tag, der dem wolkenlosen Himmel nach zu urteilen ein ganz besonders herrlicher zu werden schien, mit Lernen vergeuden zu müssen. Sie stellte sich vor, dass die Gleichungen und Koordinatenkreuze in ihren Heften einfach zu sprechen begännen und voller Enthusiasmus den Sinn ihrer Existenz erklärten.

Einmal mehr fragte sie sich, welcher böse Geist sie vor knapp zwei Jahren dazu veranlasst haben mochte, sich für das Studium der Mathematik einzuschreiben.

Ein Geist, der den Namen meiner Eltern trägt, beantwortete sie sich ihre eigene Frage im Stillen und kam sich dabei fürchterlich verbittert vor. Immerhin hatte sie ja niemand gezwungen, den Weg einzuschlagen, auf dem sie nun mehr oder weniger ins Straucheln geriet. Liska schnaubte. An guten Tagen konnte sie darüber lachen, als offenbar einziger kreativer Kopf unter hunderten Logik- und Vernunftfanatikern in stickigen Hörsälen vor sich hinzuvegetieren. An schlechten Tagen jedoch war es mit dem Lachen nicht weit her.

Beinahe widerwillig warf sie einen Blick über ihre Schulter. Aus dem Regal in der rechten Ecke des Zimmers, das nebst Schreibtisch gerade noch Platz für ein schmales Schlafsofa bot, quollen diverse Zeichenutensilien.

Ein Wirrwarr aus Farben, Papier, Pinseln und Stiften, wild durcheinandergeworfen und in Liskas Augen das Wertvollste, was sie besaß. Auf dem Papier konnte sie sein, wer sie wollte, konnte jeden erdenklichen Ort erschaffen, Imagination und Realität verschmelzen lassen.

In der Kunst hatte sie Zuflucht gesucht und gefunden.

Es war, als wäre sie einen Pakt eingegangen.

Nur, dass es nicht der Teufel war, der ihre Seele besaß.

Liska unterdrückte einen sich anbahnenden Inspirationsschub, der sich mit Vorliebe dann einstellte, wenn sie ihren studentischen Pflichten nachkommen musste, und wandte sich ab. Die für das Semester angesetzten Prüfungen rückten immer näher und sie konnte es sich beim besten Willen nicht leisten, das Lernen wieder einmal hintenanzustellen. Andererseits lockten die Sonnenstrahlen, die durch das Fenster auf ihren Schreibtisch fielen, sie mit süßen Versprechungen. Verträumt sah sie hinaus.

Wenn sie es sich recht überlegte, sprach wohl kaum etwas dagegen, der Enge der Wohnung zu entfliehen, um draußen im nahegelegenen Park für die Klausuren zu lernen.

Außer natürlich die Gefahr, dass der Sommer um mich herum meine Kreativität anzapft und ich aufs Zeichnen umsteige.

Liska schnappte sich ihr Handy und tippte eine schnelle Nachricht an ihre beste Freundin Maida:

Hast du Zeit, mit mir für die Prüfung bei Mrs. Kittleman zu lernen? In einer halben Stunde, am üblichen Treffpunkt? Brauche dringend jemanden, der mich vom Malen abhält.

Grinsend verstaute sie Bücher, Picknickdecke, Pinsel, Farbe, Stifte und Papier in ihrem Rucksack und verließ, die Melodie eines Liedes summend, die Wohnung.

***

Zur selben Zeit an einem anderen Ort beugte sich ein Junge namens Anian Rohwer so tief über sein Notizbuch, dass er es fast mit der Nasenspitze berührte und seine Lesebrille in Schieflage geriet. Den Stift umklammert, als hinge sein Leben davon ab, kritzelte er fiebrig Worte auf das Papier. Wie immer, hatte er das quälende Gefühl, seine Gedanken würden ihm entfallen, wenn er sie nicht schnell genug niederschrieb. Sein Wahn wurde jäh durch einen Krampf in der Hand unterbrochen.

„Autsch! Verdammt!“

Der Füllfederhalter rutschte ihm aus den Fingern, fiel auf seine Hose und hinterließ dort einen hässlichen Fleck.

Mit einem Kugelschreiber – oder gar einem Notebook – wäre ihm das wohl nicht passiert, dachte er mürrisch.

Doch Anian hatte nun einmal seine ersten Geschichten mit dem Füller verfasst und redete sich ein, mit anderen Schreibgeräten weniger zufriedenstellende Ergebnisse zu erzielen. Ebenso verhielt es sich mit seiner Lesebrille, die, und das war sein Geheimnis, nicht einmal eine Sehstärke besaß.

Die Gläser waren ohne jede Funktion, doch er gab sich gern der Illusion hin, dass es eine echte, eine ganz besondere Brille sei; eine, die ihm zu einer vollkommen ungetrübten Sicht verhalf und es ihm so ermöglichte, seinen Sätzen mehr Gewicht zu verleihen. Das war natürlich Unsinn und eigentlich war er sich dessen bewusst, doch alte Gewohnheiten ließen sich bekanntlich nur schwer ablegen.

Verärgert schlurfte Anian in die Küche, um Kaffee aufzusetzen. Nun, da der Krampf seinen Schreibfluss unterbrochen hatte, konnte er genauso gut eine Pause einlegen. Er hatte ohnehin den Faden verloren.

Anian schrieb gern und wenn er schrieb, schrieb er viel, doch er schrieb selten. Das lag weniger an äußeren Umständen wie Zeitmangel - Anian befand sich in seinem obligatorischen Selbstfindungsjahr zwischen Schule und Ausbildung und arbeitete lediglich an den Wochenenden - als vielmehr daran, dass es ihm unheimlich schwerfiel, seine Umwelt vollständig auszublenden und einen Zustand der vollen Konzentration zu erreichen.

Das Gurgeln der Kaffeemaschine beruhigte ihn ein wenig.

Ich muss aufhören, mir einen solchen Druck zu machen, dachte er und strich sich mit dem Mittelfinger nervös über jene Stelle über der Nasenwurzel, an der er bereits in wenigen Jahren eine tiefe Zornesfalte vermutete.

Es führt doch zu nichts. Niemand liest meine Texte und der Einzige, der etwas von mir erwartet, bin ich selbst.

Er zuckte die Achseln.

Andererseits ... Lieber sinnlos ehrgeizig als faul ohne Sinn. Das sollte ich aufschreiben.

Ein Scheppern im Hausflur riss Anian aus seinen Gedanken.

Er hatte bei weitem zu viele Krimis gelesen, um arglos zu sein und ein Teil von ihm hätte die Quelle des Geräusches daher liebend gern sich selbst überlassen.

Doch wie so oft streckte die Neugier auch jetzt ihre langen Arme nach ihm aus und versuchte, die Vorsicht im Keim zu ersticken. Zögerlich näherte er sich der Wohnungstür, öffnete sie einen Spaltbreit und spähte hinaus.

„Alles in Ordnung?“, rief er in das Treppenhaus.

Mitten am Tage würde wohl kaum ein Einbrecher sein Unwesen treiben ... oder?

Nein.

Vielleicht war ja einer der Anwohner gestürzt oder steckte in anderen Schwierigkeiten. Diese Vorstellung eines möglicherweise in Not geratenen Nachbarn war es schließlich, die Anian dazu bewegte, die Tür vollständig zu öffnen und in den Flur hinauszutreten.

Am Absatz der Treppe blieb er stehen.

Ein neuerliches, diesmal vernehmlich lauteres und vor allem länger andauerndes Scheppern ließ Anian zusammenfahren.

Das Geräusch schien seinen Ursprung im Fahrradkeller des Wohnhauses zu haben.

„Hallo?", rief er, „Was ist da unten los?"

„Sorry, Alter! Hab versehentlich ‘ne kleine Domino-Nummer mit den Rädern abgezogen."

Anian atmete geräuschvoll aus.

Die Stimme, die ihm entgegen hallte, gehörte zu seinem Sandkastenfreund Emmett, der neben dem zweifelhaften Talent für unangemeldete Besuche auch eines für das Treten in Fettnäpfchen jeglicher Art besaß.

„Stell die Dinger wieder hin und dann komm rauf", zischte Anian entnervt. „Und wie bist du überhaupt reingekommen? Hast du wieder bei Mrs. Harrison geklingelt?"

Mrs. Harrison war eine alte, kontaktfreudige Dame, die ein Apartment im Erdgeschoss bewohnte und, blauäugig, wie sie war, jedem bereitwillig Einlass gewährte, der die Klingel betätigte.

Ein Umstand, der Anian vor allem nachts sehr beunruhigte, wenn er zuvor wieder einmal in einem Krimi geschmökert hatte.

„Kann schon sein", keuchte Emmett, der, zwei Stufen auf einmal nehmend, in Anians Sichtfeld auftauchte.

Die Aufforderung seines Freundes, das verursachte Chaos wieder zu beseitigen, hatte er offenbar überhört.

„Na?“, strahlte er, „Was unternehmen wir zwei Hübschen heute?“

2. DAS HAUS IN DER SNIPE AVENUE

Liska hatte die Zeit vergessen.

Nachdem Maida auf ihre SMS geantwortet hatte, dass sie auf ihre kleine Schwester aufpassen müsse und der Freundin deswegen keinen Besuch würde abstatten können, hatte sie zunächst noch einige Minuten tapfer durchgehalten und war ihrem Lehrplan gefolgt. Tatsächlich hatte sie an der frischen Luft um einiges effektiver arbeiten können als in ihrem stickigen Schlafzimmer, das die Wärme der Julisonne großzügig speicherte.

Allerdings hatte Liska schon bald den Fehler begangen, ihren Blick für einen Moment von den mathematischen Formeln zu lösen und die herrliche Natur in sich aufzusaugen.

Da war das goldene Licht der Sonne, das sich im satten Grün der Baumwipfel brach. Die farbenfrohen, feengleichen Falter, die miteinander tanzten. Die Gesichter, die sie aus den nun vereinzelt am Himmel stehenden Wolken heraus anlächelten.

Wie von selbst hatte Liska, gefesselt von der Schönheit des Tages, das Lehrbuch gegen ihren Skizzenblock ausgetauscht und sich ihrer Leidenschaft zunächst widerstrebend, dann voller Wonne, hingegeben.

Sie entfloh der Realität auf eine Weise, wie es ihr sonst nur in Träumen gelang. Erst, als die feinen Linien, die sie zu Papier gebracht hatte, sich in der Dunkelheit verloren, verließ Liska diesen sonderbaren Zustand wieder.

Die vielen anderen Menschen, die die Wiese bei ihrer Ankunft im Park noch gesäumt hatten, waren längst verschwunden. Nur ein einziges Pärchen, dessen eng aneinandergeschmiegte Schemen sie auf einer Bank ausmachen konnte, war geblieben.

Nun, da sie allmählich ins Hier und Jetzt zurückkehrte, nahm Liska die Kälte wahr, die Hand in Hand mit dem Abend über Galway hereingebrochen war. Auf ihren nackten Armen und Beinen hatte sich eine Gänsehaut gebildet.

Es war verrückt, dachte sie, dass die Tage in diesem Sommer so heiß und die Nächte so kühl waren.

Irgendetwas dazwischen wäre ihr sehr willkommen gewesen.

Fröstelnd und mit zusammengekniffenen Augen suchte Liska ihre Sachen zusammen, schüttelte die Decke, auf der sie gesessen hatte, noch einmal aus und stopfte diese schließlich zusammen mit ihrem restlichen Hab und Gut in ihren Rucksack.

Nachdenklich schlug sie den Weg nach Hause ein.

Mit jedem Schritt, den sie tat, lichtete sich der angenehme Schleier, der sie den ganzen wundervollen Nachmittag über von ihren alltäglichen Sorgen und Problemen ferngehalten hatte, etwas mehr. Es wurde wirklich Zeit, dass sie sich dem Lernen widmete. Wenn sie die Klausuren nun in den Sand setzte ...

Sie konnte sich lebhaft vorstellen, was ihre Eltern dazu sagen würden: „Wir haben es immer gewusst, Liska. Aus dir wird niemals etwas werden, wenn du nicht langsam erwachsen wirst und den Ernst des Lebens begreifst. Du hast uns schwer enttäuscht."

Liska schnaubte und verbannte ihre inneren Dämonen an einen Ort, an dem sie ihr vorerst nichts würden anhaben können.

Sie musste die Prüfungen bestehen, sich auf ihren Hintern setzen. Eine andere Möglichkeit gab es nicht.

Trotz des in ihr aufsteigenden Bedürfnisses, schnell an den Schreibtisch zurückzukehren, verlangsamte Liska ihre Schritte. Die Schönheit des Abends war zu bemerkenswert, um ihr nicht ein paar Sekunden ihrer Zeit zu widmen.

Noch kämpfte das samtige Blau des Firmaments seinen aussichtslosen Kampf gegen die Schwärze der Nacht, den es schon bald verlieren würde. Doch bis dahin waren die Dächer der Häuser entlang der Straße umgeben von einem ganz eigentümlichen, mystischen Glanz.

Die Luft war erfüllt von verklingendem Kinderlachen, klirrenden Gläsern und dem Geruch von Grillkohle.

Liska liebte diese dem Sommer eigene, ganz besondere Stimmung, die ihr aus jedem der Gärten, die sie passierte, entgegenschlug.

Als sie das Ende der Snipe Avenue und somit ihr bescheidenes Heim erreichte, zog sie kurz in Erwägung, ihren Spaziergang auszudehnen, entschied sich dann aber doch dagegen. Sie wusste, dass sie andernfalls erst irgendwann des Nachts zurück sein und sich in Träumereien verlieren würde – eine verlockende Vorstellung, doch ausnahmsweise einmal siegte ihre Vernunft.

Während sie mit einer Hand lustlos nach ihrem Schlüssel wühlte, betrachtete Liska das Haus, dessen Obergeschoss sie bewohnte, wieder einmal einigermaßen fassungslos. In der schicken Wohngegend wirkte es, mit seiner bröckelnden Fassade und den schiefen Außenmauern, wie ein Fremdkörper. Sie hatte nie verstanden, warum die Stadt es zuließ, dass ein derart heruntergekommenes Gebäude in der Snipe Avenue stand, die gesäumt war von noblen Einfamilienhäuser hinter schmiedeeisernen Toren.

Doch genau das war letztlich Liskas Glück gewesen, denn es hatte ihr ermöglicht, zu einem verhältnismäßig geringen Preis in einem guten Viertel unweit des Campus zu wohnen, was bereits drei Attribute waren, von denen die meisten ihrer Kommilitonen nur träumen konnten.

Endlich bekam Liska ihren Schlüssel zu fassen.

Routiniert wich sie einem verirrten Strauch aus, der über die Stufen vor der Eingangstür wucherte und von allen Bewohnern des Hauses konsequent ignoriert wurde, verschaffte sich Zutritt und erklomm leichtfüßig die Treppe, die sie unters Dach und zu ihrer Wohnung führte.

Kaum dass sie den Schlüssel herumgedreht hatte, überfiel sie eine bleierne Müdigkeit.

Nanu. Dieses Haus scheint einem tatsächlich jegliche Lebensenergie zu rauben, dachte sie schmunzelnd.

Bemüht, ihre Augen offen zu halten, streifte Liska ihre Schuhe ab, warf Jacke und Rucksack achtlos in den schmalen Flur und schlurfte in das angrenzende Zimmer, in dem sie sich sogleich auf ihr Schlafsofa fallen ließ.

Nur kurz die Augen ausruhen. Ein paar Stündchen bloß. Danach kann ich immer noch lernen.

Im Normalfall achtete sie akribisch darauf, sich vor dem Zubettgehen ausgiebig die Zähne zu putzen, das Gesicht zu waschen und sich umzuziehen. Doch heute war sie, aus welchen Gründen auch immer, entschieden zu kraftlos.

Seufzend zog sie sich ihre Decke bis zum Kinn, suchte eine bequeme Position, verharrte schließlich in Embryonalhaltung und lächelte schwach in ihr Kissen.

Ihr Bewusstsein schwebte bereits dahin, als ihr schlagartig klar wurde, dass etwas nicht stimmte.

Sie war sich sicher, ihr Sofa vor dem Verlassen der Wohnung *nicht* zu einem behelfsmäßigen Bett ausgeklappt zu haben.

Jeden Morgen nach dem Aufstehen brachte sie den ausziehbaren Teil der Couch in seine Ausgangsposition zurück.

Ein Ritual, das ihr längst in Fleisch und Blut übergegangen war. Denn andernfalls erlaubte die Enge des Raumes ihr nicht einmal, an ihrem Schreibtisch Platz zu nehmen.

Und an dem hatte sie doch vorhin noch gesessen. Mit ihrem Lehrbuch. Verlor sie jetzt etwa den Verstand?

Die Müdigkeit, die Liskas Sinne eben noch vernebelt hatte, war wie weggeblasen. Stattdessen versetzte ein immer stärker werdendes Gefühl der Bedrohung sie in höchste Alarmbereitschaft.

Schmerzhaft pochte ihr das Herz gegen die Rippen, als sie sich aufrichtete und hektisch in alle Richtungen sah.

Nach und nach fielen ihr weitere Unstimmigkeiten ins Auge. Die vor dem Wäschekübel verstreute Kleidung etwa. Oder die Tür ihres Kleiderschranks, die zur Hälfte offenstand.

Das ergibt doch keinen Sinn, unternahm Liska einen Versuch der Beruhigung. *Wer dringt schon in eine Wohnung ein, um dem Abwesenden das Bett herzurichten und in seinen Klamotten zu wühlen?*

Sie schüttelte den Kopf. Außerdem war die Tür doch abgeschlossen gewesen, oder etwa nicht? Liskas Pulsschlag machte gleichwohl keine Anstalten, sich zu verlangsamen.

Jemand – *oder etwas,* schoss es ihr durch den Kopf – war hier gewesen, das spürte sie. Sie widerstand dem Impuls, sich die Decke über den Kopf zu ziehen, zählte in Gedanken bis zehn und versuchte mit aller Kraft, die Panik niederzukämpfen, die sie zu überwältigen drohte.

Als sich ihre Atmung zumindest soweit beruhigt hatte, dass der Schwindel sich aus ihren Schläfen zurückzog, schlich sie auf Zehenspitzen in den Flur.

Wenn sie tatsächlich nicht allein war, hatte der ungebetene Gast natürlich längst bemerkt, dass sie von ihrem Ausflug zurückgekehrt war; ob sie sich nun vorsichtig bewegte oder nicht.

Dennoch riet ihr Instinkt ihr, keine unnötige Aufmerksamkeit auf sich zu ziehen. Unsicher warf Liska einen Blick in Richtung Haustür. Was sollte sie tun? Die Polizei verständigen? Jemanden herbei ordern und dann jedes einzelne Zimmer auf den Kopf stellen? Oder das Ganze selbst in die Hand nehmen?

Letztere Möglichkeit kam ihr trotz des lähmenden Gefühls der Angst am Vernünftigsten vor.

Immerhin fanden sich bisher keinerlei Hinweise auf einen Einbruch. Und wäre es nicht höchst unangenehm, einen riesigen Wirbel um Nichts und Wiedernichts zu veranstalten?

Bevor sie es sich anders überlegen konnte, stürzte Liska zum Lichtschalter, riss die Verbindungstüren zu Küche und Badezimmer auf und tauchte auch diese Räume in ein helles Licht.

Ihr Blick jagte von Winkel zu Winkel, konnte jedoch nichts Ungewöhnliches einfangen. Küche und Badezimmer sahen genauso aus, wie sie sie zurückgelassen hatte.

Auf einmal kam sie sich albern vor.

Große Klasse, Liska. Todesmutig versuchst du, den gemeingefährlichen, weltweit gesuchten Bettenmacher dingfest zu machen. Wie wäre es zur Abwechslung mal mit etwas weniger Fantasie und dafür etwas mehr rationalem Denken?

Sie sah sich ein letztes Mal prüfend um, schüttelte dann energisch den Kopf und kehrte zurück in ihren Schlafbereich.

Der abklingende Adrenalinschub hatte zur Folge, dass Liska noch müder war als zuvor. Verunsichert setzte sie sich aufs Bett, zog sich die Decke bis ans Kinn und lehnte sich, ein Kissen im Rücken, gegen die Wand.

Zuerst wehrte sie sich gegen die bleierne Schwere auf ihren Lidern.

Dann jedoch siegte die Erschöpfung.

Das ungute Gefühl aber wollte nicht verschwinden.

Es folgte ihr bis in den Schlaf hinein.

3. ES BRENNT EIN LICHTLEIN

„Nichts. Hier ist rein gar nichts, Alter."

Emmett sah Anian mit einer sonderbaren Mischung aus Belustigung und ernsthafter Besorgnis an.

„Das sehe ich selbst. Aber jemand *muss* hier gewesen sein. Oder willst du mir erzählen, ich hätte mir in einem Zeitraum von sage und schreibe einer Minute, die ich jetzt hier oben bin, selbst ein Teelicht aufs Kopfkissen gelegt, es angezündet und anschließend einfach *vergessen*, dass ich das getan habe?!"

Herausfordernd sah er seinen Freund an.

Anian hatte nicht beabsichtigt, seiner Stimme einen derart aggressiven Unterton zu verleihen, doch seine Nerven waren zum Zerreißen gespannt.

Nachdem er Emmett vor einigen Stunden hereingebeten hatte, waren sie zunächst in die Küche gegangen und hatten gemeinsam Kaffee getrunken.

Danach waren sie in die Stadt geschlendert, um Eis zu essen und hatten anschließend den ganzen Nachmittag in einem Elektrowarengeschäft gestöbert.

Bei Einbruch der Dämmerung waren sie zu Anians Wohnblock zurückgekehrt und hatten sich im Hausflur voneinander verabschiedet.

Als Anian die mysteriöse Kerze in seinem Schlafzimmer entdeckt hatte, war Emmett glücklicherweise noch mit dem Chaos aus umgestürzten Fahrrädern beschäftigt gewesen, sodass er die Rufe seines Kumpels hören und ihm zu Hilfe eilen konnte.

Nun standen die Freunde, beide ratlos, doch einer deutlich amüsierter als der andere, einander im Schlafzimmer gegenüber.

„Weiß nicht, ehrlich nicht. Wäre jedenfalls ganz schön beängstigend, wenn es so wäre."

„Hör zu, das ist verdammt unheimlich, ja? Schau dir den Docht doch an, der ist kaum heruntergebrannt. *Hier muss eben noch jemand gewesen sein*!"

„Okay, okay, bleib ruhig. Ich würde mir an deiner Stelle nicht allzu große Sorgen machen, klar? Immerhin gibt es weitaus Bedrohlicheres auf der Welt als ... na ja ... Teelichter. Vielleicht hast du eine heimliche Verehrerin oder so, was bei deiner Fresse zwar eher unwahrscheinlich ist, aber Wunder soll's ja immer wieder geben."

„Wow", sagte Anian lakonisch. „Danke."

„Immer wieder gerne. Könnte natürlich auch ein arbeitsloser Innendekorateur gewesen sein, der die Trostlosigkeit deiner Bude nicht mehr mitansehen konnte und deshalb –"

„Schon gut, ich hab's kapiert, du hältst mich für bescheuert. Vielleicht bin ich das ja auch! Immerhin war die Tür *abgeschlossen*, also wie sollte sich jemand Zutritt verschafft haben?"

„Ich hab' keine Ahnung, Mann. Schreib doch eine Geschichte drüber. Ist es in Ordnung, wenn ich demnächst abzische? Muss morgen früh raus."

Anian nickte steif. Seine Beine waren weich wie Butter.

Natürlich war es *nicht* in Ordnung, wenn Emmett jetzt ging, doch er wollte sich nicht lächerlich machen.

Wahrscheinlich gab es eine ganz simple, logische Erklärung für das eigentümliche Präsent auf seinem Kopfkissen.

Er würde die ganze Sache einfach vergessen – es zumindest versuchen – oder tatsächlich darüber schreiben.

Auch wenn er noch nicht genau wusste, wie er das Erlebte in Worte fassen sollte.

„Gut. Wenn noch irgendwas sein sollte, ruf an, ja? Und denk dran: Niemand, der jemand anderem etwas Böses will, läutet seine blutige Rache mit einem Teelicht ein."

„Ja, ja. Du kannst mich mal."

Emmett grinste und klopfte seinem Freund ein paarmal beschwichtigend auf die Schulter.

„Bringst du mich noch zur Tür?"

„Sicher."

Geistesabwesend schlurfte Anian in Richtung Haustür, öffnete diese und starrte Emmett an, als offenbarte ihm sein Gesicht Antworten auf all die Fragen, die ihm durch den Kopf schossen. Er wusste, dass er dabei höchstwahrscheinlich ziemlich irre aussah und stellte mit grimmiger Genugtuung fest, dass Emmett sich zusehends unbehaglicher fühlte.

„Äh, gut. Ich werd' dann mal. Wir sehen uns die Tage, ja? Und ... halt die Ohren steif."

„Klar. Bis dann."

Kaum, dass Emmett verschwunden war, bereute Anian, dass er seinen Freund nicht einfach gebeten hatte zu bleiben.

Zynismus hin oder her, Gesellschaft wäre ihm mehr als nur recht gewesen. Einige Minuten lang stand er wie angewurzelt da, kämpfte ein aufsteigendes Angstgefühl nieder und rang sich dann dazu durch, die Wohnung ein letztes Mal nach Indizien für ein unbefugtes Eindringen zu durchsuchen.

Dass er nicht den geringsten Hinweis fand – abgesehen von dem Teelicht natürlich, das immer noch unschuldig auf seinem Kopfkissen ruhte –, besänftigte ihn nur geringfügig.

Was Anian meistens wie ein Segen vorkam, entpuppte sich an diesem Abend als Fluch; seine Fantasie kannte keine Grenzen und nährte seinen Kopf mit den abstrusesten Szenarien.

Er beschloss, noch eine Weile fernzusehen, um sich abzulenken. Anian zappte durch die Kanäle, bis er eine Kinderserie gefunden hatte.

Eine Methode, die er sonst oftmals nach dem Konsum von Horrorfilmen anwandte und die sich bisher immer bewährt hatte. Das bunte Treiben auf dem Bildschirm, begleitet von fröhlichen Melodien, übte stets eine beruhigende Wirkung auf ihn aus. So trug es auch dieses Mal dazu bei, Anians Gedankenkarussell zu entschleunigen.

Bald schon war er eingeschlafen.

4. DAS ERWACHEN DER DUNKELHEIT

Liska konnte sich nicht entsinnen, jemals erschöpfter gewesen zu sein. Die Prüfungsphase hatte ihr mehr abverlangt, als sie befürchtet hatte und all ihre Kraftreserven bis zum allerletzten Tropfen ausgeschöpft.

Dabei war es nicht einmal das Lernen selbst gewesen, dem ihre Energie zum Opfer gefallen war, sondern vielmehr der merkwürdige, äußerst beunruhigende Umstand, dass Liska offenbar das Schlafen verlernt hatte.

Es war nicht etwa so, als würde sie die Nacht zum Tage machen und deswegen keine Erholung finden.

Nein, es war ganz einfach ein traumloser, schwarzer, erdrückender Schlaf, der ihr Kopfschmerzen bescherte und sie von Innen auszuhöhlen schien.

Sie redete sich ein, dass ihre Abgeschlagenheit das Resultat eines überlasteten Studentinnenkörpers war, doch irgendwo in ihrem Hinterkopf glaubte sie zu wissen, wo die Ursache ihres Problems wirklich lag.

Zwar war seit jenem Abend, an dem sie aus dem Park heimgekommen war, nichts Ungewöhnliches mehr passiert. Doch hatte Liska das Gefühl, als hätte die Angst, die sie vor wenigen Wochen empfunden hatte, sich irgendwo unter ihrer Haut eingenistet und wäre mit ihren Zellen verwachsen.

Es ist wie damals, dachte sie immer wieder und drohte an der wiederbelebten Erinnerung eines längst verdrängten Tages zu ersticken.

Sie hatte versucht, ihre Empfindungen in ihren Bildern festzuhalten, doch es wollte ihr nicht recht gelingen.

Nun, da die Semesterferien endlich begonnen hatten, war Liska über ihr künstlerisches Unvermögen ganz besonders frustriert. Wochenlang hatte sie die Zeit, in der sie ihrer Kreativität ohne schlechtes Gewissen freien Lauf würde lassen können, herbeigesehnt.

Stattdessen hatten Leinwand und Pinsel sie vorübergehend zum Feind erklärt und Liska dazu verdammt, tatenlos in ihrem Schlafzimmer zu sitzen und Löcher in die Luft zu starren.

Und das tat sie mittlerweile mit großer Hingabe.

Gerade inspizierte sie eingehend die Struktur ihrer Zimmerdecke (wenn man genau hinsah, konnte man kleine Gesichter erkennen, die sich aus dem schmutzigen Weiß schälten), als das aufdringliche Klingeln ihres Handys ihre Trance unterbrach.

Beinahe verärgert über diese jähe Störung ihrer Träumerei, nahm sie den Anruf entgegen.

„Ja?"

Am anderen Ende der Leitung blieb es still.

„Hallo?"

Entnervt warf Liska einen Blick auf den Bildschirm ihres Smartphones. Die dort angezeigte Nummer kam ihr vage bekannt vor. „Wer ist da? Ich lege jetzt auf."

Noch bevor Liska ihre Ankündigung wahr machen und die Verbindung unterbrechen konnte, zerriss ihr ein ohrenbetäubendes, seltsam verzerrtes Schluchzen beinahe das Trommelfell. Das Handy rutschte ihr aus den Fingern und fiel mit dem Display nach unten auf den Teppichboden.

Aus den Lautsprechern drang ein Schwall unverständlicher, dumpfer Worte. Fahrig griff Liska nach ihrem Smartphone und hielt es sich wieder ans Ohr.

„Hallo? Wer spricht da?"

„Ihre Arme waren *aufgeschnitten*! Kannst du dir das vorstellen?!"

„Was? Maida, bist du das? Seit wann rufst du vom Festnetztelefon an?"

„Sie hat versucht, sich umzubringen! Meine Schwester hat doch tatsächlich versucht, sich umzubringen!"

Maidas Stimme klang so hysterisch, dass Liska endlich aus ihrer Lethargie erwachte. Langsam, ganz langsam, drangen die Worte ihrer Freundin zu ihr durch. Und sprengten einen Krater in ihr Herz.

„Warte, was ... Darcy?! Aber das kann nicht ... wie sollte ... Das ist doch nicht möglich!"

In ihrem Magen breitete sich eine fürchterliche Kälte aus.

Sie hat versucht, sich umzubringen.

Liskas Verstand weigerte sich, das Gehörte zu akzeptieren. Achtjährige schlitzten sich nicht die Arme auf. Sie genossen das Leben, spielten mit ihren Freunden, trugen noch den Mantel der Leichtigkeit auf ihren Schultern.

Das musste ein Irrtum sein. Liska schüttelte den Kopf so heftig, dass schwarze Punkte vor ihren Augen tanzten.

„Dad hat sie im Badezimmer gefunden", schluchzte Maida, „es ist immer noch alles voller Blut."

„Oh Gott. Ich weiß nicht, was ich sagen soll."

„Kannst du herkommen? Meine Eltern sind im Rettungswagen mitgefahren, ich bin allein hier im Haus ... Nana und Grandpa sind schon auf dem Weg, glaube ich, aber trotzdem, ich -"

„Natürlich! Gib mir zehn Minuten!"

„Danke, wirklich. Danke."

Maida begann herzzerreißend zu weinen.

„Ich lege jetzt auf und komme zu dir, halte durch."

Liska bezweifelte, dass ihre Freundin sie gehört hatte. Aus dem Weinen waren verzweifelte Klagelaute geworden, die ihr eine Gänsehaut bescherten. Wie betäubt saß sie eine Zeitlang einfach nur da, unfähig, auch nur einen klaren Gedanken zu fassen.

Liska wusste, wie sich der Verlust eines geliebten Menschen anfühlte. Auf keinen Fall sollte Maida dieselbe Erfahrung machen müssen. Nicht heute. Nicht mit Darcy.

Endlich löste sie sich aus ihrer Starre.

Gehetzt warf Liska Zahnbürste und Unterwäsche in ihren Rucksack - für den Fall, dass ihre Unterstützung über den Tag hinaus benötigt würde - und stürmte aus dem Haus.

Sie verfluchte sich innerlich dafür, weder Führerschein noch Auto oder wenigstens ein Fahrrad zu besitzen.

Maidas Elternhaus in den versprochenen zehn Minuten zu erreichen war allein aufgrund ihres Schocks nach dem Telefonat, der sie vorübergehend zur Statue hatte werden lassen, reichlich utopisch.

Also rannte Liska, so schnell sie ihre zittrigen Beine trugen. Sie rannte, bis sie nach Luft japste und ihre

Lunge schmerzte und die Frage danach, was um alles in der Welt ein Kind zu einem Selbstmordversuch stürzen sollte, ihr die Tränen in die Augen trieb.

***

Während Liska den brennenden Feuerball, der ihre Kehle hinaufstieg, niederzukämpfen versuchte und Anian sich mit einem Teller Suppe vor den Fernseher setzte, hörten neunundneunzig Herzen auf zu schlagen.

Küchenmesser durchtrennten Pulsschlagadern, Scheren wurden in Hälse gerammt und improvisierte Stricke aus Schals und Krawatten ahnungsloser Familienväter schnürten Luftröhren zu. Pechschwarze, zu einem Knäuel verschlungene Linien verließen die toten Körper, zuckten über ihnen wie Miniaturgewitter und wurden schließlich von langen, wächsernen Fingern an sich gerissen.

Die Zeit der Schatten war gekommen.

5. SEELENRÄUBER

Anian verfolgte die Nachrichten mit weit aufgerissenen Augen. Der hübschen Moderatorin fiel es angesichts der zu verkündenden Eilmeldung sichtlich schwer, einen neutralen Gesichtsausdruck zu wahren.

Eine Welle von Selbstmorden, begangen von Kindern, erschüttere Irland tief, so hieß es.

Begangen von *Kindern.* Tomatensuppe tropfte von Anians Löffel auf seine Jeans. Geistesabwesend stellte er die Schüssel auf dem Kaffeetisch ab. Er hoffte, dass es sich bei dieser Meldung um einen makabren Scherz handelte.

„Psychologen stehen vor einem Rätsel", hallte es aus dem Fernseher. *Nicht nur Psychologen,* dachte Anian grimmig.

Die täglichen Zusammenfassungen des Weltgeschehens trugen ohnehin nicht unbedingt zu seiner Erheiterung bei, doch diese Bekanntgabe machte ihn besonders betroffen.

„Das Phänomen tritt grenzüberschreitend auf. Uns erreichten Meldungen aus Frankreich, Spanien, Deutschland, Schwe -"

Anian schaltete den Fernseher ab, bevor er endgültig den Glauben an die Menschheit verlieren konnte.

Was mochte in einem Kind vorgehen, das beschloss, sich selbst zu richten? Das das Leben nicht länger als lebenswert erachtete?

War die Psyche eines so jungen Geschöpfes überhaupt schon genug ausgereift, um die Schwere eines solchen Entschlusses zu begreifen? Und wie sollten die Eltern dieser armen Seelen sich jemals von diesem Schlag zu erholen?

Er wollte lieber nicht darüber nachdenken.

Ohnehin hatte Anian, wenn ihm diese Anschauung auch egoistisch vorkam, genug eigene Probleme, um die er sich kümmern musste.

Seit Tagen fühlte er sich auf eine Weise ausgelaugt, die ihm völlig fremd war. Er erwachte jeden Morgen mit sengenden Kopfschmerzen, die im Laufe des Tages zwar abklangen, jedoch nie ganz verschwinden wollten.

Diese teuflische Kombination aus Erschöpfung und Schmerz führte wiederum dazu, dass er völlig neben sich stand und den einfachsten Aufgaben des Alltags nicht mehr gewachsen war. Duschen, Aufräumen, Essen zubereiten; all das stellte auf einmal einen ungeheuerlichen Kraftakt dar.

Auf der Arbeit im Studentencafé hatte er sich krankgemeldet, nachdem ihm binnen einer Stunde auch das dritte Tablett aus den Händen gerutscht war. Nicht einmal das Schreiben weckte seine Lebensgeister, ganz im Gegenteil:

Anian hatte eher das Gefühl, beim Leser der Wörter, die er zu Papier brachte, vor Langeweile brechen zu müssen.

Sie waren tot. Ausdruckslos. Stumpf.

Er konnte sich nicht erklären, was mit ihm los war.

Manchmal, wenn er auf seinem Sofa saß und halbherzig eine Serie im Fernsehen verfolgte, fragte er sich, ob sein merkwürdiger Zustand wohl etwas mit dem Teelicht-Vorfall zu tun haben könnte.

Da er aber nicht die geringste Ahnung hatte, wie ein solcher Zusammenhang aussehen sollte und er außerdem fürchtete, über diese elendige Geschichte verrückt zu werden, verwarf er den Gedanken immer wieder.

Anian seufzte theatralisch.

Er hatte das dringende Bedürfnis, endlich wieder etwas *Sinnvolles* zu tun.

Aber das musste warten.

Er war müde, so müde ...

Die Luft vibrierte wie ein Schwarm Stechmücken.

Träumte er schon?

Vermutlich.

Wie sonst ließe sich erklären, dass dort hinten, gleich neben dem Bücherregal, ein Paar weiße Augen auftauchte?

Dass sich etwas aus dem Schatten löste und langsam in seine Richtung ... ja, was? ... schwebte?

Er wollte aufspringen, doch sein Körper versteifte sich und ließ keine Bewegung zu.

Wach auf! Wach auf!

Das Wesen veränderte seine Form.

Groß und von einem alles verschlingenden Schwarz, ragte es bis knapp unter die Decke. Wo zuvor nur Augen gewesen waren, formte sich nun quälend langsam ein langes, bleiches Gesicht mit einem spitz zulaufenden Kinn, das der Gestalt beinahe bis zum Brustbein reichte.

Anian, von namenlosem Grauen gepackt und immer noch nicht imstande, aus diesem fürchterlichen

Albtraum zu erwachen, begann zu schreien. Das Wesen, jetzt unmittelbar vor ihm stehend und nicht im Mindesten beeindruckt von den Lauten, die aus seinem Mund herausbrachen, beugte sich zu ihm herab.

Entblößte von irgendwo aus den Untiefen seines dunklen Leibes eine Hand. Eine Hand mit Fingern, die so lang waren wie Anians Arme und die seine Körpermitte beinahe liebevoll streichelten. Das Entsetzen, das ihn übermannte, erstickte seinen Schrei.

DAS IST NICHT REAL, DAS IST NICHT REAL, DAS IST NICHT REAL!

Irgendetwas in seinem Inneren zuckte unkontrolliert.

Dann war es vorbei.

Anian blinzelte.

Die Gestalt war verschwunden.

Er war allein.

Zögerlich wagte er einen Versuch, sich zu bewegen.

Seine Glieder schmerzten, aber sie taten wieder, was er wollte.

Ich bin aufgewacht.

Ich bin endlich aufgewacht.

Es ist alles wieder gut.

Vor lauter Erleichterung hätte er die ganze Welt umarmen können. Er konnte sich nicht daran erinnern, jemals einen derartig verstörenden Traum gehabt zu haben.

Sein Herz schlug noch immer viel zu schnell, auf der Stirn stand ihm der kalte Schweiß, aber es war überstanden. Das jedenfalls hoffte er mit jeder Faser seines Seins.

6. DIE EINLADUNG

Stirnrunzelnd betrachtete Liska den Briefumschlag in ihrer Hand. Kein Absender, keine Briefmarke.

Nicht einmal ihre Adresse war auf dem weißen Papier vermerkt. Einzig ihr in blutroten, verschnörkelten Buchstaben geschriebener Vorname, der von einer Ecke bis in die andere reichte und sie förmlich anzuschreien schien, stand auf dem Umschlag.

Sie hatte gerade hinausgehen wollen, um einzukaufen, als sie den Brief durch den Schlitz unter ihrer Wohnungstür ragen sah. Einem ersten Impuls folgend, hatte sie im Treppenhaus nachgesehen, ob der Überbringer noch zugegen war, jedoch niemanden vorgefunden. Sie war sogar nach unten gelaufen und hatte links und rechts entlang der Straße Ausschau gehalten.

Schließlich war sie zurück in ihre Wohnung gegangen, wo sie nun, auf ihrem Schreibtischstuhl sitzend und den Umschlag in der Hand haltend, wieder und wieder ihren Namen las.

Aus irgendeinem Grund sträubte sie sich dagegen, das Kuvert zu öffnen.

Was immer das ist, es kann nichts Gutes bedeuten.

Der Gedanke wollte nicht verschwinden.

Aber war es nicht allzu verständlich, dass sie aufgewühlt war? Der Schock, dass Maida um ein Haar ihre kleine Schwester aufgrund eines Selbstmordversuches verloren hatte, steckte ihr noch tief in den Knochen.

Die Ärzte hatten das Mädchen retten können, doch die Familie war nach wie vor maßlos erschüttert über das Geschehene.

Dass Darcy, wie sich inzwischen herausgestellt hatte, bei weitem nicht das einzige Kind war, das eine solch grausame Tat gegen sich selbst verübt hatte, machte es nicht leichter.

Zeitungen und Nachrichtensender berichteten von nichts anderem mehr als dem „großen Sterben".

Nicht nur die Krankenhäuser, auch sämtliche psychiatrische Anstalten des Landes platzten bereits aus allen Nähten.

Die Welt war in Aufruhr.

Liska war in Aufruhr.

„Also schön. Wehe, wenn du keine harmlose Geburtstagseinladung bist", ermahnte sie den Briefumschlag und öffnete ihn mit zitternden Fingern.

Werte Liska,
fürchte dich nicht.
Ich weiß um die dunkle Macht, die versucht, sich deiner Seele zu bemächtigen. Du bist stärker als das, was dein Innerstes rauben will.
Noch.
Triff mich morgen Abend, wenn die Sonne schwindet, unter den Trauerweiden.
Du weißt, welchen Ort ich meine.
Ich erwarte dich.
Terenjo

Liska unterdrückte einen hysterischen Lachanfall.

Mechanisch faltete sie das Papier wieder zusammen, legte es auf ihren Schreibtisch und schlang die Arme um ihren Oberkörper. Auf ihrer Kopfhaut hatte sich eine Gänsehaut gebildet.

Ich weiß um die dunkle Macht, die versucht, sich deiner Seele zu bemächtigen.

Ihr Magen rumorte.

Wer war dieser Terenjo?

Warum jagte er ihr einen solchen Schrecken ein?

Wie konnte er wissen, dass sie als Kind stundenlang unter den beiden Trauerweiden unten am See gelegen und mit ihnen gesprochen hatte?

Das *musste* er doch wissen, wenn er ihr diesen Ort für ein Treffen vorschlug, oder etwa nicht?

Liska konnte sich nicht erinnern, jemals eine ihrer Freundinnen dorthin mitgenommen zu haben, geschweige denn *irgendjemanden.*

Eines Tages hatte sie ihrer Mutter gebeichtet, dass sie ihre freien Nachmittage nicht auf dem Spielplatz, sondern in der Gesellschaft zweier wunderbarer stummer Zuhörer verbrachte. Aber auch Meredith Cavanaugh hatte sie diesen für sie damals unsagbar wertvollen Platz niemals gezeigt. *Und außerdem hat meine Mutter sicherlich besseres zu tun, als ihrem Kind unter einem Pseudonym mysteriöse Botschaften zukommen zu lassen,* schloss Liska glucksend ihren Gedankengang.

Es war absurd.

Hatte jemand sie beobachtet?

Jemand Gefährliches?

Aber warum sollte dieser Jemand dann jetzt, Jahre später, auf die Idee kommen, sie an diesen Ort ihrer Kindheit führen zu wollen?

Vor allem, wenn er schon weiß, wo ich wohne.

Von einer plötzlichen Panik getrieben, die ihr das Herz anschwellen ließ, hechtete Liska in den Flur, kramte ihren Haustürschlüssel aus der Innentasche ihrer Jacke hervor und verschloss die Tür von Innen.

War es nun an der Zeit, die Polizei zu alarmieren?

Sie versuchte, sich gegen die Vorstellung zu wehren, dass die nach wie vor ungeklärte Situation mit ihrem Schlafsofa etwas mit dem Brief – oder vielmehr dem Absender des Briefes – zu tun haben könnte.

Gerade erwog sie, ihr Mobiltelefon aus dem Schlafzimmer zu holen und tatsächlich den Notruf zu wählen, als ein Geräusch sie innehalten ließ.

Es war ein Knistern, ein Schwirren, ein *Summen,* das von irgendwo über ihrem Kopf auszugehen schien.

Langsam hob Liska den Blick zur Decke.

Ein unförmiger schwarzer Fleck hob sich von dem verwaschenen Weiß der Raufasertapete ab.

Was ist das? Eine Fliege? Eine Motte?

Angestrengt kniff Liska die Augen zusammen.

Das Summen schien nun die ganze Luft zu erfüllen.

Irgendetwas stimmt hier nicht! Irgendetwas stimmt hier ganz und gar nicht!

Sie wollte den Blick abwenden, doch es gelang ihr nicht.

Gewichte zerrten an ihrem Hinterkopf und zwangen sie, den schwarzen Punkt zu fixieren, der plötzlich zu wabern begann.

Langsam, ganz langsam, formte sich aus dem vibrierenden Schwarz ein Gesicht.

Eine grässliche, verzerrte Fratze auf einem langen, dünnen Hals, der wie ein Schlauch aus der Zimmerdecke baumelte.

Wächsern die Haut, unnatürlich lang und spitz das Kinn, den Kiefer weit heruntergeklappt. Milchig weiße Pupillen in schwarzen Höhlen.

In Liskas Kehlkopf ballte sich ein markerschütternder Schrei zusammen. Doch noch bevor auch nur ein Laut über ihre Lippen kam, fiel ihr Bewusstsein in sich zusammen.

Das Nichts umfing sie mit schützenden Armen.

7. DIE EINFLÜGLIGE SCHWALBE

Anians Lungen füllten sich mit der lauen Luft des Sommerabends. Ihm war, als würde er zum ersten Mal seit Wochen wieder richtig atmen.

Wie lange hatte er die Wohnung nicht mehr verlassen?

Er konnte es nicht sagen.

Die letzten Tage waren von einem Nebel umgeben, der die Konturen der Zeit verschwimmen ließ. Einzig die Erinnerung an die fürchterliche Begegnung mit dem albtraumhaften Wesen war gestochen scharf.

Danke, liebes Gehirn.

Vermutlich hätte sein vegetativer Zustand noch eine ganze Weile angedauert, wäre da nicht dieser Brief gewesen.

Er wusste nicht, wie oder warum er ihn entdeckt hatte.

Der Nebel erlaubte es ihm nicht. Wahrscheinlich, so mutmaßte Anian, waren ihm die leuchtend roten Lettern auf dem Umschlag ins Auge gestochen, als er den kurzen Weg vom Schlafzimmer zur Toilette zurückgelegt hatte.

Von diesem Moment an waren all seine Sinne, zuvor in Watte verpackt, auf einen Schlag zurückgekehrt.

Werter Anian,

hatte auf dem Papier gestanden.

fürchte dich nicht.
Ich weiß um die dunkle Macht, die versucht, sich deiner Seele zu bemächtigen.
Du bist stärker als das, was dein Innerstes rauben will.
Noch.
Triff mich morgen Abend, wenn die Sonne schwindet, an der alten Mühle.
Du weißt, welchen Ort ich meine.
Ich erwarte dich.
Terenjo

Mit flatterndem Herzen hatte er jedes einzelne Wort in sich aufgesogen. Anian wusste zu seiner Überraschung tatsächlich, welcher Ort gemeint war.

Die alte Mühle, äußerlich eigentlich gar nicht als solche erkennbar, da sie lediglich noch aus einer Art windschiefer und nicht allzu hoher Mauer sowie einigen vermoderten Holzbrettern bestand, war für ihn als Kind eine einzigartige Quelle der Magie gewesen. Er hatte sie eines Tages durch Zufall entdeckt, nach der Schule, als er von zwei besonders aufmüpfigen Viertklässlern belagert worden war.

Nach einigen äußerst schmerzvollen Minuten, in denen sie ihn gepieksackt und nach seinem Taschengeld verlangt hatten, war ihm die Flucht gelungen. Blindlings war er davongerannt, durch etliche Nebenstraßen, immer weiter, bis er den Stadtkern Tullamores hinter sich gelassen hatte und die Bäume immer grüner geworden waren.

Immer noch angetrieben von einer abenteuerlich kribbelnden Angst, wie nur ein Kind sie empfinden kann, war Anians hektisch umher peitschender Blick an einem Loch in einem Maschendrahtzaun zu seiner Rechten hängen geblieben.

Binnen weniger Sekunden hatte er seinen kleinen Körper durch die Öffnung manövriert und festgestellt, dass er sich im verwilderten Garten eines alten Fachwerkhauses befand. Er hatte begonnen, das Grundstück mit einem Anflug brennender Neugier zu erkunden, die ihn seine Angst schnell vergessen ließ. Schließlich, verloren in der Illusion eines großen Abenteuers, waren ihm dann die Überreste der alten Mühle ins Auge gefallen.

Wenn er jetzt an diesen Moment zurückdachte, kam es ihm vor, als wäre dies die Geburtsstunde seiner Fantasie gewesen.

In seinem Kopf entstanden an jenem Tage unzählige Geschichten, die Anian geradezu elektrisierten und den Wunsch weckten, auf Papier festgehalten zu werden.

Auf eine unerklärliche Weise hatten die Relikte der Mühle eine solche Anziehungskraft auf ihn ausgeübt, dass er, wann immer er Zeit fand, zu ihnen zurückgekehrt war.

Er pflegte diese regelmäßigen Ausflüge in sein persönliches Refugium, bis seine Eltern sich scheiden ließen und er schließlich gemeinsam mit seiner Mutter, mehr oder weniger freiwillig, ans andere Ende der Stadt zog.

Der Weg war bald zu weit, der Alltag zu beschwerlich und Anian allmählich ohnehin zu groß geworden, um durch das Loch schlüpfen zu können, ohne es zu vergrößern.

Dem wäre leicht Abhilfe zu schaffen gewesen, etwa mit einem Bolzenschneider, doch er wertete es als Zeichen dafür, dass diese Episode seines Lebens dem Ende zuging.

Das Erbe der alten Mühle war seine Liebe zum Schreiben, die sich, seit Anian sie entdeckt hatte, stetig vergrößert hatte.

Es faszinierte und beunruhigte ihn zugleich, dass jemand über seine Unternehmungen aus Kindertagen Bescheid zu wissen schien. Dennoch verspürte er nun, da er den Weg zur Railway-Station einschlug, auch einen Anflug von Dankbarkeit.

Dieser Terenjo, wer immer er auch war, hatte ihn gewissermaßen vor dem Wahnsinn bewahrt. Anian glaubte nicht daran, dass tatsächlich dunkle Mächte für die Geschehnisse der letzten Tage verantwortlich waren. Er *verbot* es sich viel mehr, denn insbesondere dieses grässliche Wesen aus seinem Wohnzimmer durfte einfach nicht existieren. Viel plausibler war, dass der Unbekannte ihm auf perfide Art und Weise einen Streich gespielt hatte.

Vermutlich würde er ohnehin nicht am vereinbarten Treffpunkt erscheinen, doch Anian hatte sich entschlossen, das Spiel mitzuspielen. Und vielleicht, so hoffte er, ergab sich ja früher oder später doch noch eine Konfrontation. Er brannte darauf, zu erfahren, was für eine kranke Seele sich hinter der wahnwitzigen Idee verbarg, Teelichter in fremden Wohnungen zu platzieren, albtraumhafte Halluzinationen hervorzurufen und dubiose Briefe zu verschicken.

Getrieben von diesem Gedanken, beschleunigte er seine Schritte. Es würde noch einige Stunden dauern, bis die Sonne unterging, doch Anian hatte nebst seiner Neugier gleich noch mehrere Gründe, sich schon jetzt auf den Weg zu machen.

Zum einen war er sich nicht sicher, ob er den verwunschenen Garten nach jahrelanger Abwesenheit auf Anhieb wiederfinden würde. Das hieß, wenn das Grundstück nicht ohnehin längst neu bebaut worden war und der Absender des Briefes sich nur einen weiteren Scherz mit ihm erlaubte.

Zum anderen reizte ihn der Gedanke, sich erneut von der einzigartigen Magie des Ortes inspirieren zu lassen und ein paar Zeilen in sein Notizbuch zu schreiben, das er, samt seines Füllfederhalters, einer Flasche Wasser, einer Taschenlampe, Insektenspray und einer angebrochenen Packung Kekse in seinem Rucksack verstaut hatte.

Je länger er allerdings unter der unbarmherzigen Sommersonne wandelte, desto mehr wünschte Anian sich, einfach nackt aufgebrochen zu sein. Sein T-Shirt klebte an seinem Rücken wie eine zweite Haut und der Proviant auf seinen dürren Schultern wurde mit jedem Schritt, den er tat, schwerer.

Ich sollte wirklich mehr Sport treiben, schoss es ihm durch den Kopf. Wie zur ironischen Bestätigung seiner Gedanken brachte ihn schließlich die Treppe, die hinauf zu den Schnellbahnen führte, an seine Grenzen. Schwarze Pünktchen tanzten vor Anians Augen, als er atemlos zum Stehen kam und versuchte, die Schalttafel anzuvisieren, die ihm Auskunft über das Eintreffen seiner Bahn geben würde.

Du meine Güte. Ist es tatsächlich nur meine nicht vorhandene Kondition, die mir zu schaffen macht, oder ...

Er schüttelte energisch den Kopf, was lediglich dazu führte, dass die schwarzen Pünktchen sich fröhlich vermehrten.

Oder was? *Ist es dieses Monster aus meinem Wohnzimmer, das mir die Lungenflügel zusammenquetscht? Was für ein Blödsinn.*

Anian besann sich wieder auf sein Vorhaben, Terenjo ausfindig zu machen und ihn zu Rede zu stellen.

Er würde die Bahn in Richtung des Stadtzentrums nehmen und an der Haltestelle aussteigen, die seiner alten Grundschule am nächsten gelegen war. Von dort aus würde er sich auf sein Erinnerungsvermögen verlassen müssen.

Straßennamen hatten ihn als Kind nicht interessiert; seine Wegweiser waren Häuser, Gärten und Bäume gewesen.

„Dann wollen wir mal sehen, ob ich diese Wegweiser noch lesen kann", murmelte er in das Donnern des einfahrenden Zuges hinein.

***

Der Nachmittag zog sich zäh dahin.

Während die Sonne keinerlei Anstalten machte, ihre Kraft zu zügeln oder sich zumindest dann und wann hinter ein paar vereinzelten Wolken zu verstecken, verlor Anian allmählich die Geduld. Er war nun seit knapp zwei Stunden ununterbrochen gelaufen, hatte sich unter größter Anstrengung zu orientieren versucht und sich, so sagte es ihm zumindest sein Gefühl, immer wieder verlaufen.

Zwar musste die grobe Richtung stimmen - immerhin hatte er den Stadtkern hinter sich gelassen und war in die äußeren Bezirke vorgedrungen - doch ihm schwante, dass die Aussichten, das Loch im Zaun oder gar den Zaun selbst wiederzufinden, nicht allzu gut standen.

Dass sich auf seinem Weg nicht einmal das leiseste Wiedererkennen seiner Umgebung eingestellt hatte, empfand Anian ebenfalls als beunruhigend. Sicher, seine regelmäßigen Ausflüge zur alten Mühle waren ein paar Jahre her, aber er konnte doch nicht gänzlich vergessen haben, wie er dorthin gelangte, oder doch?

Anian ließ den Rucksack ungelenk von seinen Schultern plumpsen, kramte darin nach seiner Wasserflasche und genehmigte sich einige Schlucke der inzwischen viel zu warmen Flüssigkeit.

Vielleicht möchte jemand verhindern, dass du das Treffen wahrnimmst, schoss es ihm durch den Kopf.

Er wedelte mit dem freien Arm, wie um ein lästiges Insekt zu verscheuchen.

„Klar, du paranoider Spinner", murmelte Anian und musste über seine rege Fantasie grinsen.

Er verstaute die Flasche wieder in seinem Rucksack, schulterte diesen und musterte die umstehenden Häuser samt ihrer Gärten genau. Da waren Außenmauern aus Backstein, holzverkleidete Wände, baufällige Schuppen, eine marode Schaukel, ein Wallnussbaum, ein Rasenmäher - und zu guter Letzt eine einflüglige Schwalbe, die auf einem Messingtor saß und ihn ansah.

Anian stutzte.

Ihr blauschwarzes Gefieder schimmerte im hellen Sonnenlicht und bildete einen auffälligen Kontrast zu ihrer schneeweißen Brust. Der gegabelte Schwanz wippte rhythmisch auf und ab.

Als er noch klein gewesen war, hatte Anian stets aufgeregt nach den Vögeln Ausschau gehalten, nachdem sein Onkel ihm versichert hatte, dass er an ihrem Flugverhalten das Wetter vorhersagen könne. Ob diese alte Bauernweisheit tatsächlich stimmte, vermochte Anian nicht zu sagen.

Was er allerdings sehr wohl zu sagen vermochte, war, dass Schwalben für gewöhnlich zwei Schwingen besaßen. Dieser hier aber fehlte ganz eindeutig eine. Diese Tatsache schien das Tier jedoch entweder nicht im Mindesten zu interessieren - oder es war sich des Fehlens seines rechten Flügels schlichtweg nicht bewusst.

Jedenfalls stieß es sich just in dem Moment, in dem Anian sich über das ungewöhnliche Erscheinungsbild wunderte, von den Messingstreben des Gartentors ab, vollführte fröhlich zwitschernd eine halbe Drehung, die eher an einen Tanz als an die Bewegungen eines Vogels erinnerte, und ließ sich dann elegant wieder auf seinem angestammten Platz nieder.

Anian lächelte anerkennend, hob eine Hand zum Gruß und kam sich sogleich unermesslich dämlich vor. Hier stand er nun, verschwitzt und orientierungslos, und winkte einem Vogel zu.

„Ich glaube, ich habe einen Sonnenstich", verkündete er dem Tier ernst, das daraufhin aufgeregt mit dem Schnabel klackerte und den Kopf schieflegte. Die schwarzen Augen waren noch immer auf ihn gerichtet, verfolgten jede seiner Bewegungen mit unverhohlenem Interesse.

Einem Impuls folgend, streckte Anian seine Hand nach der Schwalbe aus. Aus irgendeinem Grund *wusste* er, dass sie nicht davonfliegen, sondern sich auf seine Hand setzen würde. Und tatsächlich spürte er nur einen Wimpernschlag später, wie feingliedrige Zehen seinen Zeigefinger umschlossen.

Dann geschahen mehrere Dinge gleichzeitig: Die Schwalbe stürzte sich so unvermittelt auf Anians Brust, dass ihm der Schreckensschrei im Halse stecken blieb und seine Kehle selbst dann nicht verließ, als das Tier wie von Sinnen begann, auf seine Brust einzupicken.

Im selben Moment wusste er mit einer Gewissheit, die ihn schwindeln ließ, ganz genau, wie er zur alten Mühle gelangen würde. Es war, als würde jemand mit einem Laubgebläse in seinem Kopf herum pusten und die letzten, verirrten Nebelschwaden, die im Verborgenen durch seine Hirnwindungen glitten, aus ihren Verstecken zwingen.

Es ging ihm besser, so viel besser.

Als wäre genau das ihr Ansinnen gewesen, hörte die Schwalbe augenblicklich auf, Anians Brustkorb zu malträtieren, ließ ein triumphierendes Kreischen verlauten und flog, ihrer Missbildung zum Trotz, mühelos davon; dem satten Blau des Himmels entgegen.

Er stand noch einige Minuten da, fassungslos blinzelnd, die Hände schützend über seinem pulsierenden Herzen gefaltet.

Dann beschloss Anian kurzerhand, dass er tatsächlich einen Sonnenstich haben musste. Sein Gehirn ließ für den Moment keine andere Erklärung zu; ein Umstand, für den er überaus dankbar war.

Vermutlich sollte er einen Arzt aufsuchen, doch dazu hatte er ganz einfach keine Lust. Sicher, mit Halluzinationen war nicht zu spaßen, aber immerhin war ihm mit Hilfe des jüngsten Produkts seiner Einbildung der Weg zu dem Ort wieder eingefallen, an dem er den ominösen Terenjo treffen würde.

Reflexartig tastete Anian in den Taschen seiner Jeans nach dem Brief und stellte erleichtert fest, dass er existierte (endlich etwas Greifbares, das sich nicht in Luft auflöste oder davonflog). Dann machte er sich, mit gemischten Gefühlen und immer noch wie verrückt klopfendem Herzen, auf den Weg.

8. DER KUSS DER MAGIE

Liska erreichte den Treffpunkt kurz vor Einbruch der Dämmerung. Wie gebrochene Riesen knieten die mächtigen Bäume am Ufer des Sees und starrten mit gesenktem Kopf herab auf ihre Spiegelbilder.

Als wüssten sie, was in der Welt geschieht, dachte Liska.

Sie stellte resigniert fest, dass sie kaum überrascht gewesen wäre, wenn die Trauerweiden sich zu ihr umgedreht und ihr eröffnet hätten, dass genau dies der Fall war und sie deswegen so krumm und gebückt über der Wasseroberfläche knieten, als trügen sie die alleinige Schuld für das große Sterben.

Aber waren denn derartige Gedanken angesichts der letzten Stunden, Tage und Wochen nicht gerechtfertigt?

Zuerst die Sache mit dem vermeintlichen Einbruch, dann der Selbstmordversuch Darcys, der Brief, die Mutation aus ihrer Deckenwand und schließlich ein verrücktgewordener Vogel, der vor wenigen Minuten aus dem Nichts aufgetaucht war und ihr die Brüste beinahe blutig gepickt hatte.

Die einflüglige Schwalbe hatte Liska geradezu überfallen, als sie stehengeblieben war, um sich in Ruhe an den Weg zu erinnern, den sie als Kind so oft eingeschlagen hatte.

Denn obwohl sie es nie für möglich gehalten hätte, war die einst so vertraute Strecke plötzlich nur noch eine verstaubte, löchrige Erinnerung gewesen. Ein altes Foto, dessen Hauptmotiv einfach ausgeschnitten worden war.

Mit dem Angriff des Vogels aber hatte Liska ihre Orientierung zurückgewonnen. Sie schrieb es dem Schrecken zu, den das außergewöhnliche Tier ihr eingejagt hatte, doch ein eigenartiges Restgefühl blieb.

Eine Stimme, die ihr zuflüsterte, dass mehr hinter der überraschenden Attacke steckte.

Viel mehr ...

Alles in allem fand Liska, dass die jüngsten Geschehnisse einige Gründe boten, guten Gewissens den Verstand verlieren zu dürfen.

Atemlos schleuderte sie ihren Rucksack von sich und ließ sich mit ausgebreiteten Armen rückwärts in das hohe Gras fallen. Tief sog sie den herrlichen Geruch der Sommererde in ihre Lungen und beobachtete einen Käfer von beachtlicher Größe dabei, wie er im hellgrünen Vorhang der Weiden verschwand.

Es ist mir egal, dachte sie, *es ist mir ganz egal, ob dieser Terenjo kommt oder nicht. Ich bleibe einfach hier liegen und warte darauf, dass alles wieder gut wird. Und das wird es. Ganz bestimmt.*

Bevor sie dem merkwürdigen Vogel mit seinem einzelnden Flügel begegnet war, hatte Liska das Gefühl gehabt, in einer Wolke aus negativen Empfindungen gefangen zu sein. Das Gesicht ihres personifizierten Albtraums aus der Zimmerdecke hatte sie auf Schritt und Tritt verfolgt.

Der rational denkende Teil ihres Selbst hatte, kaum dass Liska aus ihrer Ohnmacht erwacht war, händeringend nach Erklärungen für das Geschehene gesucht.

Von Hirntumoren über Fieberkrämpfe und Wachträume waren alle Möglichkeiten nacheinander durchgegangen und schließlich wieder verworfen worden.

Es war zermürbend gewesen.

Sie erinnerte sich, stundenlang auf dem Fußboden gelegen zu haben, den ominösen Brief in der geschlossenen Faust, in einem beinahe apathischen Zustand.

Dann hatte die Zeit plötzlich ihre Struktur verloren; war mal gerannt, mal geschlichen und schließlich gänzlich in ihrer Bewegung erstarrt.

Erst am Morgen des heutigen Tages war sie wieder zur Vernunft gekommen und hatte Liska gestattet, endlich einen klaren Gedanken zu fassen. So war der Entschluss herangereift, der Aufforderung des Fremden nachzukommen und an den Ort zurückzukehren, an dem sie früher, vor so vielen Jahren, stets Zuflucht gefunden hatte.

Liska wusste zwar, dass es verrückt war, auch nur einem einzigen Wort dessen, was dieser Terenjo geschrieben hatte, Glauben zu schenken. Aber es war simpel: Sie brauchte Antworten. Und wenn diese Antworten unter Trauerweiden auf sie warteten, musste sie eben dort nach ihnen suchen.

In einem Anflug grimmiger Zufriedenheit schloss sie die Augen. Tieforange nahm sie die untergehende Sonne hinter ihren geschlossenen Lidern wahr.

Der ferne Verkehrslärm, das Rascheln der Blätter und das Zwitschern der Vögel verschmolzen zu einer Melodie, die Liska angenehm schläfrig werden ließ ...

Doch ehe sie sich der Müdigkeit hingeben konnte, deren Tentakeln sich bereits gierig um ihr Bewusstsein schlangen, ertönte dicht neben ihrem Kopf ein leises Lachen.

Liska sprang so schnell auf, dass ihr schwindelig wurde.

Ihr Herz, eben noch ruhig und gleichmäßig schlagend, hämmerte nun schmerzhaft gegen ihre Rippen.

Panisch sah sie sich um, jederzeit auf die entstellte Fratze des Wesens aus ihrer Wohnung gefasst, doch weit und breit war niemand zu sehen. Liska war allein.

Eine Tatsache, die ihr plötzlich seltsam vorkam.

Wann immer sie hergekommen war, hatte es rund um die Trauerweiden noch andere Menschen gegeben, die sich an ihrem Anblick oder der restlichen Natur um sie herum erfreuten.

Picknickende Familien, verliebte Paare, munter schwatzende Freunde, Hundebesitzer mit ihren vergnügten Vierbeinern.

Heute aber war weit und breit keine Menschenseele zu sehen.

Und das, obwohl das Lachen neben ihr nun schon zum zweiten Mal erklang.

„Hab keine Angst“, sagte eine glockenhelle, körperlose Stimme, die einzig dem Wind gehören zu schien. „Ich werde dir jetzt die Augen öffnen.“

Liska blieb keine Zeit, zu reagieren. Kaum dass die Worte ausgesprochen waren, spürte sie ein Paar weicher Lippen auf ihrer Stirn. Ein erstickter Schrei entfuhr ihr.

Hatte das unsichtbare Wesen sie gerade etwa tatsächlich *geküsst*?

Sie stolperte rückwärts, fiel über ihre eigenen Füße und landete schmerzhaft auf dem Po. Gerade wollte Liska sich wieder aufrappeln, um ihre Flucht fortzusetzen, als sich vor ihren Augen plötzlich die Gestalt eines Mädchens aus dem Sommernachmittag schälte. Im Schneidersitz saß es da; zierlich, klein und zweifellos einem Traum entsprungen.

Die hüftlangen Haare hatten die Farbe von Lavendel, die Augen funkelten wie geschliffene Diamanten.

„Wer bist du?", fragte Liska perplex. Am liebsten hätte sie nicht nach dem „Wer", sondern nach dem „Was" gefragt, doch das verbot ihre Höflichkeit ausdrücklich.

„Alani." Das Mädchen lächelte freundlich. Elfengleich erhob es sich, machte einen Schritt auf Liska zu und bot ihr eine Hand dar. Offensichtlich, um ihr aufzuhelfen.

Wenn ich sie berühre, wird sie sich einfach in Luft auflösen, dachte Liska plötzlich. Doch die zarte Haut des Mädchens hielt ihrer Berührung stand.

„Du *hast* Angst", stellte es mit seiner hellen Stimme fest.

Anstelle einer Antwort lachte Liska schrill auf.

Verflixt, vertrug sie die Sonne nicht? Oder war sie vielleicht doch eingeschlafen?

Ja, so musste es sein.

„Du musst dich nicht fürchten. Ich habe dir den Kuss der Magie geschenkt. So ein Kuss kann nur an erinnerungsträchtigen Orten empfangen werden. Das hier ist ein solcher Ort."

„Den Kuss der Magie“, wiederholte Liska konsterniert. Sie kniff die Augen fest zusammen und zähle von zehn abwärts.

Vielleicht, wenn sie nur ganz fest daran glaubte, dass alles wieder normal sein würde ...

Erwartungsvoll blinzelte sie, doch Alani war immer noch da.

„Du bist jetzt eine von uns. Eine Sehende. Komm in drei Tagen zum *Writer's Museum* nach Dublin, wenn die Sonne am höchsten steht. Terenjo erwartet dich dort.“

Das Mädchen stieß einen lauten Pfiff aus. Kaum eine Sekunde später flog ein Vogel so dicht an Liskas Kopf vorbei, dass sie den Windschlag seiner Flügel deutlich auf ihrer Wange spürte.

Seines Flügels. Einzahl, korrigierte sie sich, als sie das zwitschernde Tier, das auf Alanis Schulter Platz genommen hatte, betrachtete. Sein markantes Äußeres ließ keinen Zweifel daran, dass es sich um dieselbe freche Schwalbe handelte, die Liska auf ihrem Weg zu den Trauerweiden attackiert hatte.

„Bis bald, Augenmalerin.“

Augenmalerin?

Noch ehe Liska fragen konnte, warum in aller Welt Alani sie so nannte, fraß sich ein Riss durch die Atmosphäre.

In einem feinen Zickzack verlaufend und vom Geräusch reißenden Papiers begleitet, zog er sich vom Himmel bis zum Boden hinab.

Alani nickte dem Vogel, der von ihrer Schulter auf ihre erhobene Hand geflogen war, lächelnd zu. Dann drehte sie sich um – so schnell, dass ihre Lavendelhaare wie ein Schleier um ihren Kopf herumwehten – und kletterte durch den im selben Moment aufklaffenden Riss hindurch.

Liska erhaschte nur einen flüchtigen Blick auf das, was dahinter lag: Ein farbenfroheres, beinahe grelles Spiegelbild des Parks, in dem sie sich befand.

Der Park, in dem ich Terenjo treffen sollte und stattdessen von einem Mädchen auf die Stirn geküsst wurde.

Liska massierte sich die Schläfen. Binnen einer einzigen Sekunde war der Sommernachmittag wieder zusammengewachsen.

Es war, als wären Alani und die Schwalbe nie da gewesen.

9. DER SEHENDE

Anian schnappte nach Luft wie ein Ertrinkender.

Der Junge und der Vogel waren so plötzlich verschwunden, wie sie gekommen waren. Ihre Welt hatte sie wieder eingeatmet; sie durch den Riss in der Realität zu sich zurückgeholt.

„Ich werde verrückt", eröffnete Anian seinem Notizbuch, das er noch immer in der Hand hielt.

Er hatte darin geschrieben, als der seltsame Junge erschienen war – oder vielmehr dessen *Stimme,* denn die war zweifellos zuerst da gewesen. Erst, nachdem er auf die Stirn geküsst worden war, hatte er das Kind, das sich Taron nannte, sehen können.

„Absurd", führte Anian seinen Monolog fort, „das ist vollkommen absurd."

Das Blut rauschte in seinen Ohren wie das Tosen eines Wasserfalls und in seinem Magen breitete sich eine gnadenlose Kälte aus. Er dachte an Barbara, die Cousine seiner Mutter, die, aufgrund einer schweren Geisteskrankheit, seit fünf Jahren in einer geschlossenen psychiatrischen Anstalt untergebracht war. Auf einmal war er sich sicher, dass sein Leben denselben tragischen Verlauf nehmen würde.

Unter Aufbringung all seiner Kräfte unterdrückte Anian das Bedürfnis, diese erschütternde Erkenntnis mit einem Schrei zu untermalen.

Es musste eine rationale Erklärung für all das geben, was er während der letzten Tage erlebt hatte. Leider war Anians von überbordender Fantasie umwucherter Verstand ganz und gar nicht geübt darin, logische Schlussfolgerungen zu ziehen.

Vielleicht bin ich eingeschlafen, unternahm er einen zaghaften Versuch und rekapitulierte die letzte Stunde gedanklich noch einmal.

Nachdem die Begegnung mit dem irrsinnigen Vogel, der laut Taron angeblich ein Gesandter Terenjos gewesen sein sollte, auf unerklärliche Weise seinen Orientierungssinn reaktiviert hatte, war er einer Art innerer, erstaunlich präziser Landkarte gefolgt, die ihn auf direktem Wege an sein Ziel gebracht hatte.

Anian entsann sich, mit Erstaunen (und ein wenig Skepsis) registriert zu haben, dass die Öffnung im Zaun im Verlauf der Jahre proportional zu seiner Körpergröße mitgewachsen war. Nach kurzem Überlegen war er hindurch geschlüpft, mühelos und voller Vorfreude auf ein Wiedersehen mit diesem Stück Vergangenheit, das er würde wiederbeleben können. Tatsächlich hatte er wenige Augenblicke später feststellen müssen, dass die Zeit an diesem Ort stehengeblieben war; jeder einzelne Stein, jedes Stück Holz, jede Unebenheit in der für den jungen Anian heiligen Erde schien unverändert.

Endlich war er erschöpft und glücklich ins Gras gesunken, hatte sich an die herrlich kühlen Überreste der bejahrten Mauer gelehnt, Papier und Stift bereitgelegt und noch ein paar Kekse vertilgt.

Und dann? Er war doch ganz bestimmt über seinen Notizen eingeschlafen?

Vielleicht. Vielleicht auch nicht.

Leider kam Anian das „Nicht“ deutlich wahrscheinlicher vor.

Immerhin gab es auch noch den Teelicht-Vorfall und die Begegnung mit dem unheimlichen Wesen in seiner Wohnung.

Ein einzelner, sich real anfühlender Traum war sicherlich nichts Ungewöhnliches, gleich drei innerhalb kürzester Zeit dann doch zu viel des Guten.

Mit der freien Hand tastete er nach dem Brief in seiner Hosentasche, bekam ihn zu fassen und zerknüllte ihn mit ernster Miene.

Das war's. Aus und vorbei. Dieser ganze Spuk muss ein Ende haben. Ich setze einen Haken hinter diese Geschichte und mache da weiter, wo ich aufgehört habe. Als ganz normaler 20-jähriger auf der Suche nach sich selbst, dessen größtes Problem darin besteht, dass er zu lange schläft und zu wenige Bewerbungen schreibt.

Im stillen, aber strengen Zwiegespräch mit sich selbst, packte Anian seine Sachen zusammen und trat den Heimweg an.

Zielstrebig und ohne einen Blick zurück zu werfen, ließ er den einstigen Ort seiner Inspiration hinter sich.

Der Teufel sollte ihn holen, wenn er noch einmal einen Fuß auf diesen albtraumverseuchten Grund setzte.

Im Strom seiner Gedanken gefangen, bemerkte Anian nicht, dass sich ein schwarzer Fleck aus den Überresten der Mauer löste, an der er noch vor einigen Augenblicken gelehnt hatte. Begleitet von einem infernalischen Surren schwoll der Fleck zu einem Schatten an, der binnen Sekunden meterhoch in den Nachthimmel ragte.

Tote Augen hefteten sich an Anians Rücken, als er leise fluchend durch das Loch im Zaun schlüpfte und sich mit jedem Schritt weiter von dem Wesen entfernte, das sich im Inneren krümmte vor beißender Gier.

Der Schattengardist konnte riechen, was dort in der Brust des Jungen pulsierte und flüsterte.

Er konnte den Kern durch Fleisch und Knochen leuchten sehen, und sein Instinkt schrie ihn unbarmherzig an, er solle ihn sofort herausreißen und seinem Herrn überbringen.

Der Schattengardist, von Hass und Finsternis zerfressen, war des komplexen Denkens längst nicht mehr mächtig.

Eines aber wusste er: Warten war der Schlüssel.

Der Junge musste es selbst tun, sich selbst das Leben nehmen, das hatte sein Meister ihm und seinen Brüdern unmissverständlich zu verstehen gegeben.

Nur dann würde er das Fantasie-Seelengewächs ernten könnten, genau wie die vielen anderen auch, die er an sich genommen und wieder ausgehändigt hatte.

Aber irgendetwas hatte ihn an diesem Abend daran gehindert, seine langen Finger auszustrecken und erneut den Versuch zu unternehmen, dem Menschenwesen ein Geschwür einzupflanzen.

Sein Herr hatte ihm gesagt, dass es die Schwalben des alten Mannes waren, die seine Macht ins Stocken brachten, doch der Schattengardist selbst verstand diesen Zusammenhang nicht.

Was er hingegen verstand, war die Botschaft seines Meisters, dass diese Blockade nur vorübergehend bestehen würde. Und natürlich, dass er und seine Brüder die so wunderbar nach Seelen und Fantasie duftenden Geschöpfe weiterhin nicht aus den Augen lassen dürften.

Nicht eine einzelne Sekunde.

***

Anian war genau 849 Meter gelaufen, als er bemerkte, dass sich etwas Grundlegendes verändert hatte.

Die Straßen, die er passierte, waren dieselben, die er auch als Kind bereits entlang gegangen war – und doch strahlten sie plötzlich etwas Fremdartiges aus. Etwas Lebendiges, das in seiner Intensität geradezu bedrohlich wirkte.

Die Bäume waren zu grün, der Himmel zu blau, die sinkende Sonne zu golden. Aus den Hecken entlang der Zäune und Mauern schienen ihn plötzlich hunderte kleine Augen zu beobachten, doch sehen konnte er niemanden.

Hauseingänge, die wie Bleistiftzeichnungen aussahen, erschienen in zuvor geschlossenen Mauern.

Und die Luft ...

Anian atmete tief ein. Es war kein irischer Sommer mehr, den er da roch. Orangenblüten, Salz und der Geruch feuchter Walderde strömten in seine Lungen.

Je länger und eng besiedelter die Straßen in Richtung Stadtzentrum wurden, desto deutlicher nahm er die Auswüchse der Magie – er wagte es kaum, das Farben- und Klangspiel so zu nennen – um ihn herum wahr.

Über den Köpfen der Menschen, die an Anian vorbeigingen, schwirrten bunte Wölkchen aus ... ja ... was? Buchstaben? Zeichen? Symbolen?

Die Sohlen ihrer Schuhe hinterließen glitzernden Staub auf dem Asphalt, der sich in winzigen Wirbelstürmen in den Himmel erhob. Wie ein übermüdetes Kind rieb er sich die Augen.

Das ist zu viel, dachte Anian und war drauf und dran, sich seiner Barbara-Psychiatrie-Theorie zu beugen. Immerhin gab es nur zwei Möglichkeiten: Entweder, er war tatsächlich verrückt geworden. Oder aber sie hatten nicht gelogen, all die Schriftsteller, deren fantastische Geschichten seine Flügel gewesen waren, seit er denken konnte.

„Komm in drei Tagen zum *Writer's Museum* nach Dublin, wenn die Sonne am höchsten steht", hatte Taron gesagt und ihm wohlwollend zugelächelt. „Terenjo erwartet dich dort."

Ein Wispern drang aus der Hecke zu Anians Rechten. Allmählich glaubte er, dass der Absender des zerknüllten Briefes in seiner Hosentasche nicht der Einzige war, der ihn in der Hauptstadt erwarten würde.

10. DAS QUARTIER

Liska war nicht mehr in Dublin gewesen, seit das Schicksal ihre Familie vor vielen Jahren mit kohlrabenschwarzen Stiften und tödlicher Präzision gezeichnet hatte.

Früher hatten sie oft Ausflüge in die etwa zwei Stunden entfernte Stadt unternommen. Von jenem Tag an, der alles verändert hatte, war ihre Angst vor dem Schmerz, der ihr aus jeder der erinnerungsträchtigen Gassen sowie den Restaurants und Schaufenstern entgegengeblickt hätte, jedoch zu groß gewesen.

Nun aber, da die Welt sich ihr in einem vollkommen neuen Gewand präsentierte, lagen die Schatten der Vergangenheit hinter dem magischen Treiben der Stadt verborgen.

Mit vor Staunen leicht geöffneten Lippen und weit aufgerissenen Augen, lief Liska den Parnell Square entlang.

Obwohl der Tag regnerisch und der Himmel entsprechend wolkenverhangen war, lag ein heller Glanz über der Stadt.

Das Leben, das aus jeder Pore Dublins drang, war beinahe erdrückend.

Während der vergangenen drei Tage hatte Liska ihre Wohnung kaum verlassen. Die Reizüberflutung, der sie nach Alanis Kuss ausgesetzt gewesen war, hatte ihr schreckliche Kopfschmerzen beschert.

Liska hatte viel geschlafen und nach jedem Erwachen darauf gehofft, ganz einfach nur geträumt zu haben, doch der Ausblick aus dem Sprossenfenster über ihrem Schreibtisch hatte sich nicht verändert.

Noch immer nickten die Straßenlaternen ihr zu, wenn Liskas Blick sie streifte, und über den Köpfen der vorbeilaufenden Menschen schwebte derselbe Nebel, der ihr bereits auf dem Rückweg von ihrem Besuch bei den Trauerweiden aufgefallen war. Erst hatte Liska vermutet, dass es Auren waren, die sich ihr so farbenprächtig offenbarten. Dann jedoch war sie zu dem Schluss gekommen, dass es etwas anderes sein musste, waren die bunten Schwaden doch bei manchen Menschen um ein Vielfaches ausgeprägter als bei anderen.

Bei einigen wenigen ließen sie sich kaum erkennen, während sie vor allem bei Kindern so dicht daherkamen, dass Liska Mühe hatte, ihre Gesichter darunter auszumachen.

Hatte sie ihn von ihrem Schlafzimmer aus schon als überwältigend empfunden, erreichte der eigentümliche Zauber hier, im Herzen Dublins, eine vollkommen neue Dimension.

Häuser neigten einander über die zwischen ihnen liegende Straße ihre mit Dachziegeln bedeckten Köpfe zu, ohne dass irgendjemand außer Liksa etwas zu bemerken schien. Menschen, durchscheinend wie Geister, liefen mit geschäftiger Miene hinter aufgeregten Touristen her. Exotische Pflanzen rankten sich, für andere offenbar unsichtbar, an Mauern empor. Der Asphalt veränderte minütlich seine Struktur, Skulpturen bewegten sich – eine lüftete freundlich den Hut, als Liska vorbeilief – und dann und wann lief (oder flog) ein fremdartiges Tier an ihr vorbei.

Es war nahezu unmöglich, jedes Detail des neuen Stadtbildes in sich aufzusaugen.

Dafür bräuchte ich mindestens ein weiteres Paar Augen, dachte Liska und konnte nicht verhindern, dass sich ein verzweifeltes Lachen aus ihrer Kehle löste.

Wie lange noch würde sie darauf hoffen müssen, aus einem Traum zu erwachen? Wann endlich käme die Erlösung - oder aber die erschütternde Erkenntnis, dass sie den Verstand verloren hatte? Und was nur würden ihre Eltern sagen, wenn sich herausstellte, dass sie ihr Studium aufgrund eines besonders schlimmen Falles von Halluzinationen gegen eine nervenärztliche Behandlung tauschen musste?

Liska bändigte ihren von links nach rechts zuckenden Blick und richtete ihn auf das Gebäude, das wenige hundert Meter vor ihr in Sicht kam. Im georgianischen Stil errichtet und dicht an dicht mit der Abbey Presbyterian Church stehend, machte es einen herrschaftlichen Eindruck auf Liska.

Einen Augenblick lang glaubte sie, die Magie würde ausgerechnet hier, am Ziel ihres Ausflugs, stillstehen.

Dann aber bemerkte sie, wie der goldene Schriftzug unter dem schmiedeeisernen Torbogen sich zu bewegen begann. Zuerst erzitterten die Buchstaben nur ein wenig. Es sah aus, dachte Liska, als würden sie tanzen. Kurz darauf lösten sie sich von dem verschnörkelten Bogen und wirbelten wild durcheinander, ehe einige von ihnen neue Formen annahmen und die wenigen verbliebenen sich in veränderter Reihenfolge neu anordneten.

Dort, wo eben noch „Dublin Writer's Museum" gestanden hatte, war nun „Imagonis-Quartier" zu lesen.

Liska spürte, wie sich die eben noch in ihrem ganzen Körper verteilte Anspannung zu einem einzigen Klumpen auf Höhe ihres Herzens ballte. Im unregelmäßigen Takt ihres schneller werdenden Pulsschlages drückte er unangenehm gegen ihre Brust.

Geh da jetzt rein, rief sie sich zur Ordnung. *Wovor hast du Angst? Was kann schon verrückter sein als das, was du während der letzten Tage erlebt hast?*

Liska ahnte, dass es da durchaus einige Möglichkeiten gab, doch sie vertiefte den Gedanken nicht weiter.

Stattdessen nahm sie all ihren Mut zusammen und erklomm die Treppe, die zum Eingang des Museums führte.

Nur am Rande registrierte sie, dass die Geräusche der Stadt gänzlich verstummt waren. Es war, als hätte sie eine Blase betreten, die sie gewissenhaft von anderen Menschen abschirmte.

Noch während sie ihre Hand ausstreckte, um die von weißen Säulen flankierte Tür zu öffnen, schwang diese auf. Aus dem Inneren des Gebäudes strömte ihr ein angenehm kühler Luftzug entgegen, der Liska eine Gänsehaut bescherte.

Zögerlich trat sie über die Schwelle.

Sie hatte das Museum noch nie zuvor besucht.

Dennoch glaubte Liska zu wissen, dass es sich für gewöhnlich in einem anderen Gewand präsentierte.

Die Halle mit ihren gewölbten Decken, die sich wie der Ballsaal eines Palastes vor ihr erstreckten, schien viel zu groß für die Mauern des Gebäudes zu sein, das Liska eben noch von außen betrachtet hatte.

Den Kopf in den Nacken gelegt, machte sie ein paar Schritte in das Entree hinein. Beeindruckt nahm sie die stuckverzierten Decken und die prunkvollen Lüster zur Kenntnis, die die herrschaftliche Atmosphäre des Bauwerkes noch einmal unterstrichen.

Die in die goldenen Arme der Kronleuchter gefassten Steine sahen aus, als wären sie geradewegs aus Sonne und Mond herausgeschnitten worden.

Liska kam zu dem Schluss, dass sie sich nicht einmal mehr darüber wundern würde, wenn genau das passiert war.

„Chrm-chrm." Jemand räusperte sich vernehmlich. Gleich darauf verstellte eine große Frau mit einer spitzen Nase und einem ebenso spitz zulaufenden Kinn Liska den Weg.

„Shae Madroga, Verwalterin des Imagonis-Quartiers. Einladung?", sagte sie lakonisch und öffnete fordernd die Hand.

„Ähm", machte Liska unsicher. „Einladung?" Wie so oft, wenn sie nervös war, wurde ihr Rücken furchtbar heiß. Bereits nach wenigen Sekunden klebte der Stoff ihres Tops feucht an ihrer Haut. Plötzlich verspürte sie das starke Bedürfnis, das Museum, das gar keines war, wieder zu verlassen und ganz einfach zurück nach Hause zu fahren.

„Ja", sagte die Frau und machte sich nicht die Mühe, ihre Gereiztheit zu überspielen. „Eine Einladung. Hast du eine oder nicht?"

„Äh. Ich habe das hier." Liska tastete in ihrer Shorts nach Terenjos Brief. Ratlos, ob Shae Madroga diesen als Einladung akzeptierte, reichte sie ihr das inzwischen in Mitleidenschaft gezogene Stück Papier.

Die Verwalterin las mit zusammengekniffenen Augen, was darauf geschrieben stand, und nickte dann wissend.

„Du bist spät dran. *Sehr* spät. Die neuen Rekruten versammeln sich im Westflügel“, sagte sie mit ihrer nasalen Stimme, faltete den Brief zusammen und ließ ihn in ihrer Rocktasche verschwinden.

„Moment, wie –“, setzte Liska an, doch Shae wandte sich bereits zum Gehen. „Bitte warten Sie! Ich verstehe nicht -“

„West-flü-gel“, wiederholte die Verwalterin und deutete mit ihren langen Fingern auf eine Tür, die schräg hinter dem Porträt eines weißhaarigen Mannes lag.

Dann verschwand sie mit klappernden Absätzen in die entgegengesetzte Richtung.

Liska war sich selten so klein und verloren vorgekommen.

Fröstelnd rieb sie sich über die Arme.

„Nur Mut“, sagte das Gemälde mit einer basshaltigen Stimme, die die von den Lüstern hängenden Steine klirren ließ.

Erschrocken zuckte Liska zusammen. Der weißhaarige, in Ölfarben gezeichnete Mann zwinkerte ihr zu. Er hatte seidenweiche, beinahe verwaschene Gesichtszüge und silbrig-blaue Augen, in denen ganze Galaxien aneinander vorbei zu schweben schienen. Außerdem sah er ziemlich freundlich aus, was der Tatsache, dass ein Bildnis zu ihr sprach, zumindest einen Teil seines Schreckens nahm.

„Passiert das hier wirklich?“, fragte sie das Porträt ernst. Es nickte.

„Ja, das tut es. Und das ist auch gut so, mein Kind. Die Schatten sind auf dem Vormarsch, weißt du? Und wir dürfen sie nicht gewinnen lassen. Komme, was da wolle."

11. DER SCHATTENFÜRST

Anian nestelte am Saum seines T-Shirts herum.

Am liebsten hätte er an seinen Fingernägeln geknabbert, doch zum einen hatte er sich diese unliebsame Angewohnheit bereits vor vier Jahren erfolgreich abgewöhnt und zum anderen wollte er vor rund einhundert anderen Menschen nicht den Eindruck eines verängstigten kleinen Jungen erwecken.

Immer wieder hüpfte sein Blick zu dem alten Mann, der auf einem mit samtroten Kissen gepolsterten Stuhl am oval zulaufenden Ende des Raumes saß.

Zu den Füßen der marmornen Empore verliefen etliche Sitzreihen, die an ein Kirchenschiff erinnerten. Eine Vielzahl überdimensionierter Buntglasfenster machte diesen Eindruck vollkommen.

„Ganz schön abgefahren, was?", fragte das Mädchen zu seiner Linken, das sich Anian als Alisha vorgestellt hatte.

Er war gleichzeitig mit ihr vor dem Museum eingetroffen, das kurz darauf als „Imagonis-Quartier" in Erscheinung getreten war.

Gemeinsam mit einer Traube wild durcheinander schwatzender Teenager, waren sie von einer strengen Frau namens Shae in den sogenannten Westflügel des

Gebäudes geführt worden und hatten die Anweisung erhalten, sich zu setzen.

Nach und nach waren mehr Menschen zu ihnen gestoßen; alle mit demselben irritierten Gesichtsausdruck, den Anian auch an sich selbst vermutete.

Irgendwann war eine seltsame Melodie erklungen und eine Tür erschienen, wo nun der alte Mann mit den schlohweißen Haaren saß. Anian fand, dass er große Ähnlichkeit mit dem redseligen Porträt in der Empfangshalle aufwies.

„Ja“, sagte Anian lahm. „Abgefahren.“

Was, in aller Welt, passierte hier?

Dass er mir nichts, dir nichts der Aufforderung eines unheimlichen Kindes gefolgt und nach Dublin gereist war, kam ihm plötzlich schrecklich absurd vor. Ganz offensichtlich war er jedoch bei weitem nicht der Einzige, der die Verpflichtungen des Alltags ohne viel Aufhebens vernachlässigte, weil er plötzlich unter Wahnvorstellungen litt. Vielleicht schadete es nicht, dieses seltsame Spielchen seines Gehirns mitzuspielen.

Möglicherweise wurde er am Ende des Tages ja sogar mit einer spontanen Heilung belohnt.

„Ich möchte wetten, dass das da vorne Terenjo ist“, wisperte Alisha dicht neben ihm. Mit ihren bernsteinfarbenen Augen und den tiefschwarzen Haaren war sie ausgesprochen hübsch, was Anians Nervosität nicht gerade schmälerte. Er gab ein zustimmendes Brummen von sich und rückte ein Stück von ihr ab.

„Warum sagt er nichts?“

Die meisten der Anwesenden schienen sich dieselbe Frage zu stellen. Hatte anfangs ein kollektives

Schweigen geherrscht, war der Saal seit ein paar Minuten von einem unruhigen Getuschel erfüllt.

Als habe er Alisha gehört, räusperte sich der weißhaarige Mann plötzlich. In einer flüssigen Bewegung, die seinem betagten Erscheinungsbild trotzte, erhob er sich von seinem Stuhl.

„Guten Tag, liebe Anwesenden. Mein Name ist Terenjo. Ich möchte mich aufrichtig für eure Geduld bedanken. Das Warten hat gleich ein Ende. In wenigen Augenblicken werden wir vollzählig sein."

Gebannt sah Anian zur Doppeltür hinüber, durch die er vor einer gefühlten Ewigkeit hereingekommen war. Im selben Moment öffnete sie sich.

Eine junge Frau schlüpfte hindurch - und erstarrte beim Anblick der vielen Augenpaare, die auf sie gerichtet waren.

Anian, von ihrer Schönheit wie betäubt, vergaß beinahe zu atmen. Ihre Haare hatten die Farbe eines im Meer versinkenden Sommertages. Rotgolden schimmernd, fielen sie der Nachzüglerin in geschmeidigen Wellen bis weit über die Schultern.

„Liska Cavanaugh", sagte der Mann, der sich Terenjo nannte, mit seiner weichen Stimme, die aufgrund der hohen Wände und Decken für jedermann klar und deutlich durch den Raum hallte. „Wie schön, dass du zu uns gefunden hast. Nimm nur Platz. Unser lieber Anian rutscht sicher ein Stück zur Seite."

Der alte Mann nickte ihm zu und Anian spürte, wie ihm eine unbarmherzig heiße Röte in die Wangen kroch. Viel zu eilig kam er Terenjos Worten nach und rempelte Alisha dabei unbeholfen an, die daraufhin ein gedehntes „Herzlichen Dank auch" verlauten ließ.

Liska sah aus, als würde sie mit sich ringen. Sicher überlegte sie, ob sie davonlaufen und diesen Irrsinn, der so unerwartet über sie hereingebrochen war, ganz einfach hinter sich lassen sollte.

Das jedenfalls hatte Anian erwogen, kaum dass er über die Schwelle des vermeintlichen Museums geschritten war.

Er warf der jungen Frau einen Blick zu, von dem er hoffte, dass er Mitgefühl ausdrückte. Sie fing ihn auf, verhakte ihren eigenen darin und nickte kaum merklich. Dann lief sie in geduckter Haltung auf Anian zu, um sich im nächsten Moment in die Lücke zwischen ihm und einem halbwüchsigen Jungen zu setzen. Ihr war deutlich anzusehen, dass sie nicht länger im Zentrum der Aufmerksamkeit stehen wollte.

Sofort stieg Anian der blumige Duft ihres Parfums in die Nase. Liska lächelte ihn unsicher an.

„Danke“, hauchte sie.

Ihr Gesicht war über und über mit Sommersprossen bedeckt, die sich sogar in ihren Augen wiederzufinden schienen; das ansonsten helle Grün darin war von kleinen braunen Punkten gesprenkelt. Anian konnte sich nicht entsinnen, jemals einem interessanteren Menschen begegnet zu sein als Liska Cavanaugh.

„Nun denn, liebe Rekruten.“ Terenjos Stimme erhob sich mühelos über die verbliebenen tuschelnden Stimmen. „Ich freue mich sehr, dass ihr den Weg zu mir gefunden habt und heiße euch herzlich willkommen in unseren Hallen. Ich kann nur erahnen, wie aufreibend die vergangenen Tage und Stunden für euch gewesen sein müssen. Denn was für gewöhnlich durch einen schützenden Schleier von eurer Realität getrennt und vollkommen unsichtbar für eure Augen ist, könnt ihr nun an fast jeder Straßenecke ausmachen. An beinahe jedem Menschen.

Es ist eine wohldosierte, gute Art von Magie, die ihr zu Gesicht bekommt. Eine, die rein und kontrolliert aus fernen Quellen fließt. Aber –“ Er machte eine kurze Pause, ehe er weitersprach. „Es gibt auch eine dunkle Seite dieses Zaubers. Bevor ich mich jetzt im Strudel der Erklärungen verliere, möchte ich mich euch zunächst einmal gern vorstellen. Den anderen habe ich meinen Namen bereits verraten, Liska, und ich bin sicher, du kannst ihn erahnen. Dennoch wiederhole ich ihn gern: Ich bin Terenjo. Der letzte verbliebene Fantasieweber.“

Terenjo sah erwartungsvoll in die Reihen. Anian vermutete, dass er bereits an dieser Stelle mit einer Vielzahl an Fragen rechnete. Doch ebenso wie er, schienen auch die restlichen Anwesenden zu überrumpelt, um auch nur einen einzigen geraden Satz herauszubringen.

„Dies bedarf, wenn ich mir eure Gesichter so ansehe, vermutlich einer Erklärung“, fuhr der alte Mann fort.

„Vor nunmehr sechs Jahrhunderten, als meine Generation die der altehrwürdigen Weber ablöste, wurde, wie bei einer solchen Zeremonie üblich, in unseren Reihen ein sogenannter Schattenwahrer gewählt. Schattenwahrer, so müsst ihr wissen, bündeln wortwörtlich die Schatten, die den Menschen innewohnen. Jene dunklen Seiten, die sie vor anderen zu verbergen versuchen. Abgründe. Leid. Schmerz. Kummer.

Sie sorgen dafür, dass von alledem gerade so viel auf der Welt zu finden ist, dass die Menschen damit leben können. Schattenwahrer stellen also ein *Gleichgewicht* her, wenn man so will. Allerdings, und aus diesem Grund ist ein jeder meiner Art froh, wenn er dieses Amt nicht übernehmen muss, vereinigen sich all diese unterdrückten, nicht ausgelebten, düsteren Bedürfnisse im Körper des Unglücklichen; er opfert seinen Leib.

Sechs Jahrhunderte lang muss er körperliche wie seelische Pein ertragen. Bereits nach wenigen Stunden befällt die Brut aus fremden, schwarzen Gedanken seinen Kopf und breitet sich langsam bis in seine Seele aus. Er verlernt das Lachen, verliert seine Fantasie, büßt die Fähigkeit ein, zu träumen. Es gibt keinen Ausweg mehr für ihn; er ist ein Gefangener seines Selbst, stumpf und taub, und der menschliche Abfall zersetzt ihn.

Doch dieser Zustand währt nicht ewig. Ich bin der lebende Beweis. Nach Ablauf seiner Leidensfrist nämlich wird ein Schattenwahrer stets zum Weber ernannt. Das, was als Kern aus feinen, goldenen Fäden in der Seele eines jeden Menschen sitzt, fertigt er mit seinen Händen: eure Fantasie.

Die Position des Webers ist die höchste, die einer der Unseren erreichen kann. Viertausend Mondyzklen lang pflanzt er diese wertvollen Schöpfungen mit Unterstützung seiner Gehilfen in die Körper von Neugeborenen, wo sie im Laufe der Zeit gedeihen. Den meisten von euch dürfte einer meiner kleinen Helfer bereits begegnet sein."

Wie aufs Stichwort löste sich ein Vogel aus den mannigfaltigen Naturmotiven der Buntglasfenster, schoss pfeilschnell auf den alten Mann zu und landete auf dessen Schulter. Anian brauchte nicht lange, um das Tier als jene einflüglige Schwalbe zu erkennen, von der er auf dem Weg zur alten Mühle attackiert worden war.

„Ein Produkt meiner Fantasie, gefertigt mit meinen eigenen Händen. Ich sehe, ihr wundert euch. Warum nur der eine Flügel? Nun, das bleibt vorerst mein Geheimnis. Das spezielle Äußere dieser Tiere stellt jedenfalls für gewöhnlich kein Problem dar, denn bis vor einigen Tagen noch zeigten sie sich den Menschen nur bei der Übergabe der fertigen Webstücke, die sie in ihren Schnäbeln tragen.

Dabei erscheinen sie den Neugeborenen in der ersten Nacht im heimischen Bettchen. Dann lassen sie die gebündelte, pulsierende Fantasie auf ihre Körper fallen, die sich sogleich öffnen , um das Geschenk der Schwalben entgegenzunehmen. Es ist der einzige Moment im Leben eines Menschen, in dem seine Seele brachliegt. Nach wenigen Sekunden ist sie bereits mit dem Werk des Webers verschmolzen – und der Prozess damit beendet. Das alles geschieht, während die Säuglinge schlafen. Genauso ist es auch euch einst widerfahren. Euch und euren Eltern, euren Großeltern, euren Urgroßeltern. Ihr alle habt dieses Geschenk erhalten und seid doch ohne jede Erinnerung an dieses einzigartige, wunderbare Ereignis. Wenn man so darüber nachdenkt, ist das eigentlich eine Tragödie, nicht wahr?“

Terenjo wirkte ehrlich betroffen.

Kurz suchte er in den Augen seiner Zuhörer nach Zustimmung für seine Überlegung, fand sie offenbar und setzte seinen Vortrag sichtlich erleichtert fort.

„Wisst ihr, es ist eigenartig. Meine Schwalben waren es, die euch eure Kerne in die damals so winzigen Seelen gepflanzt haben. In euren Körpern lebt und atmet von mir gewobene Fantasie. Ein Stück weit sehe ich in euch meine Kinder."

Er schenkte ihnen allen ein warmes Lächeln. Anian empfand eine jähe Welle der Zuneigung für den alten Mann.

„Jedenfalls", fuhr Terenjo fort. „Blieben mir unter normalen Umständen noch genau 77 Tage, bis der amtierende Schattenwahrer zum Weber ernannt und ich somit in die ewige Ruhe entlassen würde. Leider sind die Umstände aber ganz und gar nicht normal. Larzod, mein Nachfolger, hat beschlossen, die ihm verbleibende Zeit anders zu nutzen und darauf zu verzichten, meinen Platz einzunehmen. Er hat den Kampf gegen die Schatten verloren, auch wenn er selbst mit Sicherheit anderes behaupten würde. In seinen Augen ist er der Bezwinger der Finsternis; ihr Meister, ihr König ... wie auch immer man es nennen mag. Ich werde meine Tätigkeit also um eine lange Zeit verlängern müssen, denn es gibt niemanden, der meinen Posten in absehbarer Zeit einnehmen könnte. Wir sind angesichts der akuten Bedrohung zwar gezwungen, die Ausbildung eines neuen Schattenwahrers zu verkürzen, dennoch weiß ich nicht, ob ich über das reguläre Ende meiner Amtszeit hinaus überhaupt noch imstande sein werde, zu weben. Ich merke bereits, dass meine Kräfte schwinden – auch wenn das etwas ist, was man sich als sturer alter Mann von beinahe 1000 Jahren nicht eingestehen will. Leugnen lässt es sich gewiss nicht. Meine Fantasiekerne sind längst nicht mehr so gehaltreich wie einst. Dass unser neuer, junger Schattenwahrer noch eine recht geringe Aufnahmekapazität für die Abgründe der

Menschen aufweist, spielt Larzod ebenfalls in die Karten.

Je weniger Schatten von unserer Seite beschlagnahmt werden, desto mehr bleiben auf der Erde zurück. Zum Greifen nahe für ihren verräterischen Gebieter. Das alles hätte niemals passieren dürfen. Niemals!"

Terenjo, der die ganze Zeit über eine angenehme Ruhe ausgestrahlt hatte, ballte nun wütend die Fäuste.

„Larzod hat gegen unser oberstes Gesetz verstoßen. *Er hat eine menschliche Gestalt angenommen.* Was das für unsere Welt bedeutet, wage ich kaum auszusprechen."

Der Fantasieweber stieß einen langen Seufzer aus und senkte den Blick auf seine verkrampften Hände.

„Es bedeutet nichts Gutes, stimmt's?"

Anian hatte sich so auf den alten, mysteriösen Mann und die noch mysteriöseren Worte, die aus seinem Mund kamen, konzentriert, dass er beim Klang der heiseren Stimme neben ihm zusammenzuckte. Es war Alisha, die gesprochen hatte.

Den Oberkörper leicht nach vorn gebeugt und die Arme vor der Brust verschränkt saß sie da, als würde sie frieren.

„Nein. Nein, mein Kind, das bedeutet ganz und gar nichts Gutes. Ein Schattenwahrer sollte nicht unter Menschen wandeln. Larzod war sich dessen bewusst, als er sich zu dieser Untat hinreißen ließ . Und das ist unverzeihlich. Unverzeihlich ist ebenfalls, dass dieses Vergehen von uns allen beinahe dreißig Jahre lang gänzlich unbemerkt blieb. Larzod hat seine äußere Hülle als Tarnung im Reich der Schatten zurückgelassen. Weber und Wächter dürfen sich einem Schattenwahrer nur auf einige Distanz nähern, nicht mit ihm sprechen, ihn nicht berühren. So kam es, dass wir das Einzige sahen, was von ihm übrig war, und uns von diesem Anblick in die Irre führen ließen. Erst, als die Unruhen in der Welt zunahmen und die ersten Kinder durch eigene Hand starben, die ersten Webstücke gestohlen wurden, dämmerte uns, was geschehen war. Doch allein können wir Larzod unmöglich das Handwerk legen. Unsere Magie wird streng sanktioniert. Eine Folge des Abkommens, das nach dem ersten Schattenkrieg geschlossen wurde. Der Hohe Rat der Wächter beschloss daraufhin, den Schutz der Menschen und ihres Lebensraumes zur obersten Priorität zu machen. Seither herrschen Gesetze, die uns – zumindest außerhalb unserer Ämter und Quartiere - nur einen Bruchteil unserer Magie nutzen lassen. Verstoßen wir gegen diese Gebote, wenden sich unsere Fähigkeiten gegen uns und bereiten unserer Existenz ein Ende. Die vor Jahrhunderten beschlossenen Gesetze lassen sich leider nicht so einfach aushebeln, wie man annehmen möchte. Nicht einmal der Hohe Rat selbst ist dazu in der Lage – zum Schutz vor einem Machtmissbrauch seitens der Obrigkeit. Allerdings gibt es eine Klausel, die es erlaubt, im Katastrophenfall die Hilfe magisch begabter Rekruten in Anspruch zu nehmen und sie für einen neuerlichen Schattenkrieg auszubilden."

In der vordersten Sitzreihe schoss eine Hand empor. Terenjo verstummte augenblicklich und forderte einen Jungen, von dem Anian nur den stoppeligen Hinterkopf sehen konnte, zum Sprechen auf. „Erster Schattenkrieg? Das heißt, es hat schon mal einen gegeben?"

„Ja. Nicht von einem Weber ausgehend, aber das Böse hat auch damals einen Weg gefunden, sich an die Oberfläche zu bahnen."

„Verzeihung, aber dann hat Larzod doch das Abkommen verletzt, oder nicht? Müsste er also nicht ... äh ... vernichtet werden?"

„Hätte Larzod die Welt in *seiner* Gestalt, der eines jahrhundertealten Schattenwahrers betreten, hätte er das Abkommen selbstverständlich verletzt und wäre dafür bestraft worden. Indem er sich aber dazu entschied, eine menschliche Gestalt anzunehmen, entging er dem Zorn des Rates. Heute wissen wir, dass er seine eigene Seele so sehr vergiftete, dass sie seinen Körper verließ und als ein riesiges Geschwür der Finsternis durch die Metropolen der Erde waberte. Was auch immer sie berührte, war bald darauf von Schatten verseucht. Larzod, wiedergeboren als Sterblicher, begab sich auf die Suche nach seiner Seele. Zu unserem großen Bedauern gelang es ihm, sie einzufangen und an seinen menschlichen Körper zu binden. Die Schatten, die überall in der Welt gewachsen waren, gehorchten nun allein ihm."

Anian schauderte. Wie viel Hass musste jemand empfinden, um sich zu solch einer Tat hinreißen zu lassen? Zum ersten Mal, seit der Fantasieweber ihnen von Larzod erzählt hatte, empfand er so etwas wie Mitleid für den Verräter.

„Nicht alle Fantasiekerne verflüchtigen sich nach dem Tod ihrer Träger. Denn während vor allem die von allzu viel Vernunft durchsetzten Kerne mit ihren Trägern sterben, bleiben andere bestehen und lösen sich erst dann auf, wenn die Knochen ihrer Wirte zu Staub geworden sind.

Ihr, die Sehenden, könnt die Magie dieser Kerne nun mit eigenen Augen betrachten. Sie werden zu alledem, wovon ihre Wirte zu Lebzeiten träumten. Zu einer schützenden Wolke über den Köpfen derer etwa, die sie einst geliebt haben. Zu Bäumen, zu Meeren, zu Städten, zu Schlössern. Zu geflügelten Pferden, zu Drachen, zu Feen und Zauberern – wobei ich erwähnen muss, dass ihr diese altertümlichen Erscheinungen eher in ländlicheren Gegenden zu Gesicht bekommen werdet. Vor allem Drachen scheuen große Menschenansammlungen und fühlen sich im Schutz der Natur wohl.

Bedauerlicherweise werdet ihr von ihnen nur wenig bis keine Hilfe erwarten können. Die Magie der meisten Kerne ist aufgrund ihrer Reinheit nicht für einen Kampf ausgelegt.

Für solche Kerne, die düstere Gedanken allzu schwarz gefärbt haben, war und ist in eurer Welt für gewöhnlich kein Platz. Auch ohne das Zutun eines Despoten wie Larzod kann diese Essenz des Menschlichen nämlich im Laufe eines Lebens verderben. Kerne dieser Art gehören häufig zu Mördern oder Tyrannen – sie beherbergen ungewöhnlich viel Fantasie, dennoch verweilen sie in der Regel immer an der Grenze zwischen dem Sichtbaren und dem Verborgenen. Es ist ihnen nicht gestattet, Wurzeln auszubilden und sich auf diese Weise auszubreiten. Doch die Dinge haben sich geändert."

Der alte Mann nahm einen tiefen Atemzug, ehe er fortfuhr.

„Larzod hat das Land längst mit seinen Schatten bevölkert – und es wird nicht mehr lange dauern, bis ihre schwarze Magie so präsent ist, dass ein jeder sie erkennen und an ihr zugrunde gehen oder so willenlos sein wird, dass er sich seiner Schattengarde anschließt. Je mehr Fantasie Larzod besitzt, desto mehr dunkle Wesen kann er aus ihr formen. Uns ist außerdem zu Ohren gekommen, dass er Verbrechern einen besonderen Platz in seiner Gefolgschaft anbietet. Alles, was Larzod sich in seinen dunkelsten Träumen ausmalte, nimmt nun nach und nach Gestalt an. Und obwohl seine Seele sich von ihm gelöst hat und sich sein Fantasiekern während dieses Vorgangs aufspaltete, hat er die Kontrolle über ebendiesen nicht verloren.

Sämtliche andere Kerne, die er in der Welt gesät hat, entstammen Verstorbenen. Larzod aber lebt. Das weiß seine Fantasie. Sie strebt dorthin, wo er sich aufhält. Auf die andere Seite des Schleiers, zurück zu ihrem rechtmäßigen Träger. Ihre Sehnsucht sprengt die Begrenzung zwischen Sichtbarem und Verborgenem. Immer wieder tun sich Risse auf, durch die Larzods Schatten nach außen dringen. Sie scharen sich um ihn, umkreisen ihn, dringen durch die Narben, die seine Seele bei der Flucht aus seinem Körper hinterlassen hat, in ihn ein.

Er hat sie befreit, und dennoch – oder vielleicht gerade deswegen – sind sie zu ihm zurückgekommen. Sie werden sich nicht gegen ihn wenden. Nicht einmal das Abkommen wird daran etwas ändern können."

Terenjo sah einen jeden von ihnen eindringlich an.

„Allein sind wir machtlos gegen Larzod. Er ist im Vollbesitz seiner Kräfte. All die Jahre, die er zwischen den

Menschen als ebensolcher verbracht hat, konnte er seine Fähigkeiten ohne jede Regulation von außen entfalten, fern von den neugierigen Blicken der Wächter. Er hat bereits ein Drittel eines menschlichen Lebens durchlaufen. Die Erfahrungen, die er gesammelt hat, ermöglichen es ihm, sich nahtlos in die Gesellschaft einzufügen. Das macht es für uns beinahe unmöglich, an ihn heranzukommen, geschweige denn ihn überhaupt ausfindig zu machen. Wir wissen von mindestens drei Identitäten, die Larzod im Laufe seines irdischen Daseins angenommen hat und sind fest davon überzeugt, dass er je nach Belieben noch in andere Rollen schlüpfen kann."

„Larzod", murmelte ein Mädchen hinter Anian, als habe es diesen Namen irgendwo schon einmal gehört.

Er warf ihm einen vorwurfsvollen Blick zu.

Obwohl er nach wie vor nicht wusste, wie ihm geschah und ob er sich inmitten eines wirren Traums oder einer Halluzination befand, wollte er unbedingt hören, was der alte Mann zu sagen hatte.

„Ja, das ist sein Name", sagte Terenjo mit unverhohlenem Abscheu in der Stimme.

„Benannt nach dem Engel der Weisheit. Welch Ironie. Nun, jedenfalls ist Larzod nicht allein in eure Welt gelangt. Er hat seine Gefährten mitgenommen. Seine Garde. Sie beschützt ihn, leistet ihm Gesellschaft und überbringt ihm die aus unschuldigen Seelen entnommenen Fantasiestücke.

Larzod hat sie von den Schatten kosten lassen, die sein Inneres vergiftet haben. Und so wurden sie selbst zu Schattenwesen; grauenerregende Kreaturen mit verzerrten Mäulern und langen, gierigen

Diebesfingern. Die Meisten von euch hatten bereits das zweifelhafte Vergnügen, eines dieser Ungeheuer kennenzulernen."

Anians Eingeweide krümmten sich schmerzhaft unter der Intensität der Erinnerung.

„Er hat sie ausgesandt, damit sie Geschwüre in die Seelen der Menschen pflanzen. Geschwüre, die faulend und wabernd in die goldenen Sehnen und Fasern der Fantasiekerne eindringen und dort mit aller Macht versuchen, sie von den Körpern, für die sie gewoben worden sind, zu trennen. Schaffen sie es, diese Verbindung zu kappen, erlischt etwas so Wesentliches im menschlichen Bewusstsein, dass früher oder später etwas unbestreitbar Tragisches geschieht und-"

„Die Selbstmorde!", rief eine Frau schräg hinter Anian erschrocken aus. Irritiert wandte er sich zu ihr um.

Selbstmorde? Was, in aller Welt, hatten Selbstmorde mit dem zu tun, was Terenjo ihnen gerade über die Gesetze der Fantasieweber erzählte?

Noch bevor die rotwangige, korpulente Frau weitersprach, fiel es ihm wie Schuppen von den Augen.

Du Blitzmerker. Du gottverdammter Blitzmerker.

„All die Kinder, die gestorben sind, all die armen, kleinen Geschöpfe, das musste geschehen, weil diese Kreaturen ihnen ihre *Fantasie* gestohlen haben?", fragte sie schrill, woraufhin Terenjo sie mit aufrichtiger Anteilnahme musterte.

„Nun, meine Liebe, so gern ich diese Frage auch verneinen würde, ich kann es nicht. Larzods Garde kennt nur ein Ziel. Ich nenne es „die Ernte". Sobald das Leben aus einem Körper weicht, verlässt auch der Kern seinen Wirt.

Wie ihr indes erfahren habt, verflüchtigt er sich entweder ganz, kaum dass er aus der Seele ausgetreten ist, oder wird, wenn auch im Verborgenen, Teil eines Kreislaufs, der Magie durch Alltägliches pumpt wie ein riesengroßes Herz.

Die Schatten-Geschwüre aber, die Larzods Schergen streuen, verhindern diesen Prozess. Sie hüllen sich vollständig um die äußere Struktur des Kerns, beschweren ihn. Nicht fähig, sich aufzulösen oder seine letzte Reise anzutreten, schwebt er hilflos über seinem toten Wirt, bis er von Larzods Schattengarde geerntet wird.

Ihre Beute bringen sie dann zu ihrem Herrn, der aus ihnen wahrgewordene Albträume webt und sie munter in Dörfern und Städten verteilt. Und so –" Er machte eine Pause, die er mit einer schweren, erdrückenden Stille füllte. „Nimmt das Unheil seinen Lauf."

12. Die Augenmalerin

Liskas Gedanken zuckten wie Blitze durch ihren Kopf.

Ein Gewitter aus Ängsten, Erkenntnissen und wilden Theorien, das sich in einem unangenehmen Pochen nahe ihrer Schläfen entlud.

Sie dachte an ihre Eltern, die in diesem Moment vermutlich ebenso ahnungslos wie schockiert die Nachrichten über das große Sterben verfolgten. An Maida, die ruhelos am Krankenbett ihrer Schwester wachte. Und an Darcy selbst, deren Fantasie so schrecklich vergiftet worden war, dass sie ihre Welt nur noch in stumpfen Grautönen wahrnehmen konnte. An den Dämon im Kopf des Mädchens, die ihm in Larzods Namen zuflüstern musste, dass der Tod der einzige Ausweg war.

Liskas Augen füllten sich mit Tränen.

„Ich verstehe das nicht", hörte sie sich sagen. Ihre Stimme, vor Trauer merkwürdig hohl, hallte ebenso laut wie Terenjos durch den Raum. Hatte sie gerade wirklich das Wort an sich gerissen? Noch dazu vor so vielen Fremden?

„Was meinst du, meine Liebe?" Trotz der Distanz zwischen ihnen konnte Liska den wohlwollenden Ausdruck auf dem Gesicht des alten Mannes erkennen. Es war derselbe, den er auch auf jenem Porträt von sich zur Schau trug, das vor dem Durchgang zum Westflügel hing.

„Wozu ... wozu benötigt Larzod all die Fantasie? Er hätte doch bloß noch eine kleine Weile warten müssen, bis er selbst imstande gewesen wäre, sie zu erschaffen. Sein Leiden hätte ein Ende gehabt, oder nicht? Die Schatten wären verschwunden.“ Liska spürte alle Augenpaare auf sich ruhen und rutschte unruhig auf ihrer Bank hin und her.

„Ein kluger Gedanke, liebes Kind, aber dafür war es bereits zu spät. Nichts und niemand hätte ihn mehr retten können; sein Herz war bereits gänzlich verdorben. Als Weber hätte Larzod für das Fortbestehen derer sorgen müssen, die in seinen Augen für seine Pein verantwortlich sind. Ich bin sicher, dass er nichts weniger wollte, als diesem Amt nachzukommen.

Worte reichen nicht aus, um zu beschreiben, um auch nur im Ansatz zu verdeutlichen, wie weit sein Hass reicht, wie hoch die Flammen sind, die seine Wut schlägt.

Der Tag wird kommen, an dem ihr in seine Abgründe sehen werdet, auch wenn ich alles täte, um euch davor zu bewahren.“

Erneut verspürte Liska den aufsteigenden Drang, aus ihrem Traum aufzuwachen. Doch irgendetwas tief in ihr wusste, dass die Konversationen zu klar, die Worte zu deutlich, die Farben zu kräftig und die Stimmen zu lebendig waren. Das hier geschah wirklich. Es war widersinnig, vollkommen widersinnig, und doch ließ es sich nicht leugnen.

„Ich vermag nicht zu sagen, ob Larzod aus Rache handelt, aus Wahnsinn, aus Gier, aus all diesen Motiven zur gleichen Zeit oder aus völlig anderen. Das Resultat jedoch bleibt dasselbe: Tod. Tod und Zerstörung. Ein Ort ohne Fantasie - ohne die Fähigkeit, zu träumen, sich in den eigenen Kopf zu flüchten - ist ein Ort, der dem Untergang geweiht ist.

Die Raubzüge der Schattengarde, die Larzod mit Kernen beliefert, sind erst der Anfang. Auch jetzt, in diesem Moment, wartet Larzod geifernd auf die grausame Ernte, um sie mit den Schatten zu kreuzen, die er zu verwahren geschworen hat. Seine Webkenntnisse reichen bei Weitem nicht an die meinen heran, sind aber dennoch gut genug, um Fantasie und Finsternis miteinander zu verknüpfen.

Aus dem Produkt dieser teuflischen Verschmelzung dann formt er eine Welt nach seinem Gedenken. Es wird nicht lange dauern, ehe die Veränderung sichtbar wird. Ehe die Realität sich zu schälen beginnt. Wenn ihr genau hinseht, werdet ihr Risse erkennen können. Feine Risse, die sich durch den Himmel ziehen. Risse in Mauern, im Himmel, im Wasser, die immer größer und größer werden, bis sie schließlich ganz aufklaffen. Und hinter diesen Rissen wartet nichts als Verderben. Wie abgerissene Tapeten werden sich Orte, die ihr kennen und lieben gelernt habt, zusammenrollen und den Blick auf etwas freigeben, das lieber im Verborgenen hätte bleiben sollen. Diejenigen, die überleben und vor Larzods Machtergreifung nicht den Freitod wählen, werden ihm dienen müssen. Er ist ein Spieler.

Larzod wird zweifellos seine Freude daran haben, die Menschen zu quälen, sie zu manipulieren, in ihre Köpfe einzudringen. Er genießt es, zu beobachten, wie die Psyche eines Lebewesens sich windet und schlängelt.

Denkt nur, auch wenn diese Beispiele vergleichsweise harmlos sind, an die kleinen Botschaften, die er durch seine Schattengarde überbringen ließ. An die Kerzen, an das präparierte Bett, an die Worte an der Spiegeltür oder die pfeifenden Teekessel. Es gefällt ihm, Angst zu verbreiten. In einem richtigen Maße dosiert, besitzt diese Emotion die Eigenschaft, die Fantasiekerne umgebende Haut aufzuweichen und das Eindringen eines Geschwürs zu erleichtern."

Der junge Mann neben Liska hatte seine Brille abgenommen und begonnen, ihre Gläser frenetisch zu polieren. Aus ungewöhnlich blauen Augen warf er ihr einen Seitenblick zu, dessen Intensität an ihrem Magen zupfte. Die schwarzhaarige junge Frau neben ihm richtete sich räuspernd auf.

„Vergleichsweise harmlos?", fragte sie Terenjo angriffslustig. „Ich weiß ja nicht, was Sie unter dem Wörtchen *harmlos* verstehen, aber ich fand es ganz und gar nicht harmlos, nach einem langen Arbeitstag nichtsahnend nach Hause zu kommen und festzustellen, dass meine Teekanne sich spontan selbstständig gemacht und beschlossen hat, den ganzen Wohnblock zusammenzubrüllen."

Der alte Mann ließ sich nicht aus der Ruhe bringen.

„Ganz recht. So fängt es an. Verunsicherung, Schüren von Angst, ein geschicktes Unterwandern der Nervensubstanz.

Es war keineswegs meine Absicht, diese Geschehnisse als Nichtigkeiten abzutun. Mir liegt nur daran, euch allen zu verdeutlichen, dass Larzod es nicht bei Streichen dieser Art belassen wird."

Die Dunkelhaarige nickte grimmig. „Meinetwegen. Aber welche Rolle spielen wir nun in dieser ganzen Geschichte?"

Liska war dankbar, dass jemand diese entscheidende Frage gestellt hatte. Sie selbst sah sich, zumindest vorübergehend, nicht imstande, auch nur ein einziges weiteres Wort zu sprechen.

Zu mächtig war die Erkenntnis, dass ihr Leben jegliche Rationalität verloren hatte.

Was hier geschah, durfte nicht geschehen.

Es *durfte* nicht wirklich sein, und doch war es wirklich.

Es war so wirklich wie das grässliche Geschöpf, das ihr aus der Zimmerdecke entgegengekommen war.

So wirklich wie Darcys Selbstmordversuch.

Wie der Brief, den sie am Vortag entdeckt hatte.

So wirklich wie jener Tag vor zehn Jahren, an dem der Schmerz ihr erstmals sein entstelltes Gesicht gezeigt hatte.

Der Fantasieweber schloss einen Moment lang die Augen und nickte bedächtig, als würde er einer inneren Stimme lauschen. Dann faltete er die Hände und ließ seinen eindringlichen Blick über jeden einzelnen seiner unfreiwilligen Gäste schweifen.

„Es gibt etwas, das euch von der Mehrheit der anderen Menschen auf der Erde unterscheidet. Ihr müsst wissen, dass die eingepflanzten Fantasiekerne im Laufe eines menschlichen Lebens nur bis zu einer gewissen Größe gedeihen. Danach durchlaufen sie, dies lehrt uns Jahrtausende lange Beobachtung, eine Art Rückentwicklungsprozess.

Dieser Prozess setzt für gewöhnlich spätestens dann ein, wenn ein Mensch das 12. Lebensjahr erreicht. In *euren* Seelen aber ist Fantasie in einem Maße vorhanden, das die Kapazitäten eurer Körper beinahe übersteigt. Und nichts deutet auf ein Stagnieren des Wachstums hin - im Gegenteil."

Auf Terenjos Erklärung folgte ein Wimmern. Liska wandte den Kopf in die Richtung, aus der das Geräusch ertönt war, und entdeckte am Ende ihrer Sitzreihe zwei Kinder. Kaum älter als Darcy, hielten sie einander sichtlich verängstigt an den Händen.

Terenjo hob beschwichtigend die Arme.

„Aber, aber! Kein Grund zur Betrübnis. Das ist etwas Wunderbares, etwas durch und durch Wunderbares. Eure Seelen leben in einer Art perfekter Symbiose mit den euch eingepflanzten Fantasiekernen. Natürlich macht euch das aber auch umso begehrenswerter für Larzods Kreaturen. Insbesondere Kinder, die im Vergleich zu den meisten Erwachsenen über eine mehr als zehnfach so große Rohmasse an Fantasie verfügen, wecken ihren unermüdlichen Jagdinstinkt. Dennoch seid ihr widerstandsfähiger als andere auserkorene Opfer, robuster gegen Angriffe. Liska und Anian, ihr habt es selbst erfahren. Es ist den Schattenwesen nicht gelungen, euch Larzods dunkle Saat einzupflanzen. Ist ein Geschwür erst einmal in euch eingedrungen, so ist es beinahe unmöglich, den Verfall aufzuhalten. Bei einer kleinen Seelenfinsternis aber, wie ihr sie nach euren Begegnungen mit der Garde empfangen habt, können meine treuen Gehilfen Abhilfe schaffen." Terenjo tätschelte die Schwalbe auf seiner Schulter liebevoll, die sogleich ein fröhliches Zwitschern verlaufen ließ.

„Eine ganz schön schmerzhafte Art und Weise, etwas in Ordnung zu bringen“, murmelte der junge Mann neben ihr, den Terenjo Anian nannte. Als er sich eine blonde Locke aus der Stirn strich, sah sie, dass seine Hand zitterte.

Ebenso wie Liska selbst musste auch er mehr oder minder von dem Tier angegriffen worden sein. Sie konnte unter ihrem Top noch immer deutlich spüren, wo es seinen Schnabel in einem wilden Stakkato in ihre Haut gebohrt hatte.

Der Fantasieweber hob die buschigen Brauen und lächelte nachsichtig.

„Mein Junge. Du wirst dich sehnsüchtig an diesen Moment zurückerinnern. Da draußen wartet weitaus Schlimmeres auf dich als Schwalben, die Schatten von Seelen picken.“

„Moment mal!“, intervenierte jemand, den Liska von ihrem Platz aus nicht sehen konnte, „ungeachtet irgendwelcher Schimäre und wildgewordenem Federvieh - Sie wollen uns doch nicht etwa erzählen, dass wir die einzigen, lassen Sie mich schätzen, hundertfünfzig Personen auf der Welt sind, die über ein ungewöhnlich hohes Ausmaß an Fantasie verfügen, oder?“

Liska staunte zum wiederholten Male darüber, dass es den anderen Anwesenden angesichts der absurden Umstände zunehmend gelang, ihre Fassung wiederzuerlangen.

„Oh, gewiss nicht. Wie sollte ich etwas so Unwahrscheinliches glaubhaft herüberbringen, Werteste? Ihr seid die Rekruten *eures* Landes. Eine großartige Schätzung übrigens: Mit mir zusammen sind wir einhundertneunzehn Personen. Über den gesamten Globus verteilt sind es genau 23.089 Menschen, in die ich meine Hoffnung setze. Eine Zahl, die es mir schwierig gestaltet, das Wort zur selben Zeit an alle diese Auserwählten zu richten.

Das gäbe ein herrliches Chaos, nicht? Unter diesen Umständen ist es mir lieber, wenn ihr versteht, meine doch nicht ganz so leicht verdauliche Ansprache ein paar Mal zu wiederholen. Einmal abgesehen von den Sprachbarrieren! Stellt euch nur einmal vor, wie lange ihr es hier aushalten müsstet, wenn ich das, was ich euch in den vergangenen Minuten erzählt habe, wieder und wieder übersetzen müsste."

Terenjo war offenkundig amüsiert über diese Vorstellung.

„Auf die gesamte Weltbevölkerung gerechnet ist das nicht gerade viel, wenn Sie die Bemerkung gestatten", sagte die Frau, die Liska nicht sehen konnte, in einem schärferen Tonfall. „Aber gut, lassen wir das mal außer Acht. 23.089 Menschen, die Sie nacheinander an diesen Ort rufen, wie auch immer Sie das anstellen. 23.089 Menschen, die Ihnen wegen ihrer wuchernden Fantasie von Nutzen sein können. Aber *wie*?"

„Schatten können nur mit Licht bekämpft werden. Gemeinsam seid ihr dieses Licht. Ihr seid jetzt Sehende, die sowohl reine als auch verdorbene Magie erkennen können, lange bevor der Rest der Menschheit dazu imstande sein wird. Die Missstände in der Welt werden sich zuerst euch offenbaren. Ihr müsst sie ausmerzen, bevor sie sich auf das Leben der restlichen Bevölkerung auswirken können. Sie verschleiern. Denn wenn Nicht-

Sehende Magie begegnen, verlieren sie schneller den Verstand, als wir es uns ausmalen können. Also, um deine Frage zu beantworten: Ihr könnt helfen, indem ihr die gesäten Schatten, die Larzod und seine Garde nach und nach überall pflanzen werden, zerstört. Im Gegenzug für eure Hilfe werden wir mit allen zur Verfügung stehenden Mitteln dafür sorgen, dass wir eure Familien während eurer Abwesenheit beschützen. Der Hohe Rat der Wächter ist zu dem einstimmigen Urteil gelangt, dass ihr, die Auserwählten, eure Reisen nach Möglichkeit in kleinen Gruppen antretet. Diesen Gruppen werden dann Gebieten zugeteilt, die sie von Schatten freihalten sollen. Zuvor allerdings wird jedes Mitglied dieser Gruppen einer bestimmten Kategorie zugewiesen; den Spähern, Hütern, Illusionisten oder Assassinen.

Während die Späher Detektivarbeit leisten und mit Hilfe ihres inneren Auges Ausschau nach verdächtigen Vorkommnissen halten sowie Informationen über Larzods Pläne beschaffen sollen, werden die Hüter darin geschult, Angriffe zu verhindern, indem sie mittels raffinierter Techniken einen möglichst großen Radius um sich herum frei von Mitgliedern der Garde halten. Was die Assassinen betrifft, ist es, so denke ich, selbsterklärend, was im Falle einer Konfrontation mit Larzods Schattenwesen zu tun bleibt.

Den Illusionisten wiederum ist es vorbehalten, die Risse, von denen ich sprach, zusammenzuhalten; die Realität zu flicken, wenn man so will, und Larzods Hölle zu verschleiern. Dabei sind es keineswegs nur Täuschungen, sondern vielmehr neue, zugeschnittene Realitäten, die sie erschaffen. Da es vergleichsweise wenige von ihnen gibt, wird es einige Gruppen geben, die sich nur aus den verbleibenden drei Kategorien zusammensetzen. Gruppen dieser Konstellation erfahren allerdings keinen Nachteil aus diesem Umstand. Auch sie profitieren von der Arbeit der Illusionisten. Gewissermaßen genießen sie sogar einen kleinen Vorteil, da sie sich einzig und allein auf die Rettung ihrer Mitmenschen fokussieren können, ohne sich in Nähe der Gefahrenherde aufhalten zu müssen, die Löcher in die Wirklichkeit brennen.

Doch eines gilt für alle Gruppen:

Es ist wichtig, dass ihr nicht an einem Ort verharrt, sondern stets dort in Erscheinung tretet, wo eure Hilfe am dringendsten gebraucht wird."

Das schwarzhaarige Mädchen stieß ein freudloses Lachen aus.

„Woher sollen wir bitte sehr wissen, wo wir gebraucht werden?"

„Ihr werdet ein Gespür dafür bekommen. Außerdem wird der Rat euch Hilfsmittel zur Verfügung stellen. Kein Illusionist, kein Hüter, kein Späher und kein Assassine, der sich im Dienste der Wächter befindet, wird jemals allein dastehen. Ist die Zuweisung zu diesen ebenso unterschiedlichen wie ehrenvollen Tätigkeiten erfolgt, werdet ihr noch einmal explizit über eure Aufgaben belehrt und hinsichtlich ihrer Ausführung geschult. Ihr erhaltet eine Ausbildung, hier im Imagonis-Quartier."

Liska gab sich einen Ruck und räusperte sich vernehmlich, bis sie glaubte, ihre Stimme wiedergefunden zu haben.

Soweit möglich, musste Klarheit geschaffen werden, und das würde nur gelingen, wenn alle ruhig Blut bewahrten und sich ganz und gar auf das Gespräch einließen; Liska inklusive.

„Und wer übernimmt diese Zuteilung?“, gelang es ihr zu fragen, ehe sie es sich anders überlegen konnte.

Über die Ausbildung, von der Terenjo gesprochen hatte, würde sie sich später den Kopf zerbrechen.

Eins nach dem anderen.

„Ich“, antwortete der Fantasieweber, als wäre es das Selbstverständlichste auf der ganzen Welt.

„Sobald ich mit dieser Einteilung fertig bin, die ich hier und heute im Stillen vornehmen werde, leite ich meine Erkenntnisse an den Hohen Rat der Wächter weiter. Und dann ... nun ja. Dann werdet ihr Nachricht über die Auswahlzeremonie und den Beginn eurer Lehre erhalten.“

Schwindel tobte durch Liskas Kopf wie ein Zyklon.

Es war zu viel, einfach zu viel.

Sie sehnte sich nach einem Schluck Wasser. Ihr Hals war so trocken, dass es schmerzte.

Sie schloss die Augen und stellte sich vor, wie die kühle Flüssigkeit ihre Lippen benetzte. Wie sie gierig zu trinken begann ...

Kaum hatte Liska den Gedanken zu Ende gedacht, erschien mit einem eigenartigen Geräusch, das an einen Flügelschlag erinnerte, ein zu einem Drittel mit Wasser gefülltes Glas auf dem hölzernen Boden zu ihren Füßen. Erschrocken wich sie zurück und stieß um ein Haar um, was sie allem Anschein nach mit bloßer Willenskraft herbeigezaubert hatte.

„Nanu?“ Ein Ausdruck ehrlicher Überraschung trat auf das Gesicht des alten Mannes, das Liska plötzlich gestochen scharf erkennen konnte. Seine Züge waren weich – wie gemalt, fand sie, und dachte an das Gemälde. Auch jetzt schienen in seinen Augen ganze Galaxien aneinander vorbei zu schweben. „Erstaunlich, wirklich erstaunlich. Nicht viel, aber doch ein Anfang. Alani hat es mir bereits geflüstert, und ich wollte es nicht glauben. Tu‘ mir einen Gefallen, meine Liebe, und nimm das Glas in deine Hände, ja?“

Der Gedanke, etwas zu berühren, das den Gesetzen der Logik nach betrachtet überhaupt nicht da sein sollte, machte Liska Angst. „Ähm ... muss das wirklich sein?“

„Es wäre überaus hilfreich, wenn du es tätest.“

Ein verzweifeltes Lachen entfuhr ihr.

War es wirklich *sie* gewesen, die dieses Glas hatte erscheinen lassen? Und spielte eine weitere Sinnwidrigkeit bei allem, was zuletzt geschehen war, überhaupt noch eine Rolle?

Unsicher streckte Liska ihre Finger nach dem Glas aus.

Dort, wo sie es hätte berühren müssen, spürte sie einen Moment lang einen leichten Widerstand.

Dann glitt ihre Hand hindurch.

Das Glas - oder das, was wie eines ausgesehen hatte – war verschwunden. Sie blinzelte ein paarmal, um sicherzugehen, dass ihre Wahrnehmung sie nicht täuschte, doch der Boden zu ihren Füßen blieb leer.

„Was war *das* denn?!“, fragte das schwarzhaarige Mädchen neben Anian stellvertretend für alle

Teilnehmer der skurrilen Gesprächsrunde, die das Schauspiel von ihren Plätzen aus nicht mit hatten ansehen können. Hinter Liska war ein aufgeregtes Getuschel angeschwollen, was zur Folge hatte, dass sie immer weiter in sich zusammensank.

Vielleicht muss ich mir ja nur fest genug wünschen, dass ich unsichtbar werde, dachte sie zynisch.

„Eine Illusion", frohlockte der Fantasieweber, während er geschmeidigen Schrittes vor seinem Stuhl auf und ab lief.

Die einflüglige Schwalbe flatterte dabei munter um seinen Kopf herum. Wären Liskas Nerven nicht zum Zerreißen gespannt gewesen, hätte ihr der Anblick sicherlich ein Lächeln entlockt.

„Ja, eure Mitschülerin hat gerade eine waschechte Illusion erschaffen. Ein *artificium oculus*, wie wir es in unseren Kreisen nennen", verkündete Terenjo begeistert.

Der freudige Unterton seiner Stimme ließ vermuten, dass das etwas Gutes bedeutete, doch Liska brachte nur ein hilfloses Kopfschütteln zustande.

Wie sie alarmiert feststellte, näherte sie sich allmählich einem Zustand, in dem sämtlichen Aufmerksamkeitskapazitäten ihres Gehirns die Sicherungen durchbrannten und sie sich fragte, ob es wohl möglich war, an einer Überdosis Informationen zu sterben.

„Übersetzt heißt es so viel wie *Kunstwerk der Augen*. Poetisch, nicht? Gratulation, junge Dame! Es ist, wie du inzwischen erfahren hast, nur wenigen Geschöpfen vorbehalten, mit den Augen zu malen."

„Mit den Augen malen?", fragte Liska matt. „Aber, wie sollte das funktionieren?"

„Es kann vorkommen, dass Fantasiekerne mit Organen verwachsen. Die Anatomie von Illusionisten weist die Besonderheit auf, dass sich ausgebildete Triebe des Kerns um den Sehnerv schlängeln und somit ermöglichen, was wir eben erleben durften."

„Das ist ... ich weiß nicht, was ich sagen soll. Wie kann das sein? Wieso jetzt? Ich meine, das ist noch nie passiert!" Liska war zum Weinen zumute. Was, in aller Welt, geschah hier bloß?

„Wirklich nicht? Wäre es denn nicht möglich, dass du siehst, was andere nicht sehen? Dass deine Augen die Blätter manchmal grüner färben und die Sonne heller scheinen lassen?"

Liska schüttelte energisch den Kopf, doch irgendetwas in ihrem Inneren regte sich bei diesen Worten des Fantasiewebers. *Er hat recht*, dachte sie entgeistert.

„Aber das wäre mir doch aufgefallen!", sagte sie trotzdem. Am liebsten würde sie den Fantasieweber bitten, das Gespräch fernab der zahlreichen anderen Augen- und Ohrenpaare fortzusetzen, doch sie hatte schlichtweg keine Kraft mehr. Für den Augenblick zählte nur, den Tag endlich hinter sich zu bringen. Nach Hause zu fahren, sich ins Bett zu verkriechen und an nichts und niemanden mehr denken zu müssen.

Wenn das so ist, sagte ein unausstehlich neunmalkluger Teil ihres Bewusstseins, *solltest du endlich aufhören, so viele Fragen zu stellen.*

Terenjo nickte wissend, als hätte er einen flüchtigen Blick in ihren Kopf erhascht. „Ich denke", sagte er ruhig, „für heute habe ich euch allmählich genug zugemutet. Kehrt in eure Häuser und Wohnungen zurück, schlaft euch aus, tankt Kraft. Ihr werdet sie brauchen;

für eure Ausbildung, aber vor allem auch für die Zeit danach. Und seid unbesorgt. Ich kann euch versichern, dass sich auf jede offene Frage eine Antwort finden wird, wenn der Zeitpunkt gekommen ist.

Ich werde euch wissen lassen, auf dem einen oder anderen Wege, wann ihr zur Zeremonie erscheinen müsst. Bis dahin haben meine Schwalben ein Auge auf euch."

Liska sah dem kleinen Vogel dabei zu, wie er in der Luft übermütig Pirouetten drehte.

Bis dahin haben meine Schwalben ein Auge auf euch.

Obwohl sie sicher war, dass der Fantasieweber es nicht so gemeint hatte, klangen die Worte in ihren Ohren wie eine Drohung.

13. EIN HELD JENSEITS DES PAPIERS

Als Anian die Wohnungstür hinter sich ins Schloss fallen ließ, war es bereits weit nach Mitternacht.

Der Weg nach Hause war ihm wie eine Ewigkeit vorgekommen.

Es war wie in jenen Träumen gewesen, in denen er laufen wollte, aber nicht vorankam; als stünde er bis zu den Oberschenkeln im Wasser und kämpfe vergeblich gegen einen Widerstand an.

Dabei war es eigentlich die Zeit im Quartier gewesen, die beschlossen hatte, sich selbst auszutricksen und den Himmel über Dublin frühzeitig dunkel zu pinseln.

Er hatte gehofft, in dieselbe Richtung fahren zu müssen wie Liska, doch ihre Wege hatten sich an der Rail Way Station getrennt. Während sie in den Bus nach Galway gestiegen war, hatte Anian den Bus nach Tullamore genommen. Gern hätte er die aufwühlende Versammlung im als Sammelstätte des Merkwürdigen getarnten Museum mit ihr Revue passieren lassen, aufgekratzt über die Absurdität der ganzen Situation gescherzt und danach in aller Ernsthaftigkeit über die bevorstehende Ausbildung geredet.

Darüber, was Terenjos Ansprache für ihre aller Zukunft bedeutete.

Stattdessen hatten sie sich angeschwiegen und einander zugelächelt; jeder von ihnen mit seinen eigenen Gedanken und der für ihre Augen immer noch fremden Magie beschäftigt, die plötzlich wie selbstverständlich zum Bild der Stadt gehören sollte.

Anian seufzte. Als stünde seine Welt nicht ohnehin schon Kopf, flimmerte nun auch noch die Silhouette eines rothaarigen Mädchens mit unendlich vielen Sommersprossen über seine Netzhaut.

Hinzu kam das quälende Gefühl, betrogen worden zu sein.

Aber worum betrogen eigentlich? Um die Wahrheit?, sinnierte Anian, während er, der späten Stunde zum Trotz, in die Küche schlurfte und sich einen Kaffee aufsetzte.

Er brauchte Koffein, und zwar jetzt gleich.

Unter keinen Umständen wollte er einschlafen, am liebsten niemals wieder. Zu groß war die Furcht davor, dass der Tag seinen Abschluss mit dem neuerlichen Auftauchen eines Schattenwesens krönte. Terenjos Versprechen, dass seine Schwalben über die künftigen Rekruten des Rates wachen würden, befand er dabei als nur mäßig beruhigend.

Ungeduldig trommelte Anian mit den Fingern auf die Arbeitsplatte. Das Blubbern und Glucksen der Maschine, das er für gewöhnlich als angenehm entpannend empfand, machte ihn heute rasend. Eine bisher ungekannte, kochend heiße Wut braute sich in seinem Bauch zusammen.

„Mach schon, du dummes Ding! *MACH SCHON!*", brüllte Anian mit einer Stimme, die ihm fremd war und in diesem Moment war es ihm, der sonst stets als rücksichtsvoll und ausgesprochen höflich galt, ganz egal, ob die alte Mrs. Harrison unter ihm vor Schreck aus ihrem Bett fiel oder ob das Baby des jungen Paares über ihm aus dem Schlaf gerissen wurde.

Dann, schwindelerregend schnell, verflüchtigte sich der Sturm in seinem Inneren und machte einer sanften Brise Platz. Noch erschöpfter als zuvor ließ Anian den Kopf in die Hände sinken. Zum ersten Mal seit Jahren weinte er.

Er erwachte spät am Nachmittag.

Ein Blick auf die Uhr verriet ihm, dass er vierzehn Stunden am Stück geschlafen hatte.

Vierzehn Stunden.

Zuletzt war ihm ein derartiges Meisterstück nach seinem sechzehnten Geburtstag gelungen, als er nur knapp einer Alkoholvergiftung entgangen, dafür aber von seinem Körper vorsorglich in einen halb komatösen Zustand versetzt worden war.

Ungläubig schüttelte Anian den Kopf und bereute es sogleich. Sein Nacken war steif und schmerzte.

Das war nicht weiter verwunderlich, hatte er die Nacht doch teils auf seinem Küchentisch, teils auf dem zugehörigen Barhocker verbracht.

Abgesehen von seinen in Mitleidenschaft gezogenen Muskeln fühlte er sich allerdings erstaunlich gut.

Worüber er noch vor vierzehn Stunden beinahe dem Wahnsinn verfallen wäre, kam ihm nun, bei Tageslicht betrachtet und mit neu gewonnener Energie, viel weniger bedrohlich und erschreckend vor.

Vielmehr begann er, wenn er so darüber nachdachte, diese ganze abstruse Geschichte mit einem ernsthaften Interesse und sogar mit so etwas wie Stolz zu betrachten.

Denn akzeptierte er, dass das, was ihm widerfahren war, kein Produkt seiner blühenden Fantasie, sondern Realität war, gehörte er tatsächlich zu einer Gruppe von *Auserwählten*, denen ein echtes Abenteuer bevorstand.

Er wusste nicht, woher dieser plötzliche Sinneswandel rührte - vielleicht hatte eine Armee von Schwalben jegliche verbliebene Schatten von seiner Seele gepickt, während er geschlafen hatte oder das Koffein ihn irgendwie high gemacht – doch er war sehr dankbar dafür.

Euphorisiert schnappte Anian sich sein Notizbuch.

Er würde seine Erlebnisse niederschreiben und sich währenddessen überlegen, wie er sich am besten auf die Zeremonie und seine Ausbildung zum Rekruten des Hohen Rates vorbereiten konnte.

Verdammt, wenn er verrückt war, würde er ohnehin nichts daran ändern können. Doch wenn nicht, bekäme er vielleicht endlich die Gelegenheit, zu beweisen, dass mehr in ihm steckte.

Dass er genauso tollkühn sein konnte wie die Figuren in seinen Geschichten. Ein Held; nicht nur auf dem Papier, sondern auch in der gnadenlosen Wirklichkeit allen Seins.

14. Gewänder und Abschiede

Sie hatte erwartet, dass ein weiterer Brief eintreffen würde. Einer, der sie über Ort und Zeit der bevorstehenden, von Terenjo angekündigten Zeremonie in Kenntnis setzte und es ihr so ermöglichte, sich seelisch auf das Zusammentreffen vorzubereiten.

Dass sie mit dieser Vermutung falsch lag, wurde Liska drei Tage nach ihrem Besuch in Dublin bewusst.

Es war ein brütend heißer Freitag und die warme Luft, die durch das geöffnete Schlafzimmerfenster strömte, verwandelte Liskas Inspiration in Trägheit.

Seit jener Nacht, in der sie schlaftrunken und wie betäubt von ihrer Illusionisten-Kunst durch die Wohnungstür gestolpert war, hatten ihre Finger ein gutes Dutzend Bilder zustande gebracht. Das Wechselbad der Gefühle, dem sie dank Terenjo und seinen Erzählungen über Larzods düstere Herrschaftspläne ausgesetzt war, spiegelte sich deutlich in ihren Werken wider.

Denn obwohl sie immer noch daran glauben wollte, dass ihre Begegnung mit Terenjo nichts weiter als ein besonders realer Traum gewesen war, kannte ihr Herz die Wahrheit. Und diese Wahrheit eröffnete ihr eine Perspektive auf die Welt, aus der heraus die Konturen allen Sinns zu einem einzigen, großen Fragezeichen verschwammen. Nichts war mehr gewiss.

Wenn es stimmte und das „Mehr“, nach dem sie sich in Kindertagen so verzweifelt gesehnt hatte, tatsächlich existierte ... ja, was dann? Wie sollte ausgerechnet sie einen Teil dazu beitragen, dem fürchterlichen großen Sterben Einhalt zu gebieten? Indem sie ein halbvolles Wasserglas herbeizauberte, das nicht einmal der Berührung ihrer Finger standhielt?

Trotz aller Sorgen und Zweifel aber beflügelten Liska die Früchte ihres kreativen Schaffens, so düster und wirr sie auch sein mochten. In ihren Bildern fand sie Trost.

Farbe und Leinwand brachten ihr Gedankenkarussell zum Stehen, gewährten ihrem wild schlagenden Herzen eine Verschnaufpause.

Das Läuten ihrer Türklingel bereitete dieser Verschnaufpause ein jähes Ende.

Alarmiert ließ Liska den Pinsel, den sie gerade in Ölfarbe hatte tauchen wollen, sinken. Ihr fiel niemand ein, der einen Grund hätte, sie zu besuchen.

Maida war von ihren Eltern auf einen Zwangsurlaub zu ihrem Onkel nach Howth geschickt worden. Das Ehepaar McMahan erhoffte sich von der Ausquartierung ihrer ältesten Tochter in erster Linie, dass diese wieder einmal mehr als zwei Stunden am Stück schlief, ohne wie eine Löwin vor Darcys Bett zu wachen.

Liskas Eltern wohnten zwei Autostunden und eine beachtliche Portion Desinteresse weit entfernt und ihren Kommilitoninnen gegenüber hatte sie ihre exakte Adresse nie erwähnt.

Wann immer sie sich mit Freunden und Bekannten traf, tat sie das außerhalb ihrer vier Wände. Ihre

Wohnung war ihr ein Rückzugsort, den sie nur ungern mit anderen Menschen teilte.

Vielleicht ist es nur ein Paketbote, unternahm Liska einen Erklärungsversuch, obwohl sie sicher war, nichts bestellt zu haben. Mit flatterndem Herzen stand sie von ihrem Schreibtischstuhl auf und schlich auf Zehenspitzen in den Flur hinaus.

Es klingelte erneut.

Sie hielt den Atem an. Sollte sie tun, als wäre sie nicht zu Hause? Oder sich bemerkbar machen?

Immerhin würde Larzods Schattengarde wohl kaum an der Tür klingeln – und sich auch nicht von ein paar Holzlatten daran hindern lassen, ihre Wohnung zu betreten.

Vielleicht also bestand gar kein Grund zur Furcht.

„Wer ist da?“, rief Liska nach einem kurzen Moment des Zögerns.

„Alani“, kam es postwendend zurück.

Liska stutzte. Vorsichtig öffnete sie die Tür.

Das Mädchen stand lächelnd auf ihrer mit den Worten „HERZLICH WILLKOMMEN WÄRE ÜBERTRIEBEN“ versehenen Fußmatte.

Wie bereits bei ihrer ersten Begegnung war Alanis Erscheinung auch jetzt ein wenig zu schillernd, um sich nahtlos in die Realität einzufügen.

Dafür aber waberten über ihrem Kopf zumindest keine bunten Nebelschwaden, wie Liska dankbar feststellte.

„Ähm. Hi“, sagte sie und trat einen Schritt zur Seite, um Alani hereinzulassen. Das Mädchen schwebte mit wehendem Lavendel-Haar an ihr vorbei. Erst jetzt bemerkte Liska den Beutel, den es in den Händen hielt. Irritiert schloss sie die Tür hinter sich.

„Was-“, setzte sie an, verschluckte den Rest des Satzes dann jedoch wieder und zuckte hilflos die Achseln.

Sie hatte keine Kraft mehr, Fragen zu stellen. Weitere Fragen bedeuteten weitere Informationen, und weitere Informationen bedeuteten weitere Veränderungen.

Eine neuerliche Umstrukturierung der Welt, die sie zu kennen geglaubt hatte.

Es war ermüdend.

„Ich bin hier, um dich abzuholen“, verkündete Alani fröhlich und überreichte Liska den Beutel, den sie mit hochgezogenen Brauen entgegennahm. Ein Blick hinein offenbarte ihr ein Gewand, das aussah, als wäre es aus Licht gewoben worden.

Entgegen ihrer neuen Prinzipien musste sie nun doch eine Frage stellen. „Was ist das?“

„Deine Uniform.“

„Ah. Natürlich.“

„Sie ist sehr nützlich, weißt du? Im Imagnois-Quartier werden ab heute einhundertachtzehn Rekruten ihre Ausbildung antreten. All die frische, noch unkontrollierte Magie, die ihr dort erlernt, würde man auf 1000 Kilometer entfernt sehen und riechen. Die Uniformen bündeln diese Magie und hindern sie daran, für die Augen des Feindes sichtbar zu werden. Wir nennen sie *Lumiari.*“

„Lumiari“, wiederholte Liska leise und strich über den seidenweichen Stoff.

„Hast du schon ein paar Sachen zusammengepackt? Du wirst eine Weile fort sein.“

Auf einmal kam Liska sich fürchterlich unvorbereitet vor. Anstatt sich während der letzten drei Tage darum zu kümmern, einen offiziellen Grund für ihre baldige Abwesenheit zu finden, hatte sie jede freie Minute mit ihren Leinwänden verbracht. Dabei würden Maida – und sogar ihre Eltern – sich früher oder später wundern, wo sie abgeblieben war.

Ich werde ihnen sagen müssen, dass ich verreist bin, dachte Liska. *Das ist gar nicht mal so abwegig, immerhin sind gerade Semesterferien. Mein Handy habe ich auch bei mir. Ich kann mich jederzeit melden.*

„Ich, äh, habe noch nicht gepackt", gestand Liska zerknirscht und ärgerte sich sogleich darüber, dass sie deswegen ein schlechtes Gewissen hatte.

Vorbereitungen auf eine Ausbildung zu treffen, die es eigentlich überhaupt nicht geben sollte, hätte bedeutet, die Situation endgültig zu akzeptieren.

Dabei war bis zuletzt die Hoffnung dagewesen, dass sich doch noch alles aufklären und wieder Normalität in ihr Leben einkehren würde.

Diese Hoffnung hatte Alani mit ihrem Auftauchen aber endgültig zunichte gemacht. Zum ersten Mal, seit sie das Quartier verlassen hatte, nahm Liska ihre neue Realität als gegeben hin. Es würde kein plötzliches Erwachen geben. Keine Uhr, an der sie drehen konnte, um ihr altes Leben zurückzuerlangen. Was sie aber sehr wohl tun konnte, war, den Kampf gegen diese Gewissheit aufzugeben und sich stattdessen auf das einzulassen, was ihr bevorstand: Eine Ausbildung, die sie zu einer Rekrutin des Lichts machen würde. Zu einer Kämpferin des Hohen Rates, die einem Schattenfürsten das Handwerk legen würde.

„Ich kann dir beim Packen helfen“, bot das Mädchen freundlich an. „Wir sollten uns nämlich ein wenig beeilen. Die Wächter mögen es nicht, wenn man sie warten lässt.“

„Klar“, murmelte Liska. Allmählich wurde sie nervös. Bereits Terenjo hatte bei der Erwähnung der Ratsmitglieder unverhohlen ehrfürchtig geklungen.

Wie wohl würden sie sich ihr und den anderen Rekruten präsentieren? Vermutlich, ahnte Liska, nicht halb so geduldig und warmherzig wie der Fantasieweber.

Stumm bedeutete sie Alani, ihr ins Schlafzimmer zu folgen.

Aus der untersten Schublade ihres Kleiderschranks zog Liska eine sichtlich eingestaubte Reisetasche hervor, die sie notdürftig abklopfte.

„Über was für einen Zeitraum reden wir eigentlich?“, fragte sie, während sie wahllos die ersten Kleidungsstücke in ihre Reisetasche warf, die ihr in die Hände kamen.

„Darf ich?“, fragte Alani zurück, schob sich an ihr vorbei und griff zielsicher nach für Liskas Geschmack ein wenig zu sportlichen Hosen und Tops sowie legeren Sommerkleidern.

„Je bequemer, desto besser“, sagte das Mädchen zwinkernd, ehe es eine ernste Miene aufsetzte und ihr die zarten Hände auf die Schultern legte.

„Niemand, nicht einmal der Hohe Rat selbst, wird euch sagen können, wie lange all das andauern wird. Es hat schon einmal einen Krieg gegeben, aber auch damals war es kaum möglich, Prognosen zu treffen. Alles steht und fällt mit den Handlungen des Feindes, weißt du? Je schneller die Schatten wachsen, desto weniger Zeit werdet ihr haben."

Liska schluckte. Sie wollte nicht aussprechen, was sie dachte. Wollte die Worte in eine dunkle Ecke ihres Bewusstseins jagen, wo niemand, nicht einmal sie selbst, ihnen zuhören konnte. Und doch stolperten sie ihr über die Lippen.

„Es könnte also sein, dass ich meine Wohnung heute zum letzten Mal sehe? Dass wir im Anschluss an unsere Ausbildung sofort losgeschickt werden, um Larzod und seine Garde aufzuhalten? Und dass wir - na ja - von dieser Reise nicht lebend zurückkehren, wenn etwas schiefgehen sollte?"

Alani sah Liska lange an, bevor sie antwortete.

„Ja", sagte sie schließlich. Das strahlende Blau ihrer Diamantaugen nahm einen dunklen Indigoton an. „Ja. Wenn etwas schiefgehen sollte ..." Sie blinzelte ein paarmal. Bildete Liska es sich ein, oder waren Alanis dichte Wimpern plötzlich nass vor Tränen?

„Wenn etwas schiefgehen sollte, Liska, dann ist das hier vielleicht ein Abschied für immer."

15. SCHUTZENGEL

Zum zweiten Mal innerhalb kürzester Zeit saß Anian in einem Bus nach Dublin. Abwesend kaute er auf einem trockenen Keks herum und starrte Löcher in den Gang, auf dem ein besonders entdeckungsfreudiges Kleinkind vor seiner Mutter davonkrabbelte.

Rechts neben Anian stand sein Rucksack, in den er seinen Kulturbeutel, Kleidung und sein Notizbuch inklusive Lieblingsfüller gestopft hatte.

Links von ihm saß, im Schneidersitz und mit hinter dem Kopf verschränkten Händen, Taron.

Der Junge mit den perlmuttschimmernden Augen und dem engelsgleichen Gesicht hatte plötzlich vor Anians Tür gestanden und ihm verkündet, er werde ihn nun abholen und zu seiner Zeremonie geleiten.

Anian fand, dass er angesichts dessen ziemlich souverän reagiert hatte. Vermutlich, weil sein Verstand des Ringens mit der neuen Wirklichkeit endgültig müde geworden war.

Es war ihm gelungen, die Tatsache, dem Hohen Rat als Rekrut zu dienen, zu akzeptieren. Und wie bereits nach seiner Rückkehr aus dem Imagonis-Quartier vor drei Tagen kam er auch jetzt nicht umhin, sich wegen der auf ihn gefallenen Auswahl irgendwie geehrt zu fühlen.

Dennoch – oder gerade aus diesem Grund - wurde er mit jedem Kilometer, dem sie dem Stadtzentrum näherkamen, nervöser. Nicht im Detail zu wissen, was ihn erwarten würde, verunsicherte ihn. Anian war viel daran gelegen, den Ansprüchen der Ratsmitglieder gerecht zu werden.

Was, wenn er sie enttäuschte? Wenn er es erst gar nicht über die Zeremonie hinaus schaffte und noch heute wieder nach Hause fahren müsste?

Abseits dieser lästigen Zweifel war es jedoch vor allem ein Gedanke, der seinen Pulsschlag in die Höhe trieb. Einer, der stürmischen Pirouetten um ein Mädchen mit roten Haaren und zahlreichen Sommersprossen auf dem schönen Gesicht drehte.

„Geht es dir gut?", fragte Taron neben ihm.

Anian brauchte einen Augenblick, um das Chaos in seinem Kopf zu bändigen. „Ja", sagte er mit einiger Verzögerung, „alles bestens. Sag mal, was ist eigentlich deine Funktion in dieser ganzen Geschichte?" Ohne es zu merken zerbröselte er den Keks, den er eigentlich hatte zu Ende essen wollen, zwischen seinen Fingern. Die Krümel purzelten links und rechts zu seinen Beinen hinab auf den vibrierenden Boden des Busses.

„*Meine* Funktion?" Taron hob die blonden Brauen. „Ich habe dich zu einem Sehenden gemacht. Schon vergessen?"

Anian schnaubte. „Wie könnte ich?!" In einer theatralischen Geste deutete er aus dem Fenster. Zwar war die Magie, die von Orten und Menschen ausging, hier auf der Schnellstraße deutlich weniger sichtbar. Dennoch war sie unbestreitbar vorhanden; sei es an der Art, wie der Himmel gefärbt war, oder wie seltsame, geflügelte Wesen über die Dächer der überholenden Autos huschten.

„Das sind doch nur Schutzengel“, sagte der Junge unbeeindruckt. „Eine Zeit lang waren sie fast ausgestorben, aber vor allem mit zunehmendem Verkehrsaufkommen haben die Menschen wieder angefangen, sich nach ihnen zu sehnen. Jetzt vermehren sie sich wie Unkraut, weil sie an jeder Ecke gebraucht werden. Leider beschränkt sich ihre Arbeit darauf, Unfälle zu verhindern. Ich bin sicher, der Hohe Rat der Wächter hätte sie andernfalls schon längst als Rekruten angeheuert.“

„Schutzengel“, wiederholte Anian verblüfft. Die kleinen Wesen bewegten sich so schnell, dass es ihm unmöglich war, mehr als die Konturen ihrer filigranen Körper zu erkennen.

„Hierbleiben, Johnny. Nicht nach da hinten.“ Die Mutter des bewegungsfreudigen Kleinkindes nahm ihren Sohn auf den Arm und warf Anian einen merkwürdigen Blick zu.

Noch während er überlegte, ob es Angst war, die darin lag, bemerkte er die Flut mikroskopisch kleiner Buchstaben, die der Frau auf Herzhöhe aus der Brust strömten. Auf die Entfernung konnte er es schlecht erkennen, doch er glaubte zu sehen, wie die Buchstaben Wünsche formten.

Auffallend viele davon drehten sich um einen Mann namens Dorian und eine verwucherte Villa im fernen Italien.

„Kann ich diese – ähm – Fähigkeiten eigentlich kontrollieren?“, fragte er Taron. „Entscheiden, wann ich Magie sehen will und wann nicht?“

Anian spürte, wie sich seine Nackenmuskulatur verkrampfte und einen baldig einsetzenden Kopfschmerz ankündigte. Die Reizüberflutung tat seinem Körper noch immer nicht gut, Akzeptanz hin oder her.

„Nein, aber du wirst dich daran gewöhnen."

Anian nahm seine Brille ab und massierte sich die Nasenwurzel. „Was macht dich so sicher?"

„So war es schon damals. Im ersten Schattenkrieg. Viele Sehende haben das Leben erst nach ihrem Kuss als wirklich lebenswert erachtet. Vielleicht geht es dir irgendwann auch so. Die Wahrscheinlichkeit ist nämlich hoch, dass sich dein inneres Auge nie wieder vor dem Zauber verschließt, der in deiner Welt zuhause ist."

„Für jemanden deines Alters weißt du ganz schön viel", befand Anian, der Taron auf höchstens zwölf schätzte.

Der Junge grinste. „Meine Geschwister und ich sind aus der Fantasie sterbender Künstler und Schriftsteller entstanden. Sozusagen als ewige Manifestationen ihrer Jugend. Der Schriftsteller, dem ich meine Existenz verdanke, starb vor hundertfünfzig Jahren. Ich würde also nicht unbedingt sagen, dass ich viel für mein Alter weiß."

Anian sog scharf die Luft ein. „Hundertfünfzig?! Du bist hundertfünfzig Jahre alt?!"

Die Frau mit dem Kleinkind drehte sich zu ihm um. Wieder sah sie aus, als jage er ihr Angst ein.

„Ja", sagte Taron achselzuckend. „Praktisch, dass man es uns nicht ansieht, nicht wahr? Dadurch, dass wir selbst aus Fantasie und Magie erschaffen worden sind, können wir euch ihren Kuss verleihen."

„Moment mal", sagte Anian und spürte, wie ihm vor Scham ganz heiß wurde, „wenn du ebenfalls aus

Fantasie gemacht worden bist, bedeutet das im Umkehrschluss, du bist unsichtbar für alle Nicht-Sehenden, oder?“

Taron bejahte seine Frage mit einem Nicken.

„In diesem Bus bin ich also die einzige Person, die dich sehen und hören kann?“

Der Junge nickte erneut.

Anian wäre am liebsten im Erdboden versunken.

Kein Wunder, dass die Frau ihn so verstört angesehen hatte, wo er doch ein so angeregtes Gespräch mit der Luft führte.

Zu seiner Erleichterung hatten die wenigen anderen Fahrgäste Kopfhörer in den Ohren.

„Und das hättest du mir nicht früher sagen können?“, zischte er.

Taron setzte eine Unschuldsmiene auf, die jedoch nicht über das schalkhafte Funkeln in seinen Augen hinwegtäuschen konnte.

„Na, na. Schau nicht so verdrießlich drein. Pack lieber deine antiken Kekse zusammen und zieh‘ dich um. Wir sind gleich da. Das Imagonis-Quartier wartet schon.“

16. Der Hohe Rat der Wächter

Als sie das Foyer des vorgeblichen Museums betrat, erreichte Liskas Anspannung ihren Höhepunkt. Alani hatte sich noch vor dem Eingang von ihr verabschiedet und ihr viel Glück gewünscht, ehe sie summend davongehüpft war.

Plötzlich wieder auf sich allein gestellt, suchte Liska in der schnatternden Menge nach einem bekannten Gesicht – etwa nach dem des Jungen mit der Brille und den schönen Augen, den Terenjo Anian genannt hatte – konnte jedoch keines finden. Immerhin, dachte sie erleichtert, während sie sich unter die anderen Wartenden mischte, würde sie heute nicht wieder alle Blicke auf sich ziehen. Nicht nur, dass sie offenbar pünktlich gekommen war, sie trug auch noch dasselbe Gewand wie alle anderen anwesenden Rekruten des Rates.

„Ruhe, bitte." Eine bekannte Stimme, die Liska im ersten Moment nicht zuordnen konnte, erhob sich über das durch die hohen Decken akustisch verstärkte Stimmengewirr.

Shae Madroga, die hochgewachsene Empfangsdame, kam mit klappernden Absätzen über die Marmorfliesen stolziert.

„Sind alle vollzählig?“ Stumm ließ sie ihren Blick über jeden einzelnen der Anwesenden schweifen, nickte knapp und straffte die Schultern.

„Mir nach. Nicht reden, bis wir die Tür zur Kuppel passiert haben. Nicht mal das kleinste Wörtchen, sonst verwehrt sie uns den Einlass und die Zeremonie muss ohne einen einzelnen Teilnehmer stattfinden. Verstanden? Großartig. Hier entlang.“

Kuppel?

Erneut wurde Liska daran erinnert, dass das, was das *Writer's Museum* von außen darstellte, nicht im Ansatz mit seiner inneren Erscheinung in Einklang zu bringen war.

Obwohl sie niemanden an ihrer Seite hatte, dem sie ein verdutztes „Was soll das denn bedeuten?“ zuraunen konnte, biss sie sich vorsichtshalber fest auf die Lippen.

Bemüht, mit Shae Schritt zu halten, lief sie der Frau mit dem strengen Dutt und dem noch strengeren Gesicht hinterher – und führte den Pulk unsicher dreinblickender Rekruten somit unfreiwillig an.

Schon nach wenigen Schritten hatte Liska jede Orientierung verloren. Hatte sie geglaubt, eben noch in Richtung Westflügel gegangen zu sein, dirigierte Shae sie nun in einen Korridor hinein, der wie von Geisterhand vor ihnen aufgetaucht war.

Die hellen Wände waren mit Porträts behangen, die jenem von Ternejo in der Machart deutlich ähnelten.

Liska hatte den Eindruck, dass die Augen der abgebildeten Männer und Frauen ihnen folgten. Da die zugehörigen Gesichter allerdings nicht halb so freundlich aussahen wie das des Fantasiewebers, das neben dem

Eingang zum Westflügel hing, bescherte ihr das Gefühl eine Gänsehaut.

Ein Tor von beeindruckender Erscheinung markierte das Ende des Ganges. Hoch ragte der mit Symbolen und Schriften verschnörkelte Bogen über ihnen empor, in den elfenbeinfarbene Flügeltüren eingelassen waren.

An diesen wiederum befanden sich, jeweils auf einer Seite, zwei eiserne Türklopfer in Form von langen, spitzen Zungen, die aus dem Rachen eines vierköpfigen Geschöpfes hingen. Dieses bestand seinerseits aus den verzerrten Häuptern eines Adlers, eines Schwans, eines Falken und einer Eule.

Shae drehte sich zu Liska und den anderen Rekruten um. Warnend legte sie einen Finger an den Lippen, griff nach einer der Zungen und ließ sie kraftvoll gegen einen darunter sichtbar werdenden Knauf sausen.

Sofort brach ein ohrenbetäubender Donner los.

„Wer stört meine Ruhe?", drang es von irgendwo tief aus dem Gemäuer.

Liska erwartete fast, dass Shae antworten würde, doch auch sie hielt sich an das Schweigegebot.

„Wer wagt es, mich zu wecken?"

Die Empfangsdame griff in die Tasche ihres Blazers. In einer blitzschnellen Bewegung zog sie einen scharfen, messerähnlichen Gegenstand heraus und schnitt sich mit der Klinge ins Fleisch ihres Unterarmes.

Liska schlug sich die Hand vor den Mund, um nicht laut aufzuschreien. Blut quoll aus der Wunde hervor. Gemessen an der Größe des Schnitts war es erstaunlich wenig, und doch reichte es aus, um Shae blass werden zu lassen. Sie trat dicht an die Tür heran und presste ihren Arm gegen die Türklopfer. Sofort schlangen die Zungen sich um ihren Unterarm.

Der Anblick brachte Liskas Magen zum Rebellieren.

Sie wandte den Blick ab und sah erst wieder hin, als sie das klappernde Geräusch von Shaes Absätzen vernahm.

Dort, wo die Zungen eben noch an ihrer Haut gesogen hatten, war kaum noch etwas zu sehen.

Keine Fragen, ermahnte Liska sich selbst. *Jedenfalls jetzt noch nicht.*

Ein paar Sekunden lang konnte sie nur ihren eigenen Atem hören. Dann schwangen die Flügeltüren grollend auf und gaben den Blick auf einen von flackernden Kerzen beleuchteten Saal frei.

Schatten tanzten über graue Wände und dicke, rote Vorhänge.

Groß und schwer hingen sie von der Decke hinab, die sich der Form des Raumes wie von Zauberhand angepasst hatten und sich eng an die Wölbungen der Kuppel schmiegten.

Inmitten des Saales schwebte eine Art Kronleuchter ohne Halterung, dessen diamantene Arme silberblaue und orangerote Steinchen umfassten. Wieder dachte Liska, dass sie aussahen, als seien sie Mond und Sonne entnommen worden.

Unmittelbar unter dieser bemerkenswerten Konstruktion standen vier bronzefarbene Stühle – *Throne wäre die treffendere Beschreibung,* dachte sie ehrfürchtig – auf einer Art goldenem Podium. Sie vermutete, dass dort die Wächter Platz nehmen würden – nicht zuletzt deswegen, weil nahezu alle übrigen Sitzgelegenheiten weitaus weniger eindrucksvoll daherkamen. Etliche aus Stein geschlagene Hocker waren um ebenfalls aus Stein gefertigte Tische angeordnet worden.

„Also dann“, sagte Shae Madroga heiser, „ihr dürft wieder sprechen. Zumindest solange, bis sich der Hohe Rat einfindet. Nehmt eure Plätze ein und wartet auf weitere Anweisungen.“

Eilenden Schrittes entfernte sie sich.

Die Rekruten bewegten sich wie scheue Rehe über den Boden, der aussah, als wäre er aus Eis geschaffen worden.

Darunter lag etwas Goldenes, das im Takt eines Herzschlags aufleuchtete und pulsierende Wellen unter der trüben Oberfläche erzeugte.

Vorsichtig setzte auch Liska einen Fuß vor den anderen, in der Erwartung, jeden Moment auf dem gefrorenen Untergrund auszurutschen. Doch wenn es tatsächlich Eis war, auf dem sie sich fortbewegte, schienen ihm seine typischen Eigenschaften abhanden gekommen zu sein.

„Hi“, sagte jemand hinter ihr. Liska wirbelte herum – und sah in das Gesicht des bebrillten Jungen mit den blonden Locken. Anian. Das Lächeln, das er ihr schenkte, war trotz seiner Zaghaftigkeit von einer Wärme, die ihr an diesem unheimlichen Ort einen wohligen Schauer bereitete.

„Hi“, sagte sie zurück und erwiderte sein Lächeln. „Suchen wir uns zusammen einen Platz?“

Offenbar ebenso erleichtert, auf ein bekanntes Gesicht getroffen zu sein, stimmte Anian ihr zu. Sie entschieden sich für einen Tisch unweit des Podiums, mit perfektem Blick auf die Throne der Wächter. Zwei

Kinder und eine kräftig gebaute Frau hatten bereits daran Platz genommen.

Ein schwarzhaariges Mädchen, das Liska von Terenjos Ansprache bekannt vorkam, gesellte sich ebenfalls zu ihnen.

Sie glaubte sich zu erinnern, dass es links neben Anian gesessen hatte.

Nachdem alle ihr Gepäck unter ihren jeweiligen Hockern verstaut hatten, stellten sie einander befangen vor.

Das schwarzhaarige Mädchen hörte auf den Namen Alisha, die beiden Kinder – Zwillinge, wie sich herausstellte – hießen Greta und Lio.

„Und ich bin Belinda", schloss die Frau, mit Abstand die Älteste im Bunde, die Vorstellungsrunde.

Liska nickte ihr freundlich zu. Sie hoffte, sie würde sich alle Namen merken können.

Fröstelnd verschränkte sie die Arme vor der Brust und sah sich in der Kuppel um. Alle Rekruten hatten sich inzwischen in kleinen Gruppen zusammengefunden. Das Licht der in die Lüster gefassten Himmelskörper hatte an Kraft gewonnen, während die Kerzen beinahe heruntergebrannt waren.

„Was meint ihr, in welche Kategorien ihr eingeteilt werdet?", fragte Alisha in die Runde. „Deine Antwort zählt nicht, bei dir wissen wir ja sowieso schon Bescheid", ergänzte sie mit einem Blick auf Liska.

„Keine Ahnung, aber ich denke, es ist mir auch egal, solange ich nicht den Assassinen zugeteilt werde", bemerkte Belinda.

„Assassine?", fragte Greta mit ihrer piepsigen, allzu kindlichen Stimme. „Was bedeutet das?"

Liska fragte sich, wie die Kinder ihren Eltern erklärt hatten, dass sie auf unbestimmte Zeit fort von zuhause sein würden. Vermutlich hatten sie dabei Hilfe von Terenjo, dem Hohen Rat oder den Magie-Küsse verteilenden Mädchen und Jungen erhalten. Nichtsdestotrotz musste es für sie ganz besonders schlimm sein, von ihren Familien getrennt zu sein.

„Tja", setzte Belinda an, kratzte sich ratlos am Hinterkopf und suchte derweil nach den richtigen Worten.

Alisha kam ihr zuvor. „In diesem Zusammenhang: Larzods Schattenwesen den Garaus machen. Sie zur Strecke bringen. Sie beseitigen. Sie-"

„Schon gut, schon gut, sie hat es verstanden", intervierte Belinda, der die schreckensgeweiteten Augen des Kindes nicht entgangen waren. Auch Gretas Bruder blickte unbehaglich drein. „Ich vermute jedenfalls, dass sie mich zu einer Hüterin machen, obwohl ich nicht einmal weiß, was genau ich mir darunter vorzustellen habe. Aber irgendwie würde es passen. Ich bin gut darin, auf Dinge und Menschen aufzupassen."

„Hüter sollen Angriffe der Garde verhindern", bemerkte Alisha, „das hat Terenjo uns doch erzählt."

„Schon klar. Er hat allerdings nicht erzählt, wie das funktionieren soll."

Das Gespräch wurde jäh durch eine dröhnende Stimme unterbrochen, die, wie zuvor an der blutrünstigen Tür, von überallher und gleichzeitig aus dem Nirgendwo zu kommen schien.

„Erheben Sie sich von ihren Plätzen und heißen Sie den Hohen Rat der Wächter willkommen."

Liskas Herz setzte einen Schlag aus.

Stein schrammte über Eis, als alle einhundertachtzehn Rekruten der Aufforderung des Phantoms nachkamen.

Dann legte sich eine gespenstische Stille über den Saal.

Erwartungsvoll wandte Liska ihren Kopf der Erhöhung im Zentrum der Kuppel zu. Der Leuchter, der bisher regungslos über den Thronen gehangen hatte, begann merklich zu zittern.

Graue Schwaden lösten sich aus dem glühenden Gestein des Lüsters, wirbelten in einem immer schneller werdenden Tanz hinab und nahmen schließlich Gestalt an.

17. KÄMPFER DES LICHTS

Wie Statuen standen sie da, vier engelsgleiche Wesen in Gestalt dreier Männer und einer Frau; gehüllt in lange, silberne Gewänder, die um ihre nackten Fußknöchel schwebten.

Sie alle waren von imposanter Gestalt und erstaunlicher Größe, doch einer von ihnen überragte die anderen noch um ein beachtliches Stück.

Anian war überwältig von der Klarheit, mit der er seine Umwelt wahrnahm, seit er die Kuppel betreten hatte. Obwohl eine nicht geringe Entfernung zwischen ihm und den Wächtern lag, konnte er jeden Zentimeter ihrer Gesichter, ihrer Körper erkennen – er sah sie, dachte er euphorisch, wie durch ein Vergrößerungsglas.

Ihr Anblick war atemberaubend.

Die Haut der Wächter, so zerbrechlich und kostbar zugleich, schien aus Porzellan zu bestehen, in dem winzige Splitter längst vergangener Träume glitzerten.

In ihren Haaren, die sowohl den Männern wie auch der Frau bis an die Hüften reichten, blitzten goldene Fäden unerschöpflicher, niemals versiegender Fantasie.

Ganz besonders gefesselt aber war Anian von ihren Augen; es war ganz und gar unmöglich, ihre Farbe zu bestimmen, denn sie vereinten alle nur erdenklichen Nuancen in sich.

Anian wusste nicht, woher er diese Reihe skurriler Gewissheiten nahm, doch das spielte keine Rolle.

Nichts spielte mehr eine Rolle, solange er nur weiterhin diese wunderbaren Geschöpfe ansehen durfte.

Demut kroch seinen Kehlkopf hinauf.

Er kämpfte den irrationalen Drang nieder, zu weinen und auf die Knie zu fallen.

„Liebe Anwesenden."

Die Wächterin sprach mit einer dunklen, betörenden Stimme.

„Mein Name ist Laelia. Als Lehrmeisterin der Illusionisten heiße ich Sie willkommen in unseren Hallen. Einst schufen unsere Vorfahren diesen Ort mit ihrer Fantasie. Generationen von Wächtern halfen, diese kleine, ursprünglich ausschließlich uns vorbehaltene Welt inmitten der Ihren Realität aufrechtzuerhalten und weiterzuentwickeln. Nun dürfen Sie Zeugen dieser unerschöpflichen Quelle pulsierender Magie werden."

„Schätzen Sie es!", rief der Wächter zu ihrer Linken aus.

Es klang wie eine Drohung; wie das Knurren eines Raubtieres, das Hunger litt.

Das schon *viel zu lange* Hunger litt.

Anian lief es kalt den Rücken hinunter.

Es war paradox: Der Hohe Rat war auf die Hilfe der Rekruten angewiesen, und doch kam es ihm plötzlich vor, als sei es andersherum.

„Nun, mein Bruder hat nicht Unrecht. Was Sie hier zu Gesicht bekommen, wird kein anderer Mensch jemals bewundern können." Die Wächterin wandte den Kopf zur Seite, sah die beiden Männer zu ihrer Rechten auffordern an.

Es war eine simple Bewegung, wie Anian sie schon etliche Male bei unzähligen Menschen beobachtet hatte, und doch haftete ihr etwas unsagbar Elegantes an.

Zuerst sah es aus, als wollte jeder dem jeweils anderen den Vortritt lassen. Dann ergriff der hochgewachsene, schmalgesichtige und dennoch auffallend schöne Wächter das Wort.

„In diesen Räumlichkeiten leitet das Schicksal Ihre Handlungen. Die Vorsehung hat Sie bereits zu jenen Gruppen zusammengetan, innerhalb derer Sie durch das Land reisen und den Kampf gegen Larzod antreten werden."

Oh mein Gott.

Anian konnte sein Glück kaum fassen. Er würde an Liskas Seite kämpfen. Würde die Gelegenheit bekommen, sie näher kennenzulernen. Tag für Tag, Nacht für Nacht.

„Die verschiedenen Unterrichtseinheiten im Rahmen Ihrer Ausbildungen aber werden Sie getrennt nach Kategorien bestreiten. Wir werden nun nacheinander Ihre Namen zusammen mit den Ihnen zugedachten Funktionen im Kampf gegen die Dunkelheit aufrufen. Bitte bleiben Sie auf Ihren Plätzen sitzen, bis der letzte Name verlesen ist, und sehen Sie von Fragen ab. Die im Anschluss stattfindende Lehrstunde wird Sie ausreichend über Ihre Aufgaben aufklären. Ihr Gepäck lassen Sie hier. Es wird Ihnen später auf die Zimmer gebracht, die sich im Haupthaus befinden.

Hinter den Vorhängen befinden sich vier Treppen. Eine von ihnen führt auf die Ebene der Hüter, die andere auf die der Illusionisten, die wieder andere auf die der Assassine und die verbleibende auf die Ebene der Späher.

Ein Illusionist wird die Stufen zu den Unterrichtsräumen der Späher nicht betreten können, ebenso wenig wie ein Späher Zutritt zur Ebene der Illusionisten erhalten wird.

Ganz genau so verhält es sich auch in den übrigen Fällen. Ich rate Ihnen, diese Information zu beherzigen. Dieser Ort kann sehr ungnädig sein, wenn die hier vorherrschenden Regeln missachtet werden."

Anian spürte die stählerne Autorität der Wächter wie Gewichte auf seinen Schultern lasten. Er würde sich den hier waltenden Richtlinien nicht widersetzten, ganz egal, was geschehen mochte. Und er konnte sich beim besten Willen nicht vorstellen, dass irgendjemand in diesem Raum eine andere Meinung dazu hatte.

„Doch nun aufgepasst! Ich, Livius, Lehrmeister der Späher, verlese nun die Namen derer, die ich unter meine Fittiche nehmen werde. Nachdem ich meine Ansprache beendet habe, wird einer der vier Vorhänge fallen. Ich werde am Fuße der in Kürze sichtbaren Ebene auf Sie warten. Meine Brüder und meine Schwester werden es mir gleichtun und sich, nach Bekanntgabe der Namen ihrer Lehrlinge, ebenfalls an den entsprechenden Ebenen positionieren. Sobald wir Sie auffordern, begeben Sie sich zu den jeweiligen Treppen, bilden eine Reihe und gehen langsam und geordnet die Stufen hinab. Bis dahin bleiben Sie sitzen und hören Sie aufmerksam zu."

Niemand sprach ein Wort, doch die Stille war trügerisch.

Hinter geschlossenen Mündern tobten in Ketten gelegte, unausgesprochene Gedanken mit bis zum Bersten gefüllten Kehlen, die nur darauf warteten, die Luft mit einem Donnerschlag erzittern zu lassen.

Der Wächter zog in einer Bewegung, die zu schnell für das menschliche Auge war, eine Schriftrolle aus seinem Umhang.

Kaum hatte er es mit der Fingerspitze angetippt, entfaltete sich das Pergament zu seiner vollen Länge, löste sich von den Händen, die es festhielten und verharrte in einem Schwebezustand vor seinem Gebieter.

Gebieter.

Das Wort war Anian scheinbar aus dem Nichts erschienen und wollte seinen Kopf nicht mehr verlassen, ebenso wie die ungewöhnlichen Vergleiche, die er bezüglich der Erscheinung des Hohen Rates herangezogen hatte.

„Abrahams, Elisabeth. Aden, Linda. Affelt, Christoph …"

Mit rauschendem Puls lauschte er Livius' Stimme. Wartete auf die Erwähnung seines Namens.

Würde er zum Hüter auserkoren werden? Oder hatte der Rat ihm eine andere Funktion zugedacht?

„Bartels, Belinda."

Die kräftige Frau mit den rosafarbenen Wangen setzte sich aufrecht hin. Im Gegensatz zu Anian war sie allerdings entweder weitgehend immun gegen die respekteinflößende Aura der Wächter oder, wenn er es sich auch nur schwerlich eingestehen konnte, ganz einfach kühner. Sie murmelte etwas, das wie „Ich hätte als

Hüterin ganz bestimmt eine bessere Figur abgegeben" klang und verschränkte in kindlichem Trotz die Arme vor dem üppigen Busen.

Zu Anians Erleichterung schien der Wächter Belinda nicht gehört zu haben. Unbeirrt fuhr er mit dem Verlesen der Namen fort. Schließlich beendete er seine Aufzählung mit „Zimmerman, Andrea".

Das Pergament schlug Wellen und unzählige Buchstaben rieselten auf den gefrorenen Boden hinab.

Pling. Pling. Pling.

Dann schwebte es zielstrebig vor die Augen jenes Wächters, dessen Stimme Anian an ein Raubtier erinnert hatte.

Er hoffte inständig, dass es sich bei diesem Exemplar nicht um seinen künftigen Lehrmeister (*Gebieter*) handeln würde.

Gespannt hielt er die Luft an.

„Ich, Gajus, verkünde nun die Namen der Hüter."

Wieder lauschte Anian angestrengt, doch auch dieses Mal fand sein Name keine Erwähnung. Stattdessen wurden Lio und Greta Sullivan, die jungen Zwillinge an ihrem Tisch, zu Hütern bestimmt.

Somit bin ich dann wohl offiziell ein Assassine.

Anian schluckte. Er horchte in sich hinein, konnte jedoch nicht feststellen, was genau diese Erkenntnis in ihm auslöste. Da waren Furcht, Stolz, Aufregung, Fassungslosigkeit, Neugierde ... und noch etwas. Etwas, von dem er ahnte, dass es ihm gefährlich werden könnte.

Ehe er seine Selbstanalyse vertiefen konnte, befreite sich das Pergament erneut von seinen ausgedienten Buchstaben und bot seine Dienste jenem Mitglied des

Hohen Rates dar, das als einziges noch kein Wort gesprochen hatte.

„Mein Name ist Tullius und ich bin zuständig für alle zukünftigen Assassinen unter Ihnen. Nun denn! Beginnen wir ..."

Einen kurzen Moment lang war Anian enttäuscht, dass das schwebende Pergament nicht vor den Augen der schönen Wächterin haltgemacht hatte.

Schnell jedoch wandelte seine Enttäuschung sich in ein Gefühl tiefer Erleichterung. Die Stimme des Wächters, der sein Lehrmeister werden sollte, klang unerwartet weich; geradezu wie die Vertonung eines Lächelns. Mit klopfendem Herzen, das zugleich Vorfreude und Angst in sich trug, fieberte er der Verkündung seines Namens entgegen.

„Dawson, Luisianne. Bush, Alfred."

Wenn er doch nur imstande wäre, die Reihenfolge des Alphabets zu verändern!

„Carson, Alisha."

Das schwarzhaarige Mädchen neben ihm nickte ernst.

„Conrin, Ben."

Anian schloss die Augen.

Die Zeit dehnte sich aus, verflüssigte sich, flutete den Saal und sprang dann, ohne Vorwarnung, in ihre ursprüngliche Form zurück.

„Rohwer, Anian."

Eine Gänsehaut kroch seinen Nacken hinauf und kämpfte sich bis zu seinen Synapsen vor. Den Rest der Zeremonie nahm Anian nicht mehr wahr. Ein nie gekanntes Glücksgefühl rauschte in seinen Ohren und versetzte seinen Körper in einen Schwebezustand.

Nun war es offiziell.
Er, Anian Rohwer, hatte eine Aufgabe.
Und er würde ihr gerecht werden.

18. Meisterin der Täuschung

Liskas Knie waren weich wie Butter.

Obwohl sie auf das Verlesen ihres Namens vorbereitet gewesen war, hatte sie bis zuletzt geglaubt, einfach vergessen worden zu sein. Mit den Worten, es handle sich um einen Irrtum, wieder nach Hause geschickt zu werden.

Für eine kurze Zeitspanne war die Normalität wieder greifbar gewesen. Und dann war es passiert.

„Cavanaugh, Liska", hatte die schöne Lehrmeisterin gesagt und sie somit zu einer Illusionistin gemacht. Als auch die Wächterin alle Namen ihrer Rekruten genannt hatte, war sie mit steinerner Miene zum Fuße ihrer Ebene geschritten, wo sie nun darauf wartete, dass all ihre Schüler sich in einer geraden Linie vor der Treppe formierten.

Liska, die sich am hinteren Ende der im Vergleich zu den übrigen verhältnismäßig kurzen Schlange befand, schielte neugierig an den gestrafften Schultern ihrer Vordermänner und -frauen vorbei.

Sie sah gerade noch, wie ihre zukünftige Lehrmeisterin eine halbe Drehung vollführte und mit einer gebieterischen Handbewegung den Abstieg in die unbekannte Ebene einläutete, ehe sie unsanft nach vorn geschoben wurde.

„He, ist ja gut!"

Liska warf einen vorwurfsvollen Blick über die Schulter und beeilte sich, die Lücke zwischen ihr und dem vorderen Teil der Gruppe zu schließen, der bereits Stück für Stück in der Tiefe verschwand.

Was würde sie dort unten nur erwarten?

Die Antwort lag nur noch wenige hinabsteigende Mitschüler entfernt.

Vier.

Drei.

Zwei.

Einen.

Endlich hatte sie die Treppe erreicht.

Ihr Spiegelbild brach sich im glitzernden Eis, das die Stufen ummantelte und auch hier im Takt eines schlagenden Herzens aufflackerte. Liska versuchte zu sehen, wie weit abwärts sie würde steigen müssen, doch ein Ende war nicht auszumachen; die Stufen schienen nach einigen Metern eine Kurve zu beschreiben. Die übrigen Illusionisten jedenfalls waren nicht mehr zu sehen.

Der Bauch ihres Hintermannes presste sich eng an Liskas Rücken und erinnerte sie mit kaum zu übertreffender Effektivität daran, dass sie die Illusionisten-Schar abermals trennte.

Schnell setzte sie sich in Bewegung, nahm die ersten beiden Stufen auf einmal und stellte irritiert fest, dass die Treppe nicht länger nach unten, sondern geradewegs (und plötzlich ohne Umwege) in die Höhe führte.

Sie hätte sich gern ausgiebig über dieses Phänomen gewundert, zwang sich aber, nicht stehenzubleiben, um weiteren Unannehmlichkeiten vorzubeugen.

Die Wände waren unvermittelt hinter einer dichten, nebelähnlichen Suppe verschwunden. *Es fühlt sich an, als würde ich durch Wolken wandeln,* dachte Liska ehrfürchtig und spürte sofort, wie ihr schwindelig wurde.

Die Stufen waren nicht übermäßig breit und obwohl sie wusste, dass ihre Füße auf dem Eis nicht rutschten, wählte sie ihre nächsten Schritte mit Bedacht.

Immerhin konnte sie nicht wissen, ob sie tatsächlich Halt finden würde, wenn sie das Gleichgewicht verlor und nach links oder rechts fiel, oder ob die Treppe in heimlicher Zusammenarbeit mit dem Hohen Rat eine Art natürliche Auslese betrieb.

Der Aufstieg erinnerte sie auf furchterregende Weise an die Gratwanderung, auf die ihre tollkühnen, kletterbegeisterten Eltern sie einmal mitgenommen hatten und während derer sie bereits nach wenigen Metern in eine Schockstarre verfallen war, die es ihr unmöglich gemacht hatte, sich auch nur einen weiteren Millimeter vor oder zurück zu bewegen.

Der Schwindel nahm zu und Liska blieb, eine Entschuldigung auf den Lippen, stehen.

Nur ein paar Sekunden verschnaufen und die Angst verjagen, die frohlockend in ihrem Nacken saß ... Sie schloss die Augen, murmelte ein „Ich gehe gleich weiter“ und atmete ein paar Mal tief ein und aus.

Als der Tanz in ihrem Kopf vorüber war, drehte sie sich in Erwartung entnervter Blicke vorsichtig um und registrierte mit Entsetzen, dass unmittelbar hinter ihrem Rücken eine Mauer emporragte.

Der Schreck durchfuhr Liskas Glieder wie ein Stromschlag.

Hatte sie die Treppe verärgert? War sie am Ende doch keine brauchbare Illusionistin und erhielt nun die gerechte Strafe dafür, dass sie die Wächter enttäuscht hatte?

Im Affekt ergriff Liska die Flucht nach vorn – und schlug schmerzhaft mit der Stirn gegen etwas Hartes.

Nein, nein, nein, nicht noch eine Mauer!

Es war keine Mauer, sondern eine Tür, die ihr den Weg versperrte. Genau genommen eine pechschwarze, recht unvollständige Tür, denn ein Griff war nicht vorhanden.

Einzig ein überdimensioniertes Schlüsselloch, das sich in ihrer Mitte befand und in das wiederum ein Liska seltsam bekannt vorkommendes Auge eingelassen war, das sie abschätzig musterte. Konnte es etwa sein, dass ...?

Nein. Es gab etliche graue Augen dort draußen.

Sie schauderte. Sollte sie den Zorn des Rates etwa doch nicht entfacht haben? War dies ganz einfach ein Portal, das sie von einer Ebene in die nächste führen würde?

Viel Zeit, darüber nachzudenken, blieb ihr nicht.

Denn plötzlich begann das Auge, in seiner Öffnung hin und her zu rollen, immer schneller, bis es schließlich gewaltige Tränen ausspie. Rot und dick wie Blut, platschten sie geräuschvoll auf die Stufen und verdampften mit einem Zischen.

Es waren ganz und gar abscheuliche Laute, die Liska Übelkeit verursachten. Hilflos wich sie zurück, presste ihren Rücken gegen die Mauer und stellte sich auf die Zehenspitzen, um ihre Füße so aus der Schusslinie zu manövrieren.

Weiß Gott, was geschah, wenn sie mit diesem Teufelszeug in Berührung kam! Als fühle sich das Auge von dieser Überlegung herausgefordert, warf es eine Träne nach ihrer Körpermitte, die sich augenblicklich durch den Stoff ihres Gewandes brannte.

Starr vor Schreck wartete Liska auf den Schmerz, der in ihrem Bauch explodieren würde, sobald das purpurne Gemisch ihre Haut berührte. Doch alles, was sie spürte, war ein eigenartiges und doch unbestreitbar angenehmes Kribbeln; ein Hochgefühl, das ihr Herz aufblähte wie einen Luftballon.

Das Auge, grau und wild wie der Ozean, hörte auf zu rotieren. Es sah geradewegs in ihren Kopf hinein, blickte unbeirrt hinter ihre Schädeldecke, durchforstete die verwinkelten Gassen ihrer Gedanken. Dann, ohne jegliche Vorwarnung, zerfiel die Tür vor ihren Augen zu Staub.

An ihre Stelle trat ein Torbogen, der in einem freundlichen Weiß erstrahlte. Gleißendes Licht stob aus seiner Mitte, formte sich zu einem langen, kräftigen Arm und legte sich um Liskas Schultern wie ein Mantel. Langsam, ganz langsam trat sie über in das Reich der Illusionisten.

***

Der Ort auf der anderen Seite der Tür war gleichzeitig vorhanden und nicht existent. Gleichzeitig Freiheit und Gefangenschaft, greifbar und doch flüchtig.

Entrückt, mit offenem Mund und einem Herzen voller kindlicher Neugier, zerpflückte Liska die Atmosphäre in mundgerechte Teilchen, um sie Stück für Stück in sich aufsaugen zu können. Sie befand sich auf einer Lichtung, die von dutzenden, blühenden Kirschbäumen gesäumt war und von der Sonne in ein goldenes Licht getaucht wurde.

Blüten wirbelten durch die Luft, getragen von einer herrlich süßen Sommerbrise. Das Gras unter Liskas Füßen wiegte sich in hypnotischer Synchronizität, nur um im nächsten Moment verspielt ihre nackten Knöchel zu kitzeln.

Die Vögel sangen aus voller Kehle und aus der Ferne hörte sie einen Bach plätschern.

Es war eine perfekte Idylle.

Wären da nicht diese winzigen Unstimmigkeiten.

Denn wenn sie ganz genau hinsah, ihr Blick etwa zu lange an einem einzelnen Baum, einem einzelnen Blatt hängenblieb, begann ebendieser Ausschnitt der Natur zu flimmern und zu zittern, bis er sich schließlich ganz auflöste.

Was blieb, war ein Loch in Form einer kahlen, weißen Wand, deren Konturen sich auch in unmittelbarer Nähe der betroffenen Stellen abzeichneten.

„Ah, Miss Cavanaugh. Schön, dass Sie sich dazu herabgelassen haben, uns doch noch mit Ihrer Anwesenheit zu beehren."

Die Stimme der Wächterin traf sie wie ein Schlag in die Magengrube. Wie konnte es sein, dass Liska sie zuvor nicht bemerkt hatte? Sie stand nur wenige Meter vor ihr auf der Lichtung, den schönen Kopf leicht geneigt und die Gesichtszüge unverändert hart und steinern.

Hinter ihr hatten die angehenden Illusionisten sich in einem Halbkreis versammelt. Die meisten von ihnen sahen betreten zu Boden, während der Rest, offenbar in

Erwartung einer Auseinandersetzung, gebannt in ihre Richtung starrte.

„Oh, ähm, es tut mir leid."

„Das möchte ich wohl meinen. Immerhin geziemt es sich nicht, einfach mitten im Gang stehenzubleiben und die übrigen Lehrlinge auf diese Weise dazu zu nötigen, sich mittels akrobatischer Meisterleistungen an Ihnen vorbeizuschlängeln. Oder sind Sie da anderer Meinung?"

Liska war zu perplex, um zu antworten.

Mitten im Gang stehenbleiben?

Sie war stehengeblieben, weil ihr schwindelig geworden war, ja. Aber hinter ihr war niemand gewesen, nur diese furchteinflößende, aus dem Nichts erschienene Mauer.

Und vor ihr die Tür mit dem weinenden Auge in ihrer Mitte.

Das konnte sie sich doch unmöglich eingebildet haben.

„Sie schweigen über ihr Fehlverhalten, Miss Cavanaugh?"

„Ich ... ich habe nicht ... ich *konnte* nicht weitergehen! Die Tür hat es nicht zugelassen. Erst, als dieses fürchterliche Auge mich mit seinen Tränen berührt hat, hat sie sich geöffnet."

Liska warf einen prüfenden Blick auf die Stelle ihrer Uniform, an der sich die Flüssigkeit durch den Stoff gebrannt hatte. Er war vollkommen unversehrt.

Verzweifelt zupfte sie an dem Gewand herum, in der Hoffnung, doch noch ein Indiz für das Geschehene zu finden.

Vereinzeltes Gekicher drang an ihre Ohren.

Ich mache mich vor versammelter Mannschaft zum Gespött.

„Nun, ich weiß nicht, was Sie dazu bewegt, sich derlei geschmacklose Scherze zu erlauben. Jedenfalls kann ein jeder hier bezeugen, dass Sie die ganze Zeit über stumm und für alle sichtbar auf einem Fleck standen. Ich verlange von Ihnen, dass sie mit Ernst bei der Sache sind und werde ein solches Verhalten kein weiteres Mal tolerieren. Habe ich mich klar und deutlich ausgedrückt?"

Liska schluckte die unzähligen Widerworte, die ihr auf der Zunge lagen, unter größtmöglicher Anstrengung hinunter und rang sich ein halbherziges Nicken ab.

Sie wusste, dass keiner der hier Anwesenden ihr glauben würde, was sie erlebt hatte.

Nicht, solange es stimmte, dass sie, für jedermann sichtbar, einfach auf der Stelle gestanden hatte.

Terenjo würde mich ernst nehmen, dachte sie unvermittelt.

Vielleicht ergab sich ja in naher Zukunft eine Gelegenheit, mit dem alten Fantasieweber zu sprechen.

„Wunderbar. Nun, da wir alle Unstimmigkeiten aus dem Weg geräumt haben, werden wir mit Ihrer aller Einweisung beginnen. Warten Sie mit Fragen jeglicher Art bitte immer auf einen ausdrücklichen Hinweis meinerseits, der Ihnen unmissverständlich klar macht, dass der Moment des Fragestellens gekommen ist. Überlegen Sie sich vorher möglichst gut, was Sie von mir wissen wollen. Seien Sie geistreich. Ich schätze es nicht, wenn meine Zeit verschwendet wird."

Der strafende Blick der Wächterin bereitete Liska beinahe körperliche Schmerzen, doch sie bemühte sich, ihm standzuhalten.

„Zunächst möchte ich, dass Sie Ihre Fähigkeiten besser verstehen. Dazu gehört auch, dass Sie um die Geschichte der Illusionisten wissen.“ Laelia machte eine dramatische Pause, warf sich das schimmernde Haar über die Schulter und sah einen jeden von ihnen eindringlich an.

„Einst dienten die Augenkünstler den Wächtern der Welt. Insbesondere in Zeiten, in denen die Schatten der Menschen überhandnahmen, halfen sie, das verlorene Gleichgewicht wieder herzustellen. Kriege, Nöte und Katastrophen erschwerten die Arbeit der Schattenwahrer. Unter Anweisung des Hohen Rates legten die Illusionisten also einen Schleier über die Dunkelheit, die sich auf der Erde ausbreitete und trugen so dafür Sorge, dass die Seelen ihrer Mitmenschen nicht vollends verkümmerten. Auch andere Fantasiekerne erhielten plötzlich immense Wachstumsschübe.

Sie begannen ebenfalls, ihre Form zu verändern und mit Organen des Körpers zu verschmelzen. Auf diese Weise entstanden Hüter, Späher und Assassine, die der Hohe Rat ausbildete, um die Illusionisten in ihrem Kampf gegen die Finsternis zu unterstützen. Doch irgendwann kam es zum Bruch. Einzelne Kämpfer des Rates, vor allem Illusionisten, zogen es vor, ihre Fähigkeiten für eigene Zwecke zu nutzen.

Anstatt im Sinne des Allgemeinwohls zu handeln und die Befehle des Rates zu befolgen, manipulierten sie ihre Umwelt gezielt, um sich persönlich zu bereichern.

Das Gefühl von Macht über ihre Mitmenschen verdarb ihre Herzen und ließ ihre Beweggründe immer düsterer werden. Ereignisse wie diese häuften sich, sodass der Rat eines Tages beschloss, gänzlich auf seine Rekruten zu verzichten.

Auch damals stand ihnen aber das Abkommen im Weg. Es war den Wächtern nicht möglich, dem Unheil mit ihren eigenen Händen ein Ende zu setzen. Und so trugen sie ihren Boten auf, den Desarteuren die Augen zu entfernen. Nachdem die Gefahr eliminiert war, wurden mit Sehnerven verwachsene Fantasiekerne weltweit erfasst und überwacht. Ihre Träger sollten nicht mehr über die Bedeutung dieser Besonderheit aufgeklärt werden; nicht mehr wissen, wozu sie als Illusionisten fähig waren. Das Risiko, dass eines Tages ein massives Unglück geschehen könnte, war zu hoch und der Rat nicht bereit, es einzugehen. Bis jetzt. Bis Larzod kam und die Säulen unserer Gesetze niederriss."

Und so trugen sie ihren Boten auf, den Desarteuren die Augen zu entfernen.

Die Grausamkeit dessen, was der Rat veranlasst hatte, schlug ein hohles Gefühl der Furcht in Liskas Brust.

Sie konnte ihren Mitschülern ansehen, dass es ihnen ähnlich erging.

Laelia schienen diese Früchte ihrer Worte zu gefallen. Sie setzte ein gönnerhaftes Lächeln auf.

„Solange Sie in unserem Sinne handeln und wir alle für dasselbe Ziel kämpfen, sind Sie von einem solchen Schicksal allerdings meilenwert entfernt."

Es war unmöglich, die Warnung, die in der Aussage der Wächterin mitschwang, zu überhören. Jedem, der sich dem Hohen Rat gegenüber nicht loyal zeigte, drohte eine Bestrafung furchtbaren Ausmaßes.

Sie müssen auf Nummer sicher gehen, rang Liska ihr zunehmendes Unwohlsein nieder, *jetzt dringender denn je. Immerhin hat sich mit Larzod jemand aus ihren eigenen Reihen gegen sie verschworen. So ein Vertrauensbruch hinterlässt Spuren.*

„Aber genug davon. Gehen wir nun zum praktischen Teil Ihrer ersten Unterrichtseinheit über. Dem einen oder anderen dürfte bereits aufgefallen sein – zumindest wage ich dies zu hoffen - dass die betörende Natur um uns herum nichts weiter ist als eine Illusion. In Wahrheit befinden wir uns in einem großen, weißen Nichts. Lassen Sie es mich demonstrieren."

Laelia hob beide Hände in die Luft und schlug sie über ihrem Kopf zusammen.

Zuerst lösten sich die Farben auf.

Zentimeter für Zentimeter blätterten sie von Bäumen und Blumen ab und rieselten vom Himmel. Was blieb, waren die schwarzen Konturen einer nun kahlen Landschaft, die ihrerseits langsam verblassten.

Tatsächlich befanden sie sich nun in der gähnenden Leere eines Nichts – es gab weder oben noch unten, weder links noch rechts.

Einzig eine helle, strahlende Unendlichkeit und das seltsame Gefühl, keinen Boden mehr unter den Füßen zu haben.

„So weit, so gut. Sicher stimmen Sie mir zu, wenn ich sage, dass dies eine weit weniger angenehme Umgebung darstellt als das verwunschene Wäldchen, das sie in dieser Ebene willkommen geheißen hat. Allerdings war jene Täuschung bei weitem nicht frei von Fehlern.

Ich habe Sie absichtlich mit einem minderwertigen Trugbild empfangen; sagen wir, um Ihnen zu zeigen, wie eine anständige Illusion *nicht* aussehen sollte.

Ich werde nun also eine in sich geschlossene, lückenlose Landschaft Ihrer Wahl erschaffen, deren Anblick keinerlei Zweifel an ihrer Echtheit duldet; ein tadelloses *artificium oculus*, übersetzt ‚Kunstwerk der Augen'. Nun denn! Sie sind gefragt, werte Rekruten. Welche Elemente der Natur soll ich in meinem Kunstwerk berücksichtigen? Wer möchte seine Vorstellungen mit mir teilen? Sie dürfen die Hand heben, wenn Sie sprechen wollen. Ja, Mr. Ellis?"

Ein hochgewachsener junger Mann mit rabenschwarzem Haar und kantigen Gesichtszügen trat einen Schritt nach vorn.

„Ich fände ein Gewitter sehr reizvoll."

Beifall heischend sah er in die Runde.

Er sprach mit einer unangenehm nasalen, irgendwie schnöseligen Stimme und war Liska sofort unsympathisch.

Außerdem, dachte sie und verdrehte die Augen, würde es wohl wenig reizvoll sein, sich bis auf die Knochen nass regnen zu lassen. Die Wächterin schien diese Bedenken nicht zu teilen, denn sie klatschte begeistert in die Hände.

„Eine hervorragende Idee, das Wetter mit einzubeziehen, Mr. Ellis. Gibt es noch Wünsche zur Beschaffenheit der umliegenden Natur? Miss Howard?"

„Ähm, ja. Berge wären toll", murmelte ein unscheinbares Mädchen.

„Berge also, meinetwegen. Miss Cavanaugh? Haben Sie auch etwas beizutragen?"

Liska dachte einen Moment nach. Vermutlich war es gleichgültig, was sie antwortete. Doch tatsächlich hatte sie eine Idee, von der sie glaubte, sie könne nicht allzu schlecht sein.

„Ähm, vielleicht glückliche Menschen?"

„Wie bitte?"

„Na ja. Wenn es unser Ziel ist, Normalität zu erhalten, gehört zu dieser Normalität dann nicht auch irgendwie der beruhigende Anblick von Menschen, deren Seelen nicht vergiftet wurden? Also, ich meine, wir könnten die Realität nicht nur flicken, sondern ihr einen neuen, frischen Anstrich verpassen, oder nicht?"

„Sie überraschen mich, Miss Cavanaugh. Ein äußerst komplexer Gedankengang. Diesem Thema wollte ich mich eigentlich erst dann zuwenden, wenn wir uns schon ein wenig eingehender mit der Materie beschäftigt haben, da es bei der Erschaffung belebter, in diesem Fall menschlicher Illusionen zu massiven Komplikationen kommen kann. Andererseits, warum nicht?! Je schneller Sie lernen, desto besser, denn unsere Zeit ist knapp bemessen. Ich werde Ihren Vorschlag berücksichtigen."

Liska fasste diese Aussage weniger als Kompliment denn als Beleidigung auf, hütete sich jedoch, ihren Unmut zu äußern.

„Fangen wir an. Zu allererst empfiehlt es sich, eine Position einzunehmen, die es Ihnen ermöglicht, Spannung in Ihren Körper zu bringen. Hängende Schultern und ein krummer Rücken bilden nicht die besten Voraussetzungen für eine anständige Sinnestäuschung.

In dem Moment, in dem Sie ein vollständiges *artificium oculus* in die Wirklichkeit einfügen, kann es passieren, dass Sie von einer Art Rückstoß getroffen werden. Dies geschieht, wenn die Realität sich gegen die Täuschung wehrt und versucht, sie abzustoßen.

Insbesondere dann, wenn Ihre Illusionen noch von minderer Qualität sind, kommt es zu derartigen Situationen. Ein fester Stand kann Sie daher vor der einen oder anderen schmerzhaften Erfahrung bewahren. Darüber hinaus werden Sie merken, dass die Haltung, die Sie einnehmen, schnell zu einem ritualisierten Bestandteil dieses Prozesses wird.

Trotz meiner jahrtausendelangen Erfahrung, die tadellose, sich nahtlos in die Realität einfügende Täuschungen hervorbringt, neige ich immer noch dazu, ein *artificium oculus* mit ein und demselben Bewegungsablauf einzuleiten. Um eine Illusion zu erschaffen, bedarf es außerdem – und das sollte selbstverständlich sein - vollkommener Konzentration.

Sie müssen Ihre Gedanken bündeln und fein säuberlich sortieren. Alles, was in keinem Zusammenhang mit der zu erschaffenden Täuschung steht, muss rigoros aus Ihren Köpfen verbannt werden. Sie dürfen einzig und allein an das Bild denken, das Sie mit Ihren Augen nach außen tragen wollen. Jegliche andere Überlegungen, mögen sie auch noch so klein sein, würden Ihre Illusion trüben. Ich muss Ihnen sicher nicht erst sagen, dass es fatale Folgen haben kann, wenn Sie inmitten eines belebten Ortes plötzlich eine unfertige oder gar unpassende Täuschung auf den Plan rufen, richtig? Schön, dann sind wir uns wohl einig."

Laelia ließ die schmalen Schultern kreisen.

„Ich werde Ihnen nun helfen, erstmals etwas Sichtbares, etwas Greifbares mit Ihren eigenen Augen zu erschaffen ..."

Liska dachte an das Glas, das sie bei ihrer Begegnung mit Terenjo plötzlich hatte erscheinen lassen und verspürte den unangenehmen Drang, allen voller Stolz zu verkünden, dass es für sie keineswegs das erste Mal sein würde. Ärgerlich über sich selbst bändigte sie dieses lächerliche Bedürfnis nach Anerkennung und widmete ihre Aufmerksamkeit wieder den Worten der Wächterin.

„Ein *artificium oculus* lebt von Ihrer Energie. Wenn Sie die Augen schließen und Ihre Gedanken bündeln, wie ich es Ihnen beschrieben habe, sollten Sie im besten Fall spüren, wie Ihr ganzer Körper unter einem Aufwallen innerer Kräfte geradezu erzittert. Ein warmes Gefühl wird sich in Ihren Adern ausbreiten und Sie mit Zuversicht durchfluten. Womöglich verspüren Sie auch ein leichtes Ziehen in Ihrer Brust, denn

Ihre Kerne werden während dieses Vorgangs bis aufs Äußerste beansprucht. Wenn Sie diesen Punkt erreichen, sind Sie nur noch wenige Schritte davon entfernt, Ihr Kunstwerk hinaus in die Welt zu tragen. Beschreiben Sie nun in Gedanken, die Augen nach wie vor geschlossen, die einzelnen Elemente, die in Ihrem gewünschten Bild zu finden sind.

Wiederholen Sie die wichtigsten Eigenschaften der betreffenden Landschaft im Stillen mehrmals und stellen Sie sich dabei unentwegt das fertige *artificium oculus* vor. Es existiert kein universelles Gesetz, das uns Illusionisten sagt, wann der Zeitpunkt einer Übertragung am geeignetsten ist. Sie müssen diesen Moment selbst abpassen. Mit der Zeit werden Sie ein sehr feines Gefühl für Körper und Geist entwickeln, das Ihnen diese Entscheidung erheblich erleichtern wird. Sollten Sie Fragen haben, stellen Sie sie bitte jetzt."

Niemand sagte ein Wort.

Alle schienen gebannt auf eine Demonstration dessen zu warten, was Laelia soeben erläutert hatte.

„Also schön. Sehen Sie her."

Die Wächterin breitete die Arme aus, legte den herrlichen Kopf in den Nacken und schloss die Augen.

Mit einiger Faszination bemerkte Liska, dass sich hinter den Lidern Laelias etwas zu bewegen schien; sie stand zu weit entfernt, um genau zu erkennen, was dort durch die zarte Haut schimmerte, meinte jedoch, die Schemen einer wilden Landschaft vorbeiziehen zu sehen.

Der Körper der Wächterin stand nun sichtlich unter Spannung. Ihre ausgestreckten Fingerspitzen zitterten heftig.

Jäh schlug sie die Augen wieder auf – Liska stockte der Atem, denn tatsächlich sah sie für den Bruchteil einer Sekunde, dass Pupille und Iris einer raschen Abfolge bewegter Bilder gewichen waren, die nun langsam aus den Höhlen kippten.

Mit einem Geräusch wie ein Flügelschlag, das Liska bereits beim Erscheinen ihres Glases vernommen hatte, legte sich die Illusion über das trostlose Weiß der Ebene.

Sie standen auf einer prachtvollen, von Wildblumen gesäumten Wiese im Schatten majestätischer Berge, die hinter ihnen aufragten wie steinerne Schutzpatrone.

Ihre schneebedeckten Gipfel spiegelten sich in der von einer sanften Brise gekräuselten Oberfläche eines Sees, der einige hundert Meter entfernt lag und von dem ein eigentümlicher türkisener Schimmer ausging.

Eine Gruppe junger Rehe stand an seinem Ufer und beäugte die Neuankömmlinge voller Argwohn. Der Schrei eines Raubvogels hallte im Tal wider.

Das ist wunderschön, dachte Liska und spürte, wie sich die feinen Härchen auf ihren Armen angesichts der zauberhaften Natur um sie herum aufstellten.

Plötzlich drang ein fernes Stimmengewirr an ihre Ohren. Auf der Suche nach der Quelle dieses die Idylle störenden Geräuschs, wandten alle Lehrlinge einhellig die Köpfe in jene Richtung, aus der sie es vernommen hatten.

Liska sog vor Überraschung scharf die Luft ein:

Schräg hinter ihnen, unter einem üppig gewachsenen Nussbaum, saß eine vierköpfige Familie auf einer grellbunten Picknickdecke. Die Kinder, zwei kleine Mädchen mit blonden Zöpfen, lachten fröhlich und winkten ihnen zu.

Das Verhalten der Eltern hingegen war deutlich vorsichtiger; zwar lächelten auch sie zunächst freundlich, unterhielten sich aber nun, da dutzende Augenpaare auf sie gerichtet waren, deutlich gedämpfter und warfen den Illusionisten schließlich immer wieder scheue Blicke zu.

Laelia ergriff das Wort.

„Nur zu. Erkunden Sie die Umgebung. Aber entfernen Sie sich nicht zu weit. Es ist leicht, im Reich der Illusionen seinen Kopf zu verlieren."

Die Wächterin entschwebte zum nahegelegenen Seeufer, während die Gruppe sich in alle Himmelsrichtungen zerstreute.

Liska, die großes Interesse daran hatte, ihren Kopf zu behalten, ließ ihren Blick nach einem Ziel in Sichtweite schweifen und beschloss kurzerhand, der picknickenden Familie einen Besuch abzustatten.

Immerhin war sie es gewesen, die Laelia vorgeschlagen hatte, Menschen in ihrem *artificium oculus* erscheinen zu lassen.

Zögerlich tat sie ein paar Schritte auf den Nussbaum zu.

Das Gespräch der Eltern erstarb; aufmerksam beobachteten sie die sich nähernde Liska. Die Kinder, in ihren Bewegungen plötzlich wie eingefroren, taten es ihnen gleich.

Da aber keiner der Vier Anstalten machte, die Flucht zu ergreifen, verringerte Liska die Distanz zwischen sich und der Familie schließlich ein wenig beherzter.

War es möglich, mit Sinnestäuschungen zu kommunizieren?

Sie brannte darauf, es zu erfahren.

Einen Höflichkeitsabstand von wenigen Metern einhaltend, kam sie zum Stehen.

„Hallo", sagte sie matt.

Kurz erwog Liska, sich ebenfalls hinzusetzen. Es behagte ihr nicht, von oben herab auf diese vier sitzenden

Menschen zu sehen, deren gemütliches Beisammensein sie gerade störte.

Das Elternpaar nickte ihr zu, die Kinder strahlten sie aus Augen voller abenteuerlicher Neugier heraus an.

„Ich bin gleich wieder verschwunden. Ich habe mich nur gefragt, ob ich vielleicht kurz mit Ihnen sprechen darf?"

Liska erhielt keine Antwort.

Stattdessen erhob sich das kleinere der beiden Mädchen von der gemusterten Decke, lief barfuß durch das saftig grüne Gras hinüber zu einer bemerkenswerten Ansammlung in einem Halbkreis wachsender Blumen und pflückte ein auffallend großes, besonders farbenprächtiges Exemplar aus ihrer Mitte heraus. Mit wehenden Haaren rannte es auf Liska zu, strahlte sie an und streckte ihr die eben erbeutete Pflanze voller Stolz entgegen.

„Ähm. Für mich?"

Das Mädchen nickte eifrig.

Liska nahm die Blume, die von einem durchdringenden Orange war und an einen herrlichen Sonnenuntergang erinnerte, behutsam an sich. Fasziniert drehte sie den Stängel zwischen den Fingern und betastete die samtigen Blütenblätter.

Sie suchte nach einem Indiz dafür, dass das, was sie sah und spürte nur der Teil eines Bildes war, das der Fantasie einer einzelnen Person entsprang, doch nichts unterschied diese falsche Realität von der wahren.

„Die ist wunderschön. Vielen Dank."

Das Mädchen lächelte verlegen.

„Wie heißt du?", fragte Liska.

„Amelie."

„Ein toller Name. Was meinst du, Amelie? Stellst du mich dem Rest deiner Familie vor?"

„Warum sollte sie das tun?", polterte eine kräftige Stimme.

Liska schrak zusammen.

Der Vater war aufgestanden und sah drohend zu ihnen hinüber.

Amelie zupfte am Saum ihres Kleides und nagte nervös an ihrer Unterlippe.

„Ähm, ich ... ich dachte nur, dass das hier ein wirklich schönes Fleckchen ist, an dem man sich eine Weile ausruhen und vor der Sonne schützen kann. Und da Sie zuerst hier waren, wäre es doch ziemlich unhöflich von mir, mich einfach so zu Ihnen zu setzen, ohne dass wir einander vorher vorstellen."

Liska wusste nicht warum, doch ihr Instinkt riet ihr, dass es besser wäre, ihre wahren Beweggründe für sich zu behalten.

Der Vater hob die Brauen.

„Vor der Sonne also, ja?"

Sie sah irritiert zum Himmel.

Als hätten ihre Worte sie heraufbeschworen, waren plötzlich dunkle Wolken aufgezogen.

Liska seufzte resigniert.

Das musste das herannahende Gewitter sein, das sich der schwarzhaarige Junge gewünscht hatte.

„Ich habe keine bösen Absichten, wirklich nicht", beteuerte sie. „Ich werde kurz verschnaufen und mich dann wieder zu meiner Gruppe gesellen, versprochen."

Vater und Mutter tauschten einen Blick, dann entspannten sich ihre Gesichtszüge. Strahlend, als wäre nichts gewesen, forderten sie Liska plötzlich mit einer Handbewegung auf, auf ihrer Decke Platz zu nehmen.

„Machen Sie es sich bequem. Und nehmen Sie sich gern ein paar Weintrauben! Wir ersticken förmlich darin."

Der Vater reichte ihr eine Schale.

Begierig zu erfahren, wie es sich anfühlte, einen Bestandteil der Illusion zu essen, nahm Liska sich eine Hand voll Trauben heraus.

„Vielen Dank."

„Nicht der Rede wert. Ich bin übrigens Morgan und das ist meine Frau Tamara. Unsere Amelie kennen Sie ja bereits, ein echter Wirbelwind."

Er fuhr seiner Tochter liebevoll durch die Haare.

„Ihre Schwester Dorothee ist da ein wenig zurückhaltender. Nicht wahr, Liebes? Komm und sag Hallo!"

Dorothee murmelte etwas Unverständliches und sah dann schnell auf ihre Füße.

„Schön, dass wir uns kennenlernen! Ich bin Liska. Woher kommen Sie?"

„Aus einem kleinen Dorf, nicht weit von hier."

Tamara schnaubte. „Mein Mann hat was Entfernungen betrifft seine eigenen Vorstellungen. Ich würde zwei Stunden Fußmarsch jedenfalls nicht unbedingt als *nicht weit* bezeichnen."

Sie verdrehte die Augen, lächelte aber dabei.

Liska staunte über die Vielschichtigkeit, mit der Laelia ihre Täuschungen versehen hatte. Sie wäre im Traum nicht darauf gekommen, dass es sich bei Morgan, Tamara und ihren Kindern um nichts als Illusionen handelte.

„Zwei Stunden?! Haben Sie sich verlaufen?"

„Aber nein, keineswegs. Wir kommen öfter hierher, mindestens einmal die Woche. Dieser Ort hat etwas Heilsames."

Liska nickte.

Sie konnte es spüren.

Es war, als hätte der Baum seine Arme schützend über sie alle ausgebreitet, um sie von jeglichen negativen Gefühlen abzuschirmen.

Gedankenverloren schob sie sich die Weintraube in den Mund. Im nächsten Moment raubte ihr ein fürchterlicher Schwindel die Sicht.

Himmel und Erde rangen miteinander und ließen erst wieder voneinander ab, als Liska die Frucht in hohem Bogen in einen Strauch Wildblumen spie.

„Was hast du?", fragte Amelie mit einem Gesicht, das besorgt und belustigt zugleich aussah. Auch der Rest der Familie schien nicht uninteressiert an der Antwort auf die Frage, warum ihr Gast das angebotene Essen wieder ausgespuckt hatte.

„Ich ... ich habe mich verschluckt."

Amelie rutschte auf den Knien dichter an Liska heran und klopfte ihr hilfsbereit auf den Rücken. Beinahe erwartete Liska, dass die Welt erneut Purzelbäume schlagen würde, doch nichts geschah. Offensichtlich schienen weder Kommunikation noch Berührungen ein Problem darzustellen, solange man dabei nicht den Versuch unternahm, sich auch noch so kleine Segmente dieser falschen Realität einzuverleiben.

„Besser?"

„Viel besser, danke. Wie ist eigentlich-"

Krachender Donner verschluckte Liskas Worte.

Dorothee schrie.

„Nur ein Gewitter, Liebes. Kein Grund zur Sorge. Los, packen wir zusammen! Tamara, wo ist die Tasche?"

Morgan sah sich suchend um.

„Suchst du die hier?"

Der schwarzhaarige Junge – Mr. Ellis - trat hinter dem gewaltigen Stamm des Baumes hervor; eine bunte, mit Flicken besetzte Stofftasche in der Hand und ein hässliches Grinsen im Gesicht. Sofort spürte Liska Wut in sich aufsteigen.

Wie lange hatte dieser Kerl schon hier gestanden? War er ihr gefolgt? Und was in aller Welt hatte er vor?

„Ja. Die suche ich allerdings."

Morgan sprach ruhig, doch seine Stimme hatte einen bedrohlichen Ton angenommen.

„Interessant."

„Interessant? Was ist daran *interessant*?"

Der Himmel über ihnen war schwarz geworden, eine Sturmbö schüttelte die Äste des Nussbaums und zerrte an ihren Kleidern. Nicht mehr lange, und die Wolken würden sich entladen.

„Was willst du, Ellis?", fragte Liska bemüht gelassen.

Die Abneigung gegen ihn pulsierte heiß in ihrer Kehle, doch sie spürte, dass es wichtig war, einen kühlen Kopf zu bewahren.

„Kannst mich gern Edmund nennen, Cavanaugh. Aber wenn's dich nicht stört, plaudern wir lieber ein anderes Mal. Um dich geht es hier nämlich nicht. Oder kannst du mir etwa verraten, was eine Illusion mit einer Tasche anfangen will? Dann geht es vielleicht doch um dich, jedenfalls indirekt."

Ein Blitz tauchte ihre Gesichter in ein unheimliches, silbernes Licht, das Edmunds Grinsen nicht mehr bloß hässlich, sondern schlichtweg irre aussehen ließ.

„Wie bitte?“ Morgans Lippen formten die Worte beinahe lautlos.

„Du hast mich schon verstanden. Wozu benötigt jemand, der nicht einmal existiert, eine Tasche?“

„ICH EXISTIERE NICHT?!“

„Natürlich nicht. Weder du bist real, noch deine hübsche kleine Familie. Und trotzdem unterhalten wir uns. Faszinierend, nicht?“

„Es reicht!“

Liska sprang auf. Der Zorn rauschte nun so laut in ihren Ohren, dass er sogar das Grollen und Krachen des Unwetters erstickte.

Ohne recht zu wissen, was sie eigentlich tat, stürzte sie nach vorn. Sie würde einfach versuchen, diesen Kerl von hier wegzuschaffen, ihn über den Boden fortschleifen, wenn es nötig wäre. Energisch griff Liska nach seinem T-Shirt und zog daran, doch Edmund Ellis bewegte sich keinen Zentimeter.

Überhaupt schien er keinerlei Notiz mehr von ihr zu nehmen. Seine Augen waren starr auf etwas gerichtet, das sich hinter ihrem Rücken abspielte. Noch bevor Liska sich umdrehte, wusste sie, dass etwas nicht stimmte. Doch auf das, was sie nun zu Gesicht bekam, hatte ihr Bauchgefühl sie nicht vorbereitet.

Amelies Kopf baumelte lose von einem meterlangen Hals herab. Morgans Gliedmaßen waren ineinander verknotet, sein Kopf mit dem seiner Frau zu einer entstellten Fratze verwachsen. Der Rest von Tamaras Körper kroch wie eine Raupe über den Boden auf sie zu.

Dorothee schrie immer dieselben Worte in Richtung Himmel, mit einem Mund, der von einem Ohr zum anderen reichte und einer Stimme, die nicht zu ihr gehörte:

„Lass sie brennen! Lass sie brennen! Lass sie brennen!"

Nicht fähig, das zu begreifen, was sich vor ihren Augen abspielte, stand Liska da. Ihre Hand hielt immer noch den Stoff von Edmunds T-Shirt umklammert, als ein ohrenbetäubender Knall ertönte und sich Millionen kleiner Holzsplitter in ihre nackte Haut bohrten. Ein Blitz hatte den Nussbaum in zwei Hälften gespalten, Flammen stiegen aus seiner Mitte empor und streckten ihre flackernden Arme zu allen Seiten aus.

„Wir müssen hier weg!", schrie Liska in das tobende Inferno hinein und hoffte, dass ihr Verstand diese Tatsache schnellstmöglich an ihre vor Schock gelähmten Beine weiterleiten würde. Was geschah hier nur? Sah es *so* aus, wenn eine Illusion auseinanderfiel?

Darüber kann ich mir den Kopf zerbrechen, wenn ich hier heil rausgekommen bin, verdammt nochmal!

Liska blinzelte angestrengt durch den Vorhang dicken, schwarzen Rauchs hindurch, der sich über die Sommerluft gelegt hatte. Binnen Sekunden war es unerträglich heiß geworden. Ihr war, als müsse ihr Gesicht bald schmelzen.

Entsetzt stellte sie fest, dass das Feuer sich geradezu rasant ausbreitete; es hatte bereits einen Halbkreis um sie und Edmund herum gebildet. Irgendwo hinter den Flammen konnte sie die Bewegungen der Horrorgestalten ausmachen, die noch vor wenigen Augenblicken wie eine Bilderbuchfamilie zusammengesessen und gepicknickt hatte.

„Der Ungläubige soll büßen!“, rief Dorothee von irgendwo hinter den Flammen mit der fremden Stimme und verfiel in ein fürchterlich schrilles Lachen. Blind vor Panik setzte Ellis zu einem Fluchtversuch an, stolperte über etwas, das am Boden lag – *Tamara?* - und riss Liska mit sich.

Ein stechender Schmerz durchzuckte ihren Arm, der nun unter Edmunds Brustkorb begraben lag.

„Ahhh – geh – runter –von –mir! *Runter!*“

Doch er machte keine Anstalten, aufzustehen.

Überhaupt regte er sich nicht.

Mit der freien Hand schlug Liska auf seinen Rücken ein.

„Aufwachen! Oh Gott, wach doch auf! Du musst aufstehen, wir müssen hier WEG!“

Das Knistern des Feuers schwoll zu einem bedrohlichen Tosen an. Hektisch sah Liska sich um.

Edmund musste tatsächlich über Tamaras Rumpf gestolpert sein. Der kopflose Körper kroch einige Meter weiter ziellos umher, scheinbar ebenfalls auf der Suche nach einem Ausweg.

Wäre der Anblick nicht so unheimlich verstörend gewesen, dachte sie, hätte sie beinahe so etwas wie Mitleid für diese Kreatur empfunden. Doch all das spielte keine Rolle; der Feuerkreis würde sich jeden Augenblick schließen.

Wenn sie nicht bald von hier wegkamen, saßen sie endgültig in der Falle.

Liska zog die Beine an, stemmte ihre Füße gegen Edmunds Rippen und stieß sich ab, wieder und wieder.

Das würde einige blaue Flecken geben, dachte sie halb schadenfroh, halb reumütig. Doch blaue Flecken waren schließlich immer noch besser, als bei lebendigem Leibe zu verbrennen.

Wie konnte es sein, dass er so schwer war?

Warum bloß gelang es ihr nicht, ihren verfluchten Arm unter ihm herauszuziehen?

„Verdammt! HILFE! Jemand muss uns helfen!"

Rauch füllte Liskas Lungen und ließ sie husten.

Einzig die Hoffnung, dass auch das Feuer nichts als eine Illusion war und ihnen deswegen nichts würde anhaben können, war es, die sie davor bewahrte, vor Angst den Verstand zu verlieren. Dennoch konnte und wollte sie es nicht darauf ankommen lassen.

Immerhin war es durchaus möglich, dass dunkle Mächte das Geschehen manipulierten oder die Wächterin dieser Illusion genug Kraft verliehen hatte, dass sie Einfluss auf das wirkliche, das echte Leben nehmen konnte.

„Mhhh ..."

Neben ihr stöhnte Edmund unvermittelt auf und rollte sich auf die Seite.

„Aua! Das ist die falsche Richtung! *Hallo, falsche Richtung!*" Liska stemmte sich erneut mit ihren Füßen und der freien Hand gegen ihn.

„Los doch! Looooos ..."

Endlich gab er ihren Arm frei.

Mühsam rappelte sie sich auf. Es war nun so heiß, dass ihr der Schweiß direkt in die Augen lief.

Unentwegt blinzelnd, suchte sie nach einer Lücke im mittlerweile vollständig geschlossenen Feuerkreis.

Nichts.

Kein Ausweg, kein Entkommen.

„Nur das Warten auf den Tod", zischte eine vertraute direkt über ihr. Liska fuhr zusammen.

Amelies Kopf pendelte eine Armeslänge über ihrem eigenen und zwinkerte ihr zu. Sie öffnete den Mund, um zu schreien, und verfiel erneut in einen Hustenkrampf.

Es roch nicht mehr nur nach Feuer, sondern nach verbranntem Fleisch. Verschwommen erkannte Liska die Schemen eines sich windenden Körpers in den Flammen.

„Nein!"

Sie kniff die Augen zusammen und versuchte fieberhaft, ihre Sinne gegenüber dem Grauen um sie herum zu verschließen.

Denk dich fort. Denk dich nur an diesen einen Ort.

Es wollte nicht funktionieren.

Die Bilder, die sie heraufbeschwor, verflüchtigten sich wie Worte im Wind.

Konzentrier dich!

Liska zwang ihre wackeligen Beine in eine aufrechte, zumindest halbwegs stabile Position, verschränkte die Hände vor der Brust und versuchte es erneut.

Sie konnte förmlich spüren, wie sich das Bild, an das sie dachte, langsam aus ihrer Seele löste und in ihren Kopf wanderte, um dort durch die Augen nach draußen gelangen zu können. Wie schon zuvor bei Laelia, legte sich die Illusion mit einem kräftigen Flügelschlag auf die zu übermalende Realität.

Liska holte zitternd Luft.

Reine, klare Küstenluft.

Sie hatte es geschafft.

Fort waren die Berge, das Gewitter, die Monster und das Feuer. Die Sonne küsste das Meer, seichte Wellen streichelten weißen Sand. Neben ihr lag Edmund, alle Viere von sich gestreckt und einen verträumten Ausdruck auf dem Gesicht, der Zweifel daran ließ, dass sein Gehirn den Wechsel in ein anderes *artificium oculus* schadlos überstanden hatte.

Liska betrachtete ihn kopfschüttelnd und mit immer noch schwelender Wut.

„Nächstes Mal hältst du einfach die Klappe und ersparst uns das Ganze, kapiert? Danke."

Erschöpft ließ sie sich in den Sand sinken.

Wenn das so weiterging, dachte sie grimmig, wären ihre Kraftreserven bald endgültig aufgebraucht.

Und dabei hatte das Abenteuer noch nicht einmal richtig begonnen.

„Was'n das?", nuschelte Edmund.

Liska verdrehte die Augen.

„Was ist was?"

Doch jetzt hörte sie es auch.

Mit einem Geräusch wie reißendes Papier tat sich ein Spalt in der Atmosphäre auf.

Laelia trat heraus, die sonst so geschwungenen Lippen zu einem dünnen Strich zusammengepresst.

„Cavanaugh. Ellis. Mitkommen."

19. SOHN DER DUNKELHEIT

Anian hatte sich die Ebene wie eine Arena vorgestellt, in der er und die anderen Assassinen darin geschult würden, Larzods Schattengarde mittels spezieller Kampftechniken unschädlich zu machen. Dass der Unterricht in einem büroähnlichen Komplex stattfinden würde, hatte er hingegen nicht erwartet.

Unzählige verschiedene, jeweils durch dünne Trennwände separierte Arbeitsbereiche säumten einen länglichen, mit grauem Teppich ausgelegten Raum, der in ein schwaches Licht getaucht war.

„Willkommen, Rekruten", sagte Tullius mit seiner weichen Stimme und schenkte jedem der Anwesenden ein strahlendes Lächeln. „Ja, willkommen an diesem einzigartigen Ort."

Anian runzelte die Stirn und konnte förmlich spüren, wie die anderen es ihm gleichtaten. Wäre er nicht immer noch so eingeschüchtert von der Aura gewesen, die den Wächter umgab, hätte er gern gefragt, was an Bürostühlen und Schreibtischen so einzigartig sein mochte.

Doch Tullius ließ mit einer Erklärung ohnehin nicht lange auf sich warten.

„Was Sie hier sehen, sind all die verschiedenen Stationen, die Sie im Rahmen dieser Ausbildung durchlaufen werden. Jede Station ist von einer anderen Emotion umgeben. Nehmen Sie etwa diese hier!“ Elegant schritt der Wächter auf den Arbeitsplatz zu, der ihnen am nächsten war, stellte sich hinter den Stuhl und platzierte die großen Hände auf der Lehne. Er sog geräuschvoll die Luft ein, schloss die Augen für einen Moment und öffnete sie wieder.

„Ja, oh ja. Hier herrscht eine Traurigkeit von jener Sorte, die Ihre Herzen bersten lassen wird. Tiefe Trauer, geboren durch Verluste. Nur schwer zu überwinden, gewiss ...“

Sein Gesicht war vor Kummer verzerrt, als er die Stuhllehne losließ und zu ihnen zurückkehrte. Ein Schleier hatte sich über das Universum in seinen Augen gelegt.

„Sobald Sie auf einem dieser Stühle Platz nehmen, werden Sie erst dann wieder aufstehen können, wenn Sie Ihre jeweiligen Aufgaben zufriedenstellend erledigt haben. Diese Aufgaben verfolgen alle dasselbe Ziel: Das Aufladen ihrer Kampfwerkzeuge mit Fantasie. Mit einer ganz bestimmten Fantasie, um genau zu sein! Sie müssen das Bild eines Sieges über die Schattengarde zur Essenz Ihrer Waffen machen.

Nur auf diese Weise können Sie dort draußen Ihrer Funktion als Assassine gerecht werden. Im Normalfall reicht es aus, diese Gedanken innerhalb Ihres Kopfes zu verbildlichen und mittels Ihrer Vorstellungskraft direkt an Ihre Waffen zu senden. Doch im Rahmen dieser Übung werden wir Ihnen zur Unterstützung Hilfsmittel anbieten. So können Sie zeichnen, schreiben, basteln oder musizieren, wenn Sie den Eindruck haben, dadurch Erleichterung zu erfahren. Allerdings wird es auch Faktoren geben, die Ihnen die Durchführung der Übungen deutlich erschweren. So zum Beispiel die Gedanken, die aus den stationsgebundenen Emotionen heraus in ihren Kopf kriechen und Sie zu manipulieren versuchen. Auch Larzod und seine Garde sind dazu in der Lage, Gefühle und Gedanken zu beeinflussen. Je eher Sie lernen, sich dagegen zu schützen, desto besser. Ich erwarte also höchste Konzentration von Ihnen. Nutzen Sie Ihre Vorstellungskraft. Sie ist der Schlüssel zu Ihrem Erfolg."

Anian gab sich die größte Mühe, den Ausführungen des Wächters zu folgen, doch es fiel ihm schwer, diese in ihrer Gänze zu begreifen. Schon zu Schulzeiten hatte ihm das Zuhören Probleme bereitet. Oft hatte er am Ende durch Ausprobieren brilliert und nicht durch eine Imitation dessen, was die Lehrer aus ihren verstaubten Büchern rezitierten.

„Im Falle eines Angriffs müssen Sie schnell reagieren, um sich selbst und Ihre Gruppe zu schützen. Damit Sie dazu in der Lage sind, müssen Sie nicht nur über ein hohes Maß an Selbstkontrolle verfügen, sondern auch immer dafür Sorge tragen, dass Ihre Waffen mit Fantasie gefüllt sind. Das ist dann der Fall, wenn Ihr Fantasiekern sich mit Ihrem Seelenkreislauf verbindet. Der kreative Schaffensprozess ermöglicht eine solche Verbindung."

Waffen?

Irritiert suchte Anian in den Gesichtern der anderen Rekruten nach einem Hinweis darauf, was Tullius damit meinen könnte.

„Wenn Sie die Augen schließen und von drei an rückwärts zählen, werden Sie in ihren Taschen spüren, womit Sie die Finsternis in Licht verwandeln können."

Alles in Anian wehrte sich dagegen, dieser Aufforderung nachzukommen. Er wollte das Geschehen um ihn herum nicht in Schwärze hüllen, und sei es für nur für wenige Sekunden. Sein Körper war in Alarmbereitschaft. Angespannt bis aufs Äußerste. Viel zu neugierig auf das, was Tullius sie lehren würde.

„Jetzt", sagte der Wächter nachdrücklich und ließ Anians Lider wie von Zauberhand niedersausen.

Drei ...

Er war nicht bei der Sache. Seine Gedanken stoben in etliche verschiedene Richtungen.

Zwei ...

Was, wenn er der Einzige sein würde, bei dem es nicht funktionierte? Der Einzige, der am Ende ohne Waffe dastand?

Eins ...

Oh Gott, er *war* der Einzige, dessen Taschen leer geblieben waren. Während die anderen Rekruten plötzlich Stifte, Pinsel, Instrumente und Schmuck zutage förderten, griffen seine Finger ins Leere – und stießen bloß einen holprigen Herzschlag später gegen die vertraute Silhouette seines Füllers.

Erleichtert zog er das silberblaue Schreibgerät hervor und strich über die glatte Oberfläche.

Der Anblick des Lichts, das sich darin brach wie Millionen kleiner Sterne, flutete sein Herz mit Zuneigung.

Sein Füller hatte Anian an die entlegensten Orte dieser und ferner Welten gebracht, sich zuverlässig um seelische Wunden gekümmert und ihn dutzende Leben leben lassen.

Auf einmal erschien es ihm vollkommen logisch, dass Tullius in diesem wichtigsten aller Wegbegleiter eine Waffe gegen die Dunkelheit sah.

Der Wächter nickte zufrieden.

„Gehen Sie nirgendwo mehr ohne Ihre Kampfwerkzeuge hin. Tragen Sie sie Tag und Nacht bei sich, wenn möglich dicht an ihrem Herzen, und lassen Sie stets neue Kreativität hineinfließen. Je öfter Sie Ihre Waffen zum Einsatz bringen – in ihrer ursprünglichen Funktion, versteht sich – desto besser.

Selbiges erwarte ich gleich von Ihnen. Mobilisieren Sie ihre Vorstellungskraft. Jeden noch so kleinen Funken Inspiration.

Während der anstehenden Übungen wird Ihr Körper versuchen, Sie in einen tiefen Schlaf zu versetzen. In einer Art natürlichem Reflex möchte er Sie so davor bewahren, Ihre Fantasie auf einen Gegenstand zu übertragen. Doch genau ist nötig, um Ihren Waffen eine tödliche Wirkung zu verleihen. Sie müssen also gegen diese Müdigkeit ankämpfen – um jeden Preis. Gelingt Ihnen das nicht, wird dieser Ort versuchen, sich Ihren ruhenden Geist zu eigen zu machen. Ihr schlafendes Ich sickert dann durch den Boden dieser Ebene und findet sich in der Geburtsstätte der jeweiligen Emotion wieder, die ihre Station dominiert. Ich rate Ihnen dringlich dazu, eine solche Situation zu vermeiden. Eine Begegnung mit einer Emotion im Rohzustand hinterlässt Spuren. Es ist also unabdingbar, dass Sie Herr – und Frau – Ihrer Sinne bleiben und Ihr Ziel nicht aus den Augen verlieren.

Denn zusätzlich zu allen anderen Widrigkeiten gilt es, den Geist von den innerhalb der Stationen herrschenden Einflüssen abzuschirmen. Nehmen Sie diese Sache ernst. Sie müssen auf alles vorbereitet sein und unter jedweden Umständen funktionieren können, wenn Sie Larzod und seine Armee bekämpfen wollen.

Ohne die Zufuhr von Fantasie sind Ihre Waffen wertlos und können den Schattengardisten nicht das Geringste anhaben. Es ist also von äußerster Wichtigkeit, dass Sie lernen, Ihre Emotionen zu kontrollieren. Sich nicht aus der Ruhe bringen zu lassen. Den Fokus zu bewahren, wenn es darauf ankommt. Und genau das, meine Herrschaften, werden wir jetzt einstudieren."

Anian umklammerte seinen Füller so fest, dass die Muskeln in seinen Fingern schmerzten. Er warf Alisha, die neben ihn getreten war, einen nervösen Blick zu. Die Rekrutin schien seine Aufregung nicht zu teilen – oder aber, was wahrscheinlicher war, sie verfügte bereits über die beneidenswerte Eigenschaft, ihre Gefühle zu kontrollieren.

Auf einmal verließ ihn der Mut. Wie nur sollte er den Erwartungen des Wächters gerecht werden, wenn er doch kaum verstand, was eigentlich von ihm erwartet wurde? Und was geschah, wenn er tatsächlich einschlief? Wenn er durch den Boden rutschte, hilflos, auf sich allein gestellt und einer Emotion ausgeliefert, die ihn heillos überwältigen würde?

„Gibt es ein Problem, Mr. Rohwer?", fragte Tullius freundlich. Anian spürte, wie ihm die Röte in die Wangen kroch. Hatte der Wächter ihn beobachtet?

„Nein. Das heißt ... doch, vielleicht. Kein richtiges Problem, nur eine – äh- Frage. Vielleicht sogar zwei."

Der fremde Klang seiner eigenen Stimme ließ seinen Kopf noch heißer werden. Verdammt, er machte sich noch lächerlich, ehe der Unterricht überhaupt richtig begonnen hatte.

Anian mied es, sich zu den anderen Rekruten umzusehen.

„Und diese Fragen lauten?"

„Okay, also, was meinen Sie, wenn Sie sagen, dass eine Begegnung mit einer rohen Emotion Spuren hinterlässt? Und wie kommt jemand, der dort unten auf so eine Emotion trifft, wieder hierher zurück?"

Den Wächter, vor dem er so viel Respekt empfand, direkt anzureden, fühlte sich seltsam an. Beinahe, als spräche er zu einer Gottheit.

Tullius nickte anerkennend. „Genau diese Fragen hätte ich an Ihrer Stelle auch gestellt, Mr. Rohwer. Mir gefällt Ihr Blick für das Wesentliche. Nun gut: Die Begegnung mit dem Ursprungszustand einer Emotion bleibt deshalb nicht folgenlos, weil das menschliche Gehirn nicht in der Lage ist, rohe, von jeglichem Kontext befreite Gefühle zu verarbeiten. Im Alltag begegnen sie Ihnen nur bruchstückhaft; sie sind immer an eine Handlung, eine Person oder ein Ereignis gekoppelt. Fehlt dieser Kontext, ist die Intensität, mit der die Emotion auf Sie trifft, mit einem Schlag zu vergleichen.

Wenn Sie an diesem Ort einschlafen, gleiten Sie, wie bereits erwähnt, hinab in den Untergrund der Ebene, in dem ebenjene bloße Empfindung innerhalb einer schützenden Membran geboren werden. Dort angekommen, Mr. Rohwer, werden Ihre Sinne schonungslos überstrapaziert; Ihr Verstand verliert die Orientierung.

Ihre Willenskraft – und meine Mithilfe - sind das Einzige, das Sie zurück auf die andere Seite der Ebene holt. Auf meinen Befehl hin öffnet sich die Membran ein Stückweit, sodass ein Teil der enthaltenden Züchtungen entweichen und sich in Form einer Aura über eine Station legen kann. Da es ihrer Natur widerspricht, an Gegenstände gebunden zu sein – in diesem Falle zum Beispiel an die Bürostühle, die Sie vor sich sehen – ist ihre Lebensdauer entsprechend gering. Ich werde in Abständen von mehreren Minuten immer wieder frische Emotionen aus dem Untergrund der Ebene heraufbeschwören müssen. Auf diese Weise kann ich Sie, sofern ich Ihr Bewusstsein zu fassen kriege und Sie sich an den Teil der Emotion klammern, den ich herbeirufe, zurückholen."

Tullius machte eine Pause und sah Anian aufmerksam an.

Sofern ich Ihr Bewusstsein zu fassen kriege.

Er schauderte. Und was, wenn nicht?

Würde er dann für immer im Untergrund der Ebene eingeschlossen bleiben, einer hüllenlosen Empfindung ausgesetzt, die ihn Stück für Stück zerfressen würde, bis nichts mehr von ihm übrig blieb?

Der Wächter las in seinen Gedanken wie in einem offenen Buch.

„Die Ebene der Assassine erschafft sich alle 48 Stunden neu. Im schlimmsten Fall werden Sie also zwei Tage dort unten verweilen, ehe der Kern sich auflöst und Sie freigibt. Leider besitzen rohe Gefühle die

Eigenschaft, sich in die Herzen derer einzubrennen, die es wagen, ihnen gegenüberzutreten. Nehmen wir an, Sie hätten die Wut in ihrem Naturzustand angetroffen. Es könnte passieren, dass Sie nun eine ganze Zeit lang immer wieder wütend sein werden, ohne einen Grund dafür ausmachen zu können.

Die Wahrscheinlichkeit dessen nimmt mit steigender Dauer der Begegnung zu. Dass Sie einem gewissen Risiko ausgesetzt sind, kann ich also nicht bestreiten. Doch wenn Sie lernen, Ihren Geist zu kontrollieren – und genau dieses Ziel sollten Sie als angehende Assassine verfolgen – werden Sie gut mit dieser Tatsache leben können."

Anian wusste nicht recht, ob er sich nach dieser Flut an Informationen besser oder schlechten fühlen sollte, doch zum Nachdenken blieb ihm keine Zeit mehr. Tullius klatschte mit feierlicher Miene in die großen, schmalen Hände.

„Genug der Worte! Zieht eure Waffen, zukünftige Krieger, und sammelt eure Gedanken. Wir beginnen in wenigen Augenblicken."

Auf einmal fühlte sich der Füller in Anians Händen schwer an. So, als habe der Tod ihn bereits mit seinen schweren Gewichten behangen. Er konnte sich beim besten Willen nicht vorstellen, dass die Metallfeder seines treuen Gefährten einmal ein Leben nehmen würde. Selbst dann nicht, wenn es das Leben einer so scheußlichen Kreatur war wie die des Schattenwesens aus seinem Wohnzimmer. Obwohl er vor Anspannung kaum atmen geschweige denn einen klaren Gedanken fassen konnte, registrierte Anian mit schwelender Neugier die Vielfalt der unterschiedlichen Waffen.

Da waren ein Schnitzeisen, ein Meißel, eine Nähnadel, ein Rechen, etwas, das wie der Teil eines Stativs aussah und nicht zuletzt Alishas Geigenbogen, der, ebenso wie die übrigen normalerweise eher unhandlichen Gegenstände, auf eine praktische Größe geschrumpft war.

Zwar waren einige Kampfwerkzeuge wie Stifte und Pinsel durchaus in doppelter oder gar dreifacher Ausführung vorhanden, doch besaßen sie trotz dieser Tatsache keine Ähnlichkeit.

Es waren weder Farbe noch Beschaffenheit, die Anian diesen Eindruck vermittelten. Vielmehr glaubte er, das Herzblut ihrer Träger in ihnen rauschen zu hören, das seinerseits einzigartige Melodien erzeugte.

„Ganz gleich, was Sie tun: Lassen Sie Ihre Waffen während des Ladeprozesses nicht los. Die Verbindung zwischen Ihrer Fantasie und dem Kampfwerkzeug in Ihrer Hand darf nicht abreißen. Andernfalls wird der in Gang gesetzte Seelen-Fantasie-Kreislauf unterbrochen und Sie sind gezwungen, von vorn zu beginnen. Haben Sie Ihre Aufgabe an einer Station absolviert, kommen Sie zu mir und lassen sich einer neuen zuweisen."

Tullius verzog den breiten Mund zu einem Lächeln.

„Ich werde Sie nun einzeln aufrufen und mit Ihnen gemeinsam nach einer Station suchen, die sich Ihrer annimmt. Die Emotionen selbst werden entscheiden, wo Sie beginnen. Faszinierend, nicht wahr? In der Regel haben übergeordnete Emotionen bei der Auswahl Vorrang. Sie werden also aller Wahrscheinlichkeit erst einmal dem Hass begegnen, bevor Sie es mit einer seiner Unterformen, etwa der Rache, zutun bekommen. Also dann! Mrs. Boskow, bitte kommen Sie mit mir."

Eine zerbrechlich aussehende Frau mit eingefallenen Wangen und buschigen braunen Haaren trat hervor.

Sie sah immer wieder argwöhnisch auf das Schnitzeisen in ihrer linken Hand, als befürchte sie, es könnte jeden Moment die Flucht ergreifen und sie an diesem wunderlichen Ort zurücklassen.

„Wenn Sie mir bitte folgen würden."

Mit großen Schritten und wehendem Gewand rauschte der Wächter durch den schmalen Gang in der Mitte des Raumes, zu dessen Seiten sich die Arbeitsplätze aneinanderreihten.

Immer wieder blieb er stehen, berührte Stühle und Tische mit den Fingerspitzen und bewegte lautlos die Lippen.

Den Kopf gesenkt und einen Abstand von einigen Metern einhaltend, folgte Mrs. Boskow ihm.

Als ein lautes „Aha!" ertönte, zuckte sie so heftig zusammen, dass sie ihr Schnitzeisen fallen ließ.

Tullius wartete, bis sie die Waffe wieder aufgehoben hatte, dann schritt er entschlossen auf sie zu, nahm ihren Arm und führte sie außer Sichtweite.

„Ziemlich verrückt, oder?"

Alisha sah ihn aus ihren hübschen Mandelaugen an.

„Hm?", machte Anian.

Seine Gedanken kreisten um nichts anderes als die anstehenden Aufgaben und die Frage, wie er sich schlagen würde. Eines stand fest: Er durfte unter keinen Umständen einschlafen. Eine Begegnung mit einer rohen

Emotion schien so ziemlich das Letzte zu sein, was er und sein hauchdünnes Nervenkostüm im Moment gebrauchen konnten.

„Na, das hier. Das alles. Ich meine, vor ein paar Tagen war ich noch ein ganz normales Mädchen mit einem verdammt normalen Leben. Und jetzt stehe ich hier mit einer Miniaturausgabe meines Geigenbogens, mit dem ich die Armee eines größenwahnsinnigen Schattenfürsten meucheln soll."

„Mhh. Ja, das ist schon verrückt."

Anian verrenkte sich beinahe den Hals bei dem Versuch, einen Blick auf das zu erhaschen, was am Ende des Ganges hinter der Trennwand vor sich ging.

Warum dauerte es so lange, bis Tullius zurückkam?

Sprach er noch mit Mrs. Boskow?

Gab es womöglich irgendwelche Komplikationen?

„Na ja, wie auch immer. Und deine Waffe ist also ein Füller, ja? Darf ich mal sehen? Ich glaube, ich hatte früher mal so einen ähnlichen. Muss zu Grundschulzeiten gewesen sein, seitdem habe ich jedenfalls keinen mehr benutzt. Kugelschreiber sind da eher mein Ding. Das *ist* doch ein Füller, oder?"

„Ja."

Anian hätte Alisha gern gesagt, sie solle gefälligst die Klappe halten, doch er brachte es nicht übers Herz.

Sicherlich war das viele Reden nur ihre Art, gegen dieselbe zehrende Nervosität vorzugehen, die auch auf seiner Haut prickelte wie tausend kleine Nadelstiche.

Außerdem wäre es unklug, dachte er, es sich mit einem Mitglied seiner Truppe zu verscherzen, bevor die gemeinsame Reise überhaupt begonnen hatte.

Es vergingen noch einige quälende Minuten, bis der fluoreszierende Haarschopf des Wächters endlich wieder in seinem Blickfeld auftauchte.

„Entschuldigen Sie vielmals, liebe Anwesenden, die Euphorie-Station hat sich einen Spaß erlaubt und ihre Meinung zu Mrs. Boskows Anwesenheit im Sekundentakt geändert. Der Stuhl hat sie mindestens ein dutzend Mal wieder abgeworfen, bis er es endlich geduldet hat, dass sie auf ihm sitzen bleibt. Die gute Frau wird das ein oder andere Hämatom davongetragen haben."

Tullius schüttelte den schönen Kopf und wirkte einen Moment ehrlich bekümmert, dann klatschte er erneut in die Hände und sah erwartungsfreudig in die Runde.

„Ah, ich höre etwas! Mr. Felkins, die Enttäuschung verlangt nach Ihnen. Machen Sie nicht so ein Gesicht. Das ist halb so schlimm, wie es sich anhört. Kommen Sie, kommen Sie."

Ein junger Mann mit perfekt sitzender Frisur und glattgebügelten Hemd trat nach vorn.

Anian war sich sicher, dass Mr. Felkins im wahren Leben nicht allzu häufig mit Enttäuschungen konfrontiert wurde.

Trotz dieser Tatsache schien die Emotion ihn weitaus wohlwollender empfangen zu haben als die Euphorie Mrs. Boskow, denn Tullius war bereits einen kurzen Moment später wieder bei ihnen.

Zu Anians Entsetzen sah der Wächter ihm geradewegs in die Augen und winkte ihn zu sich heran.

„Mr. Rohwer! Gerade streiten sich die Niedertracht und die Liebe darum, wer von beiden Sie als erstes in ihre Obhut nehmen darf. Schmeichelhaft, nicht wahr?"

Er merkte, wie er rot wurde.

Die *Liebe*?

Warum musste ausgerechnet er mit der Liebe beginnen?

Warum nicht Alisha oder eines der anderen Mädchen?

Er wusste, dass diese Gedanken albern waren.

Dennoch brannte die Scham siedend heiß in seiner Kehle.

Die Scham – und noch etwas anderes. Der Gedanke an ein Mädchen mit Haaren so rot wie eine im Meer versinkende Sommersonne ...

Na, das fängt ja vielversprechend an.

Anian spürte die Blicke seiner Mitschüler im Rücken, als er Tullius mit hängenden Schultern hinterher schlurfte.

Nach wenigen Metern blieb der Wächter plötzlich stehen, drehte sich einmal um die eigene Achse und fuchtelte mit erhobenem Zeigefinger in der Luft herum.

„Ha, ich habe es geahnt! Liebe mag stärker sein als Hass, doch hat sie noch immer nicht gelernt, ihren Rücken vor der Niedertracht zu verbergen. Hier entlang, Mr. Rohwer. Zwei Empfindungen buhlen um ihre Gunst, und eine hat diesen Kampf gerade für sich entschieden."

Der Wächter wandte sich nach rechts, betrat einen schmalen Gang und lotste Anian durch ein Labyrinth flüsternder Tische und Stühle, bis er vor einer grauen Trennwand zum Stehen kam.

Erst jetzt bemerkte er, dass kein Arbeitsplatz dem anderen glich. Es waren nicht nur die unterschiedlichen

Farben der Wände, die die Grenze zwischen den die Stationen umgebenen Auren markierten.

Auch die staubschwangere Luft schien in einzelne Fragmente aufgespalten zu sein; mal schwebte sie träge und schwer über einer Station, mal tanzte sie in wilden Bewegungen im Kreis.

Unzählige Empfindungen, hauchdünn und kaum greifbar, durchströmten Anians Körper und verließen ihn wieder, um dann von neuem in ihn einzudringen.

Er war gleichzeitig glücklich, verärgert, zufrieden, entsetzt, verliebt und ängstlich, doch all diese Gefühle regten sich nur schwach in ihm.

Er wusste, er würde sie erst dann richtig fühlen können, wenn er durch ihre jeweiligen Auren brach.

Tullius legte ihm väterlich die Hand auf die Schulter.

„Berühren Sie die Trennwand, Mr. Rohwer."

Anian tat wie ihm geheißen.

Ein eigenartiges Kribbeln breitete sich von seinen Fingern in seine Hand aus, kroch seinen Arm hinauf und wanderte schließlich in seinen Bauch, wo es langsam abklang.

Die Trennwand zerstob in Millionen kleine Sterne, die sich vor seinen Augen zu einem riesigen freischwebenden Fragezeichen formierten.

„Ähm-", setzte Anian an, doch weiter kam er nicht.

Die Sterne schlossen sich zu einem langen, sich windenden Strang zusammen, der ihm geradewegs in den geöffneten Mund flog. Hustend und röchelnd griff Anian sich an den Hals.

Die Kanten der grauen Sterne schnitten schmerzhaft in seine Kehle. Tränen schossen ihm in die Augen, nahmen ihm die Sicht und brannten sich seine Wangen hinunter.

Ich ersticke, dachte er verzweifelt, *ich ersticke und Tullius lässt es einfach geschehen.*

Er sank auf die Knie, würgte und keuchte, und plötzlich füllten sich seine Lungen wieder mit Luft.

Ein warmes Gefühl ähnlich dem, das ein Glas Schnaps nach sich zog, breitete sich in seinem Inneren aus.

Zwei starke, mächtige Arme zogen ihn zurück auf die Füße.

Immer noch schnaufend, wischte sich Anian die Tränen aus den Augenwinkeln.

„Was war das?“, krächzte er.

„Sie stellen viele Fragen, Mr. Rohwer“, erwiderte der Wächter und klang dabei plötzlich gar nicht mehr freundlich.

Anian spürte, wie Empörung in ihm aufwallte.

„Ich ... ich möchte nicht unhöflich sein, aber ich würde schon gern in Erfahrung bringen, was mich da eben fast umgebracht hat.“

Er rieb sich den Hals.

„Natürlich“, sagte der Wächter mit einem merkwürdigen Gesichtsausdruck. „Natürlich wollen Sie das. Mir scheint, als hielte diese Emotion – die Niedertracht - Sie für Ihren Wirt. Ohne Frage ein Irrtum.“

„Soll das heißen-“

„Dass Sie ein niederträchtiger Mensch sind, Mr. Rohwer? Kein Grund zur Sorge. So etwas passiert ständig. Es tut Emotionen nicht gut, allzu lang von Menschen getrennt zu sein. Die Käfighaltung dort unten verwirrt sie nur.“

Das verlorene Lächeln des Wächters hatte sich zurück in sein Gesicht geschlichen, doch Anian erkannte darin eine Maske, hinter der sich ungetrübter Argwohn verbarg.

Die Ungerechtigkeit darüber, wie ein Schuldiger behandelt zu werden, lastete schwer auf seinem Herzen.

Was konnte er dafür, dass diese wild gewordene Emotion ihn so mir nichts, dir nichts zu ihrem Meister auserkoren hatte?

Ich weiß ja nicht einmal, wie sich Niedertracht anfühlt, schoss es ihm durch den Kopf. Das stimmte; er konnte sich nicht entsinnen, jemals mit diesem Gefühl in Berührung gekommen zu sein.

Anian unterdrückte ein Seufzen.

Die Euphorie darüber, unter die Fittiche des Lehrmeisters der Assassine genommen zu werden und ein Abenteuer bestreiten zu dürfen, war beinahe verflogen.

Noch bis vor wenigen Augenblicken hatte er sich trotz der Angst vor dem, was ihn auf dieser Ebene erwarten würde, so wohl in seiner Haut gefühlt wie schon lange nicht mehr.

Nun kam er sich verloren vor, wie er darauf wartete, sich auf einen verzauberten Schreibtischstuhl setzen zu dürfen und währenddessen von einem Mann beobachtet wurde, der ihm aus irgendeinem Grund nicht traute.

„Bleibt es jetzt in mir? Was da eben mich hineingeflogen ist, meine ich?“, fragte er unbehaglich.

„Was eben in Sie eingedrungen ist, ist im Grunde nichts anderes als ein Teil der Fruchtblase jener Emotion, die auf Sie wartet. Sie kann Ihnen nichts anhaben;

wahrscheinlich haben Sie sie bereits ausgeatmet. Das ist schwer zu sagen. Diese dem Schutz dienende Membran verliert, wie auch die zugehörigen Gefühle selbst, im menschlichen Körper ihre Substanz. Sie können ihre Anwesenheit nicht spüren, zumindest nicht gegenständlich."

„Aber-"

„Treten Sie Ihre Aufgabe an, Mr. Rohwer. Sie werden erwartet."

Der Wächter machte eine nickende Kopfbewegung in Richtung des Arbeitsplatzes. Wie von Geisterhand drehte sich der Stuhl in seine Richtung. Als der Sitz Anians Höhe erreicht hatte, blieb er stehen.

Seine Lehnen erinnerten Anian an die ausgestreckten Arme eines Freundes, der im Begriff war, ihn zu umarmen.

Zögerlich trat er einen Schritt auf den Stuhl zu.

Als hätte seine Wahrnehmung eine unsichtbare Grenze überschritten, drang plötzlich eine Fülle fremdartiger Geräusche an seine Ohren.

Die Luft um ihn herum flüsterte, raschelte und summte; sie *lebte*, war ein eigener Organismus voller Geheimnisse.

Ein überraschter Laut entfuhr Anian, als sein Oberkörper sich unvermittelt nach vorn neigte, als würde er magnetisch angezogen. Jede Faser seines Seins strebte nun auf den Stuhl zu. Hilfesuchend warf er einen Blick über die Schulter.

Seine Augen suchten Tullius' Blick und trafen ins Leere.

Der Wächter war verschwunden - und mit ihm das riesige Büro mit all seinen Arbeitsplätzen.

Anians Station war nur mehr eine Insel in einem allumfassenden Nichts, das ihm mit seiner fundamentalen Abwesenheit allen Seins eine Gänsehaut in den Nacken trieb.

Nicht imstande, der Anziehungskraft des Stuhls länger zu widerstehen, stolperte er vorwärts und wurde sogleich fest in den Sitz gedrückt.

Ruckartig beschrieb dieser eine halbe Drehung, die Anian beinahe wieder hinausgeschleudert hätte.

Dann, ohne Vorwarnung, schoss er geradewegs auf den Schreibtisch zu, dessen Kante sich wie ein Faustschlag in Anians Magen bohrte.

Keuchend und fluchend hielt er sich den Bauch.

Erst, als er den Schmerz davon geblinzelt hatte, bemerkte er das auf der Tischplatte ausgebreitete, goldglühende Papier.

Vorsichtig berührte er es mit seinem Zeigefinger.

Es war warm, angenehm warm, und es verlangte nach seinem Füller, der in seiner Hand ebenfalls zu glühen begann.

Er konnte förmlich spüren, wie sich die Worte in seinen Fingerspitzen ballten und darauf warteten, in Gestalt von Tinte das Licht der Welt zu erblicken.

Anian lächelte. Er würde Tullius beweisen, dass er den Aufgaben, die vor ihm lagen, gewachsen war.

Dass der Wächter mit dem, was auch immer er aufgrund der Anian so zugetanen Niedertracht von ihm denken mochte, falsch lag. Die wiederaufwallende Euphorie beflügelte seine Fantasie und jagte lebhafte Bilder von gewonnen Schlachten gegen Larzods Schattengarde durch seinen Kopf, ohne dass er es seinen Gedanken befohlen hatte.

Wie von selbst formten sie eine Geschichte, aus der er, Anian, als Held hervorging – ein Held, der mithilfe seines magischen Stiftes eine ganze Armee dunkler Kreaturen vernichtete und dem daraufhin ein schönes Mädchen mit Sommersprossen und gesprenkelten Bernsteinaugen zu Füßen lag.

Begierig begann er zu schreiben.

Doch noch ehe die Worte zu Sätzen werden konnten, erlosch das Glühen des Papiers.

Etwas, das wie schwarze Eiskristalle aussah, kroch an den Seitenrändern hervor und breitete sich dann rasant auf der restlichen unbeschriebenen Fläche aus.

Einzig die Buchstaben, die Anian bereits niedergeschrieben hatte und von denen bei genauem Hinsehen noch ein schwaches Glimmen ausging, blieben von der netzartigen Dunkelheit verschont. Die Euphorie, die Anian eben noch vor Glück hatte schweben lassen, war verpufft.

An ihre Stelle war ein Gefühl getreten, das sich in seiner Magengrube zusammenrollte wie ein Drache, der einen tiefen Schlaf vortäuschte, um sein Opfer aus dem Hinterhalt anzugreifen.

Dicke, schwarz-weiße Rauchschwaden lösten sich aus den Eiskristallen, stiegen in die Höhe und formten ein Gesicht, wie Anian es noch nie zuvor gesehen hatte.

Dort, wo die Haut nicht die Farbe eines Totenschädels aufwies, war sie von hässlichen, dunklen Flecken durchsetzt.

Schatten, meldete sich eine Gewissheit ungeklärten Ursprungs in seinem Inneren zu Wort, *es sind Schatten.*

Graue Feuer brannten in den weit aufgerissenen, gierigen Augen und versengten Anians Gedanken.

Der Mund war ein rissiger, mit spitzen Zähnen gespickter Höllenschlund. Langes, silberschwarzes Haar umwehte das dämonische Antlitz. Der Füller in Anians Hand war kalt geworden und fühlte sich wie ein Fremdkörper an.

Er war versucht, ihn loszulassen, doch der letzte greifbare Rest einer langsam dahinschwindenden Vernunft hielt ihn davon ab. Er durfte den Fantasie-Seelen-Kreislauf nicht durchbrechen.

Furcht kroch seine Kehle hinauf.

War das, was hier geschah, tatsächlich so vorgesehen?

„Du wirst mir dienen", zischte eine Stimme irgendwo innerhalb seines Kopfes, ehe das furchteinflößende Gesicht die Worte mit einer heiseren Stimme laut aussprach.

„Deine Treue wird mir gelten, mir allein."

Gern hätte Anian widersprochen, doch eine angenehme Müdigkeit hüllte seinen Geist in nachtblaue Laken.

Es wäre so *einfach*, dem Befehl des Kopfes Folge zu leisten und die Kräfte des Drachen in seiner Magengrube zu entfesseln.

Nein! Kämpf dagegen an. Los! Kämpfe!

Anian unternahm einen halbherzigen Versuch, das Bild von einer siegreichen Schlacht gegen die Schattengarde erneut heraufzubeschwören. Er musste es nur schaffen, ein paar Wörter zu schreiben, dann würde seine Fantasie sicherlich wieder zum Leben erwachen.

Konzentrier dich.

Den flammenden Blick der Fratze meidend, die wie ein Mahnmal über dem Schreibtisch schwebte, führte er seinen Stift zurück in Richtung des Papiers.

Da! Bildete er es sich ein, oder verlor das Schwarz der Eiskristalle bereits an Tiefe?

Etwas in seiner Brust begann wie ein überlasteter Muskel zu zucken, der Füller in seiner Hand taute.

Kurz bevor Tinte und Papier einander berührten, stieß Anian auf einen plötzlichen Widerstand.

„Diese Geschichte möchte nicht erzählt werden, Anian Rohwer. Doch sei unbesorgt. Ich werde dich eine bessere erzählen lassen. Eine größere."

„Wer bist du?", presste Anian hervor.

Eine dunkle Vorahnung ließ sein Blut zu Eis gefrieren.

„Ich bin der rechtmäßige Herrscher über alle Welten und Seelen, Fürst der Fantasien, Sohn der Dunkelheit. Mein Name ist Larzod."

Langsam schüttelte Anian den Kopf, als könne er dem Gesagten dadurch seine Bedeutung nehmen. Geschah das hier wirklich? War es tatsächlich Larzod, der gefürchtete Schattenwahrer, der in diesem Moment zu ihm sprach?

Verzweifelt kämpfte er gegen den unsichtbaren Widerstand an, der die wieder tiefschwarz gewordenen Schneekristalle vor seinem Füller schützte.

„Das willst du doch, nicht wahr, Anian? Eine große Geschichte erzählen? Endlich die Anerkennung erhalten, die dir zusteht? Ich kann all deine Träume Wirklichkeit werden lassen."

Anians Mundwinkel zuckten unkontrolliert.

Der Drache in seinem Bauch – die Niedertracht - kitzelte ihn mit einem dornenbesetzten Schwanz.

Lächelte er etwa?

Hilflos verbarg er seinen Mund hinter der freien Hand.

Das Schattengesicht grinste boshaft.

„Nur der Weg meiner Gefolgschaft führt zu dem, was du begehrst. Das, junger Assassine, solltest du niemals vergessen."

Anian zitterte.

Gedanken, die nicht ihm gehörten, wirbelten durch seinen Kopf wie Herbstlaub.

Und wenn es so ist?

Wenn Larzod meinen wahren Wert erkennt?

Tullius sieht in mir keinen Helden, keinen tapferen Krieger.

Auf der hellen Seite bin ich nur einer unter vielen.

Aber auf der dunklen ...

„Nein!", sagte er laut.

Das Schattengesicht lachte ihn aus.

„Lass mich in Ruhe!"

Adrenalin schoss durch seinen Körper, traf auf eine sich anbahnende Welle der Müdigkeit und brach sich in einem buttrigen Gefühl Bahn, das seine Gliedmaßen befiel.

Anian wehrte sich nicht dagegen.

Sollte die Ebene ihn doch verschlingen!

Lieber harrte er im Kern der Emotion aus, bis der Wächter ihn befreite, als sich auch nur eine Sekunde länger von den Worten des Schattenwahrers vergiften zu lassen.

Er schloss die Augen, um dem herannahenden Schlaf den Weg zu ebnen. Das Abbild Larzods tanzte in grellen Lichtblitzen über seine Netzhaut.

Anian spürte, wie unsichtbare Fangarme nach seinem Geist griffen und ihn langsam in die Tiefe zogen.

Der Boden unter seinen Füßen brodelte wie kochendes Wasser und tat sich schließlich mit einem Zischen auf.

„Du kannst mir nicht entkommen, Anian Rohwer."

Das heisere Lachen Larzods hallte noch in seinem Kopf wider, als die Ebene über ihm sich längst geschlossen hatte.

20. IMAGINATIO MUNDUM REGIT

Liska wusste nicht, wie lange sie nun schon am Fuße der Ebene auf die Wächterin warteten. Ihr knurrender Magen sowie die stetig wachsende Ungeduld in ihrem Inneren ließen sie jedoch vermuten, dass bereits einige Zeit verstrichen sein musste, seit Laelia sie zurück in die Halle gebracht hatte.

Die Wächterin war schnellen Schrittes durch die Tür entschwunden, durch die Shae sie in die Kuppel geführt hatte. Ohne ein Blutopfer zu verlangen, war sie aufgeschwungen. Liska ahnte, dass weder sie noch Edmund auf ähnlich glimpfliche Art und Weise hinausgelangen würden. Auch wenn sie nicht Übel Lust hatte, es darauf ankommen zu lassen – mit dem arroganten Mr. Ellis als Probanden.

Sie warf ihm einen genervten Blick zu. Jede Sekunde, die sie in seiner Gegenwart verbrachte, erschien Liska als eine zu viel. Zu ihrem Bedauern hatte Laelia ihnen das Versprechen abgenommen, sich unter keinen Umständen von der Stelle zu rühren. Was sie vorhatte und wann sie zurück sein würde, hatte sie ihnen hingegen nicht verraten.

Unruhig trat Liska von einem Bein auf das andere.

Würde sie für ihr Handeln zur Rechenschaft gezogen werden?

Es war doch Edmund gewesen, der die Illusion der Wächterin zerstört hatte. Nicht sie!

Seinetwegen war das Feuer ausgebrochen, *seine* Worte hatte die kleine Familie zu einem Haufen grässlicher Monster mutieren lassen. Die Wächterin musste doch gespürt haben, dass die Zerstörung der Illusion nicht das Werk Liskas gewesen war. Sie hatte Edmund und sich selbst bloß retten wollen. Und das hatte sie doch auch geschafft, oder nicht?

„Warum so nervös, Cavanaugh? Freust du dich etwa nicht auf deine Bestrafung?"

Edmund sah immer noch etwas mitgenommen aus, hatte aber offensichtlich zu seiner vorlauten Art zurückgefunden. Er lehnte lässig an einer Säule, die Arme vor dem Oberkörper verschränkt und ein streitlustiges Funkeln in den Augen. Liska lachte freudlos.

„Auf *meine* Bestrafung? Ich meine mich zu erinnern, dass du derjenige warst, der die ganze Situation durch seine unüberlegten Äußerungen überhaupt erst provoziert hat!"

„So? Ist mir neu, dass verbale Auseinandersetzungen zu spontanen Verwandlungen und Flächenbränden führen. Klingt nicht sehr rational, oder?"

„*Rational?*", Liska schnaubte verächtlich, „Was ist hier denn bitte sehr noch rational?! Wir werden zu Illusionisten ausgebildet, sollen gegen einen fantasiegierigen Kerl mit eigener Schattenarmee kämpfen und können plötzlich Dinge sehen, die eigentlich gar nicht da sein sollten."

„Nicht so zickig, Cavanaugh. Es ist deine Schuld, dass wir jetzt hier sind und nicht bei den anderen. Wenn ich du wäre, würde ich mich etwas demütiger zeigen.

Immerhin hatte ich alles im Griff. Es war ein Fehler, Laelias Illusion zu verlassen. Ganz schön respektlos, wenn du mich fragst. Du hättest mich einfach machen lassen sollen, dann wäre das nicht passiert."

Heiße Wut durchströmte Liskas Brust.

„*Wie bitte*? Du hattest alles im Griff?! Du warst *ohnmächtig*! Was hätte ich denn tun sollen, dich verbrennen lassen? Ohne mich wärst du gar nicht hier!"

Sie betonte die letzten Worte absichtlich übertrieben.

Nicht nur, um Edmund zum Schweigen zu bringen, sondern auch und vor allem, um ihre eigenen Zweifel zu ersticken.

Denn die Frage danach, ob das Feuer ihnen tatsächlich etwas hätte anhaben können, spukte unaufhörlich in ihrem Kopf herum. Edmund schürzte die Lippen und setzte gerade zu einer Erwiderung an, als die ins Schloss fallende Tür ihrer beider Aufmerksamkeit auf sich zog.

Die Wächterin schritt über das pulsierende Eis auf sie zu, an ihrer Seite eine Gestalt, deren Gesicht unter einer Kapuze verborgen lag.

Die in den Lüster eingefassten Fragmente der Himmelskörper, von denen während Laelias Abwesenheit nur ein schwaches Glimmen ausgegangen war, tauchten den Raum nun wieder in ein intensives, unheimliches Licht.

Liskas Schultern versteiften sich. Wen hatte Lealia da bei sich? Jemanden, der sie bestrafen würde?

Auch Edmund fiel allmählich aus der Rolle des selbstbewussten Draufgängers.

Immer wieder fuhr er sich durch die Haare, presste die Lippen aufeinander und blies geräuschvoll die Luft aus den Wangen.

Die Wächterin und ihr Begleiter bauten sich wie unüberwindbare Mauern vor ihnen auf.

„Mr. Ellis, Sie kommen mit mir", sagte Laelia kühl. „Was Sie getan haben, lässt mich daran zweifeln, dass Sie den Ihnen zugedachten Aufgaben gewachsen sind. Ich bin über alle Maßen enttäuscht von Ihnen."

„Aber ich wollte nicht ... sie hat doch angefangen!"

Edmunds langer, zitternder Zeigefinger war auf Liska gerichtet.

„Ach ja? Ich habe ein ganz normales Gespräch geführt, bis du diesen armen Leuten sagen musstest, dass sie nichts als eine Illusion sind! Wie kannst du-"

„Das reicht, Miss Cavanaugh! Es bedarf keiner Nachhilfe über die Geschehnisse in meinem Kopf, ich bin bestens informiert. Mr. Ellis, wenn Ihnen an einer Zukunft als Illusionist gelegen ist, empfehle ich Ihnen, Ihre Zunge zu hüten. Und nun kommen Sie mit mir."

Edmund warf Liska einen letzten hasserfüllten Blick zu, dann schloss er sich der Wächterin an, die den Zugang der Ebene umrundete und auf den dahinterliegenden Vorhang zusteuerte.

Sie machte eine komplizierte Handbewegung, woraufhin der schwere Stoff sich ein Stückweit lüftete.

Ehe Liska erkennen konnte, was sich dahinter verbarg, waren Laelia und Edmund bereits durch die Öffnung verschwunden, die sich hinter ihnen wieder geschlossen hatte. Ein Räuspern ließ sie zusammenfahren.

Für einen kurzen Augenblick hatte die Neugier sie vergessen lassen, dass sie nicht allein war.

Mit flatterndem Herzen musterte sie die verhüllte Gestalt, die langsam ihre Kapuze zurückzog und ihr Gesicht offenbarte.

Terenjo.

Liska fiel ein Stein vom Herzen.

Ihre Erleichterung schlug jedoch schnell in Entsetzen um, als sie die kraterartigen, schwarz umrandeten Wunden bemerkte, die das sonst so weiche Antlitz des Fantasiewebers enstellten.

„Was ist passiert?“, hauchte sie fassungslos.

„Eine kleine Auseinandersetzung mit der Schattenwelt, nicht der Rede wert.“

Liska war der Ansicht, dass Terenjos Zustand sehr wohl der Rede wert war, doch diesen Gedanken behielt sie für sich.

Offensichtlich stand dem Fantasieweber nicht der Sinn nach einer Analyse der Herkunftsgeschichte seiner Wunden.

Ein Lächeln zeichnete sich auf seinem zerschundenen Gesicht ab, die silbrig-blauen Augen blitzten schuljungenhaft.

„Schau nicht so besorgt drein, liebe Liska. Du solltest mal diejenigen sehen, die es mit mir aufgenommen haben.“

Er zwinkerte.

„Und nun zu dir! Wie ich hörte, gibst du eine hervorragende Illusionistin ab.“

Perplex starrte Liska den Fantasieweber an.

„Was? Wirklich?“

„Wirklich. Laelia erzählte mir, dass es dir gelungen ist, ein *artificium oculus* zu erschaffen, das die von ihr heraufbeschworene Illusion vollständig überlagert hat."

„Das ... das heißt, ich werde nicht bestraft?"

Terenjo lachte auf und fasste sich dann mit schmerzverzerrter Miene an den Bauch.

„Nein, nein, selbstverständlich wirst du nicht bestraft, mein Kind. Wofür auch? Dafür, dass in deinen Adern womöglich das Blut der größten Illusionistin des letzten Jahrtausends fließt?"

„Das was?!"

Liska glaubte, sich verhört zu haben.

Das Blut der größten Illusionistin des letzten Jahrtausends sollte ausgerechnet in *ihren* Adern fließen?

Hieße das nicht, dass sie von Anfang an mit dieser neuen, ihr noch so fremden Welt verbunden, dass alles vorherbestimmt gewesen war? Wie kam es, dass sie all die Jahre nichts von ihren Fähigkeiten geahnt hatte? Und vor allem: *Wer* war es, dem sie diese Kräfte verdankte?

Der Fantasieweber legte Liska behutsam eine Hand auf die Schulter.

„Ich habe eine vage Ahnung davon, wie dir jetzt zumute sein muss. Das alles ist sehr verwirrend, nicht wahr? Ich möchte dir etwas zeigen."

Terenjo pfiff durch die krummen Finger.

Ein paar Sekunden lang geschah nichts, dann vernahm Liska das durch den Raum hallende Echo eines sanften Flügelschlags. Eine Schwalbe flog auf sie zu, nahm auf der ausgestreckten Hand des Fantasiewebers

Platz und zwitscherte fröhlich. Von ihrer einzelnen Schwinge ging ein wundersamer Schimmer aus.

„Ich wusste, du würdest kommen“, sagte er lächelnd zu dem kleinen Vogel und dann, an Liska gewandt: „Es gibt keine Mauern, die meine Boten nicht überwinden können. Sie finden immer einen Weg.“

Der Fantasieweber führte die Hand, auf der die Schwalbe saß, auf Herzhöhe vor seine Brust.

„Ich brauche den roten und den blauen Teil“, flüsterte er dem Tierchen zu, das ein zustimmendes Piepsen verlauten ließ, ehe es seinen Schnabel in Terenjos Brust stieß.

Liska schlug entsetzt die Hand vor den Mund, als der einflüglige Vogel unter sichtbarer Anstrengung ein tiefrotes, schimmerndes Knäuel aus dem Fleisch des alten Mannes zog.

Behutsam nahm Terenjo das Wirrwarr aus ineinander verschlungenen Fäden entgegen.

Dann wiederholte das Tier die Prozedur und förderte ein blaues Exemplar zutage, das der Fantasieweber ebenfalls bedächtig in seine offene Handfläche legte.

„Ich danke dir. Du wirst diese zwei Prachtstücke nachher wieder an ihren Platz bringen müssen - und mir vorher noch einen klitzekleinen Gefallen tun. Ich werde dich rufen, wenn es soweit ist. Bis dahin darfst du tun, was immer dir beliebt.“

Die Schwalbe schlug kräftig mit dem Flügel, stieg mühelos empor und drehte zwitschernd ein paar Runden durch den Saal, ehe sie es sich auf dem Lüster bequem machte. Terenjo nickte zufrieden. Aufmunternd sah er Liska an.

„Nur keine Scheu, meine Liebe. Tritt näher heran. Oder willst du dir etwa die einmalige Gelegenheit entgehen lassen, das Arbeitsmaterial eines Fantasiewebers zu sehen?"

Ehrfürchtig beugte Liska sich über die leuchtenden Bündel.

Es war verblüffend: Von Nahem sahen die Fäden aus wie Millionen winziger Lichterketten, in deren Glühbirnen abermals unzählige Möglichkeiten, Lebensträume und Schicksale durcheinanderwirbelten.

Jetzt bloß nicht niesen, dachte sie und unterdrückte ein hysterisches Lachen.

„Erinnerst du dich an das, was ich bei unserer ersten Begegnung über mein Handwerk erzählte?", fragte Terenjo.

„Daran, dass ich sagte, ein Weber würde Fantasie mit seinen eigenen Händen erschaffen? Nun, *das hier*", er hob die Hand, auf der die Knäuel lagen, ein Stück an, „ist der Stoff, dessen einzelne Bestandteile meine Finger miteinander verflechten und zu einzigartigen, fertigen Webstücken werden lassen. Zu Fantasie. Oder vielmehr das, was von diesem Stoff noch übrig ist."

Er zuckte mit den Schultern und lächelte wehmütig.

„Was ... was ist denn mit dem Rest passiert?", fragte Liska vorsichtig.

„Er ist durchsetzt von meinen eigenen Erinnerungen. Das geschieht mit der Zeit. Dieser Prozess lässt sich zwar verlangsamen, aber nicht aufhalten. Wenn das Wesen des Webers beginnt, Triebe auszubilden, nimmt es den Fantasiefasern ihre Reinheit. Es ist nicht rechtens, subjektive Empfindungen mit den Seelen anderer zu vermischen. Auch in diesen beiden Exemplaren tummeln sich bereits vereinzelt Erinnerungen. Mit jedem weiteren Tage meiner Amtszeit werden es mehr, doch noch gelingt es mir, sie rechtzeitig zu erkennen und während der Verarbeitung entsprechend auszusparen. Für das, was ich jetzt vorhabe, werden mir diese faulenden Stellen, wie ich sie nenne, ausnahmsweise eine große Hilfe sein."

Liska rieb sich die Schläfen, wie um einen nahenden Kopfschmerz zu vertreiben.

Die Flut an Informationen, die in den vergangenen Tagen über sie hereingebrochen war, schien nicht abreißen zu wollen.

Zum wiederholten Male fragte sie sich, wann ihre Aufnahmekapazität wohl überschritten sein würde.

Doch noch war das Bedürfnis nach dem Verständnis dieser neuen Welt und all ihrer Zusammenhänge größer als die Sorge um ihre geistige Gesundheit.

„Wieso blau und rot?", fragte sie leise. „Sagten Sie nicht, diese – ähm – *Knäuel* wären golden?"

„Der Anfang aller Fantasie ist golden. Erst mit den Jahren verfärben Erfahrungen ihre Ausläufer kaum sichtbar. Mit den Jahrtausenden dann nehmen sie solch intensive Farben an. In diesem hier", Terenjo nickte in Richtung des blauen Knäuels, „verstecken sich hauptsächlich traurige Erinnerungen. Aus solchem Fantasiematerial geformte Geschichten sind in der Regel also eher trübseliger Natur."

„Und wofür steht das Rot? Für Wut?"

„Nein, für die Liebe. Wut ist orange, Hass gräulich, Angst schwarz. Interessanterweise weisen diese Emotionen innerhalb der Fantasiefäden andere Farben auf als jene, die Tullius oben für seine Assassinen gezüchtet hat. Ich fürchte, ihm könnten versehentlich ein paar kleine Fehlerchen beim Paarungsprozess der Gefühle unterlaufen sein, aber das ist eine andere Geschichte ..."

Terenjos Blick verlor sich.

„Tullius *züchtet* Emotionen?!"

„Hm? Oh, Verzeihung. Ich wollte dich nicht verwirren, liebes Kind. Vergiss das wieder, ja? Schön. Dann lass uns beginnen."

Der Fantasieweber spreizte die krummen Finger seiner freien Hand und bewegte sie dann rhythmisch auf und ab, als spiele er ein Lied auf einem imaginären Klavier.

Fäden, rote und blaue, lösten sich aus dem Knäulen und richteten sich wie beschworene Schlangen auf.

Mit schnellen, komplizierten Bewegungen wob Terenjo die Fasern ineinander, bis sie ein dichtes Rippenmuster ergaben, von dem sich zwei Gesichter abhoben: Das eines deutlich jüngeren Terenjos und das einer unbekannten, schönen Frau ...

„*Imaginatio mundum regit.* Fantasie regiert die Welt."

Liska zuckte zusammen. Die Stimme des Fantasiewebers dröhnte wie das Brüllen eines ausbrechenden Vulkans durch den Saal, hallte von den Wänden wider und ließ ihr Herz erzittern.

Wie ein Pfeil schoss seine Schwalbe auf das fertige Webstück zu, vergrub den Schnabel darin und piepste glücklich.

„Dort hinein", raunte Terenjo seinem Boten zu und zeigte auf Liskas Brust.

Keuchend wich sie zurück, als hätte sie sich an den Worten des Fantasiewebers verbrannt.

„Was?! Nein, auf gar keinen Fall, das lasse ich nicht – HEY! AUTSCH!“

Zielstrebig bahnte der Vogel sich seinen Weg in ihr Fleisch.

Einen furchtbaren Moment lang spürte Liska, wie ein kalter Windhauch über ihre freigelegte Seele strich, ehe ihre Haut sich wieder schloss.

Entgeistert sah sie Terenjo an, der sich um einen unschuldigen Gesichtsausdruck bemühte.

„Verzeih mir, liebes Kind. Ich hätte dich meinem gefiederten Freund nicht ausgesetzt, wenn es nicht absolut notwendig gewesen wäre.“

„Notwendig wofür?“, stöhnte Liska.

Dort, wo das Fantasiegeflecht in sie eingedrungen war, kribbelte ihre Haut unangenehm.

„Das wirst du gleich sehen. Wärst du so gut und würdest uns schnell eine Tür zu jenem neuen Teil deiner Seele erschaffen, der gerade Zugang zu dir fand? Sie muss nur groß genug für uns beide sein, das ist wichtig.“

Erneut glaubte Liska, sich verhört zu haben.

Eine Tür zu ihrer *Seele*? Wie in aller Welt sollte sie das anstellen? Ein Gefühl heilloser Überforderung presste ihre Lungen zusammen und ließ sie geräuschvoll ausatmen.

„Nur zu“, sagte der Fantasieweber freundlich und nickte ihr aufmunternd zu. „Wer imstande ist, eine Illusion über das makellose *artificium oculus* einer Wächterin zu legen, wird doch nicht etwa an einer simplen Tür scheitern.“

„Aber wie-“

„Du trägst die Antwort in dir.“

Liska unterdrückte ein Schnauben.

Terenjo hatte gut reden; er beherrschte sein Handwerk seit Jahrtausenden. Sie selbst hingegen war gerade erst im Begriff, ihre Kräfte zu entfalten geschweige denn sie überhaupt zu verstehen.

Doch es half nichts, sich aufzuregen.

Widerwillig schluckte Liska ihren Ärger hinunter.

Vielleicht hatte der Fantasieweber recht.

Vielleicht, und sie traute sich kaum, diese These aufzustellen, war sie ganz einfach mit einem gewissen Talent gesegnet. Denn war es ihr nicht bereits bei der Versammlung vor drei Tagen gelungen, ein Glas aus dem Nichts heraufzubeschwören? Und hatte sie sich und Edmund nicht aus eigener Kraft aus einer möglicherweise lebensbedrohlichen Situation befreit?

Ein wenig zuversichtlicher nickte sie Terenjo zu.

„Also gut“, sagte der alte Mann fröhlich, „Beginnen wir.“

Liska hüpfte ein paarmal auf und ab, wie um sich für eine Sporteinheit warmzumachen.

Dann schloss sie die Augen, stellte sie sich breitbeinig hin und verschränkte die Arme vor der Brust, wie sie es in Laelias Feuerhölle getan hatte.

Angestrengt versuchte sie, ihren Kopf nach und nach von den unzähligen Gedanken zu befreien, die sich erbarmungslos an ihr wundes Gehirn krallten.

Konzentrier dich.

Sie stellte sich eine breite Tür aus dunklem, nach Baumharz duftendem Holz vor. Ihr Herz machte einen Sprung, als sie spürte, wie das Bild hinter ihren geschlossenen Lidern tatsächlich Gestalt annahm.

Dann aber veränderten sich seine Konturen und Farben; jäh verwandelte die Tür sich in jene, die Liska auf ihrem Weg in die Ebene der Illusionisten begegnet war. Schwindelerregend schnell rotierte das blaue Auge in seinem Schlüsselloch.

„Nein!“

Erschrocken riss Liska die Augen auf, bevor die Illusion sich festigen konnte.

„Was hast du gesehen?“, fragte Terenjo mit einer Stimme, in der neben Besorgnis noch etwas anderes mitschwang, das sie nicht zu deuten vermochte.

„Da war eine Tür ... I-ich wollte Sie sowieso danach fragen ... niemand sonst hat sie gesehen, dabei hat sie mich mit ihren Tränen beinahe verätzt.“

Liska verzog das Gesicht unter dem Schauer der Erinnerung.

Der Fantasieweber legte ihr beruhigend eine Hand auf die Schulter.

„Schon gut, meine Liebe. Erzähl mir ganz genau, was geschehen ist.“

Liska holte tief Luft und schilderte Terenjo dann in aller Ausführlichkeit, was ihr auf dem Weg in die Ebene der Illusionisten widerfahren war.

„Und niemand will etwas gesehen haben. Angeblich stand ich einfach so da“, schloss sie ihren Bericht verlegen.

Was, wenn der Fantasieweber sie nun auch noch für verrückt hielt? Doch der alte Mann machte nicht den Eindruck, als zweifle er an ihrem Geisteszustand.

Stattdessen rieb er sich mit einem ernsten Gesichtsausdruck über die Nasenwurzel.

„Eine Dunkeltür“, murmelte er, „das untermauert meine Theorie."

„Welche Theorie?!“

Terenjo lächelte traurig.

„Komm.“ Sanft schlossen sich seine knorrigen Finger um Liskas Handgelenk.

„Mach meine Erinnerung lebendig, führe uns in die Vergangenheit. Ich werde es dir zeigen. Nur so kannst du verstehen.“

Dunkeltür, Seelentür ...

Liska schwirrte der Kopf vor lauter Türen.

Dennoch erfüllte die Berührung des Fantasiewebers sie mit einer sonderbaren Ruhe, die sich wie Watte um ihre wirbelnden Gedanken legte.

Erneut schloss sie die Augen und versuchte, Bilder eines Portals heraufzubeschwören, das ihnen Zugang zu Terenjos Erinnerungen gewähren würde.

Dieses Mal gelang es auf Anhieb.

Die fertige Illusion stach ihr nach Freiheit gierend in die Lider. Liska riss die Augen auf. Begleitet vom vertraut gewordenen Geräusch eines gigantischen Flügelschlags löste sich die Täuschung von ihrer Netzhaut und sprang direkt vor ihre Füße. Der Fantasieweber ließ ihr Handgelenk los und strich bedächtig über das dunkle Akazienholz der Doppeltür, von der ein geheimnisvolles Glimmen ausging.

„Gehen wir“, sagte er leise.

21. DIE PROPHEZEIUNG

Die Luft war so dick, dass man sie mühelos in Scheiben hätte schneiden können. Sie blähte Anians Lungen auf wie zwei Heliumballons, die drauf und dran waren, gen Himmel zu steigen und nie wieder auf die Erde zurückzukehren.

Eine gräuliche, seltsam strukturlose Masse, die dem ähnelte, was er vor dem Betreten seiner Station verschluckt hatte, waberte durch den winzigen, kerkerähnlichen Raum.

Etwas, das wie das Knistern einer defekten Steckdose klang, drang aus jedem Winkel des Verlieses an seine Ohren.

Anian kniff die Augen zusammen.

Waren es *Gewitterwolken*, die sich dort aus den steinernen Wänden lösten und nach und nach mit der grauen Materie verschmolzen?

Wie zur Antwort auf diese Frage wurde das Knistern lauter und explodierte in einem wilden Zucken greller Lichtblitze, die bedrohlich nahe über seinem Kopf tanzten.

Erschrocken ließ er sich auf die Knie fallen, die Haare panisch abklopfend, als stünden sie in Flammen.

Was zum Teufel ging hier vor?

Sah *so* die Geburt der Niedertracht aus?

Mit offenem Mund beobachtete Anian das Spektakel über ihm.

Nach einiger Zeit, die ihm gleichermaßen wie eine Ewigkeit und ein Wimpernschlag vorkam, verloren die Blitze ihre Intensität, bis sie nur noch als schwächliches Flackern über die Decke der Zelle krochen.

Ein paar der Wolken, die im Abstand von wenigen Sekunden aus den Wänden brachen, sammelten sich unter den sterbenden Lichtern. Dicke Regentropfen, die den Gesetzen der Schwerkraft zu trotzen schienen, lösten sich aus ihren Bäuchen. Träge schwebten sie durch den Raum, absorbierten den Nebel mit hungrigen Mäulern und schwollen zu gigantischen grauen Wasserblasen an.

Anian nahm einen tiefen Atemzug.

Die Luft war wieder klar, *wunderbar* klar sogar, und er sog sie so dankbar ein wie jemand, der sein ganzes Leben in einer Großstadt verbracht hatte und nun zum ersten Mal Meeresluft roch. Einem Impuls folgend, dessen Ursprung er sich nicht erklären konnte, rappelte er sich wieder auf, ging zielstrebig auf einen der gewaltigen Regentropfen zu und stach mit dem Zeigefinger hinein.

Der im Wasser eingeschlossene Nebel verflüchtigte sich und gab die Sicht auf eine Horde leuchtend roter Buchstaben frei, die zunächst wild miteinander tanzten und sich dann eng aneinanderreihten.

Sie waren in Schreibschrift geschrieben, wie Anian erkannte.

In *seiner* Schreibschrift.

Stirnrunzelnd trat er einen Schritt zurück, um besser lesen zu können, welche Worte die geschwungenen Lettern geformt hatten.

„Tu es. Eskil wartet auf dich.“

Er sprach die kryptische Botschaft laut aus und spürte, wie sich jeder einzelne Satz einem Brennstempel gleich in seinen Kopf fraß. Danach breitete sich eine seltsame, irgendwie fragile Zufriedenheit in ihm aus; ähnlich dem Gefühl, das entstand, wenn man Schorf von einer noch nicht verheilten Wunde abkratzte.

Die Bedeutsamkeit der Worte, die ihm aus dem Bauch des Tropfens heraus entgegen starrten, stach in jede Zelle seines Körpers und war doch nicht greifbar.

Auf einmal wusste Anian, warum die Buchstaben so rot waren. Sie mussten mit seinem eigenen Herzblut geschrieben worden sein. Die Botschaft war nun ein Teil von ihm, so wie seine Hände oder seine Füße ein Teil von ihm waren.

Es war ganz einfach und gleichzeitig ganz fürchterlich kompliziert.

Unschlüssig sah Anian sich nach den anderen Tropfen um.

Welche Geheimnisse mochten sich in ihrem Inneren verbergen?

Er verspürte eine unverhältnismäßig starke Sehnsucht danach, es herauszufinden. Wie von selbst setzten sich seine Beine in Bewegung, offenbar in der Absicht, ihm diesen Wunsch so schnell wie möglich zu erfüllen. Doch es war, als würde er durch Wasser laufen: Ein unsichtbarer Widerstand hemmte seine Bewegungen und ließ ihn schließlich innehalten.

Was tat er hier überhaupt?

„Ich sollte gar nicht hier sein“, flüsterte er unter den zustimmenden Rufen seiner Vernunft.

„Ich sollte ...“

Anian hob die Hände und hielt sie sich direkt vors Gesicht.

Verständnislos starrte er in die geöffneten Handflächen.

Wann hatte er seinen Füller verloren? Oder hatte er ihn vielleicht bloß geistesabwesend in die Tasche gleiten lassen? Fahrig tastete er seine Hose ab. Nichts.

Mit aufkeimender Panik suchte Anian auf dem Boden der Zelle nach seiner Waffe, doch auch dort wurde er nicht fündig.

„Ich kann nichts *sehen!*“, fluchte er.

Nun, da auch die letzten Blitze erloschen waren, bildete das strahlende Rot seines Herzbluts die einzige spärliche Lichtquelle.

Auf Händen und Knien kroch Anian durch den Raum.

Er fühlte sich auf absurde Weise an seine Kindergeburtstage erinnert, auf denen er wieder und wieder ausschweifende Wettbewerbe im Topfschlagen – seinem damaligen Lieblingsspiel - veranstaltet hatte.

Nur dass der Preis dieses Mal nicht aus einer Tüte Weingummi besteht, sondern aus etwas viel Wichtigerem. Aus etwas, aus das ich hätte aufpassen sollen, dachte er voller Unmut.

Wie hatte er nur so fahrlässig sein können?

Was war aus dem Vorsatz geworden, der ihm angetrauten Aufgabe gerecht zu werden?

Verdammt! Er hatte sich vor Tullius und den anderen Assassinen beweisen wollen, und nun das!

Die Wut über sich selbst war so groß, dass sich der Schleier um Anians Bewusstsein für einen kurzen Moment gänzlich lichtete. Die Begegnung mit Larzod war nichts mehr als die Erinnerung an einen schlechten Traum, die Worte aus seinem Herzblut zwar präsent, doch nicht länger bedeutsam.

Genau in diesem Augenblick der Erkenntnis packte ihn eine große Hand am Kragen seines T-Shirts und riss daran. Er sah noch, wie die Regentropfen platzten und ihr Inhalt sich über den Boden ergoss. Blutende Sätze, die nach ihm schrien. Dann wurde er mit einer Wucht, die sein Gehirn durch seinen Schädel schwappen ließ, durch die Decke des Raumes katapultiert.

„Suchen Sie den hier, Mr. Rohwer?"

Schwindel flutete seinen Kopf.

Anian blinzelte. Schwarze Punkte tanzten vor seinen Augen und ihm war schrecklich übel.

Die Gestalt des Wächters, zu dessen Füßen er lag, nahm langsam Konturen an. Mit strengem Blick sah Tullius auf ihn hinab. Er machte keine Anstalten, Anian aufzuhelfen. Also stemmte er sich aus eigener Kraft hoch – in der Hoffnung, sein Kreislauf würde ihn nicht im Stich lassen.

Eine Gänsehaut befiel seinen Rücken, als er einige Meter vor sich den Schreibtisch sah, an dem ihm der Schattenfürst erschienen war. Alles in ihm rief danach, die Station ein für alle Mal zu verlassen. An diesem Ort geschah nichts Gutes, das wusste er nun.

„Mr. Rohwer?"

Anian schrak zusammen.

„Ich fragte Sie gerade, ob Sie möglicherweise Ihren Stift suchen."

Der Wächter streckte die Hand aus.

Verlegen nahm Anian seine verlorene Waffe entgegen.

„Sie können von Glück sagen, dass Ihr Bewusstsein Ihnen dort unten zumindest einigermaßen erhalten geblieben ist. Es ist ganz und gar nicht ratsam, unbewaffnet in den Kern einer Emotion vorzudringen. Die in Ihrem Stift gespeicherte Fantasie hätte Ihnen helfen können, sich mir früher bemerkbar zu machen."

Anian stutzte.

Früher?

Hatte Tullius ihn nicht erstaunlich schnell zu fassen bekommen, nachdem er, Anian, wieder zur Besinnung gekommen war?

„Sie waren immerhin vier Stunden außerhalb meiner Reichweite, Mr. Rohwer", beantwortete der Wächter seine unausgesprochene Frage.

„Vier Stunden?!", wiederholte Anian ungläubig. „Aber ... aber es hat sich angefühlt wie-"

„Minuten? Ich weiß. Rohe Emotionen manipulieren nicht selten das Zeitempfinden. Wie ich schon sagte, wäre es von deutlichem Vorteil gewesen, wenn Sie ihre Waffe bei sich gehabt hätten."

Die Scham brachte Anian fast um den Verstand. Es war ihm nicht einmal a*ufgefallen,* dass er seinen Füller hatte fallen lassen. Erst, als sein Bewusstsein dank einer glücklichen Fügung wieder aus dem Tiefschlaf erwacht war, hatte er seinen Verlust bemerkt.

„Es ... es tut mir sehr leid. Ich konnte kaum etwas sehen. Als die Blitze fort waren, wurde es so fürchterlich dunkel. Er muss mir runtergefallen sein, als ich aus dem Tropfen gelesen habe.“

Alarmiert sah der Wächter ihn an.

„Was haben Sie aus dem Tropfen gelesen?“

Anian öffnete den Mund, um die in seinen Kopf eingebrannten Worte wiederzugeben. Doch seine Zunge fühlte sich plötzlich an, als wäre sie verknotet. Schwer und nutzlos schob sie sich vor seinen Rachen. Was er hatte sagen wollen, ging in einem Würgelaut unter. Erschrocken fasste Anian sich an die Kehle.

„Das dachte ich mir“, sagte Tullius mit düsterer Miene. „Räuspern Sie sich ein paarmal, Mr. Rohwer, und denken Sie schnell an etwas Neutrales. Ihre Zunge wird sich gleich wieder lockern.“

Anian tat wie ihm geheißen und stellte erleichtert fest, dass er tatsächlich wieder sprechen konnte.

„Was war das?“, fragte er bang.

„Der unschöne Nebeneffekt eines *augurium semifactus*.“

„Ähm ... wie bitte?“

„*Augurium semifactus.* Das bedeutet so viel wie ‚halbfertige Prophezeiung‘. Bis zu dem Zeitpunkt, da diese Weissagung eintritt, werden Sie nicht mehr in der Lage sein, sie laut auszusprechen.“

„Aber das ergibt doch überhaupt keinen Sinn! Diese Sätze hängen nicht einmal zusammen. Ich ... ich verstehe ihre Bedeutung nicht! Nur *dass* sie etwas bedeutet.“

„Das ist das Tückische an Prophezeiungen dieser Art. Nicht einmal der, dem sie sich offenbart hat und der sie erfüllen soll, kann ihre Botschaft entschlüsseln. Erst, wenn Sie aus Ihnen herausbricht und auf diese Weise zu einer vollwertigen, fertigen Prophezeiung wird, werden Sie die Zusammenhänge verstehen. Die Situation, in die das *augurium semifactus* hineingeboren wird, bildet den entscheidenden Baustein dieses Konstrukts.

Bildet *möglicherweise* den entscheidenden Baustein. Sie können das Eintreten der Prophezeiung verhindern. Es unterdrücken. Wachsam sein, dagegen ankämpfen. Beherzigen Sie meinen Rat. Immerhin war es nicht etwa das Glück oder die Hoffnung, die Ihnen eine Prophezeiung gesandt hat, sondern die Niedertracht. Eine nicht zu unterschätzende Tatsache, wenn Sie mich fragen."

Eine Welle des Selbstmitleids ergoss sich über Anians Herz und ließ es unerträglich schwer werden. Nicht genug, dass er offenbar einiges an Training nötig hatte, um ein brauchbarer Assassine zu werden. Nun würde er sich auch noch eine Emotion behaupten müssen, die sich in seinem Inneren eingenistet hatte und darauf zielte, ihre Botschaft in die Welt zu tragen.

„Was ist mit den anderen? Hat ... hat noch jemand eine Prophezeiung erhalten?", fragte er und klang dabei hoffnungsvoller als beabsichtigt.

„Nein."

Tullius musterte ihn plötzlich mit demselben Argwohn wie bereits vor einigen Stunden.

„Bisher noch nicht. Nicht jeder ist empfänglich für diese Weissagungen."

Niedergeschlagen starrte Anian auf seine Füße.

Es war wie früher. Er war wieder derjenige, der aus der Reihe tanzte. Der ewig vom Erfolg Träumende, der am Leben scheiterte, während andere ihre Ziele verwirklichten.

„Nichts ist aussichtslos, Mr. Rohwer", sagte Tullius nun eine Spur freundlicher. „Machen Sie weiter. Festigen Sie Ihre Persönlichkeit. Was Sie eben erlebt haben, sollte genug Ansporn sein, es in den weiteren Stationen nicht noch einmal so weit kommen zu lassen. Und nun folgen Sie mir. Die Liebe wartet auf Sie."

Anian nickte und bemühte sich um einen entschlossenen Gesichtsausdruck. Er fühlte sich klein, verloren und unverstanden. Doch es war nicht der Zeitpunkt, dem Frust und dem Schmerz nachzugeben. Er wollte nicht aufgeben.

Er *durfte* nicht aufgeben.

Auf vom Adrenalin wackeligen Beinen, folgte er dem Wächter durch den schmalen Gang.

Nach wenigen Schritten blieb dieser noch einmal stehen und drehte sich zu Anian um.

„Oh, ehe ich es vergesse: Halten Sie diesmal Ihre Sinne beisammen, junger Assassine. Es ist wichtig, dass sie Ihre Wahrnehmung vorm Betreten der nächsten Station entzerren, um jeden Schritt ihrer Handlung ungetrübt ausführen zu können. Mir schien es, als hätten Sie den Eindruck, Ihre Waffe auf der Ebene der Emotion verloren zu haben."

Anian hatte das Gefühl, ihm müsse jeden Moment das Herz stehenbleiben.

„Ja?", krächzte er.

„Nun, dem ist nicht so. Ich fand sie hier auf dem Tisch, direkt neben dem Anfang Ihrer Geschichte."

Entsetzt warf Anian einen Blick auf die ausgebreiteten Zettel. Die wenigen Worte, die sein Füller auf das

Papier gebracht hatte, wirkten geradezu lächerlich auf all dem unbeschriebenen Weiß. Von den schwarzen Flocken, die sich darübergelegt hatten, war jedoch nichts mehr zu sehen.

Waren sie noch da gewesen, als Tullius den Stift gefunden hatte? Wusste der Wächter von seiner Begegnung mit dem Schattenfürsten?

Anian wurde heiß und kalt zugleich.

Erst jetzt wurde ihm das ganze Ausmaß seines Versagens bewusst. Wenn es wirklich Larzod gewesen war, der ihm über dem Tisch erschienen war, hatte er seinen Füller den Händen des Feindes überlassen. Was, wenn der Schattenwahrer die Waffe manipuliert hatte? Wenn sie nun nicht mehr in Anians Sinne, sondern zum Vorteil von Larzod und seiner Armee von Schattengarde wirken würde?

„Geht es Ihnen nicht gut, Mr. Rohwer?"

Tullius musterte ihn mit aufrichtiger Besorgnis.

„Doch", log Anian. „Alles bestens."

Er suchte in Tullius' Blick nach dem Wissen um den Besuch des Schattenwahrers, doch es schien, als habe dieser alle Spuren seiner Anwesenheit verschwinden lassen.

Der Wächter mochte zwar enttäuscht von Anian und dem fahrlässigen Umgang mit seiner Waffe sein. Doch von einem Feuersturm der Empörung, den dieser unverzeihliche Fehler sicherlich nach sich gezogen hätte, fehlte jede Spur.

Und er würde sich hüten, diesen zu entfachen, indem er dem Tullius den wahren Hergang des Geschehens schilderte.

Sicher bestand die Möglichkeit, dass es sich bei dem Schattengesicht nur um einen weiteren Trick der Emotion handelte. In diesem Falle hätte Anian nichts zu befürchten.

Doch wenn es tatsächlich der leibhaftige Fürst der Dunkelheit gewesen war ...

Nein. Das Risiko war zu hoch.

Ganz gleich, wie er es auch drehte und wendete: Anian ertrug die Vorstellung nicht, seinen Lehrmeister noch einmal und unwiderruflich zu enttäuschen.

Wenn Larzod seinen Füller wirklich manipuliert hatte, würde er selbst eine Lösung für dieses Problem finden müssen.

22. EDINEAS ERBE

Mit offenem Mund sah Liska sich um.

Sie standen auf einer Wiese, die an ein sommerlich gelb gestrichenes Holzhaus grenzte. Von der Veranda wehte der verführerische Duft frisch aufgebrühten Kaffees zu ihnen herüber. Der ansonsten makellos blaue Himmel über ihnen war hie und da mit zarten weißen Tupfern in den unterschiedlichsten Formen gesprenkelt.

Einige Meter vor ihnen bahnte sich eine hübsche getigerte Katze ihren Weg durch das hohe Gras.

„Es ist wunderschön hier", sagte Liska ergriffen.

Der Anblick dieses malerischen Ortes berührte sie auf eine sonderbare Art und Weise.

Es fühlt sich an, dachte sie, *als würde man nach einem langen, anstrengenden Tag nach Hause kommen.*

„Niemand darf uns sehen", mahnte Terenjo, ohne auf Liskas Bemerkung einzugehen.

Fragend sah sie ihn an.

„Weder meine Frau, die in genau zwei Minuten auf die Veranda treten wird, noch die längst vergangene Version meiner Selbst, die sich wenig später dazugesellt. Es würde meine Erinnerung verfälschen, wenn wir uns ihnen offenbaren würden. Den Ablauf stören."

Liska wusste nicht, ob sie genau verstand, was der Fantasieweber ihr zu erklären versuchte. Doch der angespannte Zustand des sonst so ruhigen alten Mannes verriet ihr, dass es nicht klug wäre, das Thema weiter zu vertiefen.

„Komm mit mir", sagte er nachdrücklich. „Wir müssen näher heran. Am besten auf die rechte Seite des Hauses. Weder meine Frau noch ich sehen während unseres Gesprächs dorthin."

Liska folgte Terenjo mit klopfendem Herzen durch das hohe Gras. Sie erreichten die Hauswand just in jenem Moment, in dem das Geräusch einer sich öffnenden Tür zu vernehmen war.

Instinktiv presste sich Liska gegen das Holz, doch der Fantasieweber bedeutete ihr stumm, ein Stück hervorzukommen.

Unsicher tat sie, was er verlangte, und reckte den Hals, um besser um die Ecke sehen zu können. Sie hoffte, dass Terenjo Recht behalten und sich tatsächlich niemand umdrehen würde.

Eine Frau betrat die Veranda und Liska konnte hören, wie der alte Mann neben ihr dem Atem anhielt.

Sie war hochgewachsen und schlank. Ihr dichtes, rotblondes Haar fiel ihr in leichten Wellen über die Schultern. Sie trug ein himmelblaues Sommerkleid, dessen Saum ihr bis zu den Knöcheln reichte. Die Hände um den Oberkörper geschlungen, als würde sie frösteln, fixierte sie den Horizont.

Liska konnte das Gesicht der Frau von ihrem Blickwinkel aus nur im Profil erkennen. Doch die wohlgeformte Nase und die hohen Wangenknochen verrieten bereits, dass es sich bei Terenjos Gattin um eine wahre Schönheit handeln musste.

Sie stand noch eine Weile reglos da. Dann erwachte sie aus ihrer Trance, drehte ihnen den Rücken zu und setzte sich an einen kleinen runden Tisch. Geschirr klapperte. Erneut erfüllte der Duft frischen Kaffees die Luft.

„Edinea, Liebes. Wie wäre es, wenn wir heute einen Spaziergang unternehmen? Du weißt schon ... *draußen*. Erinnere dich an das, was Laelia gesagt hat. Es ist nicht gut, wieder und wieder in die eigene Illusion zu starren."

Ein um etliche Jahre (wenn nicht Jahrhunderte) jüngerer Terenjo war auf der Veranda erschienen und bedachte seine Frau mit einem Blick, der Wehmut und Liebe miteinander vereinte.

Diese Version des Fantasiewebers war nicht übersät von grausigen Verletzungen, hatte keine schlohweißen Haare.

Überhaupt wirkte der Terenjo, der dort unter der hellen Sommersonne stand, viel *größer*, viel kräftiger und ...

Ja, was? Strahlender?

Liska kam es vor, als wäre er von einem Glanz umgeben. Sie fragte sich, wann und warum er diesen Glanz verloren haben mochte.

„So?" Edineas Stimme klang weitaus tiefer und rauer, als Liska es angesichts ihrer zarten Statur vermutet hätte.

„Was Laelia sagt, ist mir offen gestanden gleichgültig. Und das weißt du auch. Wir haben uns gemeinsam für dieses Leben entschieden. Gemeinsam beschlossen, dass wir die andere Welt nicht mehr sehen wollen. Nicht, seitdem-"

Der junge Terenjo hob eine Hand.

„Nicht. Ich weiß, Liebling. Du hast ja recht. Ich sorge mich doch bloß um dich. Verliere dich nicht in diesen Bildern. Nichts von alldem hier ist real."

Edinea stand auf und schlang die Arme um den Hals ihres Mannes.

„Das auch nicht?"

Sie küsste ihn leidenschaftlich.

Verlegen zog Liska sich hinter die Hauswand zurück. Sie fühlte sich ausgesprochen unwohl dabei, den Fantasieweber und seine Frau in einer so intimen Situation zu beobachten. Erleichtert stellte sie fest, dass der Gegenwarts-Terenjo sich ebenfalls von der Szenerie abgewandt hatte.

„Wir brauchen ein Portal, das uns zum nächsten Abschnitt meiner Erinnerung führt", flüsterte er eindringlich.

„Stell es dir am besten wie einen einfachen Torbogen vor."

Liska, der es nur allzu recht war, die beiden Liebenden auf der Veranda allein zu lassen, nickte eifrig.

Das Bündeln ihrer Gedanken fiel ihr deutlich leichter als es vor dem Heraufbeschwören der Seelentür der Fall gewesen war. Der ihr eingepflanzte Teil von Terenjos Erinnerung, den sie als nächstes besuchen würden, schlug in ihrer Brust aus wie eine Wünschelrute. Fragmente eines Rosenbogens setzten sich vor ihren Augen zu einem Bild zusammen.

Wie von selbst schälte es sich aus ihrer Iris und fügte sich mit dem Geräusch eines Flügelschlags in die Hauswand ein.

Beunruhigt warf Liska einen Blick über die Schulter.

„Keine Sorge, wir sind da hinten ausreichend beschäftigt und nehmen unsere Außenwelt längst nicht mehr wahr."

Ein spitzbübisches Lächeln huschte über das ramponierte Gesicht des alten Mannes und durchbrach für einen Moment den Schleier aus Melancholie, der sich darübergelegt hatte.

„Lass uns gehen."

Seite an Seite schritten sie durch das Portal.

Die Welt um sie herum wurde trüb, dunkel und leicht.

Schwerelos. Für den Bruchteil einer Sekunde genoss Liska den Schwebezustand, in dem sie sich befand.

Dann versuchte sie, einzuatmen - und brachte ihre Lungen damit beinahe zum Bersten.

Sie hustete, doch das machte es nur noch schlimmer.

Wasser, dachte sie verzweifelt und stieß gurgelnd einen Schwarm kleiner Blasen aus. *Wir sind unter Wasser.*

Flackernde Lichtstrahlen brachen sich in dem blaugrauen Nichts, das nun kalt und scharf in jede Pore ihres Körpers drang. *Dort oben wartet der Tag.*

Liska widerstand dem Verlangen, umgehend an die Wasseroberfläche zu schwimmen und sah sich mit verschwommenem Blick nach Terenjo um.

Sie entdeckte den Fantasieweber wenige Meter unter sich.

Soweit sie es erkennen konnte, hing sein Kopf schlaff hinunter. Die Arme schwebten wie zu einer Umarmung ausgebreitet neben seinem Kopf.

Mit Entsetzen stellte Liska fest, dass er immer tiefer sank.

Das Verlangen nach Sauerstoff raubte ihr beinahe den Verstand.

Doch es blieb keine Zeit, erst aufzutauchen und Luft zu holen, bevor sie den Fantasieweber rettete.

Was, wenn er bis dahin nicht mehr erreichbar für sie war?

Schon jetzt lastete ein fürchterlicher Druck auf ihren Ohren, der ihr gnadenlos ins Trommelfell stach.

Runter!, brüllte Liska in Gedanken und kämpfte sich abwärts.

Mit jedem Zentimeter, den ihre Fingerspitzen sich dem weißen Schopf des alten Mannes näherten, wurde der Druck in ihren Kopf schlimmer. Ihr Herz schlug rasend schnell und fühlte sich gleichzeitig unsagbar müde und schwach an.

Als Liskas Hände die Haare des Fantasiewebers zu fassen bekamen, ging ein Ruck durch seinen Körper.

Sie nahm nur noch durch einen immer schmaler werdenden Tunnel wahr, dass die wieder zum Leben erwachten Armen des alten Mannes sie unter den Achseln packten.

Wie war das passiert, wo doch sie es gerade noch gewesen war, die *ihn* hatte retten wollen?

Es spielt keine Rolle mehr. Wir werden es nicht schaffen. Wir-

Da! Irgendwo über ihnen, in scheinbar unendlich weiter Entfernung, leuchtete etwas Orangenes auf.

Liska spürte, wie ihre Muskeln erschlafften. Wie ihr Mund sich öffnete und salziges Wasser hineinströmte, das ihr die Kehle verätzte.

Und dann ...

Luft.

Sie hatten die Wasseroberfläche durchbrochen.

Dankbar heulte Liska auf.
Mit jedem Atemzug, den sie tat, kehrte das Leben in sie zurück. Terenjo hielt sie immer noch fest umklammert.
Er zog sie mit sich, in Richtung des rettenden Ufers, und war offenbar am Ende seiner Kräfte angelangt.
Das angestrengte Keuchen des alten Mannes vermischte sich mit schrillem Möwengeschrei und dem Geräusch von Wellen, die gegen Felsen brandeten.
„Ich kann alleine schwimmen“, protestierte Liska.
Ihre Stimme klang schwach und kratzig.
Sie glaubte nicht, dass der Fantasieweber sie gehört hatte. Umständlich wand sie sich aus seinem Arm und versuchte nun ihrerseits, den Fantasieweber hinter sich her zu ziehen. Wie verrückt paddelnd und strampelnd erreichten sie nach ein paar quälenden Minuten den Strand. Die Wellen spülten sie auf den Sand, zogen sich für einen kurzen, scheinheiligen Moment zurück und kehrten dann in dem Versuch wieder, sie auf ewig an den Ozean zu binden.
Entkräftet robbte Liska vorwärts, bis ihr Körper trockenen Grund berührte. Dann ließ sie sich fallen, drehte sich auf den Rücken und blieb, alle Viere von sich gestreckt, liegen.

Der Himmel hatte sich verdunkelt, das Meer tobte und schäumte vor Wut über seinen Verlust.
„Wir wären beinahe in meiner eigenen Erinnerung ertrunken“, sagte Terenjo zwischen zwei abgehackten Atemzügen und starrte kopfschüttelnd ins Leere.

Liska wartete darauf, dass der Fantasieweber dieser Aussage eine Erklärung folgen ließ, doch nichts geschah.

„Wie konnte das passieren?“, platzte es aus ihr heraus, als sie sein Schweigen nicht mehr aushielt.

„Hm? Oh, verzeih. Was hast du gesagt?“

„Ich habe Sie gefragt, wie *das* hier“, Liska stemmte sich auf die Ellbogen und nickte in Richtung des aufgepeitschten Meeres, „passieren konnte!“

„Natürlich. Ich habe sie zu weit ausgedehnt. Meine Erinnerung, meine ich. Ganz offensichtlich gab es einen Teil von mir, der zu weit in der Zeit zurückreisen wollte. Ich hätte merken müssen, dass mein Herz meinem Verstand vorauseilt. Derlei Fehler werden bestraft.“

„Mit dem *Tod*?!“

„Aber nein. Wie kommst du darauf?“

Liska rang um Fassung.

„Aber das haben Sie doch gerade gesagt! Dass wir fast in Ihrer Erinnerung ertrunken wären!“

„Wer in Erinnerungen ertrinkt, stirbt nicht. Er bleibt in ihnen gefangen. Durchlebt sie wieder und wieder, für den Rest seines Lebens.“

„Das ... das klingt ehrlich gesagt auch nicht viel besser.“

„Oh, das ist es auch nicht.“

Terenjo löste seinen Blick kurz von dem Nichts, in das er starrte, und sah Liska direkt ins Gesicht.

„Ich muss mich aufrichtig bei dir entschuldigen. Es war nicht meine Absicht, dich in Gefahr zu bringen. Vielmehr der Leichtsinn eines alten Mannes, dem es nie gelungen ist, die Vergangenheit ruhen zu lassen. Es gibt keine größere Tragödie, als zuzulassen, dass das Herz sich an verflossene Tage klammert. Wenn es verzweifelt wiederzubeleben versucht, was längst gestorben ist."

Er machte eine kurze Pause.

„Ich glaube, ich wollte zu einer Sequenz meiner Erinnerung vordringen, die nicht Teil dessen war, was mein Bote dir eingepflanzt hat. Edinea und mich eben dort zu sehen, muss mich aus dem Gleichgewicht gebracht haben."

Liska atmete geräuschvoll aus.

Bisher hatte sie den Fantasieweber mit seiner ruhigen Aura und den weisen Worten aus irgendeinem Grund für unfehlbar gehalten. Dass er eine so menschliche, verletzliche Seite hatte, überraschte sie.

„Es ist immer noch da, weißt du?", sagte Terenjo leise.

„Was ist noch da?"

„Das Haus. Der Garten. Die Wiese. All das existiert noch in der Gegenwart. Nichts hat sich verändert in all der Zeit. Edinea hat dieses Bild vor mehr als 150 Jahren erschaffen. Es war unsere letzte Bleibe, bevor sie aus dem Leben trat."

Alarmiert setzte Liska sich auf.

Sie hatte eine vage Ahnung von dem, was die Worte des alten Mannes bedeuten mochten. War es ihr nicht eigentlich schon in dem Moment klar gewesen, da sie die Erinnerung betreten hatten?

„Sie reden von einem *artificium oculus*, richtig? Sie haben doch nicht- Haben Sie darin *gelebt*?!"

„30 Jahre lang. Als Edinea gestorben war, hielt ich es nicht mehr aus und kehrte zurück in die Reihen der Weber.

Vor ihrem Ableben hinterließ meine Frau mir eine Tür, die sie mit ihren Augen direkt in mein Herz gezeichnet hatte. Auf diese Weise wollte sie sicherstellen, dass ich jederzeit in unser Haus – unser *Bild* – zurückkehren konnte. Ich bin vor einem Jahr zum ersten und letzten Mal hindurchgegangen. Es wäre leichter gewesen, diesen Ort in Trümmern vorzufinden. Zu sehen, dass die Zeit gegen ihren Willen festgehalten wurde, dass alles stillstand und für immer in diesem Zustand verharren würde, konnte ich nicht ertragen."

Liska fröstelte. Nicht nur der kalte Wind und die nasse Kleidung, sondern vor allem der Schmerz in der Stimme des alten Mannes trieb ihr die Kälte in die Knochen.

„Wie ist das möglich? Dass das *artificium oculus* nach dem Tod Ihrer Frau fortbesteht, meine ich?"

„Edinea war eine große Illusionistin. Die begabteste ihrer Art, deren Fähigkeiten sogar die der Wächterin Laelia überstiegen. Bilder, die meine Frau mit ihren Augen schuf, waren nicht einfach ein Abbild der Realität. Sie *waren* die Realität, oder vielmehr jene Seite dieser Wirklichkeit, die anderen für gewöhnlich verborgen bleibt. Selbst als sie starb, versuchte ihr Augenkunstwerk nicht, sie abzustoßen. Vielmehr saugte es sie in sich auf, so als wolle es seine Schöpferin für immer in sich behalten. So etwas habe ich noch nie gesehen ..."

Mit einem vor Neugier und Nervosität klopfendem Herzen warf Liska einen Blick über die Schulter.

Gelangten sie über die Dünen zurück zu Terenjos und Edineas Haus? Würde der Fantasieweber ihr zeigen, wie seine Frau gestorben war?

„Noch nicht", sagte Terenjo mit einem müden Lächeln.

Abermals fragte sich Liska, ob er womöglich Gedanken lesen konnte.

„Noch nicht? Das heißt, eines Tages werde ich es sehen? Aber wieso?"

„Eines Tages, ja. Wenn du – nein, das ist gelogen - wenn *ich* bereit bin. Du hast ein Recht darauf, es zu erfahren. Immerhin bist du ihre Nachfahrin."

Erneut hatte Liska das Gefühl, in der Kälte des Meeres zu ertrinken, dessen Wellen gierig über den Sand leckten.

„Ich bin ihre Nachfahrin?", wiederholte sie wie vom Donner gerührt. „Die Nachfahrin *Ihrer* Frau?"

„Ganz recht, liebe Liska."

„Wie kann das sein?! Bedeutet das, sie ist so etwas wie meine Ur-Ur-Ur-Ur-Großmutter?"

Terenjo schüttelte den Kopf. „Ich glaube nicht, dass es für euer Verwandtschaftsverhältnis eine gängige Bezeichnung gibt. Vor ihrem Tod bat Edinea mich, einen Teil ihrer mit ihrem Sehnerv fusionierten Fantasie in die Seelen Neugeborener zu pflanzen, auf dass diese ihr besonderes Erbgut an künftige Generationen weitergaben. Es war ihr Wunsch, etwas auf der Erde zu hinterlassen. Und da sie keine Kinder bekommen konnte, erschien ihr dies der einzige Weg zu sein. Bis ich dich traf, habe ich nicht gewusst, dass es überhaupt funktioniert hat. Doch das ist im Moment nicht wichtig. Was ich dir zeigen möchte, liegt nicht weit von hier. Komm mit mir."

„Nicht wichtig", wiederholte Liska konsterniert. Dabei konnte es in ihren Augen für den Moment kaum etwas Wichtigeres geben, als das Wissen um ein neues Familienmitglied.

Ächzend stand der Fantasieweber auf, klopfte sich den nassen Sand von seinem noch nasseren Umhang und bedeutete Liska mit einer Handbewegung, ihm zu folgen.

Zähneklappernd stolperte sie dem alten Mann hinterher.

„Keine Sorge. Je näher wir der eigentlichen Erinnerung kommen, desto wärmer wird es."

Sie ließen den Strand hinter sich, wanderten durch eine üppige Dünenlandschaft und gelangten schließlich an den Rand eines Waldes. Der Wind trug das Rascheln von Blättern und das Zwitschern von Singvögeln an ihre Ohren.

Doch da war noch etwas anderes.

Ein Schluchzen.

Terenjo legte einen Finger an die Lippen und verschwand dann zwischen zwei wuchtigen Baumstämmen.

Liska folgte ihm mit angehaltenem Atem.

Nachdem sie sich ein paar endlos erscheinende Minuten lang durch das Unterholz gekämpft hatten, blieb Terenjo plötzlich stehen. Das Schluchzen war nun so laut, dass sein Ursprung nicht weit von ihnen entfernt sein konnte.

Angestrengt sah Liska sich um.

Die dichten Baumwipfel des Waldes verschluckten einen Großteil des Tageslichts, sodass sie die Augen zusammenkneifen musste, um etwas zu erkennen.

Ihr Blick folgte Terenjos ausgestrecktem Finger und blieb an dem Rücken einer Frau hängen, die mit gesenktem Kopf auf dem Boden saß und ihren Oberkörper unter Klagelauten vor und zurück wiegte.

„Edinea. Dein Schrei ist bis ins Herz des Quartiers vorgedrungen. Was ist passiert?"

Ein Terenjo, der kaum älter als jener aus der letzten Erinnerung sein durfte, trat hinter einer Tanne hervor.

Seine Stimme war schwer vor lauter Kummer, was Liska angesichts des erbärmlichen Anblicks seiner Frau nicht verwunderte. Die langen Haare waren verfilzt, das Kleid starr vor Dreck. Von der sanften Eleganz, die sie auf der Veranda ihres Hauses ausgestrahlt hatte, war keine Spur mehr.

„Sieh nur", rief Edinea mit tränenerstickter Stimme und streckte Terenjo ein Bündel aus Leinentüchern entgegen, in dessen Mitte Liska die Schemen eines Vogels ausmachen konnte. „Sieh, was sie Amicus angetan hat! Sie wird mich nie in Frieden lassen, *niemals*, und jetzt hat sie den treuesten deiner Gefährten gekennzeichnet."

Der jüngere Terenjo sank auf die Knie und nahm den Vogel behutsam in die Hände. „Die Dunkeltür? Sie hat ihm den Flügel genommen? Aber du hast gesagt-"

„Ich weiß, was ich gesagt habe! Ich wollte dich nicht beunruhigen. Sie waren *überall*. Und ich dachte, wenn ich einfach hindurchgehe, hat es endlich ein Ende! Amicus wollte mich aufhalten. Er ist zu dicht an die Tür herangeflogen. Als sie zuschlug, klemmte sie seinen Flügel ein. Ich habe versucht, ihm einen neuen zu zeichnen, aber es funktioniert nicht. Wenn du ... wenn du ihm von einem anderen Boten ein Quantum Fantasie einpflanzen lässt? Nur so viel, dass er denkt, er hätte den zweiten Flügel noch?“

Liska krallte ihre Fingernägel in die Rinde des Baumes, an dem sie lehnte. In ihren Ohren klingelte es und für einen Moment glaubte sie, das Bewusstsein zu verlieren.

Edinea hatte also ebenfalls etwas gesehen, was Terenjo bereits Liska gegenüber als „Dunkeltür“ bezeichnet hatte.

Offenbar existierten mehrere von ihnen. Und sie schienen sie verfolgt zu haben, bis sie es nicht mehr ausgehalten hatte und beinahe hindurchgegangen wäre.

Was, in aller Welt, hatte das bloß zu bedeuten? Was geschah, wenn man eine Dunkeltür passierte? War Terenjos Frau letztlich auf diese Weise gestorben?

„Meine Boten sind alle aus demselben Material geformt, Edinea. Verliert einer seinen Flügel durch schwarze Magie, ergeht es auch allen anderen so. Doch das soll in diesem Moment nicht unsere Sorge sein.“ Er atmete tief durch, schien seine Wut nur mit Mühe zurückzuhalten. „Du hättest mich einfach so verlassen. Ohne ein Wort.“

Der jüngere Fantasieweber klang, als wäre jegliche Wärme in ihm zu Eis gefroren. Der Schmerz, der aus jeder Pore seines Körpers strömte und sich mit der Abendluft vermischte, hinterließ einen bitteren Geschmack auf Liskas Zunge.

Unter keinen Umständen wollte sie diese mit Schrecken gespickte Unterhaltung weiterverfolgen.

Das hier war zweifellos schlimmer als ein Küsse austauschendes Paar.

Liska warf dem Terenjo hinter ihr einen flehenden Blick zu, den er mit einem Nicken quittierte.

„Dieses Mal wieder die Seelentür", setzte er flüsternd hinzu. Die Reise durch die Vergangenheit des Fantasiewebers würde also vorerst ein Ende haben. Das war Liska nur recht.

So leise wie möglich zog sie sich hinter eine Baumgruppe zurück, brachte sich in Position und schloss die Augen.

Auch dieses Mal fiel es ihr nicht schwer, das *artificum oculus* heraufzubeschwören. Allzu bereitwillig löste sich die Seelentür von ihrer Netzhaut und fügte sich in die beängstigende Realität der Erinnerung ein.

Gemeinsam kehrten Liska und Terenjo zurück in die Gegenwart.

23. SCHERBEN BRINGEN GLÜCK

Anian verzog das Gesicht.

Das abgepackte Käsesandwich, das er mitsamt einer Limonade und einem Stück Schokolade in einem nahegelegenen Supermarkt gekauft hatte, schmeckte scheußlich.

Er wickelte das vor Mayo triefende Weißbrot wieder in die Folie ein, aus der er es gerade erst befreit hatte, und spülte den unangenehmen Geschmack mit einem Schluck Zitronenbrause hinunter. All die Emotionen, denen er ausgesetzt gewesen war, hatten ein flaues Gefühl in seinem Magen hinterlassen. Glücklicherweise war es Anian gelungen, die übrigen Stationen auf der Assassinen-Ebene ohne weitere Zwischenfälle zu durchlaufen.

Liebe, Angst, Wut, Trauer, Freude und Überraschung waren nacheinander über ihn hereingebrochen und hatten ihm einiges abverlangt, doch er war standhaft geblieben. Wort für Wort hatte er gegen den Schlaf angekämpft, der ihn in Versuchung führen wollte, und dabei eine immer größer werdende Macht in seinen Fingern erblühen gefühlt.

Es war der Gedanke an Larzod und die Niedertracht gewesen, der seinen Kampfgeist endgültig entfesselt hatte. Selbst jetzt noch glühte der Füller in seiner Tasche und schmiegte sich warm an sein Bein.

Ich habe Tullius bewiesen, dass ich mehr kann als einschlafen und mich selbst in Schwierigkeiten bringen.

„Alles gut bei dir, Rohwer?“, erkundigte sich Alisha, die Anian gegenüber im Schneidersitz auf dem Parkettboden des Zimmers saß. Mit dem Rücken lehnte sie an einem von insgesamt fünf Betten, die einen Großteil des mit dunkelgrüner Velourtapete ausgekleideten Raumes einnahmen. Zwei Sessel, ein Kaffeetisch und ein besorgniserregend schiefes Bücherregal teilten sich die verbliebenen Quadratmeter.

Anian, Alisha und die anderen Assassinen waren nach ihrer Unterrichtseinheit auf einen Flur geführt worden, von dem geradezu lächerlich viele, mit Namensschildern versehene Türen abgingen. Hinter jeder befand sich ein Zimmer, das Platz für eine von den Wächtern auserkorenen Gruppe bot.

Am Ende des Ganges, so erklärte Shae ihnen, fänden sie ein Gemeinschaftsbadezimmer und eine Küche vor.

Die hochgewachsene Frau erklärte ihnen außerdem, dass sie das Quartier bis Sonnenuntergang für kurze Zeit verlassen dürften – etwa, um einkaufen zu gehen. Dabei allerdings sollten sie vorzugsweise in Begleitung anderer Rekruten sein.

„Der Unterricht findet fortan täglich von acht bis achtzehn Uhr statt. Jeder, der zu spät kommt, muss zurück auf sein Zimmer und dort warten, bis die anderen Rekruten ihren Unterricht beendet haben. Ich öffne die Tür zur Kuppel pro Tag nur zwei Mal mit meinem Blut: morgens und abends. Es wird keine Ausnahmen geben, denn in der Zwischenzeit muss ich mich um die

Besucher des *Writer's Museum* kümmern", hatte die Empfangsdame ihre kurze Ansprache geschlossen und sie dann in den Abend verabschiedet.

Als Alisha und Anian den Raum, an dessen Tür ihre Namen geschrieben standen, betreten hatten, war ein Großteil ihrer Gruppe bereits da gewesen: Belinda, Lio und Greta.

Nur Liska hatte gefehlt. Noch immer war sie nicht zu ihnen gestoßen. Bei jedem Geräusch, das auf dem Gang ertönte, schnellte Anians Blick zur Tür und seine Schultern verspannten sich merklich.

Alisha, die ihn aufmerksam beobachtete, entging das nicht.

„Raus mit der Sprache. Was ist los? In Sorge um die holde Illusionisten-Maid? Die hat's dir mächtig angetan, was?"

„So ein Blödsinn", widersprach er ein wenig zu vehement. „Ich habe einfach noch die Hoffnung, dass Shae uns gleich zu einem riesigen Überraschungsdinner in der Kuppel abholt. Mein Sandwich ist nämlich leider eine Vollkatastrophe."

Alisha sah ihn mit hochgezogenen Brauen an.

„He, du kannst froh sein, dass ich dir eins mitgebracht habe. Sowas wie ein Drei-Gänge-Menü als Entschädigung dafür, dass wir unser Leben bald für die Menschheit riskieren werden, wird es ganz bestimmt nicht geben. Wir sind hier nicht in Hogwarts, Anian."

Sie biss herzhaft in ihren Donut, wie um diese Aussage zu unterstreichen. Zuckerguss bröckelte vom Teig herunter und rieselte auf den hellen Stoff ihrer Jeans.

„Auf gar keinen Fall. Dumbledore hätte seine Schüler nämlich niemals so grauenhaft ernährt", mischte

Belinda sich ein. Sie saß in einem olivfarbenen Sessel neben einem Fenster, von dem Shae ihnen gesagt hatte, dass es sie vor jedem noch so intensiven menschlichen Blick verbarg.

Während die Rekruten also problemlos die zunehmend leeren Gesichter der Passanten beobachten konnten, waren diese nicht imstande, etwas anderes als Ausstellungsstücke und Vitrinen hinter dem Glas zu erkennen.

„Du weißt nicht, was gut ist, Belinda. Stimmt's, ihr zwei?"

Die wortkargen Zwillinge grinsten und nahmen die Pappschachtel mit dem süßen Gebäck, die Alisha ihnen reichte, ohne zu zögern entgegen.

Bisher hatten sie den Kindern kaum mehr als ein paar Worte über das entlocken können, was ihnen beigebracht worden war. Anian wusste nur, dass die Zwillinge als angehende Hüter singen würden, um die Schatten von ihnen fernzuhalten. Wie das in der Praxis zu bewerkstelligen sein sollte, war ihm ein Rätsel.

Belinda hingegen war deutlich kommunikativer gewesen. In allen Einzelheiten hatte sie Anian und Alisha berichtet, wie sie gelernt hatte, ihren Geist von ihrem Körper zu lösen und ihn kilometerweit über das auszuspähende Land zu schicken. Sogar die hohe Kunst, in naher Zukunft stattfindende Ereignisse vorauszusehen, seien sie und die übrigen Späher gelehrt worden.

Alles in allem fand Anian, dass sie für einen einzigen Tag bereits erstaunliche Fähigkeiten ausgebildet hatten.

Wenn ihre Ausbildung in diesem Tempo voranschritt, hatten sie vielleicht sogar eine reelle Chance, Larzod und seine Schatten zu bekämpfen.

Ein Klopfen an der Tür riss ihn aus seinen Gedanken.

Anian spürte ein nervöses Ziehen in der Magengegend.

Bitte, bitte, lass es Liska sein.

Sie war es.

Das fluoreszierende Lumiari-Gewand, das sie trug, klebte nass an ihrem Körper und auch ihre Haare sahen aus, als habe sie gerade noch unter der Dusche gestanden. Überhaupt wirkte sie abgekämpft und ungesund blass um die Nase.

Anian sprang auf und machte einen Schritt auf sie zu. „Alles in Ordnung mit dir? Was ist passiert?“

„Ähm. Na ja. Sagen wir mal so: Der Unterricht war sehr anschaulich.“ Liska schlang die Arme um den Oberkörper. Man sah ihr deutlich an, dass sie trotz der im Zimmer herrschenden Wärme fror.

Anian folgte ihrem Blick zu dem Bett, auf dem ihre Tasche platziert worden war.

„Ich möchte ungern alles volltropfen. Würde mir vielleicht jemand-“

„Klar“, sagte er hastig und reichte Liska das Gepäck. Sie lächelte.

„Danke. Ich gehe mich kurz umziehen. Terenjo sagte, es gäbe hier irgendwo ein Badezimmer. Wisst ihr, wo genau ich es finden kann?“

„Ich zeige es dir“, beeilte Anian sich zu sagen, bevor die anderen Rekruten ihm zuvorkommen konnten.

„Damit hat jetzt niemand gerechnet", stichelte Alisha, doch er ging nicht darauf ein. Denn tatsächlich war es nicht nur die Aussicht darauf, mit Liska allein zu können, die ihn zu seinem Angebot motiviert hatte. Nein, es war vor allem das untrügliche Gefühl, dass sie weit mehr als eine anstrengende Unterrichtseinheit hinter sich hatte.

Kaum hatten sie das Zimmer verlassen, amtete Liska geräuschvoll aus.

„Ist wirklich alles in Ordnung?", erkundigte Anian sich vorsichtig.

„Nein, ich glaube nicht. Terenjo hat mich mit in seine Erinnerungen genommen." Liska ließ ein eigenartiges Glucksen verlauten. „Kann man von einem Sprung zwischen Vergangenheit und Gegenwart eigentlich so etwas wie einen Jetlag bekommen?"

„Klar", sagte er ohne zu zögern, „vorausgesetzt, die Distanz ist groß genug."

Er konnte aus dem Augenwinkel sehen, wie Liska lächelte.

Die Neugier, die ihre Worte in ihm schürten, war von einer ganz besonders quälenden Natur. Er brannte darauf, zu erfahren, was der Fantasieweber Liska gezeigt oder erzählt hatte. Waren sie tatsächlich in eine längst vergangene Zeit gereist? Oder hatten Worte ausgereicht, um eine Brücke in Richtung Nostalgie zu schlagen?

Los, frag' sie aus, forderte ein Teil seines Gehirns, während der andere klar signalisierte, er solle gefälligst die Klappe halten. Wenn Liska über das sprechen wollte, was sie erlebt hatte, würde sie es von selbst tun.

Schweigend gingen sie nebeneinanderher. Der Gleichklang ihrer Schritte schien die einzige Geräuschquelle im ganzen Quartier zu sein. Keine Stimme, kein Lachen oder Schnarchen drang durch die Türen der Schlafräume hinaus auf den Flur. Die portraitierten Weber und Wächter folgten ihnen mit den Augen, bis sie Tür zum Badezimmer erreichten. Dann senkten sie ihre Blicke so rasch, als verstießen sie gegen die Regeln der Höflichkeit, wenn sie noch länger hinsahen.

Liska wirkte plötzlich ähnlich verlegen.

„Tja, dann werd' ich den Spa-Bereich des Hauses mal testen."

„Mhm." Anian nickte. Krampfhaft versuchte er seine Gedanken in eine Richtung zu lenken, die fort von der Vorstellung einer unter der Dusche stehenden Liska führte.

Schmunzelnd legte sie eine Hand auf die Klinke – und stolperte erschrocken rückwärts, als die Wandportraits ein einhelliges „Ohne den Jungen!" verlauten ließen.

Ruckartig sprang Anian ihr bei, um ihren Sturz zu verhindern, und merkte, wie ihm dabei die Brille von der Nase rutschte.

Gleich darauf hörte er das unverwechselbare Knacken von Glas unter Schuhsohlen.

Verdammt.

Sein Glücksbringer war der Sittlichkeitspolizei in Ölfarben und Acryl zum Opfer gefallen.

Anian wusste nicht, ob er sich schämen oder wütend sein sollte. Immerhin hatte er doch überhaupt nicht vorgehabt, Liska zu folgen.

Oder doch?

„O Gott! Es tut mir so leid!“ Liska schlug sich eine Hand vor den Mund und sah Anian aus weit aufgerissenen Augen an.

„Halb so wild“, beruhigte er sie und begutachtete den Schaden einen Moment lang. Aufmerksam horchte er in sich hinein; lauschte auf ein Gefühl von Ärger, Traurigkeit oder Bedauern. Doch sein Herz blieb stumm. Er lächelte.

„Ich besorge dir eine neue“, sagte Liska beschämt, „gleich morgen Früh. Vielleicht können wir ja jetzt schon online einen Termin beim Optiker für dich machen und-“

„Sie war nicht echt“, unterbrach Anian sie sanft. Seine Offenheit erstaunte ihn. Nicht einmal Emmett hatte er verraten, dass seine Brille nichts weiter als eine Attrappe war.

„Nicht echt?“ Verständnislos sah Liska von dem verbogenen, in Scherben liegenden Gestell zu Anian und wieder zurück.

„Ja.“ Er suchte nach den richtigen Worten. „Ich dachte, sie würde mir helfen, ich zu sein. Aber ich glaube, das muss sie gar nicht mehr.“

Sie streifte seine Hand in einer flüchtigen Bewegung, die Millionen kleiner Feuer entfachte.

„Weißt du was? Das glaube ich auch.“

24. Die Tag-Nacht-Insel

Liska kannte kein Heimweh.

Schon zu Schulzeiten hatte sie jede Klassenfahrt in vollen Zügen genossen und die Tränen ihrer Mitschüler über das ferne Zuhause nicht verstehen können. Alles, was sie aus ihrer Komfortzone herausholte, war für sie stets ein großes Abenteuer gewesen, das sie nur allzu bereitwillig antrat.

Die ersten Tage und Nächte im Quartier allerdings weckten in ihr eine bisher ungekannte Sehnsucht nach dem Vertrauten. Nach ihrer eigenen Wohnung, ihrem eigenen Bett, dem eigenen, flauschigen Bademantel und den Stunden, die sie mit dampfendem Kaffee in ihrer Lieblingstasse und Musik auf den Ohren vor ihren Leinwänden verbringen konnte.

Sich dauerhaft ein Zimmer mit fünf anderen Menschen zu teilen, ohne dabei die Möglichkeit eines Rückzugsortes zu haben, stellte Liska ebenfalls vor eine Herausforderung.

Zu Anfang dehnte sie ihre Spaziergänge zum Supermarkt noch aus, um zumindest nach Unterrichtsschluss ein wenig Zeit für sich selbst zu haben. Doch schon bald wurden die Stimmen der Wächter, sich nur in Gruppen zu bewegen und möglichst wenig Zeit außerhalb der Museumsmauern zu verbringen, lauter.

Mit jeder Woche, die verstrich, schmolzen die Minuten, die die Rekruten unter freiem Himmel verbrachten, unter zunehmender Unruhe des Hohen Rates weiter in sich zusammen.

Dass die Lage ernster wurde, machte sich außerdem an der Art und Weise der Unterrichtsführung bemerkbar. Hatte bisher auch ein nicht unwesentlicher theoretischer Teil zu den Ausführungen der Wächter gehört, wurde dieser nun eingespart. Die Komplexität der praktischen Aufgaben hingegen wuchs rasant an, mussten die Illusionisten ihre Augenkunstwerke nun jedoch hinsichtlich Lebensdauer, Vollständigkeit und Stabilität optimieren lernen. Ohne die Möglichkeit einer Verschnaufpause erschufen sie ein *artificium oculus* nach dem nächsten – thematisch jeweils Laelias Wünschen entsprechend – um dann zu bangen, ob es den Überlagerungsversuchen der Mitschüler standhielt.

Den Gipfel der Erschöpfung erreichte Liska jedoch während einer 10-stündigen Zusammenarbeit mit den Assassinen. Den ganzen Tag über erzeugten sie die Illusion hunderter Schattenwesen, gegen die Anian, Alisha und die anderen Mörder der Dunkelheit ihre Kampfkunst unter Beweis stellen mussten.

Nach und nach wurden die Hüter und Späher ebenfalls mit in die Übung gerufen, um ihrerseits zu demonstrieren, was sie während der vergangenen Wochen gelernt hatten.

Liska, die wie die anderen Illusionisten alle Kraft darauf verwendete, Larzods Garde realitätsgetreu abzubilden, schlief daraufhin bis weit in den nächsten Morgen hinein und versäumte den Unterricht, was Laelia dazu veranlasste, sie am nächsten Tag gleich von Neuem mit der so verhassten Aufgabe zu betrauen.

Doch das Leben im Quartier, sofern einmal daran gewöhnt, hatte auch seine guten Seiten.

So blieb zwar Liskas ungewohntes Sehnen nach ihrer eigenen kleinen Wohnung, nach Maida und sogar ihrem oftmals so verfluchten Studentenleben. Allerdings, und sie wunderte sich selbst über diese Entwicklung, begann sie, in ihren neuen Mitbewohnern allmählich so etwas wie ihre Familie zu sehen. Die Freundschaft, die zwischen ihnen allen zu Beginn ganz schüchtern erblüht war, trug von Tag zu Tag prächtigere Blüten.

„Wisst ihr“, sagte Belinda eines Abends und sprach damit aus, was Liska dachte, „ich glaube, die Verbindung, die hier zwischen uns entstanden ist, wird niemand je trennen können. Egal, wie das alles ausgeht. Sollten wir alle überleben, müssen wir uns also wohl oder übel alle regelmäßig treffen. Und wenn es nur für einen gemeinsamen Museumsbesuch ist.“

Sie zwinkerte und Liska stimmte ihr lachend zu.

Die Rekruten, allen voran Anian, gaben ihr Sicherheit und ein Gefühl von Zuneigung, das sie lange vermisst hatte.

Trotz kleiner Meinungsverschiedenheiten, die eine natürliche Folge des täglichen Zusammenseins waren, fühlte sie sich von ihren Freunden auf eine Weise geschätzt und geliebt, wie sie sie bei ihren Eltern in den vergangenen Jahren vergeblich gesucht hatte.

Das zeigte sich nun vor allem in einer Tatsache: seit Liska das Quartier mit Alani betreten hatte, war ihr Smartphone kaum in Betrieb gewesen. Ein paarmal hatte sie mit Maida hin und her geschrieben, doch ihre beste Freundin war verständlicherweise vollauf damit beschäftigt, sich um Darcys Wohlergehen zu sorgen. Mit ihren Eltern hingegen hatte Liska ein einziges Telefongespräch geführt, das im Wesentlichen aus den Fragen „Wie viele Hausarbeiten hast du dieses Semester?“ und „Wie liefen die Prüfungen?“ bestand.

Umso dankbarer war sie für den Rückhalt, den sie durch die Rekruten erfuhr und von dem sie hoffte, dass sie ihn im selben Maße zurückgeben konnte.

Als sie nach einer besonders langen Unterrichtseinheit alle mit Pizza und Limonade beisammensaßen (Liska war unter Laelias Anleitung zuvor erstmals eine Doppel-Illusion mit zwei Ebenen gelungen), geschah jedoch etwas, das ihr neues Leben erschüttern sollte: Die Nacht brach ohne jede Vorwarnung über den frühen Sommerabend hinein. Von jetzt auf gleich wurde es hinter dem großen Fenster, das eben noch ein rosafarbenes Licht durch die Scheiben geworfen hatte, pechschwarz. Die vollkommen undurchdringliche Finsternis hielt genau fünf Herzschläge lang an, ehe sie der sinkenden Sonne wieder Platz machte.

„Was, in aller Welt, war *das*?!“, fragte Alisha stellvertretend für sie alle. Liskas Nackenhaare hatten sich aufgestellt.

„Larzod“, sagte sie heiser, „ganz bestimmt war das Larzod.“

Ein jähes Hämmern an der Tür ließ die Rekruten vom Boden, auf dem sie gerade noch essend und trinkend im Kreis gesessen hatten, aufspringen. Liska blinzelte hektisch, um ihre trockenen Augen zu befeuchten und sie für ein *artificium oculus* bereitzumachen. Anian und

Alisha hatten ihre Waffen gezückt, Belinda und die Zwillinge eine aufrechte Haltung eingenommen.

Das Blut pochte in Liskas Schläfen, als sie sah, wie sich die Klinke herunterbewegte.

Er ist es. Er wird reinkommen, jetzt gleich, und uns alle auslöschen.

Doch es war nicht der Bezwinger der Schatten, sondern Alani, die ihren schimmernden Lavendelschopf durch die Tür steckte. Durch den Spalt hindurch konnte Liska etliche weitere Kinder, die von einem ähnlichen Glanz umgeben waren, über die Flure eilen sehen. Offenbar waren sie nicht die Einzigen, die beim Abendessen gestört wurden.

„Heute Nacht gibt es eine finale Unterweisung", sagte das Mädchen und klang dabei, als würde es von einem Teleprompter ablesen. Jegliche Lebendigkeit war verschwunden – sowohl aus Alanis Stimme als auch aus ihrem Gesicht.

„Kommt um 3 Uhr in die Kuppel. Zu dieser Uhrzeit sind die schützenden Kräfte dieses Ortes am stärksten. Morgen Früh werdet ihr eure Reise antreten. Die Finsternis breitet sich zu schnell aus. Sie ist überall." Der Blick des Mädchens verlor sich irgendwo hinter den sonnenbeschienenen Fensterscheiben. Liska dachte an die fürchterliche Dunkelheit, die sie alle für ein paar schreckliche Sekunden verschlungen hatte, und schluckte schwer.

Morgen werdet ihr eure Reise antreten.

Bei Gott, sie hatte *gewusst*, dass dieser Tag kommen würde – natürlich hatte sie das – und trotzdem war es nun, da ihr aller Aufbruch kurz bevorstand, vollkommen surreal.

„Die Wächter lassen ausrichten, dass ihr packen und anschließend schlafen gehen sollt, bis Shae euch in wenigen Stunden im Foyer erwartet."

Ohne ein weiteres Wort zog Alani die Tür wieder zu und ließ die Rekruten mit ihren jagenden Gedanken zurück.

***

Zweihundertneunzehn, zweihundertzwanzig, zweihunderteinundzwanzig ...

Liska zählte Schäfchen. Während die Tiere vor ihrem inneren Auge nacheinander über einen morschen Weidenzaun hüpften, glaubte sie zum ersten Mal richtig zu begreifen, wie massiv Larzods gewissenloser Diebstahl von Fantasie ein Leben beeinträchtigen und in letzter Konsequenz schließlich zerstören konnte.

Ohne mein Vorstellungsvermögen könnte ich nicht mal Schafe über Zäune springen lassen, dachte sie betroffen.

Wie oft benutzte sie ihre Fantasie im Alltag? Stündlich? Minütlich? Ob sie nun in Tagträumereien versank, zeichnete oder sich nach einer anstrengenden Vorlesung ausmalte, was sie zu Abend essen würde – für all das benötigte sie ihre Vorstellungskraft.

Liska seufzte. Sie gab ihre ohnehin erfolglosen Einschlafversuche auf und legte sich mit dem Kopf ans Fußende ihres Bettes.

Sie konnte nicht sehen, dass Anian gegenüber von ihr bereits dasselbe getan hatte. Er suchte ihre Nähe, ebenso wie sie seine suchte; manchmal unbewusst, manchmal in einer so verzweifelten Intensität, dass das Verlangen in ihrer Brust stach und brannte.

„Anian?“, flüsterte sie beinahe lautlos, „Bist du noch wach?“

„Wacher geht’s kaum.“

Ein Lächeln zuckte durch ihr Herz. Er teilte ihre Ängste, ihre Nervosität, ihre fürchterliche Unsicherheit gegenüber dem, was vor ihnen lag. Liska hatte noch nie einen Jungen kennengelernt, der so offen mit seinen Gefühlen umging wie er. Während all der letzten Wochen, die sie als Gruppe gemeinsam im Quartier verbracht hatten, hatte Anian ungeniert über alles gesprochen, was ihn beschäftigte.

„Wenn du jetzt in diesem Moment an einem Ort deiner Wahl sein könntest, für welchen würdest du dich entscheiden?“, fragte sie ihn leise.

Eine Weile war nichts außer dem leisen Schnarchen der anderen Rekruten zu hören.

„An keinem, der in Wirklichkeit existiert“, sagte er schließlich. Liska konnte das Gewicht seiner Worte deutlich auf ihrer Seele spüren.

„Beschreib ihn mir“, bat sie und schloss die Augen, damit Anian mit seiner Schilderung ein Bild hineinzeichnen konnte.

„Na ja. Es ist eine Insel, die nicht im Meer oder auf einem See, sondern mitten in den Wolken liegt. Der Himmel über dieser Insel ist zweigeteilt. Tag und Nacht existieren direkt nebeneinander. Eine Hälfte liegt also permanent im Dunklen und die andere im Hellen. Dementsprechend unterschiedlich fällt auch die Vegetation aus. Ich habe als kleines Kind irgendwann mal von diesem Ort geträumt und ihn mir seitdem immer wieder vorgestellt, wenn meine Eltern mal wieder gestritten haben. Auf der Insel gab es keinen Streit. Dort war es friedlich. Auf der Tag- *und* auf der Nachtseite.“

„Anian?“

„Ja?“

„Würdest du diese Insel gern mit mir besuchen?“

„Was? Wovon redest du?“

Das Zimmer verschwand mit dem Geräusch eines Flügelschlags. Farben wirbelten durcheinander und brachen schwallartig aus Liskas Iris heraus, fügten sich zu einem Ganzen zusammen und entlockten Anian einen Laut des Staunens.

Sie lagen einander gegenüber, wie sie es eben noch in ihren Betten getan hatten. Liska in Top und Sporthose, Anian in einem weiten T-Shirt und Boxershorts. Aus den Matratzen war ein breiter Teppich aus nach Sommer duftendem Gras geworden. Sie befanden sich auf einem Hügel, dessen eine Hälfte von der Sonne und die andere von einem großen Mond beschienen wurde.

Rings um die mit exotischen Pflanzen bewachsene Anhöhe herum türmten sich Wolken, deren flauschige Bäuche golden schimmerten.

„Ist es annähernd so, wie du es dir vorgestellt hast?“, fragte Liska verlegen.

„Nein“, sagte Anian, „noch viel, viel schöner.“

Er setzte sich auf und fuhr mit den Händen durch die Gräser. Fasziniert streckte er einen Arm in die Nacht neben ihm hinein und beobachtete, wie seine Haut unter dem Schein des Mondes glitzerte.

„Wie hast du das gemacht? Das ist“, er schüttelte den Kopf, als könne kein Ausdruck, der ihm durchs

Bewusstsein spukte, der Situation gerecht werden, „einfach unglaublich. Ich kann alles spüren, als würde es wirklich existieren. Als wären wir wirklich hier. Die Wärme der Sonne, die Kälte des Mondes ... Diese Unbeschwertheit, die in allem wohnt, was hier wächst und gedeiht. Du kannst zaubern, Liska."

Seine kindliche Begeisterung rührte sie.

„Je öfter ich mit den Augen male, desto sicherer bin ich mir, dass ich meine Bestimmung gefunden habe", gestand sie. „Am Anfang hat es mir furchtbare Angst gemacht. Dass Bilder aus meinem Kopf plötzlich Wirklichkeit werden, meine ich. Jetzt ist es das Natürlichste der Welt. Ein Teil von mir." Sie setzte sich ebenfalls auf und rutschte näher an Anian heran. Einen winzigen Moment lang zögerte sie, dann lehnte sie den Kopf an seine Schulter. Sie konnte hören, wie seine Atmung sich beschleunigte.

„Das verstehe ich. Ich habe auch das Gefühl, endlich irgendwo hineinzupassen. So richtig angekommen zu sein. Ziemlich verrückt, wenn man bedenkt, dass dafür erst die ganze Welt vom Untergang bedroht sein muss, was?" Er lachte leise. Dann, ganz unvermittelt, legte er einen Arm um sie. Die freie Hand fand ihren Weg unter Liskas Kinn und hob es sanft an. Drehte ihren Kopf ganz langsam in seine Richtung.

„Anian", flüsterte sie und verlor sich im Ozeanblau seiner Augen.

Ich ertrinke in dir. Wenn ich nicht aufpasse, ertrinke ich in dir.

Ein eiskalter Windhauch trennte ihre Lippen voneinander, noch bevor sie sich berührten, und trug die Magie zwischen ihnen fort.

Terenjo war auf der Grenze zwischen Tag und Nacht erschienen. Er sah, fand Liska, irgendwie traurig aus. Sie fragte sich erst gar nicht, wie es ihm gelungen war, so einfach in ihr *artificium oculus* einzudringen. Der Fantasieweber besaß eine Macht, die zu begreifen ihr schlicht nicht möglich war.

„Nehmt euch in Acht", sagte er mit einer Stimme, die zu laut und zu ernst für diesen Ort des Friedens klang. „Liebe ist eine starke, nicht zu unterschätzende Waffe. Solange es eure Finger sind, die über dem Abzug schweben, besteht kein Grund zur Besorgnis. Nimmt euch der Feind diese Waffe aber aus den Händen und richtet den Lauf auf eure Herzen, seid ihr verloren." Terenjo faltete die Hände über der Brust. „Lasst Larzod niemals hier hineinsehen. Lasst ihn niemals wissen, wer euch etwas bedeutet. Niemals, hört ihr?"

Liska wollte dem Fantasieweber antworten, ihm etwas zurufen, doch er verschwand so plötzlich, wie er erschienen war – und nahm Anians Insel mit.

Das *artificum oculus* löste sich auf. Ein Glimmen fraß sich durch die paradiesische Illusion und trug ihre Bestandteile in wehenden Ascheflöckchen davon.

25. DIE QUELLEN DER MAGIE

Es war spät.

Viel zu spät. War Anian bereits *vor* dem Beinahe-Kuss auf seiner Wolken-Insel zu aufgekratzt gewesen, um zu schlafen, war an Entspannung nun erst recht nicht mehr zu denken.

Er hätte viel (wenn nicht sogar alles) dafür gegeben, noch länger mit Liska in der herrlichen Illusion verweilen zu können. Doch nachdem Terenjo aufgetaucht war, war das Bild des Friedens zerfallen und hatte sie beide zurück ins Gemeinschaftszimmer katapultiert.

Dort lag er nun, die Augen in der Dunkelheit weit offen, und lauschte Liskas gleichmäßig werdenden Atemzügen.

Er hoffte, dadurch ebenfalls zur Ruhe zu kommen, doch die Vorstellung dessen, was hätte sein können, hielt ihn wach.

Resigniert fischte er sein Handy aus dem Rucksack neben seinem Bett, zog sich die Bettdecke über den Kopf und schaltete das Smartphone ein. Die digitale Uhr zeigte 02:15 Uhr an.

Einen nostalgisch-magischen Moment lang fühlte Anian sich wieder wie der kleine Junge mit der Taschenlampe, der abends heimlich in seinen Comics gelesen und Superhelden bewundert hatte.

Dann wurde dieses Gefühl von einem schlechten Gewissen zernagt. Das Display vermeldete neun Anrufe in Abwesenheit, allesamt von seiner Mutter.

Er hatte sich viel zu lange schon nicht bei ihr gemeldet. Seit sie Anfang des Jahres für einen Mann, den Anian nicht ausstehen konnte, nach Nordirland gezogen war, telefonierten sie normalerweise mindestens einmal die Woche. Seine Mutter erzählte ihm dann wie immer eine Spur zu überschwänglich von ihrem erfüllten neuen Leben, während Anian hin und wieder treffende Bemerkungen einstreute.

Obwohl diese Gespräche recht einseitig abliefen, waren sie doch zu einer Art Ritual geworden, das nun unter der Last der jüngsten Ereignisse zerbrochen war.

Sicher machte sie sich große Sorgen um ihn, auch wenn Anian nach Medienberichten nicht in die Zielgruppe der Suizidalen fiel. Emmett schien ebenfalls besorgt, äußerte dies in diversen Textnachrichten allerdings auf seine eigene Art.

„Alter, alles okay bei dir? Mrs. Harrison fragt schon nach dir. Wird Zeit, dass du wiederkommst – ich war jetzt schon zweimal zum Kuchenessen da. Brauche dringend jemanden, der mir dabei behilflich ist, sonst rolle ich bald durch die Stadt. Kannst du deiner Mom gern ausrichten."

Anian hatte seinem besten Freund erzählt, er würde seine Mutter in Londonderry besuchen.

Er tippte eine schnelle Nachricht, in der er erklärte, dass er sich eine schlimme Erkältung zugezogen habe und sich melden würde, sobald es ihm wieder besser ginge. An seine Mutter schickte er denselben Text, einzig mit dem Zusatz, dass sie ihm weder Tee noch

Medikamente schicken müsse und seine Freunde sich um ihn kümmerten.

Es wäre immerhin nicht das erste Mal in diesem Jahr, dass er ein Päckchen mit dem Inhalt einer halben Apotheke erhielte, bloß weil er am Telefon heiser geklungen oder einmal geniest hatte.

Mit einem seltsam wehmütigen Gefühl schaltete er sein Handy wieder aus. Wie konnte es sein, dass er seine Mutter seit ihrem Umzug erst zweimal gesehen hatte? Warum war er sie nicht öfter besuchen gekommen? Er kannte die Antwort: weil er sie tief in seinem Inneren dafür verurteilte, dass sie seinen aus einfachen Verhältnissen stammenden Vater gegen einen wohlhabenden Schnösel mit schickem Landhaus eingetauscht hatte.

Dabei war es nicht einmal so, dass sie den einen für den anderen verlassen hatte. Immerhin lag der Unfall, bei dem sein Vater ums Leben kam, nunmehr 13 Jahre zurück. Dennoch: in all diesen Jahren hatte es keinen Mann an Susanna Rohwers Seite gegeben. Im vergangenen Sommer dann hatte sich das Blatt gewendet. Als seine Mutter auf den aus Amerika stammenden Handchirurgen getroffen war, der mit seinen albernen Versuchen, Anians Gunst zu gewinnen, die wenigen Erinnerungen an seinen Vater auf eine unangenehme Art und Weise überschattete.

Doch heute, gemessen an den jüngsten Ereignissen, kam ihm diese Denkweise so lächerlich egoistisch vor, dass er sich aufrichtig schämte. Warum war er nicht bereit gewesen, über seinen Schatten zu springen und die Annäherungsversuche des Arztes dann und wann über sich ergehen zu lassen, um seine Mutter glücklich zu machen?

Schatten, dachte er düster, *wie passend*.

Wenn er nun nie wieder die Gelegenheit haben würde, sein selbstsüchtiges Verhalten wieder gut zu machen?

In seinem Hals bildete sich ein Kloß.

Erst jetzt wurde ihm der Ernst der Lage wirklich bewusst.

Ja, erst jetzt begriff er, was es für *ihn* bedeutete, wenn der Schattenfürst die Weltherrschaft an sich reißen würde.

Es ging nicht nur um das Leben Fremder. Auch das Schicksal derer, die ihm am nächsten waren, hing am seidenen Faden.

Und er war ein Teil jener, die mit aller Macht verhindern mussten, dass dieser Faden zerschnitten wurde.

Bisher war die Reise, die er mit seinen Mitstreitern antreten sollte, nichts als ein abstraktes Konstrukt gewesen. Weit weg, nicht greifbar. Ein Gedanke, den man nicht richtig zu fassen bekam. Vor allem nicht in der so vertraut gewordenen Umgebung des Quartiers.

Nun würde er im Morgengrauen mit seinen neugewonnen Freunden losziehen, das Land durchstreifen und sich dem Schattenfürsten und seiner Armee entgegenstellen.

Wie lange würden sie unterwegs sein? Wo würden sie schlafen? Was sollte er mitnehmen?

Anian schlug die Bettdecke, die er sich über den Kopf gezogen hatte, wieder zurück.

In wenigen Minuten würde Belindas auf halb drei gestellter Wecker die Stille zerschneiden und ein neues

Kapitel einläuten. Eines, von dem er hoffte, dass sie alle bis zum Ende darin vorkamen.

***

Einhundertachtzehn Uniformen aus gewobenem Licht erhellten die Kuppel.

Es fühlte sich seltsam an, zu wissen, dass sie die Lumiari zum letzten Mal tragen würden. Anian hatte sich an die Gewänder gewöhnt – sowohl an seinem eigenen Körper als auch an denen der anderen Rekruten. Auf ihrer Reise jedoch würden die Uniformen, deren schützender Zauber im Herzen des Quartiers seine volle Kraft entfaltete, ihnen wenig bis gar nichts nützen.

Shae hatte sie gebeten, die Gewänder am Morgen auf ihren Betten zurückzulassen. Wehmütig fuhr Anian mit den Fingern über den weichen Stoff. Er würde das Gefühl von Sicherheit vermissen, das ihm die Uniform gegeben hatte.

„Warum sind sie denn noch nicht hier?", flüsterte Liska dicht neben ihm. Ihr Atem kitzelte seine Wange. Sie warf einen nervösen Blick in Richtung des Podiums. Keiner der vier thronähnlichen Stühle war besetzt.

„Keine Ahnung", sagte Anian matt. „Vielleicht müssen sie noch irgendetwas vorbereiten."

„Vorbereiten?" Alisha lachte. „Was erwartest du, Rohwer? So etwas wie eine große Abschiedsshow?"

Ehe er etwas erwidern konnte, spürte er einen kalten Windzug im Nacken, auf den ein Geräusch wie in der Ferne erklingender Donner folgte.

Einer der vier schweren, roten Vorhänge hatte sich wie ein Segel aufgebläht. In seiner Mitte prangte der silberne Kopf eines Adlers. „Was-“, setzte Anian an, als eine Bewegung zu seiner Rechten ihn innehalten ließ. Der nächste Vorhang begann sich zu blähen, auf dessen Stoff Sekunden später das stolze Haupt eines Schwanes erschien.

Das Schauspiel wiederholte sich zwei weitere Male und förderte die Köpfe einer Eule und eines Falken zu Tage.

Das Grollen wurde lauter. Es schien seinen Ursprung im Lüster zu haben, der über den Thronen zu zittern begonnen hatte. Graue Nebelschwaden kündigten die Ankunft der Wächter an. War die Kuppel eben noch von wildem Getuschel erfüllt gewesen, hatte sich nun eine erwartungsvolle Stille über die Rekruten gelegt.

Gebannt verfolgte Anian den immer schneller werdenden Tanz der Schwaden, bis sich endlich die imposanten Gestalten der Wächter aus dem Nebel lösten. Wie so oft raubte ihm ihre Vollkommenheit auch jetzt den Atem. Doch dieses Mal war sein Staunen nicht nur ihrer Schönheit und der Aura der Macht geschuldet, die sie umgab. Auf Laelias Schulter saß ein zierlicher, ungewöhnlich kleiner und dennoch anmutig aussehender Schwan. Tullius, der zu ihrer Seite stand, trug eine Eule mit bronzenem Gefieder auf seiner Schulter.

Die beiden anderen Wächter hatten die Arme vor der Brust angewinkelt, damit zwei Raubvögel mit schneeweißem Gefieder darauf Platz nehmen konnten. Das größere Tier mit dem krummen Schnabel, das zu Gajus gehörte, sah für Anian wie ein Adler aus während das kleinere der beiden, das ruhig auf Livius‘ abgespreizten Ellenbogen saß, ihn am ehesten an einen Falken erinnerte.

Das müssen sie sein, dachte Anian. *Die Boten, die den Wächtern zu ihren Zeiten als Fantasieweber dienten, so wie es Terenjos Schwalbe heute für ihn tut. Daher das vierköpfige Wesen an der Tür.*

Sein Blick wanderte von den Vögeln zurück zu den herrschaftlichen Gesichtern der Wächter. Erneut überkam ihn das eigenartige Gefühl von Demut, dass er bereits bei seiner ersten Begegnung mit den göttergleichen Wesen empfunden hatte.

„Willkommen, Rekruten."

Tullius hatte das Wort an die Anwesenden gerichtet. Während er sprach, streichelte er andächtig das Gefieder seiner Eule.

„Wie Sie bereits erfahren haben, sind Sie heute nicht hier, um einer weiteren Unterrichtseinheit beizuwohnen. Die Unterweisung, die Sie in wenigen Augenblicken erhalten werden, wird vorerst Ihre letzte sein. Die jüngsten Ereignisse lassen uns keine andere Wahl. Die Zeit drängt. Sobald der Morgen anbricht, wird Ihre Reise beginnen."

Obwohl Anian es nun schon zum zweiten Mal hörte, konnte er es nicht recht glauben. Der Kampf gegen die Dunkelheit stand kurz bevor - und *er* würde eine Rolle darin spielen.

Er, dessen Leben bis vor ein paar Wochen noch so durch und durch *normal* gewesen war. Gewöhnlich. Langweilig.

„So ist es."

Eine raubtierartige Stimme zerschnitt seinen Gedankenstrom.

Gajus war einen Schritt vorgetreten. Der Adler auf seinem Arm ließ ein Kreischen vernehmen.

„Wir haben keine Zeit zu vergeuden. Die Dunkelheit verbreitet sich wie eine Seuche. Ganze Städte drohen zu fallen. Larzods Schatten haben sich schneller vermehrt, als wir es für möglich gehalten hätten. Es ist nicht auszuschließen, dass einige der mit Finsternis Infizierten sich seiner Armee angeschlossen haben. Wo zu Anfang nur vereinzelt kleine Risse in der Realität zu erkennen waren, tun sich nun ganze Löcher auf. Larzod hat die Quellen der Magie, die Länder und Städte mit ihrem mächtigen Zauber speisen, ausfindig gemacht und sie mit seiner Finsternis verunreinigt. Vieles, was Sie sehen können, seit Sie Ihren Kuss empfangen haben, findet seinen Ursprung in diesen Quellen. Das, was nun aus ihnen herausströmt, hinterlässt eine Schneise der Zerstörung. Sie müssen die magischen Gewässer reinigen oder sie, wenn die Dunkelheit darin zu massiv ist, gänzlich versiegeln. Einzig auf diese Weise können wir das rasante Anschwellen von Larzods Armee verhindern - oder zumindest hinauszögern, denn ewig wird selbst das stärkste *artificium oculus* die Magie dahinter nicht aufhalten können. Ein so rasantes Magiewachstum bedeutet eine unwiederbringliche Zerstörung der Welt, wie Sie sie kennen. Der Welt, wie Ihre *Mitmenschen* sie kennen. Ein jeder von ihnen, ob mit Finsternis infiziert oder nicht, würde über das neue Gewand ihrer gewohnten Realität den Verstand verlieren und den Weg des Todes wählen, den so viele unschuldige Seelen bereits beschritten haben.

Dass Larzod die Quellen für seine Zwecke nutzt, übersteigt unsere schlimmsten Befürchtungen. Ihre

Verschmutzung ist eine Katastrophe und ein sicheres Todesurteil, wenn nichts dagegen unternommen wird. Gehütet von Kreaturen, die kein Lebewesen je zu Gesicht bekommen hat, waren sie jahrhundertelang unauffindbar. Niemand, der nach ihnen gesucht hat, ist zurückkehrt. Larzod aber ist es gelungen, diese Quellen zu finden und sie zu bändigen. Dasselbe werden Sie nun tun müssen."

Mit jedem Wort, das die Wächter aussprachen, wurde das, was Anian und die anderen Rekruten im Begriff waren zu tun, realer.

Das ist kein Spiel. Kein Buch, kein Film mit glücklichem Ende. Das ist verdammt nochmal todernst.

„Sie werden also nicht nur Städte und Dörfer von Schatten befreien, sondern auch fernab der Zivilisation nach den Quellen der Magie suchen müssen. Nun, da Larzod sie unter seine Kontrolle gebracht hat, dürfte der schützende Zauber um sie herum verflogen sein. Dennoch wird es kein leichtes Unterfangen, zu ihnen hervorzustoßen. Auch ohne den Mantel der Verborgenheit wissen sie sich zu schützen – und Larzod wird dafür Sorge tragen, dass seine schwarze Magie in aller Ruhe fließen kann."

Anian schwirrte der Kopf. Den übrigen Mitgliedern seiner Gruppe schien es nicht anders zu gehen; alle blickten drein, als hofften sie, sich verhört zu haben.

Dass nicht einmal der Hohe Rat Larzods Handeln vorhersehen konnte, ließ ihn daran zweifeln, dass sie, knapp hundert Kinder, Teenager und Erwachsene, auch nur das Geringste gegen den Schattenfürsten ausrichten konnten.

„Rekruten."

Laelias Stimme hallte durch den Saal.

„Lassen Sie sich von den Zweifeln, die Sie empfinden mögen, nicht entmutigen. Larzod wird es nicht mit ihnen allen aufnehmen können. Alle Länder der Erde mobilisieren in diesem Moment ihre Kämpfer in diesem Krieg gegen die Schatten. Noch gibt es mehr Licht als Dunkelheit – und es besteht die Hoffnung, dass die Quellen der Magie bisher nur in Großbritannien von einer Verschmutzung dieses Ausmaßes betroffen sind. Die Hohen Räte der umliegenden Nationen jedenfalls haben derartige Phänomene noch nicht vermeldet.

Es besteht also Hoffnung, dass Larzod das Handwerk gelegt werden kann, bevor er weitere Gewässer verunreinigt."

Tullius unterstrich Laelias Worte mit einem Nicken.

„So ist es, liebe Schwester. Um Ihnen Ihre Suche nach Rissen, Schatten und Quellen zu erleichtern, haben wir mit Hilfe unserer Boten und dem amtierenden Fantasieweber Landkarten gefertigt. Die Tinte, mit der Regionen und Städte eingezeichnet wurden, ist mit den Tränen unserer Gefährten versetzt. Als ehemalige Transporteure von Fantasie können sie nicht nur spüren, wo sich herrenlose Fantasiekerne niedergelassen haben. Sie sind außerdem die einzigen Wesen, denen es möglich ist, Veränderungen im Magiegefüge aus jedweder Perspektive zu *sehen.* Indem wir ihre Tränen in die Tinte gaben, schufen wir eine Verbindung zu den Augen unserer Gefährten. Die Pinsel führten nun unsere Hände, nicht umgekehrt. Das, was Sie auf Ihren Karten sehen werden, ist ein Abbild dessen, was sich unseren Boten offenbart, wenn sie über das Land hinweg fliegen. So sind auch die bestehenden Risse und Pfade eingezeichnet, von denen wir glauben, dass sie zu den Quellen führen könnten. Wir schicken unsere Boten jeden Tag aufs Neue auf weitläufige Erkundungsflüge, sodass Veränderungen möglichst zeitnah für Sie sichtbar gemacht werden können. Die Karten zeigen Ihnen ebenfalls an, wo Sie selbst sich befinden, wo Mitglieder der Schattengarde gesichtet wurden und wo die jeweiligen Gruppen sich gerade aufhalten. Hierzu macht die Karte von verschiedenen Symbolen Gebrauch. So sind Larzods Schattenwesen durch Totenköpfe, andere Gruppen durch ein Geflecht der Köpfe unserer Boten und Sie selbst durch bildgewordene Zeichen Ihrer individuellen Talente gekennzeichnet. Von finsterer Fantasie vergiftete Areale erkennen Sie an einem schwarzen Nebel. Allerdings werden Sie erst dann imstande sein, diese wunderbaren Eigenschaften Ihrer Karten kennenzulernen, sobald diese von jedem Mitglied der Gruppe ein Geheimnis erhalten hat. Für den, der unehrlich ist, wird sich die Karte als nutzlos erweisen."

Anian blies die Wangen auf. Er erlebte die Ansprache der Wächter wie eine emotionale Achterbahnfahrt. Gerade noch hatte er verzweifelt darüber nachgedacht, wie es ihnen ohne jeden Anhaltspunkt gelingen sollte, Larzod aufzuhalten.

Wo sollten sie anfangen? Wie am besten vorgehen?

Nun strömte Erleichterung über ihn herein. Die Karte würde sie anleiten; ihnen zeigen, wohin sie gehen mussten und sie vor Gefahren warnen. Er konnte es kaum erwarten, dieses magische Hilfsmittel in den Händen zu halten. Fieberhaft überlegte er, welches Geheimnis er der Karte anvertrauen konnte. Am liebsten hätte er ihr von der Prophezeiung erzählt; sie wissen lassen, welche Worte es waren, die sich in sein Herz eingebrannt hatten.

Doch schnell verdrängte er diesen Wunsch wieder.

Es würde nichts nützen, es zu versuchen; immerhin hatte er nicht einmal Tullius erzählen können, was im Bauch der Emotion geschehen war.

Nein, er musste sich etwas anderes überlegen.

Die Frage war bloß, wie groß das Geheimnis sein sollte, dass die Karte zu hören verlangte.

Würde sie sich damit zufriedengeben, wenn Anian von jenem Sommer vor zehn Jahren erzählte, als er heimlich eine Zigarette aus der Schachtel seiner Mutter entwendet und sie - in dem Versuch, es zu beeindrucken - vor dem Haus eines Mädchens geraucht hatte?

Oder erwartete die Karte ein mächtigeres, ein größeres Geheimnis? Er schien nicht der einzige zu sein, der sich darüber bereits den Kopf zerbrach. Auch Liska, Alisha, Belinda und die Sullivan-Zwillinge starrten mit angestrengten Mienen ins Nichts.

Sein Blick verharrte auf Liska, strich wie eine zärtliche Berührung über ihr Gesicht. Was würde sie dem verzauberten Papier anvertrauen? Wie viele Geheimnisse mochte sie in ihrem Herzen hüten?

„Sobald Sie die Karten erhalten haben, sind Sie angehalten, das Imagonis-Quartier in ihren Gruppen zu verlassen. Rüsten Sie sich mit allem aus, was Sie für Ihre Reise brauchen werden, und brechen Sie möglichst erst im Morgengrauen auf. Versuchen Sie, Ihre Angelegenheiten bis dahin zu regeln."

Anians Herz wurde schwer.

„Das klingt ja sehr erheiternd", murmelte Belinda neben ihm und sprach damit aus, was er dachte.

Warum händigen sie uns nicht gleich Blanko-Testamente aus, die wir alle zusammen ausfüllen?

„Sorgen Sie dafür, dass Ihre Gedanken nirgendwo anders als im Hier und Jetzt sind. Sprechen Sie mit Ihren Freunden, Familien und Partnern. Stellen Sie sicher, dass niemand nach Ihnen suchen wird. Denken Sie sich einen plausiblen Grund dafür aus, dass Sie eine Zeit lang nicht erreichbar sein werden, und kappen Sie nach Möglichkeit jede technische Verbindung zu Ihrem Umfeld. Wann immer nötig, werden wir uns auf dem einen oder anderen Wege mit Ihnen in Verbindung setzen – dafür brauchen wir keine *Handys*", das Wort klang seltsam aus Tullius' Mund. „Ist ein Großteil der Dunkelheit gebannt, werden Sie weitere Anweisungen erhalten. Zunächst aber gilt es, so viele Fantasiekerne und ihre Träger wie irgend möglich zu retten und die düstere Metamorphose der Welt aufzuhalten. Wir beginnen nun mit dem Verteilen der Karten und dem Abfragen der Geheimnisse. Warten Sie auf Ihren Plätzen, bis Sie an der Reihe sind."

Wortlos beobachteten Anian und die anderen, wie die Wächter, von Tisch zu Tisch schritten und die wundersamen Gegenstände aus ihren Umhängen zogen. Ihre prachtvollen Vögel ruhten dabei die ganze Zeit über auf ihren Schultern.

Als Laelia, Gajus, Tullius und Livius sich mit erhobenen Häuptern ihrer Gruppe näherten, hatte Anian das Gefühl, dass seit der Ansprache des Rates höchstens ein paar Minuten vergangen waren.

„Das ging aber verflucht schnell", bemerkte Belinda und sprach seine Gedanken damit laut aus. Er wollte etwas antworten, doch da bauten sich die Wächter bereits vor ihnen auf – einschüchternd, erhaben und märchenhaft schön zugleich. Ihre Augen und Haare fluoreszierten in den wildesten Nuancen der Fantasie und erneut drängte sich Anian diese merkwürdige Erkenntnis auf, die nicht seinen eigenen Gedanken entsprang, sondern vielmehr eine an diesem Ort herrschende Wahrheit zum Ausdruck brachte.

„Gruppe 17, Sie sind verantwortlich für die Region Kenmare. Ihr Zuständigkeitsgebiet ist farblich gekennzeichnet. Hüten Sie die Karte, die wir Ihnen nun aushändigen werden, wie Ihren Augapfel. In den falschen Händen vermag sie großen Schaden anzurichten."

Mit einer eleganten Bewegung zog Laelia ein zusammengerolltes Blatt Pergament aus ihrem Gewand hervor, rollte es auf und strich es glatt. Noch war das violett getönte Papier, soweit Anian es erkennen konnte, vollkommen leer.

„Nun, wer möchte das Verborgene als Erster sichtbar machen?", fragte die schöne Wächterin.

„Antwortet!", polterte Gajus, als weder Anian noch die anderen Gruppenmitglieder Anstalten machten, etwas zu sagen.

„Keine Freiwilligen? Nun gut. Miss Cavanaugh, treten Sie vor."

26. Ein Abend im Juli

Ein Geheimnis.

Die Karte brauchte ein Geheimnis.

Nicht bloß irgendeines, das spürte Liska.

Nein, das Pergament, so Papier denn mit einem eigenen Willen ausgestattet sein konnte, wusste ganz genau, welches es im Tausch gegen seine Magie in sich aufnehmen wollte.

Schweißperlen hatten sich auf ihrer Stirn gebildet und ihr Herz brachte ihren Brustkorb zum Erzittern.

Wumm. Wumm. Wumm. Wumm.

Ihr war, als müssten alle hören, wie laut und schnell es hämmerte.

Liska wollte nichts als davonlaufen – fort von den Erinnerungen, die mit gebleckten Zähnen aus den tiefsten Verwinkelungen ihres Bewusstseins krochen.

Doch sie würde nicht fliehen können. Nicht heute.

Nicht, wenn sie tun wollte, wofür sie rekrutiert worden war.

„Nehmen Sie die Karte, Miss Cavanaugh, und denken Sie an das Geheimnis, das Sie ihr offenbaren möchte. Sprechen Sie es dann laut aus. Niemand außer der Karte selbst wird hören, was Sie sagen. Reichen Sie sie im Anschluss an das nächste Mitglied Ihrer Gruppe weiter."

Liskas Hände zitterten, als sie das Pergament an sich nahm.

„Bitte drehen Sie sich zu den anderen Rekruten um, sodass sie sehen können, was Sie tun."

Erneut tat Liska wie ihr geheißen.

Für einen kurzen Moment schloss sie die Augen, wie sie es machte, wenn sie eine Illusion beschwören wollte. Dann jedoch öffnete sie sie wieder. Die Dunkelheit hinter ihren geschlossenen Lidern war eine Leinwand, auf die die Vergangenheit gern mit allzu grellen Farben malte.

Sie brauchte das matte, tröstliche Leuchten der Gegenwart.

„Okay", sagte sie testweise und versuchte von den Gesichtern der Wächter und Rekruten abzulesen, ob sie sie hören konnten. „Versteht ihr, was ich sage?"

Niemand verzog eine Miene.

Liska versuchte, die Furcht davor, dass vielleicht doch jemand etwas hörte, zu verdrängen und sich ganz auf jenen Tag zu konzentrieren, der ihr Leben für immer verändert hatte.

Juli, dachte sie. *Abends auf dem Friedhof. Mutprobe.*

Das Pergament in ihren Händen begann zu flimmern wie eine heiße Teerstraße im Sommer.

„Es ... es war im Juli vor elf Jahren. Es hatte fast drei Wochen am Stück geregnet und war zum ersten Mal wieder richtig schön. Selbst spät abends noch. Als es dunkel wurde, sind wir zum Friedhof gelaufen. Du ... du hattest Angst. Hast mir von deinen Albträumen erzählt. Davon, dass sie immer schlimmer wurden. Ich habe dir gesagt, du sollst dich nicht so anstellen. Auch mal mutig sein und etwas tun, womit du vor deinen Freunden so richtig prahlen könntest. Die ganze Schule sprach davon, dass es auf dem Old Rahoon Cemetary spuken sollte. In der kleinen Kapelle, die von Innen ausgebrannt war. Natürlich hätten wir einfach behaupten können, dass wir hineingegangen sind, ohne jemals dagewesen zu sein. Aber du warst so furchtbar schlecht darin, Lügen zu erzählen. Jeder hätte es bemerkt. Also blieb uns keine Wahl. Ich bin zuerst reingegangen und hatte schreckliche Angst, aber das hätte ich nie zugegeben. Danach warst du dran. Du wolltest einen Rückzieher machen – genau wie erwartet - doch das habe ich dir nicht durchgehen lassen.

Komm schon, nur ganz kurz, habe ich dir gesagt und sofort die Tür hinter dir zugeschlagen, als du hineingegangen bist. Du hast dagegen gehämmert und geschrien. Ich wollte dich doch nur ein bisschen ärgern." Liskas Wangen waren nass vor Tränen. Jeder Satz bereitete ihr Höllenqualen, doch sie zwang sich, weiterzusprechen.

„Nach ein paar Sekunden wurde es plötzlich ganz still. Kein Klopfen mehr. Kein Rufen. Ich habe die Tür wieder aufgemacht und deine Silhouette in der Dunkelheit verschwinden sehen. Da war eine Hand, die deinen Arm umklammert hielt und dich mit sich gezogen hat. Einfach durch die Wand hindurch, die einen kurzen Moment lang wie eine Tür aussah. Aber da war keine. *Natürlich* war da keine. Du hättest gar nicht verschwinden können, und doch ist es passiert. Ich habe nie jemandem erzählt, was ich gesehen habe. Aus Angst, für verrückt gehalten zu werden. Sie haben nach dir gesucht. Ich glaube, sie tun es immer noch. Aber du bist nie wieder aufgetaucht."

Liska schluckte ein paarmal, doch der Kloß in ihrem Hals wollte sich nicht auflösen. Sie hatte einen schalen Geschmack im Mund, so als hätte sie sich gerade übergeben. Dieses Geheimnis hatte sie noch nie jemandem anvertraut. Nicht einmal Maida.

Es nun doch geteilt zu haben, wenn auch der Zuhörer ein Gegenstand und kein Mensch war, verschaffte ihr kaum Erleichterung. Sie verabscheute das Kind, das sie an jenem Tag gewesen war, zutiefst.

„Miss Cavanugh."

Von weit her drang Tullius' wohlklingende Stimme an ihre Ohren. Benommen stellte Liska fest, dass sie über all die grässlichen Gedanken beinahe die Karte in ihren Händen vergessen hätte. Das schimmernde Violett wurde nun von einem Netz bedeckt, das aussah, als wäre es aus grauen Nebelschaden gesponnen worden. Darin waren silberfarbene Punkte gewoben, über denen in geschwungenen Lettern die Namen der ihnen zugehörigen Städte schwebten. Winzige wogende Baumkronen markierten die ländlichen Areale des Landes, während ein herrliches Blau in fließenden Bewegungen das Meer, Seen, Flüsse und andere Gewässer anzeigte.

Eine Linie, die ebenso schimmerte wie die Augen und Haare der Wächter, markierte die Region Kenmare. Als Liska mit dem Finger darüberstrich, kräuselte sich die Oberfläche des Papiers unter ihrer Berührung. In der oberen rechten Ecke der Karte entdeckte sie einen

Bereich in Form der Sonne, in dessen Mitte fünf Symbole kreisten.

Sie erkannte in ihnen eine Geige, ein Auge mit und eines ohne Pinsel darin, einen Füllfederhalter und zwei ineinander verflochtene Noten. Für einen kurzen Moment war Liska irritiert, dann verstand sie: Die Geige repräsentierte Alisha, der Füller Anian, die Noten die Sullivan-Zwillinge, das schlichte Auge Belinda und das Pinsel-Auge Liska selbst.

„Miss Cavanaugh", sagte Tullius noch einmal und erinnerte sie sanft daran, dass sie nicht alleine war. „Würden Sie die Karte bitte an Mr. Rohwer übergeben?"

Mit einem Anflug von Panik suchte Liska in den Gesichtern der Wächter und Rekruten nach Schuldzuweisungen, konnte jedoch nichts dergleichen erkennen. Die Karte hatte ihr Vertrauen nicht missbraucht und ihre Worte vor den Ohren der anderen geschützt. Fasziniert reichte sie Anian das Pergament, das sich ihm jetzt, vor der Offenbarung seines Geheimnisses, noch als leeres Blatt präsentieren musste.

Sie beobachtete, wie er die Lippen bewegte, ohne dass ein Laut herausdrang. Die Wächter hatten nicht zu viel versprochen. Die magische Karte würde ihnen auf ihrer Reise zweifellos eine große Hilfe sein.

27. DIE VERWUNSCHENEN WÄLDER VON KERRY

Der große Tag war gekommen.

Die Luft, die durch das geöffnete Fenster des Gemeinschaftszimmers drang, war trotz der frühen Stunde drückend und schwül. Am Himmel hingen schwere, dunkelgraue Wolken, die einen heftigen Regenguss vermuten ließen. Anian mühte sich nach Leibeskräften, den Reißverschluss seines randvollen Rucksacks zuzuziehen.

Er hatte sich beim Packen auf das Wesentliche beschränkt – zwei Hosen, vier T-Shirts, ein Pullover und Unterwäsche, eine große Flasche Wasser, von der er hoffte, er würde sie regelmäßig nachfüllen können, Zahnputzzeug, eine Packung Pflaster, Handy, Ladekabel und jede Menge Müsliriegel.

In Belindas Haus würden sie sich zusätzlich mit Konserven, Schlafsäcken, einem Camping-Kocher und ähnlichen nützlichen Utensilien eindecken. Die Späherin nämlich wohnte unweit jenes ihrer Region zugeteilten Ortes, um den herum die Karte ihnen ein erhöhtes Schattenaufkommen anzeigte: Killarney. Sie würden knapp vier Stunden mit Bus und Bahn fahren müssen, um dorthin zu gelangen.

„AUA!“ Fluchend sprang Anian auf, drauf und dran, dem Rucksack einen Tritt zu verpassen. In seiner Hektik hatte er sich den Finger eingeklemmt. Mit grimmigem Blick lutschte er an der gequetschten Hautstelle und wartete ein paar Sekunden, bis seine Wut verraucht war. Für Kleinkriege mit seinem Gepäck blieb keine Zeit. Sie durften den Bus nicht verpassen, der sie um Punkt 8 Uhr nach Killerney bringen würde.

„Gott bewahre, wenn ich dieses Ding verliere“, murmelte Belinda, während sie die Karte zusammenrollte, die sie ihrerseits in ihren Rucksack packte.

Nachdem sie alle dem magischen Hilfsmittel bewiesen hatten, dass sie seiner Nutzung würdig waren, hatte der Hohe Rat sie aufgefordert, jemanden zu bestimmen, der ihren magischen Wegweiser mit sich führte. Die Wahl war erst am Morgen auf Belinda gefallen – alle außer Alisha, die für sich selbst abgestimmt hatte, waren diesbezüglich einer Meinung gewesen.

„Ich will ja nicht drängeln, aber wir sollten uns langsam auf den Weg machen“, sagte sie mit einem Unterton in der Stimme, der verriet, dass sie sehr wohl drängeln wollte.

Gemeinsam mit Liska und den Zwillingen stand sie seit mindestens fünf Minuten abfahrbereit vor der Tür und warf immer wieder symbolische Blicke auf eine nicht existente Uhr an ihrem Handgelenk.

„Komme schon“, ächzte Anian, nachdem es ihm endlich gelungen war, den widerspenstigen Reißverschluss zuzuziehen.

„Vielleicht sollten wir deinen Miniatur-Rucksack gegen einen größeren austauschen“ bemerkte Belinda mit einem Blick auf seine ausgebeulte Tasche. „Ich habe da bestimmt noch etwas im Keller. Also dann.“ Sie schwang sich ihr eigenes, deutlich geräumigeres Exemplar über die Schultern und wischte sich mit dem Handrücken die Schweißperlen von der Stirn. „Von mir aus kann es losgehen.“

Anian hatte den Eindruck, dass sie zu den letzten gehörten, die das Quartier verließen. Auf den Gängen war es ungewohnt still und auch in der Empfangshalle trafen sie nur auf zwei andere Gruppen, die die Köpfe zusammengesteckt hatten und angeregt miteinander tuschelten.

Am Busbahnhof dann sahen sie einige bekannte Gesichter, waren jedoch die einzigen, die in Richtung Kenmare fuhren.

Es war ein eigenartiges Gefühl, in luftiger Sommerkleidung und mit Rucksäcken voller Proviant gen Küste zu fahren.

Für jeden Außenstehenden mussten sie das Bild einer Reisegruppe abgeben. Einer durch die Altersunterschiede bedingte ungleichen Reisegruppe zwar, aber das spielte keine Rolle. Niemand würde ihnen ansehen, dass sie in wenigen Stunden bereits gegen Schattenwesen und andere Geschwüre der Finsternis kämpfen würden – nicht einmal dann, wenn die Augen der Menschen nicht leer und stumpf und wären und sie nicht mit gesenkten Köpfen durch die Straßen liefen.

Überhaupt hatte die allseits präsente Magie der Stadt sich verändert.

Sie war zurückhaltender geworden, beinahe schüchtern, als würde sie sich selbst vor den Sehenden verstecken wollen. Auch von den schillernden Auren aus Fantasie, die Anian noch auf der Fahrt nach Dublin und während seiner Einkaufstouren durch die Stadt bewundert hatte, war in den meisten Fällen nur ein kümmerlicher Rest geblieben.

Das Erschreckendste aber war das Verschwinden der Kinder aus dem alltäglichen Leben. War es Anian während der letzten Tage bereits aufgefallen, wann immer er das Quartier kurzzeitig verlassen hatte, ließ es sich nun nicht mehr leugnen: Die Gehsteige waren – auch außerhalb der Schulzeiten - beinahe ausschließlich von Erwachsenen gesäumt, die ihn mit ihren hängenden Schultern und den ausdruckslosen Mienen an Zombies erinnerten.

Anian verjagte den Gedanken daran, dass einige dieser vermeintlichen Zombies womöglich in wenigen Tagen tot und die Kerne ihres Seins in den Händen eines Schattenwesens sein würden. All ihre Träume, Wünsche, Sehnsüchte und Geschichten würden von Finsternis zerfressen und für Larzods Zwecke missbraucht werden. Doch so schwer es ihm auch fiel: Er durfte all die Schicksale, deren Fäden Larzod und seine Garde so kaltblütig zerschnitten, nicht an sich heranlassen. Nicht jetzt, wo viel davon abhing, dass sie alle einen kühlen Kopf bewahrten.

„Das ist alles noch so unwirklich“, murmelte Liska, als sie alle im hinteren Teil des Busses Platz genommen hatten.

Sie saß dicht neben Anian. Ihr Parfum drang ihm durch Mark und Bein. Bei jeder Kurve, die die Straße beschrieb, und jeder Bodenwelle im Asphalt, berührten ihre nackten Arme einander. Mit ihrem rotgoldenen, wellig-voluminösem Haar, in dem sie eine Schleife trug, und dem dazu passenden grünen Sommerkleid sah sie so wunderschön aus, dass es ihm entsetzlich schwerfiel, sie nicht ununterbrochen anzustarren.

Ich vermisse sie, dachte er irritiert, *ich vermisse sie, obwohl sie direkt neben mir sitzt.*

Die gemeinsame Zeit in ihrem *artificium oculus* kam Anian plötzlich vor, als läge sie bereits Monate zurück. Dabei war es im wahrsten Sinne des Wortes erst gestern gewesen, als er ihre Lippen beinahe mit seinen verschlossen hätte.

Wenn der Fantasieweber die Illusion nicht betreten hätte ...

Anians Magengegend fühlte sich an, als habe sie sich in ein Ameisennest verwandelt.

Nehmt euch in Acht. Liebe ist eine starke, nicht zu unterschätzende Waffe. Solange es eure Finger sind, die über dem Abzug schweben, besteht kein Grund zur Besorgnis. Nimmt euch der Feind diese Waffe aber aus den Händen und richtet den Lauf auf eure Herzen, seid ihr verloren.

Noch immer klang ihm Terenjos Warnung im Ohr.

Anian warf Liska einen verstohlenen Seitenblick zu.

Ob sie auch an ihren Beinahe-Kuss dachte? Daran, was passiert wäre, wenn der Fantasieweber auch nur einen Herzschlag später zu ihnen gestoßen wäre?

„Ich kann das alles auch nicht realisieren“, stimmte Belinda Liska zu. „Aber vielleicht geht es uns ja anders, nachdem wir unsere erste – ähm – *Begegnung* hinter uns haben.“

„Ja. Vorausgesetzt, wir überleben diese Begegnung", warf Alisha ein. Die Zwillinge machten große Augen.

„Sorry. War nicht so gemeint. Natürlich überleben wir das. Wir überleben alles. Jap, wir sind unbesiegbar."

Greta und Lio sahen nicht überzeugt aus, sagten jedoch nichts. Stumm kauten sie auf ihren Müsliriegeln herum.

Anian bewunderte die Kinder für ihre Stärke, die man ihnen aufgrund des verschüchterten Auftretens auf den ersten Blick niemals zutrauen würde. Mit ihren zehn Jahren hatten sie noch kein einziges Mal über Heimweh geklagt oder sich sonst in irgendeiner Art und Weise beschwert.

Greta hatte in einem ihrer wenigen redseligen Momente einmal angedeutet, dass sie aus einer zerrütteten Familie stammten, was den Abschied von Zuhause möglicherweise ein wenig erleichterte. Dennoch war Anian, der ebenfalls nicht allzu behütet aufgewachsen war, sicher, dass er an Stelle der Zwillinge weitaus weniger erwachsen auf ein solch rigoroses Umkrempeln seines Lebens und das damit einhergehende Ende seiner Kindheit reagiert hätte.

„Seht euch das an", sagte Belinda aufgeregt. Sie hatte die Karte auf ihrem Schoß ausgebreitet und musterte das schillernde Pergament mit zusammengezogenen Brauen.

„Was denn?" Anian reckte den Hals.

„Die Schatten haben sich bewegt. Und zwar ein ganzes Stück weit. Weg vom Stadtzentrum Killarney in Richtung Wald, wenn ich das richtig erkennen kann."

Alisha beugte sich über die Karte. „Ja. Das sind die Wälder von Kerry." Sie zuckte die Achseln. „Meine

Eltern haben mich als Kind ständig auf ihre Wandertouren mitgenommen. Eigentlich ganz schön da."

Belindas Gesicht hellte sich auf. „Das heißt, du kennst dich aus? Prima."

„Ich sagte *als Kind.* Ich war eine halbe Ewigkeit nicht mehr dort."

Während Alisha und Belinda sich weiterhin angeregt unterhielten, verbrachten Anian, Liska und die Zwillinge den Rest der Fahrt größtenteils schweigend.

Jeder von ihnen schien vollkommen versunken in seine eigene Gedankenwelt. Anian hätte zu gern gewusst, was Liska durch den Kopf ging, doch wie so oft war ihre Miene unergründlich.

Immer wieder schloss und öffnete sie ihre Augen, sah dann erwartungsvoll aus dem Fenster und begann von Neuem damit, wie in Zeitlupe zu blinzeln. Erst, als ein eigenartiger Laut ertönte, der von den Motorengeräuschen des Busses verschluckt wurde, hörte sie mit ihrem eigenartigen Gebaren auf. Anian folgte ihrem Blick aus dem Fenster – und entdeckte am Himmel einen der farbenprächtigsten Regenbogen, die er je zu Gesicht bekommen hatte.

Ein kleines Mädchen, das zuvor mit hängendem Kopf auf dem Schoß seiner Mutter gesessen hatte, kreischte nun vor Freude.

„Das ist ja seltsam", murmelte Anian und unterdrückte ein Grinsen, „ein Regenbogen also, obwohl es vorher gar nicht geregnet hat, ja?"

Liska legte einen Finger an die Lippen. Ihre Mundwinkel zuckten in seine Richtung – eine winzige Bewegung, schnell wie der Flügelschlag eines Kolibris, und doch reichte sie aus, um Anians Herz zu streicheln.

Vom Busbahnhof aus nahmen sie sich ein Taxi.

Anian schwante, dass sie am Ende auf Belindas Geld angewiesen sein würden. Als einzige von ihnen, die jahrelang einem festen Job nachgegangen war, dürften ihre Ressourcen deutlich üppiger ausfallen als beim Rest der Gruppe.

„Da wären wir“, sagte der Fahrer mit einer monotonen Stimme, aus der jede Emotion verbannt worden war. Er hielt den Wagen vor einem quietschgelben Haus mit windschiefem Dach, in dessen Vorgarten alle nur möglichen Pflanzen vor sich hin wucherten. Inmitten des Wirrwarrs aus grünen und vertrockneten Blättern ragte das morsch aussehende Holzgerüst einer Schaukel empor.

War Belinda etwa Mutter?

Der Gedanke, dass jemand aus ihrer Gruppe mehr zurücklassen musste als Eltern, Geschwister und Freunde kam Anian zum ersten Mal.

Wie mochten sich rekrutierte Elternteile fühlen, die im Dienste der Wächter standen und gezwungen waren, ihre Kinder in Krankenhäusern oder Psychiatrien zurückzulassen und ihr Leben in die Hände Fremder zu geben? Was tat die Gewissheit darüber, dass die Fantasiekerne ihrer Sprösslinge ganz oben auf Larzods abscheulicher Liste der Grausamkeiten standen, mit ihren Herzen? Wie schwer wog die Erkenntnis, das eigene Fleisch und Blut womöglich nie mehr wiederzusehen?

„Vielen Dank“, murmelte Belinda, entlohnte den Fahrer und kämpfte sich mitsamt ihres sperrigen Gepäcks nach draußen. Anian und die anderen taten es ihr gleich.

„Dann mal hinein in die gute Stube." Belinda förderte einen klimpernden Schlüsselbund zutage. „Die Schuhe könnt ihr anbehalten."

Sie schloss eine unordentlich lackierte Tür auf und winkte die Rekruten hinter sich her in einen Raum hinein, der das Chaos aus dem Vorgarten perfekt widerspiegelte.

Das erste, was Anian inmitten des Sammelsuriums sonderbarer Gegenstände ins Auge stach, waren die dicken, mit Flicken übersäten Vorhänge vor im Vergleich winzig kleinen Fenstern. Dann erweckten die zahlreichen Stehlampen, Kuckucksuhren und vertrockneten Blumensträuße seine Aufmerksamkeit.

Entlang der Wände reihten sich Regale aneinander, die etliche Bücher, Haushaltsgeräte und Porzellanfiguren beherbergten. Auf einem rustikalen Tisch stapelten sich Konserven und Wasserflaschen. In der Mitte des Wohnzimmers standen sich zwei grüne Stoffsofas gegenüber, zwischen denen ein schmaler Cafétisch als Ablage für einen Haufen Magazine diente.

„Als hättest du's geahnt", stellte Liska mit einem Blick die Flaschen und Dosen fest.

„Das habe ich tatsächlich. Es war so ein Gefühl. Noch am Morgen, bevor ich den Kuss erhalten habe, habe ich mich mit Vorräten eingedeckt. Tja, ich schätze, mein inneres Auge konnte schon vor meiner Ausbildung ein Stück weit in die Zukunft sehen. So. Packt ein, so viel ihr tragen könnt. Ich hole die Schlafsäcke."

Belinda verschwand im Flur und kehrte wenig später mit der versprochenen Ausbeute zurück. „Bedient euch. Am besten knoten wir die Schlafsäcke einfach an unsere Taschen. Etwa so ... seht ihr?“

„Ein Zelt haben wir nicht zufällig, oder?“, fragte Alisha hoffnungsvoll.

„Keins, das groß genug für uns alle wäre. Aber wenn kein Hotel in der Nähe ist und wir in der Natur unterwegs sind, können wir sicher auch mal unter freiem Himmel schlafen. Immerhin haben wir Sommer.“

„Ja, *irischen* Sommer“, witzelte Alisha.

Belinda quittierte die Aussage mit einem Achselzucken und holte die Karte hervor. Behutsam breitete sie sie auf dem frei gewordenen Areal des Tisches aus. Anian trat neben sie.

Fasziniert betrachtete er die schillernde Karte mit all ihren Symbolen, Zeichnungen und Schriftzügen.

„Also“, sagte Belinda und zeigte auf das rotierende Bündel aus Augen, Pinseln, Geigen und Noten, „wir sind hier.“ Ihre Finger verharrten kurz auf dem Papier und wanderten dann zu einem begrünten Gebiet, das dem Maßstab der Karte nach zu urteilen etwa zehn Kilometer weit entfernt lag. Über den Baumwipfeln waberte schwarzer Nebel. „Und da müssen wir hin. In die Wälder von Kerry.“

Anian stutzte. „Da steht ‚verwunschen‘.“

„Wie bitte? Lass mal sehen.“

„Da.“ Anian tippte mit dem Zeigefinger auf die wogenden Buchstaben. „*Verwunschene* Wälder von Kerry.“

Blinzelnd beugte Belinda sich über das Papier. „Tatsächlich.“

Von irgendwoher erklang ein unsicheres „Ähm.“ Anian brauchte einen Moment, eher er es Lio zuordnen konnte.

„Was gibt's denn, Kumpel?", fragte Alisha den verschüchterten Jungen, der sofort rot anlief.

„Wir haben im Unterricht gelernt, dass in den Wäldern eine eigene Art von Magie herrscht. Dort sind viele Tierwesen zuhause."

„Stimmt", sagte Liska leise, „ich meine, Terenjo hat während seiner Ansprache etwas in der Art gesagt. Dass Drachen und Feen sich in die Natur zurückgezogen haben. Irgendwie sowas."

Lio nickte eifrig.

„Ihr meint also, uns erwartet die volle Ladung Fantasie-Magie in den Wäldern, ja? Deswegen der Zusatz ‚verwunschen'?", fasste Belinda zusammen und stieß auf allgemeine Zustimmung.

„Gut. Wer weiß, vielleicht können wir ja doch auf ein wenig Unterstützung hoffen." Sie faltete die Karte wieder zusammen. „Dann können wir starten. Treffen wir uns im Flur. Wer nochmal zur Toilette muss, kann gern das Badezimmer benutzen. Vor der Haustür links. Ich muss mich noch schnell von Missy verabschieden."

„Missy?" Anians Blick folgte Belindas Blick zu einem Sessel, auf dem eine dicke, weiße Katze lag. Mit halb geschlossenen Augen leckte sie sich die Pfoten. Eine tiefe Betroffenheit legte sich auf sein Herz. Obwohl Anian nie eigene Tiere gehabt hatte, hatte er viel für Vierbeiner aller Art übrig. Mitfühlend sah er Belinda an. Die anderen Rekruten taten es ihm gleich.

„Schon gut, sie kommt zurecht. Missy hat ihr halbes Leben draußen verbracht, auch wenn man ihr das nicht unbedingt ansieht. Oft streunt sie tage- und nächtelang durch die Natur. Sie kann sich selbst versorgen.

Ich lasse ihr ein Fenster offen, sodass sie jederzeit hinein oder hinaus kann. Mein Nachbar hat außerdem einen Ersatzschlüssel. Er sorgt für Missys leibliches Wohl, seit ich nach Dublin gereist bin. Füllt ihre Näpfe auf, sieht hin und wieder nach ihr. Jedenfalls solange, bis er der Schattengarde zum Opfer fällt, was?“ Sie lachte nervös und ihre Augen wurden feucht.

„Wir lassen dich jetzt allein“, sagte Liska sanft. Nacheinander verließen die Rekruten auf leisen Sohlen den Raum und klopften Belinda im Vorbeigehen tröstend auf die Schulter.

Anian war der letzte in der Reihe. Gerade wollte auch er in den Flur hinaustreten, als ihm die Schaukel im Garten wieder einfiel.

“Ähm. Belinda?“

„Ja?“

„Hast du eigentlich Kinder?“

Fast erwartete er, mit dieser Frage zu weit gegangen zu sein, doch Belinda wies ihn nicht zurück.

„Ich kann dich gut leiden, weißt du das eigentlich, Anian? Du bist aufmerksam. Einfühlsam.“ Sie lächelte matt. „Nein, habe ich nicht. Falls du auf all das Zeug im Garten anspielst – das gehört meinem Neffen. Er befindet sich derzeit in psychologischer Betreuung. Tja, ich habe es eigentlich immer bereut, keine eigenen Kinder bekommen zu haben. Jetzt bin ich froh darüber.“

Anian atmete geräuschvoll aus. Wortlos umarmte er die Späherin und ging dann zu den übrigen Rekruten in den Flur. In den Mienen der anderen spiegelte sich seine eigene Beklommenheit. Larzod hatte schon jetzt so viel Leid und Schmerz verursacht – und der Krieg hatte noch nicht einmal begonnen.

28. DIE SCHATTENGARDE

Die verwunschenen Wälder lagen mitten im Killarney-Nationalpark. Gemessen an dem großartigen Wetter, das zum Wandern an der frischen Luft einlud, waren ungewöhnlich wenig Leute unterwegs. Überhaupt fehlten die typischen Geräusche eines Sommertages.

Anstelle von Lachsalven und munterem Stimmengewirr begleitete sie eine grauenvolle Stille, die sich schwer auf ihre Gemüter legte.

„Ach, die sind bestimmt alle am Strand", winkte Belinda ab, als die Zwillinge auf diese Menschenarmut zu sprechen kamen.

Liska hätte der Späherin gern geglaubt, doch nicht einmal die beiden Kinder wirkten überzeugt. Viel wahrscheinlicher war doch, dass die Einwohner der Region wie gelähmt vor Verzweiflung in ihren abgedunkelten Wohnungen saßen und sich den Schatten hingaben, die sich so eifrig um ihre Fantasiekerne rankten ...

Liska verjagte den Gedanken mit einer wedelnden Handbewegung.

Nach kaum einer Stunde Fußmarsch ließen sie die Stadt, die neben der Stille außerdem durch eine nur hie und da schwächlich leuchtende Magie aufgefallen war, hinter sich.

Ein Schild machte kenntlich, dass sie das Naturschutzgebiet erreicht hatten, und das Gelände um sie herum veränderte sich entsprechend.

Aus Häusern und Autos wurden Wiesen und Hügel von einer geradezu exotischen Schönheit. Bäche rauschten, Schafe blökten und Insekten summten lebhaft um ihre Köpfe herum.

Eine ganze Zeit lang liefen die Rekruten schweigend nebeneinander her.

Doch die Ruhe, die zwischen ihnen herrschte, konnte den Sturm in ihrem Inneren nicht verbergen. Liska las es in den Gesichtern der anderen: Sie alle hatten Mühe, ihre von Adrenalin gepeitschten Herzen zu bändigen. *Wundert dich das?*, fragte sie sich selbst und das Blut rauschte in ihren Ohren, *wundert es dich, angesichts dessen, was uns allen bevorsteht?*

Bis zu dem Zeitpunkt, da sie Belindas Haus verlassen hatten, war es Liska immer noch surreal vorgekommen, dass sie im Dienste jahrtausendealter Wächter gegen einen menschgewordenen Schatten kämpfen würden, der Fantasie aus Seelen stahl. Nun kam es ihr viel mehr seltsam vor, dass sie bis vor wenigen Wochen noch eine normale Studentin mit ebenso normalen Problemen gewesen war. Jemand, dessen Gedanken sich um möglicherweise nicht bestandene Prüfungen gedreht und der sich um die mit guten Noten erkaufte Gunst seiner Eltern gesorgt hatte.

Liska schüttelte den Kopf und hoffte, die Angst in ihrem Nacken würde dadurch ihren Halt verlieren und hinunterfallen.

„Traurig, oder? Das mit Belindas Katze, meine ich."

Anian hatte zu ihr aufgeschlossen und nickte mit betrübter Miene in Richtung der Späherin, die, den Blick starr auf die Karte in ihren Händen gerichtet, einige Meter voraus ging.

„Mhh", machte Liska. Ihr war nicht nach Plaudern zumute – nicht einmal, wenn es sich bei ihrem Gesprächspartner um Anian handelte. Mit seinen blonden, sonnengeküssten Locken, die ihm ins Gesicht fielen und vor seinen indigoblauen Augen tanzten, war er geradezu unverschämt attraktiv. Dennoch – oder gerade deswegen – vermied Liska es, ihn anzusehen. Sie war bereits aufgewühlt genug; ihr Herz ein sturmgepeitschtes Meer, dessen Wellen unter Anians Blicken höher und höher schlugen.

„Was meinst du, wie sie aussehen, diese Risse in der Wirklichkeit?", fragte er sie sanft.

Liska überlegte. Der Gedanke an eine beschädigte Realität weckte nun doch ihr Interesse.

„Ich weiß nicht. Irgendwie stellte ich sie mir ausgefranst vor. Wie eine Schusswunde. Nicht glatt, nicht sauber, sondern in Fetzen liegend." Sie hatte, außer in Filmen, noch nie eine Schusswunde gesehen, doch der Vergleich drängte sich ihr auf. Immerhin waren es doch tatsächlich Wunden, die Larzod der Welt mit seiner Finsternis zufügte, oder etwa nicht?

„STOPP!", rief Belinda unvermittelt. Sie war stehengeblieben. Die Späherin drehte sich zu ihnen um, den Blick immer noch auf die Karte geheftet.

Liska schnürte sich die Kehle zu. Sie waren noch nicht lange genug gelaufen, um ihr Ziel erreicht zu haben. Belindas Reaktion konnte nur eines bedeuten: Die Schattengarde war in der Nähe.

„Alisha und Anian, haltet eure Waffen bereit. Greta und Lio: singt! Sofort und ohne Unterbrechung. Und Liska ... ähm ... mach irgendwas mit deinen Augen, wenn du kannst!"

Auf puddingweichen Beinen hastete Liska auf die Späherin zu und suchte die Karte nach den unheilverkündenden Totenschädeln ab, die den Standort der Garde verrieten.

„Aber ... aber die nächsten Schattenwesen sind 20 Kilometer entfernt", sagte sie mit zitternder Stimme. Obwohl Liska bereits ahnte, was Belinda antworten würde, hegte sie die irrwitzige Hoffnung, dass der Späherin ein Fehler unterlaufen sein könnte.

„Nein. Ich kann sie spüren. Sie müssen den Augen der Boten entkommen sein. Es sind mindestens 15 von ihnen – und sie kreisen uns ein. Jetzt, in diesem Moment"

Verzweifelt versuchte Liska, sich zu sammeln. Was sollte sie tun, wenn es zu einem Angriff kam? Was *konnte* sie tun? Wenn sie vielleicht eine Illusion erzeugte, die die Schattengarde in die Irre führte und ihnen so etwas Zeit verschaffte, zu entkommen? Krampfhaft versuchte sie, ein Bild heraufzubeschwören, dass sie über die plötzlich so bedrohliche Realität legen konnte, doch ihre Gedanken wirbelten wild durcheinander.

„Eure Reise endet hier."

Eine Stimme, die nicht mehr war als ein heiseres Flüstern und die direkt aus ihrem Kopf zu kommen schien, ließ Liska zusammenfahren. Die Luft um sie herum hatte zu vibrieren begonnen. Wächserne Gesichter auf schattenhaften, grotesk langen Körpern schälten sich aus der Fassade des idyllischen Sommertages und bildeten einen Zirkel um die Rekruten herum. Sie saßen in der Falle. Instinktiv drängten sie sich zusammen, bis sie ihren Angreifern Rücken an Rücken gegenüberstanden.

Liska atmete schnell und flach. Das Blut in ihren Adern fühlte sich wie Säure an, die ihre Haut von innen verätzte. Ihr ganzer Körper kribbelte.

Ein Blick in die toten Augen der Schattenwesen genügte, um sie vor Angst beinahe um den Verstand zu bringen.

„Singt“, sagte Belinda mit erstickter Stimme an Greta und Lio gewandt, „um Himmels Willen, singt.“

Doch die Zwillinge blieben stumm.

Auch sie schienen wie gelähmt zu sein vom Anblick der Schattenkrieger, die nun, ihre unnatürlich langen, dürren Finger gierig nach ihnen ausgestreckt, auf sie zu schwebten. Fieberhaft suchte Liska in ihren Erinnerungen nach einem Bild, dem sie Leben einhauchen und das ihnen helfen könnte, zu fliehen.

„Wie ... wie habt ihr uns gefunden?“, unternahm Belinda einen Versuch, Larzods Schergen abzulenken.

Liska hielt den Atem an, als die maskenähnlichen Fratzen sich alle gleichzeitig zu einem albtraumhaften Grinsen verzogen. „Eure Illusionistin hinterlässt Spuren“, zischte die Stimme in ihrem Kopf. Die Worte trafen sie wie eine Ohrfeige.

O Gott. Der Regenbogen. Sie müssen gesehen haben, wie er in den Himmel gesprungen ist, und uns so ausfindig gemacht haben. Liska spürte, wie sich Belinda neben ihr versteifte.

„Nun SINGT endlich, verdammt nochmal“, schrie Alisha. Tatsächlich unternahmen die Zwillinge nun einen Versuch, doch ihre hellen Stimmen waren nicht mehr als ein Zittern. Unbeeindruckt zogen die Schattenwesen den Kreis um sie herum enger. Ihre totenbleichen Gesichter zerflossen zu langgezogenen Grimassen, als sie ihre Kiefer bis auf die Brust hinunter klappten. Auf das, was dann geschah, war Liska nicht im Geringsten vorbereitet.

Urplötzlich schossen die Bestien nach vorn. Zwei der Kreaturen rissen sie zu Boden. Der Inhalt ihres Rucksacks, gegen den sie ihre Tasche bei Belinda ausgetauscht hatte und den sie noch immer auf dem Rücken trug, bohrte sich schmerzhaft in ihre Wirbelsäule. Eiskalte Hände drückten ihre Schultern in den Sand und packten dann ihre Handgelenke, lange Finger wanden sich um ihre Knöchel wie Schlingpflanzen. Ein drittes Schattenwesen beugte sich über sie – das Licht der strahlenden Sonne umgab seinen Kopf wie ein Heiligenschein.

Ein Todesengel, dachte Liska zwischen zwei abgehackten Atemzügen. Der Aufprall hatte sämtliche Luft aus ihren Lungen entweichen lassen.

„Du hast Glück, Augenmalerin. Mein Herr braucht mehr als nur deine Seele.“

Das Wesen sprach zu ihr, ohne den grässlich verzerrten Mund zu bewegen.

„Lasst – mich - los“, keuchte Liska und kämpfte mit aller Kraft gegen den Druck der toten Hände an, die sie unerbittlich festhielten. Wie von Sinnen warf sie sich im Griff der Kreaturen hin und her, bis sie glaubte, ihre Gelenke müssten auseinanderspringen.

„LOSLASSEN!"

Ihr Rufen verlor sich in unerträglichen, von Schmerzensschreien durchsetzten Kampfgeräuschen.

Das Schattenwesen, das wie ein Todesengel über ihr schwebte, beugte sich näher und näher zu ihr herab.

Seine Finger vollführten einen unheimlichen Tanz über ihrem Brustkorb, bis ein nach Schwefel stinkender, schwarzer Nebel aus seinen bleichen Handflächen strömte und sich zu einer Kugel formte.

Das Geschwür.

Die Panik, die sie beim Anblick des wabernden Knotens empfand, ließ sie beinahe ohnmächtig werden. Liska kniff die Augen zusammen. Sie konnte ihren Herzschlag auf der Zunge spüren.

Schutz.

Der Gedanke zuckte durch ihren Kopf wie ein Blitz.

Am Rande ihres Bewusstseins nahm sie wahr, wie sich etwas von innen gegen ihre Lider stemmte. Liska gab dem Druck auf ihren Augen nach.

Das *artificium oculus* legte sich über ihren Oberkörper wie eine Decke aus flüssigem Glas. Bereit, ihren Brustkorb zu öffnen und die dunkle Saat der Schatten in ihre Seele einzupflanzen, senkten sich die Hände des Ungeheuers hinab – und stießen, kaum einen Zentimeter von ihrem Ziel entfernt, auf einen Widerstand.

Ein wütendes Brüllen, das nicht zu ihr gehörte, hallte in Liskas Kopf wider. Die todbringenden Finger des Schattenwesens kratzten über den Schutzschild, den es nicht sehen konnte.

Es funktioniert.

Das Feuer der Hoffnung, das in ihr aufflammte, wurde im nächsten Moment von der Erinnerung an das Wasserglas im fensterlosen Raum erstickt, das ihrer Berührung kaum eine Sekunde lang standgehalten hatte. Wie lange also würde diese Illusion sie noch beschützen können?

Wieder und wieder ließ Larzods finsterer Gardist seine Hände in wildem Zorn hinab sausen.

Mit Entsetzen registrierte Liska, dass sich ihre Befürchtungen bewahrheiteten: winzige Partikel der schützenden Materie rieselten bereits auf ihr Dekolleté hinab. Sie hatte den Kampf so gut wie verloren, das wusste sie. Betäubt vor Furcht versuchte sie, an den flatternden Umhängen der Kreaturen vorbei einen letzten klaren Blick auf das Geschehen um sie herum zu erhaschen.

Die Sonne, das satte Grün, die anderen Rekruten ...

Nie wieder würde sie die Welt durch die Augen einer jungen Frau mit einem intakten Fantasiekern sehen. Nicht, wenn es dem Monstrum gelang, sie zu vergiften.

Sie verrenkte sich den Hals nach ihren Freunden, doch es war vergebens.

Larzods Gardisten versperrten ihr die Sicht. Sie konnte die anderen nur hören; ihre Schreie, ihr Rufen, ihr Brüllen.

Es ist vorbei, dachte Liska verzweifelt, als die Illusion mit einem lauten Knacken brach. *Es ist vorbei, und ich bin schuld daran.* Die Finger des Schattenwesens rissen und zerrten zuerst an ihrer Kleidung, dann an ihrer Haut.

Liska spürte, wie sich eine warme Nässe unter den Berührungen der Schattenkreatur ausbreitete.

Als sie glaubte, den Schmerz nicht mehr aushalten zu können, brach der Gardist über ihr zusammen. Der riesige Körper begrub sie vollständig unter sich, ehe er einen quälenden, luftraubenden Moment später in seine Einzelteile zerbarst. Kurz erschien Anian in Liskas Blickfeld, von dessen Füller, den er in der erhobenen Hand hielt, eine dicke, schwarze Flüssigkeit herabtropfte.

Dann stürzten sich die beiden Gardisten, die sie eben noch festgehalten hatten, mit einem Kreischen auf ihn.

Liska überlegte nicht lange. Selbst, wenn ihr eigener Schutz nur von kurzer Dauer gewesen war, musste sie es versuchen. Mit flatterndem Herzen stellte sie sich Anian, Alisha, Belinda und die Sullivan-Zwillinge vor, wie sie von einer Membran umgeben waren, die sie vor den Verletzungen durch Larzods Schatten bewahrte.

Illusion um Illusion sprang aus ihren Augen, bis ihre Netzhaut brannte. Liska hielt sich den Kopf, der sich anfühlte, als würde er jeden Augenblick zerplatzen.

Nicht nur das wütende Kreischen der Schattengardisten, auch die Schreie der anderen Rekruten fegten wie eine Abrissbirne gegen ihre Schädeldecke. Dann, als hätte jemand den Stummschalter auf einer Fernbedienung betätigt, wurden die Kampfgeräusche plötzlich von einer gespenstischen Stille verschluckt.

Halb blind vor Kopfschmerzen und dem Stechen und Pieken ihrer überstrapazierten Augen, versuchte Liska aufzustehen, verlor das Gleichgewicht und landete wieder im Gras. Noch ehe sie einen erneuten Anlauf unternehmen konnte, packte sie jemand am Arm und riss sie zurück auf die Füße.

Ein Schattengardist? Liska blinzelte die Tränen der Angst fort, die ihre Augen fluteten, und blickte in Belindas rundes Gesicht.

Blut lief ihr aus der Nase und ihre Unterlippe war aufgeplatzt. Ihre Bluse hatte sie zugeknöpft, sodass Liska nicht sehen konnte, ob die Haut über dem Fantasiekern beschädigt war. Doch Belinda machte auf sie nicht den Eindruck, als wäre ihr soeben ein Seelengeschwür eingepflanzt worden.

„Es tut mir so leid", platzte Liska heraus. Die Späherin schürzte die Lippen und vermied es, sie anzusehen. „Kümmern wir uns um unsere Verletzten", sagte sie, ohne auf Liskas Worte einzugehen.

Gott sei Dank. Sie hat „Verletzte" gesagt. Nicht „Tote".

Liska zwang sich, den Blick über den Weg schweifen zu lassen. Alisha saß schwer atmend auf der Erde, ihren Geigenbogen vor der Brust, den Kopf zur Seite geneigt. Ihr linkes Auge war beinahe vollständig zugeschwollen und schillerte in einem kräftigen Blau. Anian stand ein paar Meter entfernt, die Hände in die Seiten gestemmt. Blut verkrustete seine Haare und auch sein einst beigefarbenes T-Shirt wies zahlreiche schwarze Flecken auf.

Am schlimmsten jedoch hatte es die Zwillinge getroffen. Ihre Kleidung war fast vollständig zerrissen und gab den Blick auf etliche Quetschungen, Schürf- und Kratzwunden frei. Auf Lios Stirn prangte eine pflaumengroße Beule und seine Nase schien um Einiges breiter als sonst.

Gretas Haut war über ihrer linken Augenbraue aufgeplatzt. Mit schmerzverzerrtem Gesicht hielt sie sich die rechte Hand.

Sie haben uns gezeichnet, dachte Liska schaudernd und sah an sich selbst hinunter. Blutige Kratzer zerfurchten ihre Brust, doch wenn sie nicht alles täuschte, war ihr Fantasiekern unversehrt. Dass sie sich trotzdem niedergeschlagen und seltsam hoffnungslos fühlte, überraschte sie nicht. Bereits nach ihrer ersten Begegnung mit einem Boten Larzods war sie von negativen Gefühlen heimgesucht worden, bis Terenjos Schwalbe ihr die dunklen Relikte aus der Haut gepickt hatte.

„Sind sie weg?“, fragte Lio kleinlaut.

„Ja“, sagte Belinda heiser.

Die Gardisten waren verschwunden. Einzig die Rückstände der Schatten, die an den Waffen der Assassinen klebten wie schwarzer Honig, ließen darauf schließen, dass sie nicht gegen Phantome gekämpft hatten.

Liska wankte auf die anderen Rekruten zu. „Geht es euch gut? Ich meine ... haben sie jemanden von euch ...“

„Vergiftet? An meine Seele kommen diese elendigen Biester so einfach nicht ran.“ Alisha spuckte einen roten Speichelpfropfen aus. Anian reckte einen zitternden Daumen in die Höhe. „Meine ist auch noch heil.“

„Und ihr zwei?“ Liska musterte die Zwillinge besorgt. Auf Brusthöhe war ihre Kleidung ebenso zerfetzt wie am Rest ihres Körpers. Doch außer den oberflächlichen Blessuren, die sie schon von weitem gesehen hatte, konnte sie nichts erkennen, was auf das Eindringen eines Geschwürs hindeutete.

„Sie sind okay", antwortete Belinda stellvertretend für Greta und Lio, „Alisha und Anian haben großartige Arbeit geleistet."

Liska nickte. Wäre Anian nicht gewesen ...

Sie fuhr sich mit den Fingerspitzen über das Dekolleté, das selbst unter dieser sanften Berührung entsetzlich schmerzte.

„Was ist mit der Karte?", fragte Anian gepresst und rieb sich den Oberschenkel.

Belinda befreite das gefaltete, sichtlich in Mitleidenschaft gezogene Pergament aus der Hosentasche.

„Hat gerade so überlebt." Sie warf einen prüfenden Blick auf das Papier, rollte es dann wieder zusammen und humpelte zu ihrer Reisetasche, die einige Meter entfernt im Gras lag. „Hat noch jemand Erste-Hilfe-Zeugs dabei?"

Liska beeilte sich, den Rucksack abzustreifen, der heiß und platt an ihrem Rücken klebte, und darin nach ihrem Miniaturverbandskasten zu suchen.

„Es tut mir leid", sagte sie noch einmal; diesmal so laut, dass es alle hören konnten.

„Was für Spuren haben die Schattenwesen denn eigentlich gemeint?", fragte Belinda, die Liskas Blick immer noch auswich. Konzentriert tupfte sie Gretas Platzwunde mit Desinfektionsmittel ab. Knapp berichtete Liska von dem traurigen Mädchen, das mit ihnen im Bus gesessen und von dem sie gehofft hatte, es durch das Beschwören eines Regenbogens aufheitern zu können.

Die Späherin seufzte.

„Es ist nicht deine schuld. Du konntest nicht wissen, dass die Viecher dich auf diese Weise orten können –

wie auch immer sie das letztlich angestellt haben. Das war - na ja - einfach ein verdammt unglücklicher Zufall, schätze ich."

„Uns tut es auch leid", sagte Lio betreten. Liska staunte immer wieder darüber, wie jung und zerbrechlich die Zwillinge wirkten. Alles an ihnen weckte in ihr den Instinkt, sie vor all dem Bösen auf der Welt beschützen zu müssen. „Wir haben zu spät angefangen zu singen."

Belinda sah den Jungen grimmig an.

„Jetzt steigert auch da bloß nicht rein! Alle drei.

Hier hat niemand versagt, wir sind alle wohlauf. Und wir wissen jetzt, was uns erwartet. Beim nächsten Mal sind wir vorbereitet und lassen gar nicht erst zu, dass diese Ungeheuer uns so farbenfroh dekorieren."

Alisha war da ganz offensichtlich anderer Meinung - zumindest, was das Nichtversagen betraf - denn sie rollte entnervt mit den Augen. Zu Liskas Erleichterung verkniff sie sich jedoch einen Kommentar. Dass Greta und Lio ihrer Funktion als Hüter nachkamen, war wichtig, keine Frage.

Ebenso, wie es wichtig war, dass Liska ihren Aufgaben als Illusionistin gerecht wurde, ohne die anderen Rekruten in Gefahr zu bringen. Doch sie würden nichts erreichen, wenn sie anfingen, sich gegenseitig Vorwürfe zu machen.

Wortlos half Liska Belinda dabei, die Verletzungen der Zwillinge zu versorgen. Als sie fertig waren, reichten sie das Verbandsmaterial an Anian und Alisha weiter und sammelten dann die über den Weg verteilten Sachen zusammen. Immer wieder horchte Belinda konzentriert in sich hinein oder holte die Karte hervor, um zu prüfen, ob sich ihnen womöglich weitere Schattengardisten näherten. „Wir sollten so bald wie möglich weitergehen", sagte sie ernst, als sie Anian das Desinfektionsmittel abnahm und es nun großzügig auf ihre eigenen Wunden auftrug.

„Wer weiß, ob nicht noch mehr von diesen Schreckensgestalten Liskas Spur aufgenommen haben. Schenkt man der Karte Glauben, sind zwar keine von ihnen in unmittelbarer Nähe und auch mein Gefühl sagt mir, dass wir keiner akuten Bedrohung ausgesetzt sind. Aber wie wir eben gesehen haben, funktionieren meine Antennen wohl noch nicht so gut, wie sie es sollten."

Liska nagte an ihrer Unterlippe. „Was, wenn Larzod sie darauf getrimmt hat, Illusionisten-Magie aufzuspüren? Wenn sie uns jedes Mal, wenn ich ein *artificium oculus* über die von dunkler Magie zerfressenen Stellen in der Realität lege, einfach orten können?"

Es war Belinda, die antwortete.

„Unsinn. Diese Monster sind bestimmt nur deshalb auf dich aufmerksam geworden, weil dein artifi...-Irgendwas nicht zu übersehen war und mitten am Himmel prangte. Also schlag dir deine falschen Märtyrer-Gedanken mal ganz schnell aus dem Kopf."

Liska errötete. Tatsächlich hatte sie, wenn auch nur für den Bruchteil einer Sekunde, darüber nachgedacht, auf eigene Faust loszuziehen, um die anderen Rekruten nicht in Gefahr zu bringen. Anian schüttelte empört den Kopf. „Belinda hat Recht, wir müssen zusammenhalten. Nur gemeinsam sind wir stark. Wenn wir zulassen, dass Larzod einen Keil zwischen uns treibt, haben wir bereits verloren, bevor wir überhaupt in den Kampf gezogen sind."

Belinda nickte heftig, kam mit einem nassen Wattebausch auf Liska zugestapft und machte sich ungefragt daran, ihre Wunden zu reinigen.

„Schon gut, schon gut", sagte Liska gedehnt. „Und jetzt geht gefälligst alle raus aus meinem Kopf, ja?"

Anian grinste schief. Der Anblick des winzigen Grübchens, das Liska erst in der vergangenen Nacht auf seiner Wange entdeckt hatte, zupfte an ihrem Magen.

„Zu Befehl, Mylady", scherzte Anian und stöhnte gleich darauf vor Schmerz auf, als er sich nach seinem Rucksack bückte. Liska schob Belindas helfende Hände behutsam zur Seite und eilte zu ihm herüber, um ihm sein Gepäck zu reichen.

Sofort kehrte das hübsche Grinsen in sein Gesicht zurück.

„Danke."

„Keine Ursache."

„Na dann", sagte Alisha, kämpfte sich auf die Beine und klopfte sich Staub und Erde von ihrer Kleidung, „kann es ja weitergehen."

29. DIE FANTASIE-GEZEITEN-UHR

Anian beobachtete Liska aus den Augenwinkeln.

Sie hatte sich ihre rotgoldenen Haare zu einem Zopf gebunden und eine Jeansjacke übergestreift. Vermutlich wollte sie ihre Blessuren nicht offen zur Schau tragen, oder aber die Begegnung mit den Schattenwesen hatte ihren Kreislauf so aus dem Gleichgewicht gebracht, dass ihr kalt geworden war.

Ihm selbst jedenfalls war unerträglich warm.

Das war nicht nur der Sonne zu verdanken, die selbst durch das immer dichter werdende Blattwerk über ihnen hindurch eine erstaunliche Kraft besaß. Hinzu kamen auch seine vom Kampf überbeanspruchten Muskeln, die unter seiner Haut regelrecht glühten. Außerdem durchzog ein heißer Schmerz bei jedem Schritt seinen linken Oberschenkel. Anian war hart darauf gelandet, als einer der Gardisten seinen Angriff abgeblockt und ihn mit einem Peitschen seines langen, dürren Armes davon geschleudert hatte. Wahrscheinlich eine Prellung – nicht weiter schlimm, aber doch lästig.

Egal, dachte Anian und ein Kribbeln strömte durch seinen Körper. *Das war es wert.*

Nicht nur, dass seine Sorgen um die Manipulation seiner Waffe durch den Schattenfürsten offenbar umsonst gewesen waren. Er hatte sich auch noch großartig geschlagen und war von sich selbst aufrichtig überrascht. Der Anian, den er kannte, verlor die Nerven, wenn es brenzlig wurde. Heute jedoch hatte er Mut bewiesen. Mut und Kampfgeist.

Es war Liska gewesen, die seine Schockstarre endgültig hatte zerfallen lassen. Liska, die hilflos auf dem Rücken lag, der über ihr schwebenden Schattenkreatur gänzlich ausgeliefert. Sie hatten sich gegenseitig das Leben gerettet, so viel stand fest. Denn ebenso wie er Liska vor einem Geschwür bewahrt hatte, war es ihr durch ihre Illusion gelungen, ihn und die anderen Rekruten von den todbringen Händen der Ungeheuer abzuschirmen.

Dieser Umstand hatte eine tiefe Verbindung zwischen ihnen geschaffen, das spürte er. Was aus dieser Verbindung, dieser neuartigen Vertrautheit wachsen würde, wusste er nicht. Doch er hegte die Hoffnung, dass es etwas Großes werden könnte. Etwas, das sie dort weitermachen lassen würde, wo sie in der vergangenen Nacht aufgehört hatten.

„Autsch!“ Anian stolperte über seine eigenen Füße und konnte seinen Sturz gerade noch abfangen. Der Schmerz, der ihm durch das Bein jagte, klang zu einem dumpfen Ziehen ab, als ein Paar grün-braun gesprenkelter Augen ihn amüsiert musterte.

Anian hätte sich in ihnen verlieren können – und schließlich tat er das auch.

Der Nachmittag schwand dahin, ohne dass er viel davon mitbekam. Oft blieben sie stehen, damit Belinda in Ruhe nach der Anwesenheit möglicher Feinde fühlen konnte, und zweimal mussten sie einen Umweg einschlagen, weil die Karte auf ihrer Route patrouillierende Gardisten anzeigte. All das nahm Anian wie durch einen Filter war, der alles außer Liska verblassen ließ.

„Anian?“ Belindas Stimme beförderte ihn unsanft zurück auf den Boden der Tatsachen. Verwundert stellte er fest, dass alle Rekruten ihn anstarrten.

„Ich sagte gerade, dass wir die mit Schatten verunreinigte Stelle jeden Moment erreichen. Bitte halte auch du deine Waffe bereit. Hier ist mein *Radar*“, die Späherin malte Anführungszeichen in die Luft, „gestört. Es liegt zu viel Übernatürliches in der Atmosphäre. Wir können uns also weder auf mein Gefühl noch auf die Karte verlassen. Ich möchte nicht riskieren, dass einem der Auskundschafter des Rates vielleicht erneut der eine oder andere Gardist entgangen ist und deswegen nicht auf der Karte auftaucht.“

Der Schwebezustand, in dem Anian sich eben noch befunden hatte, wurde von einer Welle aus Adrenalin fortgespült.

Jeder Muskel seines Körpers war plötzlich zum Zerreißen gespannt, der Schmerz in seinem Bein wie betäubt. Der Füller in seiner Hand begann zu glühen und signalisierte seinem Träger auf diese Weise, dass auch er erneut bereit zum Kampf war. Während der letzten Unterrichtseinheiten vor der Abreise hatte Anian beinahe ein ganzes Notizbuch mit der Tinte des Stiftes beschrieben – er hoffte, dass die aus der Fantasie gewonnene Energie noch so lange vorhielt, bis er erneut die Gelegenheit bekäme, seine Waffe aufzuladen.

„Bereit?“, fragte Belinda in die Runde.

Auf Anians Stirn – exakt dort, wo Taron ihm den Kuss der Magie gegeben hatte – breitete sich ein Kribbeln aus. Nach nur wenigen Schritte wurde es zu einem Gefühl, als hätte er zu schnell zu viel Eis gegessen.

Hirnforst, dachte er albern.

Dann aber spürte er den Riss, noch bevor er ihn sah. Eine ungekannte Leichtigkeit nahm von ihm Besitz und gab ihm das Gefühl, schwerelos zu sein. Berührten seine Fußsohlen den Boden überhaupt noch? Die pure, flimmernde Magie, die Anian durch die beschädigte Wirklichkeit hindurch entgegenschlug, verlieh ihm Flügel.

Sie klaffte neben ihm auf wie eine blutende Wunde.

Das ist nicht bloß ein Riss, sondern ein riesiger Spalt, dachte Anian fasziniert und erschrocken zugleich.

Als wäre der Sommertag nichts als eine beschädigte Kulisse, eine zerschnittene Leinwand auf der Staffelei des Lebens, teilte er sich vor ihnen in zwei Hälften. Ein Strom aus einer schwarzen Materie, die wie Pech aussah, quoll träge daraus hervor und verdampfte zischend in der Erde zu ihren Füßen.

„Das ... das muss eine der magischen Quellen sein", hauchte Liska neben ihm.

Anian machte einen Schritt nach vorn, um das dunkle Gemisch besser sehen zu können, und registrierte mit Entsetzen, dass er in der zähen Masse die Gesichter ganz und gar albtraumhafter Kreaturen ausmachen konnte.

Wesen, die weder Mensch noch Tier zu sein schienen und die der Abscheulichkeit der Schattengardisten in nichts nachstanden, entblößten ihre mit spitzen Zähnen bestückten, verzerrten Mäuler.

Einige von ihnen trugen Masken, die wie menschliche Totenschädel aussahen und aus deren leeren Höhlen Blut sprudelte wie aus einem Springbrunnen.

„Nicht zu lange hineinsehen", sagte Belinda warnend, „Irgendwie habe ich kein gutes Gefühl dabei."

„Was machen wir jetzt?", fragte Anian, dem es erstaunlich schwerfiel, seinen Blick von der dunklen Materie abzuwenden. „Wenn das hier mehr ist als nur ein Riss, wird es nicht reichen, dass Liska ihn mit ihrer Illusion verschließt, stimmt's?"

„Natürlich nicht. Hast du während der Ansprache der Wächter geschlafen?", fuhr Alisha ihn an. „Wir sollen die Quellen reinigen. Nur, wenn sie schon von zu viel Dunkelheit befallen sind, verödet Liska sie."

„Okay, okay. Das heißt also, wir-"

„Werden diese liebreizenden kleinen Schatten hier mal mit unseren Waffen bekannt machen, genau."

Alisha zückte ihren Bogen, an dem noch immer das schwarze Blut der Gardisten klebte.

Anian nickte. „Lio, Greta? Würdet ihr währenddessen singen, damit wir Larzods vergifteter Magie gleich doppelt auf die Nerven gehen können?"

„Ja", sagten die Zwillinge im Chor und strafften ihre schmalen Schultern.

„Verdammt", fluchte Liska laut, kaum dass die klaren Kinderstimmen ein Lied angestimmt hatten, und brachte sie damit wieder zum Verstummen.

Kurz darauf stieß auch Belinda eine Reihe von Flüchen aus.

„He. Was habt ihr denn?"

Anian folgte ihren entsetzten Blicken gen Boden – und erstarrte. Die pechschwarze Masse versickerte nicht mehr in der Erde. Stattdessen breitete sie sich wie ein Teppich aus dunklem Samt über dem Gras aus, floss zuerst um ihre Knöchel herum und dann hinein in ihre Schuhe.

Nicht fähig, auch nur einen Schritt aus der verdorbenen Magie heraus zu tun, standen sie da. Versanken mit jedem Atemzug tiefer im Morast der Finsternis.

„Was zum –“, setzte Anian an, doch er kam nicht weit.

Ein starker Wind riss ihn und die anderen Rekruten beinahe von den Füßen und unter ihren Sohlen brodelte die Erde plötzlich wie ein Vulkan, der im Begriff war, auszubrechen.

Dann geschah etwas ganz und gar Unheimliches: Die Welt um sie herum schälte sich. Farbe machte Grautönen Platz, Wolken wurden zu bedrohlich aufragenden Bergen, der Wald verlor sein Blätterkleid.

Sie hatten sich nicht von der Stelle gerührt, waren noch immer im Kerry-Nationalpark, und doch kam es Anian vor, als habe der Wind sie in eine andere Welt hinübergeweht.

„Das ist nicht real“, hörte er Liska sagen, „sondern nur, was werden wird, wenn wir Larzod nicht aufhalten.“

Anian wusste, dass sie recht hatte. Dennoch fühlte sein Körper sich ganz hohl vor Furcht an. Wie viel schwarze Magie war bereits in der Erde versickert, bevor sie eingetroffen waren? Wer garantierte ihnen, dass sie nicht zu spät kamen und die gesamte Region Kenmare sich mitten ihrer Metamorphose befand?

Anian wandte seinen Kopf zu allen Seiten.

Zu seiner Rechten befand sich ein Nadelwald – oder viel mehr das, was von ihm übrig war. Dort, wo keine kahlen Stämme aus einem verdorrten, gräulichen Boden ragten, waren die messerscharf zulaufenden Wipfel der Bäume schwarz wie Seelengeschwüre. Kaum einhundert Meter vor ihnen erstreckte sich ein See, dessen dunkelrote Oberfläche Blasen warf wie eine köchelnde Suppe. Dahinter, kilometerweit entfernt und trotz dieser Entfernung bedrohlich anmutend, stachen die düsteren Gipfel einer Gebirgskette in den grauen Himmel, von dem aus der Strom faulender Fantasie seinen Ursprung zu nehmen schien.

Entweder das, oder er hat die Quellen alle miteinander verbunden und wir haben gerade einen einwandfreien Blick auf unser nächstes Ziel, dachte Anian unheilvoll.

Die albtraumhafte Masse ergoss sich aus der Mitte eines schwarzen Regenbogens, in dem die Wellen eines dunklen Meeres schlugen, träge auf die Erde und floss von dort aus in schlängelnden Bewegungen auf die Rekruten zu, die noch immer knöcheltief in der düsteren Magie standen.

Zur Linken der wabernden Schatten konnte Anian die zerstörten Dächer einer Siedlung ausmachen.

Das bei weitem Ungewöhnlichste aber waren die bunten Flecken inmitten dieser von Dunkelheit geprägten Landschaft. Ein azurblauer Streifen zog sich durch die kränkliche Blässe des Himmels und bei genauerem Hinsehen erkannte Anian, dass der Fels des höchsten Berges heller war als die übrigen und dass sich auf seinem Sattel eine dunkelgrüne Wiese aus der sie umgebenen Tristesse schälte.

Überhaupt waren überall Farbtupfer versteckt, wie Inseln aus Licht in einer Welt voller Dunkelheit. Nun, da Anian die ersten entdeckt hatte, zeigten sich ihm auch die übrigen: ob eine Reihe Bäume in ihren natürlichen, kräftigen Farben oder blau-grüne Kreise im blubbernden Wasser des Sees – es schien tatsächlich noch Areale zu geben, ganz gleich wie winzig, die nicht von Larzods Schatten verseucht waren. Dieser erbitterte Überlebenskampf der Natur erfüllte Anian nicht nur mit Hoffnung, sondern auch mit einer tiefen Traurigkeit.

„Das sind wir", rief Liska so laut, als würde sie gegen einen Sturm anbrüllen, „wir bringen das Licht zurück in die Dunkelheit."

Taten sie das? Zerstörten sie Larzods Vorstellung von einer neuen, finsteren Welt, noch bevor sie in der Wirklichkeit überhaupt Gestalt angenommen hatte?

Ein animalisches Kreischen ließ Anian zusammenfahren. Alarmiert sah er sich nach der Quelle des Geräusches um und entdeckte über den schwarzen Bergspitzen etwas, das wie ein zweiköpfiger Drache aussah. Ein *riesiger* zweiköpfiger Drache. Die anderen Rekruten mussten das Untier ebenfalls bemerkt haben, denn hinter Anian wurde scharf die Luft eingesogen, gewimmert und erstickt geschrien.

„Wir müssen hier weg", hörte er Belinda sagen, „konzentriert euch auf eure Aufgaben." Ihre Stimme klang weit, weit fort.

Anian starrte den Drachen an, nicht fähig, seinen Blick von dem Wesen zu lösen, das er nur aus Filmen und Büchern kannte. Es kreischte erneut und schlug heftig mit den Flügeln, die selbst auf die Entfernung so groß wirkten wie die Tragflächen eines Flugzeugs. Noch, so wagte er zu hoffen, hatte die Kreatur sie nicht entdeckt. Soweit er es erkennen konnte, galt die Aufmerksamkeit des Untiers dem Gipfel mit der prächtigen Bergwiese, über dem es stetig seine Kreise zog.

Auf ein weiteres Kreischen folgte ein Fauchen, das von einem Zischen begleitet wurde und das Anian auf skurrile Weise an das Geräusch erinnerte, das Heißluftballons verursachten. Er rechnete fest damit, dass die Drachenköpfe Feuer aus ihren Nüstern stießen, doch stattdessen legte sich eine Wolke, die wie Asche aussah, über die Wiese.

Tu etwas.

Wie von selbst tasteten seine Finger nach dem Füller in seiner Hosentasche. Anian zog den glühenden Stift heraus, umklammerte ihn so fest er konnte.

Sein Fantasie-Seelen-Kreislauf zirkulierte nur langsam.

Zu langsam.

Anian dachte an seine Geschichten. An all die Figuren, die er auf dem Papier erschaffen und die er die er die glorreichsten Abenteuer hatte erleben lassen.

Er spürte, wie seine Fantasie aus ihrer Lethargie erwachte.

„Schnell!", rief Belinda, „er kommt näher!"

Zwei vertraut gewordene Kinderstimmen erhoben sich über das immer lauter werdende *Swusch-Swusch*, mit dem der Drache die Luft zerschnitt.

Anian kannte das Lied nicht, das Greta und Lio sangen, doch es war ihm vollkommen gleichgültig, solange es nur seinen Zweck erfüllte.

Da! Bildetet er es sich ein, oder wurde das Tier langsamer?

„Anian! Jetzt!"

Alisha sprang ihm zur Seite. Wilde Entschlossenheit zeichnete ihr Gesicht, als sie ihren Bogen in die mit vergifteter Fantasie bedeckten Erde rammte. Anian zögerte einen Moment – der Drache schrie schrill und wütend – dann tat er es ihr gleich. Sein Füller spaltete die Finsternis, die in wirbelnden Säulen zum Himmel emporstieg.

Ein Zucken und Beben ging durch die düstere Landschaft, ehe sie in sich zusammenfiel.

Der Sommertag war zurück. Noch immer troff schwarze Magie aus dem Riss in der Wirklichkeit, doch der reißende Strom war zweifellos unterbrochen worden.

Hinter Anian erklang ein Geräusch eines Flügelschlags, das dem des zweiköpfigen Fabelwesens nicht unähnlich war. Er wirbelte herum und sah gerade noch, wie ein so großes *artificium oculus a*us Liskas Augen kippte, dass das Gewicht der Illusion sie beinahe von den Füßen riss. Wie ein fehlendes Puzzleteil fügte sich das frisch erschaffene Bild in die klaffende Öffnung ein. Die ausgefransten Ränder des Risses glätteten sich und verschmolzen innerhalb von Sekunden mit dem *artificium oculus*, das für einen kurzen Moment golden aufleuchtete und dann die Farben seiner Umwelt annahm.

„Ich hoffe, das hält eine Weile vor", sagte Liska atemlos. Sie sah ausgemergelt aus, als habe ihr das Heraufbeschwören der Illusion sämtliche Energie geraubt. Anian verspürte das dringende Bedürfnis, sie in den Arm zu nehmen.

„Das habt ihr wirklich großartig gemacht", murmelte Belinda träge. Besorgt stellte Anian fest, dass sie krank aussah. Sehr krank sogar. „Alle miteinander."

„Belinda? Geht es dir gut?"

„Ja. Ja, alles bestens. Ich hab nur – AHHH!"

Der Schrei der Späherin jagte Anians abfallenden Adrenalinpegel zurück in die Höhe. Die Waffe erhoben und bereit, sie im kalten Fleisch eines Gardisten zu versenken, sah er sich nach dem Grund für Belindas Schmerzenslaut um.

Doch es war keine riesenhafte Gestalt mit wächserner Haut, die er entdeckte. Nur eine einflüglige Schwalbe, die vor Belindas üppigem Busen auf und ab flog und immer wieder ihren Schnabel in der Haut der Späherin versenkte.

Anian wusste sofort, was das Tier vorhatte – immerhin war seine eigene Erfahrung diesbezüglich noch nicht allzu lange her – doch Belinda schien die Worte des Fantasiewebers zu ebenjenem Vorgehen vergessen zu haben. Den Mund vor Schreck und Empörung weit geöffnet, schlug sie nach dem kleinen Vogel, der sich, zu flink für ihre Hände, jedoch nicht beirren ließ.

„Er hilft dir nur", versuchte Liska Belinda zu besänftigen, „er nimmt dir die Schatten von der Seele."

Alisha und die Zwillinge bemühten sich indes, Belindas Arme festzuhalten, bevor sie das Tier doch noch verletzen konnte.

Anian kam ihnen zur Hilfe. Nach einer halben Ewigkeit, in der sich die Späherin weiterhin mit Leibeskräften gegen die Reinigung ihrer Seele wehrte, war es endlich vorbei. Die Schwalbe ließ ein fröhliches Zwitschern verlauten, flog über ihren Köpfen ein paarmal im Kreis und nahm sich dann Greta vor. Im Gegensatz zu Belinda ließ das Mädchen die Prozedur bereitwillig über sich ergehen.

„Was sollte das denn?“, fragte Alisha die Späherin irritiert. „Hast du vergessen, was Terenjo uns über seine Boten erzählt hat? Liska und Anian sind ihnen auch schon einmal begegnet, weißt du nicht mehr?“

Belinda sah sie mit verklärtem Blick an.

„Hallo, jemand zu Hause?“

Belinda öffnete die obersten Knöpfe ihrer Bluse und zog den Stoff auseinander.

„Shit!“ Alisha schlug sich die Hand vor den Mund und wich einen Schritt zurück.

„Leute, seht euch das an!“

Anian fühlte sich ein wenig unwohl dabei, der Späherin auf die halb entblößten Brüste zu starren, doch Alishas Reaktion hatte ihn neugierig gemacht. Zögernd trat er an die Frauen heran – und keuchte erschrocken auf. Auf Höhe ihres Herzens befand sich ein dunkler Krater von etwa fünf Zentimetern Durchmesser, dessen Ränder sich wie eingebranntes schwarzes Wachs in die sonst so helle Haut fraßen.

Der Krater war so tief, dass Anian für einen Moment glaubte, an seinem Ende goldene Fäden zu erkennen.

„Ich kann deine Fantasie sehen“, sagte Greta unvermittelt und zeigte mit einem zierlichen Finger auf Belindas Brust.

Also habe ich es mir doch nicht eingebildet.

„Ist das ein Geschwür?“, fragte Lio kleinlaut und setzte ein helles „Autsch!“ hinzu, als die Schwalbe von seiner Schwester abließ und sich seiner annahm.

„Das *war* ein Seelengeschwür. Nicht wahr, Belinda? Terenjos Bote hat es dir entfernt", sagte Liska mit belegter Stimme.

„Seelengeschwüre können nicht vollständig entfernt werden. Einmal eingepflanzt, wachsen sie immer wieder nach und der Vogel kann bloß dabei helfen, dass es sich nicht so schnell ausbreitet. So etwas hat uns der alte Mann doch erzählt", sagte Greta leise, deren große Augen sich mit Tränen gefüllt hatten. Anian wünschte, sie hätte den Wächtern weniger aufmerksam zugehört.

„Vielleicht ... vielleicht ist es ja nicht vollständig in sie eingedrungen", unternahm er einen Versuch der Aufmunterung. Ja, dachte er voll schwindeliger Hoffnung, bestimmt war am Ende doch nicht alles so aussichtslos, wie sie annahmen. Hatte der Fantasieweber damals tatsächlich gesagt, dass es für einen einmal Befallenden keine Heilung mehr gäbe? War es nicht möglich, dass Greta ihn ganz einfach missverstanden hatte?

Ja, so würde es sein. So *musste* es sein. Wer sonst sollte ihre Gruppe anführen?

Das könntest du doch übernehmen, flüsterte eine widerwärtige Stimme in Anians Kopf. Der schlafende Drache in seinem Bauch spitzte die Ohren. Da war sie wieder: Die Niedertracht. Er hatte sich bereits gefragt, wann sie sich wieder zu Wort melden würde.

„Belinda? Bitte sag doch etwas", flehte Liska.

Ihr schönes, sommersprossiges Gesicht lag in tiefen Sorgenfalten.

„Ich wollte die Schwalbe nicht verjagen", sagte die Späherin ganz leise. „Das waren die Schatten in mir."

Sie räusperte sich, nahm einen tiefen Atemzug und setzte ein Lächeln auf, das ihre Augen nicht erreichte.

„Aber alles halb so wild. Der kleine Kerl hat entfernt, was er konnte. Meine Seele fühlt sich mindestens hundert Kilo leichter an."

„Du wolltest es vor uns verheimlichen", stellte Liska fest und klang dabei unendlich betroffen.

Belinda seufzte erneut. „So lange wie möglich, ja. Wir brauchen alle positive Energie, die wir kriegen können. Ich wollte nicht, dass ihr euch Sorgen um mich macht. Hat ja toll funktioniert, was? Wie lange ist der Angriff der Garde jetzt her? Zwei Stunden?"

„Tja, damit steht zumindest fest, wohin wir gehen", sagte Liska.

„Ach ja? Wohin denn?"

„Zurück ins Quartier. Ich bin sicher, Terenjo kann dir helfen."

„Unsinn!", protestierte die Späherin, „wir haben gerade mit eigenen Augen gesehen, was passiert, wenn wir Larzod nicht aufhalten. Diese Quelle hier war erst der Anfang. Wer weiß, wie viele es in Kerry und Umgebung noch gibt. Mal ganz abgesehen von den gewöhnlichen Rissen, die wir schließen müssen, bevor unsere Mitmenschen noch den Verstand verlieren. Den Teufel werd' ich tun und unsere kostbare Zeit vergeuden, indem ich zurück nach Dublin reise. Und mit seiner Hilfe hier", sie zeigte auf den Vogel, der gerade mit Liskas Seele beschäftigt war, „wird es sich nicht so schnell ausbreiten. Wenn wir unsere Mission beendet haben, kann ich mich immer noch auf die Suche nach einem Heilmittel machen."

„Belinda hat Recht", räumte Anian ein, obwohl er lieber Liska beipflichten würde, „die Zeit ist nicht auf unserer Seite. Vielleicht ist es besser, unser kleiner Freund erzählt Terenjo von dem Angriff und der Verletzung. Wenn er helfen kann, wird er sicher seinen Weg zu uns finden."

Zustimmend zwitschernd, flog der Vogel von Liska zu Anian herüber und machte sich daran, seine Brust zu malträtieren. Sogleich strömte eine wohlige Wärme durch seinen Körper. Er hatte gar nicht gemerkt, wie sehr die Begegnung mit Larzods Marionetten seiner Seele zugesetzt hatte. Nun fielen die Schatten nach und nach von ihm ab und die Welt um ihn herum wirkte ein kleines bisschen weniger furchteinflößend.

Anian wünschte sich verzweifelt, Terenjos Bote möge auch die Niedertracht in sich aufnehmen, doch das drückende Gefühl in seiner Magengrube blieb. Sichtlich weniger enthusiastisch als zu Beginn flatterte die Schwalbe zu Alisha hinüber. Sicher wog das dunkle Gut, das sie in sich aufgenommen hatte, schwer. Anian fragte sich, ob die Boten des Fantasiewebers die Dunkelheit ganz einfach wieder mit ihrem Kot ausschieden und schüttelte den Kopf über diese seltsame Vorstellung.

Liska murmelte etwas, das wie „Danke für deine Unterstützung" klang, ehe sie sich von ihm abwandte.

Nachdem auch Alishas Seelenkreislauf vollständig gereinigt worden war, verabschiedete sich die Schwalbe mit einem lauten Tschilpen von ihnen und flog dann davon – aller Wahrscheinlichkeit nach zurück zu Terenjo, um sich in der Obhut des alten Mannes von der strapaziösen Prozedur erholen zu können.

Und um ihm mitzuteilen, in welcher Sprache auch immer, dass es nicht gut um Belinda steht.

„Keine Sorge“, sagte Greta schüchtern, die Belindas wehmütigen Blick bemerkt haben musste. „Der Fantasieweber wird bestimmt noch mehr von ihnen schicken.“

Anian staunte darüber, wie redselig sie geworden war, sei sie ihre Reise angetreten hatten.

Die Späherin drückte das Mädchen kurz an sich. „Also schön. Dann lasst uns mal sehen, wo die Karte uns als nächstes hinführt.“

***

Anian war der festen Überzeugung, dass er bis zum heutigen Tage nicht gewusst hatte, was das Wort „Erschöpfung“ eigentlich bedeutete. Sie waren nun seit beinahe acht Stunden in den Wäldern unterwegs und der Himmel über ihnen hatte sich bereits um einige Nuancen dunkler gefärbt.

Zwei weitere Risse – keine davon Quellen - hatten sie seither ausfindig machen und verschließen können. Ihr nächstes Ziel lag mitten in Kenmare, einer von herrlicher Natur umgebenen Kleinstadt jenseits des Nationalparks. Laut Karte herrschte vor allem rund um den im Herzen der Gemeinde angesiedelten Kirchturm ein erhöhtes Schattenaufkommen. Doch auch einige Wohnhäuser schienen von Larzods dunkler Saat betroffen.

Anian gähnte.

Siebzehn Stunden lang war er schon auf den Beinen, in denen er nichts als ein paar Kekse gegessen und ein paar wenige Schlucke Wasser getrunken hatte. Sein Magen knurrte wie verrückt, sein Oberschenkel tat ihm weh und seine Augenlider fühlten sich so schwer an, als hätte jemand Betonklötze daran befestigt.

Mit Ausnahme von Greta und Lio, die über erstaunlich viel Kondition verfügten, schien es den anderen Rekruten allerdings auch nicht viel besser zu gehen, denn Anian keuchte mit Belinda, Alisha und Liska um die Wette. Sie hatten es vor Einbruch der Dunkelheit nach Kenmare schaffen wollen, doch daraus würde offenbar nichts werden. Nicht, wenn sie ihrem zunehmend langsamen Tempo treu blieben.

Wenn es mal nur das Tempo ist, dachte Anian düster.

Allmählich kam es ihm eigenartig vor, dass sie für eine Strecke von einer etwa vierstündigen errechneten Laufzeit mehr als die doppelte Menge an Zeit benötigten – auch, wenn die Risse sie im Zick-Zack durch das Gelände geführt hatten. Einen Großteil des Weges hatten sie querfeldein zurückgelegt und waren an plätschernden Bächen, moosbewachsenen Felsen, schlafenden Seen und brausenden Wasserfällen vorbeigelaufen.

Die Schönheit des Waldgebietes in seinem hoffnungsgrünen Gewand war atemberaubend. Dennoch wurde Anian das Gefühl nicht los, dass etwas ganz und gar nicht stimmte.

Das Gefühl, dass sie etwas Grundlegendes übersehen hatten ...

Verwunschen.

Das Wort schlich auf Zehenspitzen durch seinen Kopf.

Er tätschelte seine Wangen, wie um seinen Körper wach zu klopfen. Noch nach ihrer Begegnung mit der Garde und dem anschließenden Versiegeln der Quelle hätte er nicht geglaubt, jemals wieder Müdigkeit empfinden zu können.

Nun aber, da der anfängliche Schock abgeflaut war, kamen ihm der zweiköpfige Drache, das dunkle Gebirge und die roten Seen wie ein ferner Traum vor. Tatsächlich war, seit sie in Richtung Kenmare aufgebrochen waren, nicht mehr das Geringste passiert.

Weder hatte die Garde ihnen aufgelauert, noch waren sie irgendeinem anderen Lebewesen begegnet. Von einer Magie, die über den natürlichen Zauber der Natur hinausging, war nichts zu bemerken.

Die ganze Zeit über hatte Anian Ausschau nach einer Veränderung in der Vegetation gehalten, doch allmählich erschwerte ihm die herannahende Nacht die Sicht; sie fraß sich bereits gierig durch die dichte Wolkendecke und auch der schmale blaue Streifen am Firmament tauschte sein sattes Blau in ein undurchdringliches Schwarz ein.

„Das ist alles ein bisschen zu einfach, findet ihr nicht?“, fragte Anian unvermittelt. Seine Stimme setzte sich unnatürlich laut von der schweren Stille über ihnen ab.

„Dass wir ungehindert Riss für Riss verschließen können, meinst du?“, fragte Liska zurück. Sie war stehengeblieben, streifte sich den Rucksack von den Schultern und gab ein erleichtertes Seufzen von sich. Der Rest der Gruppe tat es ihr gleich und legte ebenfalls eine Rast ein.

Dankbar für die Verschnaufpause, verlagerte Anian sein Gewicht auf das gesunde Bein und gönnte dem verletzten eine Auszeit.

„Ja. Und dass wir hier scheinbar im Nirgendwo gelandet sein. Dass einfach *nichts* passiert. Wir nicht vorwärtskommen und scheinbar das einzig Lebendige an diesem Ort sind. Versteht mich nicht falsch – das alles ist immer noch besser, als von einem zweiköpfigen Drachen oder einer Horde Gardisten angegriffen zu werden. Aber trotzdem ist es doch irgendwie ... na ja ... unheimlich, oder?"

Liska gab einen zustimmenden Laut von sich. Ihre bemerkenswerten Augen funkelten selbst im samtigen Blau der Nacht als würden sie von der Sonne beschienen.

„Na ja", murmelte Belinda, deren Gesicht zur Hälfte hinter der Karte verborgen war, „*eigentlich* sollten wir die Wälder bald hinter uns lassen. In zwei, allerhöchstens drei Stunden. Schwer zu sagen. Irgendwie verschiebt sich der Maßstab der Karte ständig."

Alisha seufzte theatralisch. „Super. Also, was tun wir? Schlagen wir hier unser Lager auf oder laufen wir weiter, bis die Blasen an unseren Füßen uns aus den Ohren wieder rauskommen?"

„*Was*?!", schrie Belinda plötzlich mit vor Nervosität ganz heller Stimme.

„Keine Sorge", sagte Alisha irritiert, „sie kommen uns ja nicht *wirklich* aus den Ohren raus."

„Nein, das ... was ... seht euch das an!"

„Was ist los?" Anian hatte sein Smartphone aus dem Rucksack geborgen. Von einer dunklen Vorahnung erfüllt, trat er näher und leuchtete mit der Taschenlampenfunktion auf das Pergament. Doch entgegen seiner

Befürchtungen war es keine Armee von Gardisten, die die Karte anzeigte.

Überhaupt zeigte sie plötzlich nichts mehr an, das Anian auch nur im Entferntesten bekannt vorkam.

Die Abbildung Irlands mitsamt seiner Regionen war verschwunden. Auch von den zahlreichen Symbolen war nichts mehr zu sehen. Das Einzige, was sich Anians Augen offenbarte, war eine Uhr.

Anstelle von Zifferblättern befanden sich auf Höhe der Zwölf und der Sechs zwei in altertümlichen Lettern geschriebene Worte: *Ebbe* und *Flut*. Ein weiterer Schriftzug im Zentrum der Uhr, *Fantasiegezeiten*, trennte Ebbe und Flut in zwei Hälften.

In der Flut-Hemisphäre waren rechts und links der Buchstaben winzig kleine bewegte Bilder angeordnet, die Anian mit bloßem Auge kaum erkennen konnte.

Unter höchster Anstrengung gelang es ihm, ein paar der Illustrationen zu identifizieren.

Da war eine Meerjungfrau, die auf einem von seichten Wellen umspielten Stein saß. Ein Mann mit spitzem Hut und Händen, aus denen Sterne emporstiegen. Ein geflügeltes Pferd, das mit den Hufen scharrte.

Der Zeiger hatte die Form eines Drachenschwanzes, dessen Spitze auf das Wort *Ebbe* gerichtet war.

Begleitet von einem Zischen, als würde Luft auf einem riesigen Luftballon entweichen, sprang er so unvermittelt auf *Flut* um, dass die Rekruten zurückschreckten.

Als hätte jemand einen unsichtbaren Schalter betätigt, wechselte die Welt um sie herum mit einem Schlag ihr Gewand. Ein Mond, der so riesig war, dass er beinahe den gesamten Himmel einnahm, tauchte ihre

Gesichter in ein intensives, silbriges Licht. Selbst seine zahlreichen schwarzen Krater, die jenem in Belindas Brust nicht unähnlich waren, schafften es nicht, ihm seine überwältigende Schönheit zu nehmen. Tiefhängende, funkelnde Sterne erweckten den Eindruck, sie berühren zu können, wenn man die Finger nur weit genug nach ihnen ausstreckte.

„In Deckung!“, schrie Liska, die offenbar nicht wie Anian und die anderen mit offenem Mund den Himmel angestarrt und so glücklicherweise hatte kommen sehen, was sich nur wenige Meter neben ihnen abspielte. Ein schwarz-grauer Staub, der jeden Zentimeter der Erde wie ein feiner Teppich überzog, wurde von einem nicht wahrnehmbaren Windstoß aufgewirbelt, stob in der Luft zu einer Säule zusammen und fegte dann wie ein immer größer werdender Wirbelsturm über den Wald.

Vereinzelt löste sich der Staub aus der rotierenden Säule und nahm unterschiedliche Formen an; zuerst abstrakt, dann immer deutlicher, bis er eins mit der Natur um ihn herum wurde.

Die verschwundene Magie war zurückgekehrt.

Anian konnte sie zwischen den Gräsern flüstern und in den Kronen der Bäume rascheln hören. Sie überzog die Flora des Waldes mit einem eigentümlichen Glanz, dessen Licht winzige elfengleiche Wesen erhellte.

Feen, dachte Anian fasziniert. Ein ganzer Schwarm erhob sich kichernd in die Lüfte; in den unzähligen kleinen Flügeln brach sich das Lächeln des Mondes.

„Deswegen ist die ganze Zeit über nichts passiert. Ebbe und Flut. Die verwunschenen Wälder regulieren ihre Fantasie", sagte Liska mit einem beinahe seligen Ausdruck der Erkenntnis auf dem Gesicht.

„Aber *wieso* müssen sie ihre Fantasie regulieren?", hakte Anian nach, der sich auf einmal ganz schwindelig fühlte.

Eine Blume mit sichelförmigen Blüten lief auf flinken Wurzeln an ihm vorbei und streifte seine Wade. Konsterniert sah er ihr nach.

„Die Gezeiten-Uhr wurde von den ersten Bewohnern der Wälder entwickelt", sagte Greta mit ihrer dünnen, piepsigen Stimme. Alle Köpfe drehten sich in ihre Richtung.

Anian schämte sich ein wenig dafür, doch er ertappte sich immer wieder dabei, wie er die Anwesenheit der schüchternen Zwillinge beinahe vergaß. Dass einer von ihnen ausgerechnet in einer solchen Situation nun den Mut aufbrachte, etwas zu sagen, irritierte ihn mächtig. Den übrigen Rekruten ging es, ihren Blicken nach zu urteilen, nicht anders.

„Wie bitte?", fragte Belinda ganz langsam.

„Aus den ersten Fantasiekernen, die diese Welt bewohnen durften, wuchsen ganz unterschiedliche Wesen heran, deren Magie sich an diesem wundersamen Ort vollständig entfalten konnte", fuhr Greta fort. „Tag und Nacht tobten sie über das Land hinweg, und immer mehr gedeihende Träume, die, von ihren menschlichen Seelen getrennt, nun Gestalt annehmen konnten, schlossen sich ihnen an. Doch schon bald waren es so viele von ihnen, dass die Fülle an Magie begann, das Leben der Menschen zu beeinträchtigen und ihre Wahrnehmung zu überlasten. Also beschlossen sie, sich vor den Augen der Sterblichen zu verstecken und sich nur noch jenen zu zeigen, die von ihren Kindern den Kuss der Magie erhalten hatten.

Doch nicht alle unter ihnen waren bereit, den Mantel der Verborgenheit überzustreifen. Und so flohen sie in die verwunschenen Wälder der Welt, in denen sie sein konnten, wer und was sie wollten, ohne ihren Zauber zügeln zu müssen.

Um ihr eigenes Refugium gegenüber Eindringlingen zu schützen, koppelten sie einen Teil ihrer Magie an den Mond, der, als höchste Instanz allen Zaubers, fortan über sie wachte. Bei Tag ließ er seine Schützlinge ruhen, bei Nacht schenkte er ihnen ein Paradies, das ihnen allein gehörte.

Er kontrollierte die Gezeiten des verwunschenen Waldes und dirigierte Nicht-Sehende, die seine Pfade beschritten, stets um die Schlupflöcher der Fantasiekerne herum. Menschen, die kurz vor oder während der Flut durch die verwunschene Landschaft streifen, versetzt der Mond in einen Schlaf, der mit der Magie-Ebbe endet. Nur solche Wesen, von denen ebenfalls ein Zauber ausgeht, zumeist ein unbekannter, lässt er die von Fantasie zersetzte Flora und Fauna wahrnehmen. Doch bis er nicht sicher sein kann, ob es sich bei ihnen um Freund oder Feind handelt, müssen sie bei vollem Bewusstsein durch die Wälder streifen. Ohne Ziel, ohne eine Möglichkeit der Flucht."

Als Greta die Worte, die aus ihrem Mund so fremd klangen, zu Ende gesprochen hatte, wusste zunächst niemand etwas zu sagen. Selbst Lio starrte seine Zwillingsschwester an, als habe er sie noch nie zuvor gesehen.

„Woher weißt du das alles?“, fragte er wie vom Donner gerührt.

„Das hat mein Freund mir zugeflüstert. Er folgt uns schon eine ganze Weile, aber er wollte nicht, dass ich euch das verrate. Er hatte Angst, ihr könntet ihn für etwas halten, das er nicht ist. Da oben sitzt er.“

Greta zeigte auf einen knorrigen Baum, dessen Äste wie die Arme eines Riesen aussahen. Auf einem dieser Äste saß eine Krähe mit weißen Augen.

Adrenalin peitschte durch Anians Venen. Beinahe synchron zogen Alisha und er ihre Waffen. Das Tier erhob sich lautlos in die Lüfte. Noch während es mit den schwarzen Flügeln schlug, veränderte sich seine Gestalt. Aus der Krähe wurde ein hochgewachsener, spindeldürrer Mann mit einem dunklen Gewand.

Langsam schwebte der Fremde zu Boden. Auf dem vollkommen haarlosen Kopf trug er schwarze Verzierungen, die wie schlecht gestochene Tätowierungen aussahen und sich deutlich von seiner schneeweißen Haut abhoben. Das Einzige, was dem mysteriösen Mann von seiner Erscheinung als Krähe geblieben war, waren die weißen Augen ohne Pupillen, die auf verstörende Weise an die der Gardisten erinnerten.

„Was bist du und was willst du hier?“, fragte Belinda feindselig.

Der dünne Mann hob abwehrend die Hände. „Seid unbesorgt, gnädige Frau. Ich bin Euch und dem Rest der hier Anwesenden friedlich gesonnen, das schwöre ich feierlich“, sagte er mit einer rauen, überraschend angenehmen Stimme.

„Was du bist, habe ich gefragt.“ Belinda verzichtete weiterhin auf die Höflichkeitsform.

„Verzeiht. Ich weiß nicht, wo ich meine Manieren gelassen habe. Nun, genau genommen bin ich das, was von einem Adelsmann des 16. Jahrhunderts übriggeblieben ist. Ein nie gelebter Traum. In den verwunschenen Wäldern bin ich bekannt als Mutatius, Meister der Verwandlung."

Er deutete eine Verbeugung an.

„Tja, leider siehst du aber eher aus wie ein Diener Larzods, werter Mutatius", sagte Belinda kühl. „Also entferne dich jetzt bitte von uns, ansonsten sehe ich mich gezwungen, diese zwei äußerst fähigen Assassinen auf dich loszulassen."

Wie um die Worte der Späherin zu unterstreichen, trat Alisha einen Schritt vor, ihren Bogen drohend auf das Herz des Fremden gerichtet. Auch Anian umklammerte seinen Füller ein wenig fester, doch das Wärmegefühl, das in einer Gefahrensituation für gewöhnlich von seiner Waffe in seinen Arm floss, wollte sich nicht einstellen.

Hatte der Kampf gegen die Schattengarde etwa doch die gesamte darin gespeicherte Energie verbraucht? Oder erkannte sein Füller die Gefahr bloß nicht als solche? Oder –

Nein. Er verbot sich jeden Gedanken daran, dass Larzods Erscheinen auf der Ebene etwas damit zu tun haben könnte.

„Es würde schon an Torheit grenzen, wenn ein Gestaltwandler in einer von Schattenwesen unterwanderten Welt nicht Gebrauch von seiner Möglichkeit der Anpassung machen würde, meint Ihr nicht? Aber nur zu", sagte der Magier ruhig und breite die Arme aus, „unternehmt einen Versuch, tapfere Krieger. Ich werde mich nicht zur Wehr setzen. Doch seid gewarnt: Einen unsterblichen Fantasiekern töten zu wollen, könnte ein recht mühsames Unterfangen werden."

Obwohl auch Anian nicht sicher war, ob sie dem hünenhaften Gestaltmagier trauen konnten, leuchtete ihm dessen Argumentation ein; der sicherste Weg, den Klauen des Feindes zu entgehen, war nun einmal, selbst wie der Feind auszusehen.

„Es fällt mir schwer, jemandem mein Vertrauen zu schenken, dem ich nicht einmal richtig in die Augen sehen kann", entgegnete Belinda kühl.

„Oh, das? Reine Gewöhnungssache. Gestattet es einem, auch in der tiefsten Nacht hell und klar zu sehen. Äußerst praktisch. Doch gern gewähre ich Euch einen Blick auf die wahre Farbe meiner Augen." Der Gestaltwandler blinzelte ein paarmal und das trübe Weiß seiner Iris wandelte sich in ein strahlendes Blau. Die Späherin aber schien immer noch nicht überzeugt.

„Ein weiterer Zauber. Woher soll ich wissen, ob diese Augen wirklich dir gehören?"

Mutatius legte die Spitzen seiner langen Finger aneinander und machte eine ernste Miene. „Ich möchte keineswegs unflätig erscheinen, doch wir sollten diese Diskussion wirklich auf einen späteren Zeitpunkt verschieben. Larzod und seine Schergen planen in diesem Moment ihren nächsten Feldzug der Zerstörung – jedenfalls vermute ich das – denn zu Beginn jeder Fluten-Gezeit versammeln sie sich in den Wäldern und verlassen sie erst wieder, wenn der Morgen graut. Wenn Ihr also nicht vorhabt, der Dunkelheit eure Fantasiekerne zu überlassen, schlage ich vor, wir verschwinden von hier."

„Der Wald lässt uns nicht", sprach Anian aus, was er schon seit einiger Zeit vermutete. „Wir hätten schon längst in Kenmare sein müssen, aber es ist, als hätten wir uns seit Stunden nicht vom Fleck gerührt."

„Ganz recht. Eure kleine Gefährtin hat es gerade erzählt: Ihr befindet euch in einem Refugium, dessen Magie mit den Gezeiten des Mondes erblüht. Sichtbar nur für die Augen Weniger."

„Da hat der Hohe Rat in seiner Ansprache aber eine wesentliche Stelle ausgelassen, meint ihr nicht?", knurrte Alisha.

Anian sah das ähnlich, doch es war müßig, darüber zu diskutieren. Im Augenblick hatten sie Wichtigeres zu tun: zum Beispiel, aus dem Wald herauszufinden, bevor sie Larzod und seiner Garde begegnen.

„Ähm. Wenn Sie einer von diesen Kernen sind, die hier zuhause sind, können Sie uns doch bestimmt einen Weg hier rauszeigen? Oder den Mond davon überzeugen, dass wir diesem Ort nichts Böses wollen?", fragte er hoffnungsvoll.

„Nein. Leider steht das nicht in meiner Macht, mein Freund. Aber es gibt eine andere Möglichkeit. Eine bessere."

„Ach ja?", fragte Belinda gedehnt. Ein Glühwürmchen von enormer Größe hatte sich auf ihrem Kopf niedergelassen und putzte frenetisch seine Fühler. Obwohl ihm eigentlich nicht danach zumute war, verkniff Anian sich ein Lachen.

„Ja. Warum geht Ihr nicht einfach durch eine Tür?"

„Durch eine Tür?", fragte er den Gestaltwandler ungläubig. „Gibt es hier denn eine?" Kurz stellte er sich vor, wie absurd es wäre, an einem der verzauberten, flüsternden Bäume ein leuchtendes Exit-Schild zu entdecken.

„Keineswegs." Mutatius wandte sich mit einem breiten Lächeln, das eine Reihe spitz zulaufender Zähne entblößte, an Liska. „Doch das wird unsere begabte Illusionistin sicherlich gleich ändern. Liska Cavanaugh, Nachfahrin von Edinea Diamarda, würdet Ihr uns die Ehre erweisen, eine Tür heraufzubeschwören?"

30. DIE RABEN VON KENMARE

Bestürzt sah Liska den Gestaltwandler an.

Wie konnte es sein, dass er dieses Geheimnis, das sie mit noch niemandem geteilt hatte, kannte?

War er ein Freund Terenjos? Konnte er Gedanken lesen, oder mit seinen trüben Augen bis auf den Grund ihrer Seele starren?

„Woher wissen Sie davon?"

„Der Fantasieweber hat es mir erzählt. Er sagte, Eure Art, mit den Augen zu zaubern, ließe keinen Zweifel an einer Verwandtschaft. Vor allem, da Edinea die bisher einzige Illusionistin war, die Seelentüren heraufbeschwören konnte. Wie mit zu Ohren gekommen ist, gelang Euch dieses Kunststück ebenfalls?"

„Ja", hauchte Liska verlegen. Sie spürte die fragenden Blicke der anderen Rekruten im Rücken. Bisher war es ihr nicht in den Sinn gekommen, ihnen von ihrem Ausflug in Terenjos Erinnerung und den daraus gewonnenen Erkenntnissen zu berichten. Nicht einmal mit Anian hatte sie über die Geschehnisse nach ihrer ersten Unterrichtseinheit gesprochen.

Dass sie tatsächlich eine Nachfahrin Edineas sein sollte, war ihr schlichtweg zu absurd vorgekommen, um es laut auszusprechen.

Und dann war da ja auch noch die Sache mit der Dunkeltür. Wusste der Gestaltwandler etwa auch von dieser Gemeinsamkeit?

„Wann haben Sie mit Terenjo geredet? Ist er etwa zu Ihnen gekommen? Hierher, in die Wälder?“, fragte Liska hastig, um nicht länger im Fokus der Unterhaltung zu stehen.

„Oh, nicht nur einmal, meine Liebe. Er besucht mich und meinesgleichen seit genau einhundertzwanzig Jahren in unseren Gefilden und sucht nach den Fragmenten des Fantasiekerns seiner Frau. Hat schon jeden Zentimeter des Landes durchkämmt. Doch ganz offensichtlich will sie nicht gefunden werden.“

Liska schluckte. Zwar hatte Terenjo über Edineas Todesumstände geschwiegen, doch schien es mehr als wahrscheinlich, dass einer Dunkeltür eine bedeutende Rolle dabei zukam. Möglicherweise, dachte Liska unbehaglich, verhinderte diese düstere Art von Magie das Weiterleben von Fantasie an einem Ort wie diesem. Der Gedanke daran, dass der Fantasieweber die Suche nach all den Jahren dennoch nicht eingestellt hatte, machte sie ehrlich betroffen.

Ich kann dich verstehen, Terenjo. Ich würde hier auch gern nach jemandem suchen. Nach jemand ganz Besonderem.

„Wie war das noch mit dem Beeilen?“, hakte Belinda ungeduldig nach.

Mutatius warf ihr einen wohlwollenden Blick zu.

„Ganz recht, ganz recht! Wir sollten wirklich keine Zeit mehr verlieren. Nun, die Tür, die Liska erschaffen wird, soll Euch nach Kenmare führen?“

„Ja“, bekräftigte Anian. „Dort soll es vor Schatten und Mitgliedern der Garde gerade nur so wimmeln.“

Der Gestaltwandler murmelte etwas in sich hinein, tippte sich nachdenklich ans Kinn und nickte dann zufrieden, als habe er soeben eine Diskussion mit sich selbst gewonnen.

„Ich komme mit Euch“, verkündetet er feierlich.

„Guter Gott, nein“, protestierte Belinda sofort. Der Gestaltwandler ließ sich davon nicht aus der Ruhe bringen.

„Mylady, Ihr könnt mir trauen. Ich bin ein ebensolcher Feind der Schatten wie Ihr es seid und möchte alles in meiner Macht Stehende tun, um meine Heimat zu schützen. Ich habe Larzods Baupläne gesehen. Von jeder Stadt, jedem Dorf und jedem Landstrich existieren detailgetreue Zeichnungen, die seine geplanten Veränderungen abbilden. Die neue, finstere Wirklichkeit. Leider ist es mir nicht gelungen, diese Pläne zu entwenden. Doch wäre ich Euch herzlich gern im Kampf gegen das Böse behilflich.“

„Und was, bitte sehr, kannst du gegen Larzod und seine Garde ausrichten? Der Hohe Rat selbst hat uns gesagt, dass wir auf uns allein gestellt sind. Niemals war die Rede von Fantasiekernen, die uns zur Seite stehen.“

Offenbar in seinem Stolz verletzt, reckte Mutatius das Kinn.

„Wir sind so individuell wie unsere Träger es waren. Einige von uns sind bereit zu kämpfen. Andere nicht. Ich für meinen Teil bin es. Gebt mir Gelegenheit, mich zu beweisen.“

Belinda blickte grimmig drein. Sie sah aus wie eine Mutter, deren Kind sie davon überzeugen wollte, dass sieben Stunden Fernsehen am Stück eine tolle Idee wären.

„Er ist unser Freund“, sagte Greta leise. „Das weiß ich.“

Die Späherin seufzte resigniert. „Das seht ihr alle so, ja?“ Sie sah mit hochgezogenen Brauen in die Runde. Niemand widersprach.

„Also schön. Auf eure Verantwortung.“

Die Zwillinge grinsten einander an. Liska wusste nicht, weshalb, aber sie traute dem Urteilsvermögen der Kinder.

Wenn sie Mutatius für einen Verbündeten hielten, dann tat sie es auch. Zumindest, bis der Gestaltwandler ihr einen Grund lieferte, es nicht zu tun.

„Dann kann es losgehen, richtig?“, fragte sie nervös.

Kenmare. Wir möchten nach Kenmare. Hinaus aus den Wäldern von Kerry und hinein in die Kleinstadt. Am besten irgendwo dorthin, wo die Garde uns nicht sofort entdecken kann.

Mutatius hatte Recht, wenn er sagte, dass sie bereits Türen erschaffen hatte. Doch waren diese Türen von Liska entweder innerhalb bereits bestehender Illusionen erschaffen oder als Portal zu lebendig gewordenen Erinnerungen genutzt worden. Noch nie zuvor hatte sie eine Tür beschworen, um mit ihrer Hilfe von einem in der Wirklichkeit existierenden Ort zum anderen zu reisen.

Sie zitterte vor Anspannung, als sie ihre im Unterricht so häufig geübte Ausgangsposition einnahm.

Doch Liskas Befürchtungen, an dieser neuerlichen Herausforderung zu scheitern, erwiesen sich als unbegründet. Wie so häufig gelang es ihr auch dieses Mal ohne große Mühe, ihre Gedanken zu bündeln und vor ihrem inneren Auge zu verbildlichen. Die Illusion hinterließ ein intensives Kribbeln auf ihrer Netzhaut, als sie sich davon löste und zielstrebig in den massiven Stamm eines Baumes einfügte.

Das Holz der dort erschienenen Tür, morsch und von Feuchtigkeit zerfressen, hob sich deutlich von der im Schein der Magie glimmenden Rinde des Mammutbaums ab.

Wenig einladend, aber immerhin keine Dunkeltür, dachte Liska erleichtert. Das kurze Gespräch über Edinea hatte ausgereicht, um ihre Angst vor diesem unerklärlichen Phänomen, das sich nur ihr und der Frau des Fantasiewebers offenbart hatte, neuerlich zu entfachen. Edineas Fantasiekern war nie in den Wäldern von Kerry angekommen.

War sie also möglicherweise durch eine der schwarzen Übergänge gegangen und von der Finsternis, die dahinter wohnte, verschluckt worden?

„Exzellent!“ Mutatius klatschte begeistert in die Hände, war mit zwei Schritten seiner langen Beine bei Liska und berührte voller Ehrfurcht das mürbe Holz des Rahmens. „Großartig, wirklich großartig. Von allerfeinster Qualität, wage ich zu behaupten. Also los, kleine Illusionistin. Wir folgen dir.“

Nacheinander stiegen sie durch das *artificium oculus* ins Innere der dahinterliegenden Stadt. Kaum hatten die Sohlen ihrer Schuhe den steinigen Boden berührt, kam es Liska vor, als wäre die Temperatur um mehrere Grad gesunken. Es war unnatürlich kalt.

Sie befanden sich auf einer schmalen, kopfsteingepflasterten Straße. Die windschiefen Häuserreihen, die sich den Rekruten entgegenzuneigen schienen, wirkten selbst im warmen Licht der Straßenlaternen merkwürdig grau. Je länger Liska den Blick über die Fenster und Eingänge gleiten ließ, desto sicherer war sie sich, dass das wahre Gesicht der Stadt hinter prächtig gedeihender Dunkelheit verborgen lag. Ihre blauschwarzen Adern zogen sich spinnennetzartig durch die Gemäuer, ließen die in Hängekübeln gepflanzten Blumen verwelken und unheimliche Silhouetten hinter den Fensterscheiben erscheinen.

„Wo sind wir?", fragte Liska leise, während sie sich um die eigene Achse drehte. Weit und breit war niemand zu sehen; weder Mensch noch Schattenwesen. „Hat es funktioniert?"

„Bridge Street, Kenmare", las Belinda von der Karte ab, die sie wieder aus ihrem Rucksack hervorgeholt hatte. „Die meisten Schatten befinden sich rund um die Holy Cross Church. Dürften nicht mal fünf Minuten Fußmarsch von hier sein."

„Okay. Wie gehen wir am besten vor?"

„Ein Großteil der Schattenwesen, die unter Larzods Befehl stehen, wird sich gleich in den Wäldern einfinden", sagte Mutatius beschwörend. „Sie werden nur wenige von ihnen zurücklassen, um die infizierten Areale zu bewachen. Während der letzten Monate habe ich diesen Ablauf wieder und wieder beobachten können. Vielleicht sollten wir erst dann zuschlagen, wenn die meisten seiner Gardisten sich um ihn geschart haben."

Liska nickte. „Klingt einleuchtend."

„Einleuchtend, ja, aber hier stehen wir auf dem Präsentierteller. Am besten verstecken wir uns irgendwo, bis wir zum Angriff übergehen. Irgendetwas ist in Kenmare passiert. Ich habe ein ungutes Gefühl." Belinda sah aus, als horchte sie angestrengt in sich hinein.

„Da ist ein Pub, oder ein Hotel, oder irgendetwas in der Art", bemerkte Alisha und zeigte auf eine beschilderte Tür auf der gegenüberliegenden Straßenseite.

Liska setzte zu einer Erwiderung an, doch ein dröhnender Glockenschlag ließ die Worte auf ihrer Zunge ersterben, noch ehe sie sich einen Weg über ihre Lippen bahnen konnten. Die Luft vibrierte unheilvoll unter dem verhallenden Klang und hinter den Giebeldächern der Wohnhäuser stob eine schwarze Wolke aus unzähligen Krähen hervor.

„Sie kommen", sagte Mutatius, ehe er sich mit einem Schnipsen seiner Finger ebenfalls in eines der Tiere am Himmel verwandelte und davonflog.

„Feigling!", schimpfte Belinda, doch der Gestaltwandler hatte seine Flugrichtung bereits geändert und steuerte nun direkt auf das Heer aus schwarzen Vögeln zu.

Was auch immer er vorhatte, Liska konnte und wollte nicht darauf warten. Die weißäugigen Raben durften sie nicht entdecken.

„Da rein", zischte sie den anderen Rekruten zu, „in den Pub, los!" In Todesangst hasteten sie auf das Gebäude zu.

Liska betete, dass die Gaststätte noch nicht geschlossen hatte.

Jeden Moment würde die Garde sie entdecken. Im Sturzflug auf sie niedersausen und ihnen die Fantasiekerne herausreißen, um sie ihrem Meister zu übergeben …

Doch nichts dergleichen geschah.

Das *The Falcon* gewährte ihnen bereitwillig Zuflucht. Nach Luft japsend, kamen die Rekruten in einem spärlich beleuchteten Eingangsbereich des ein wenig heruntergekommen wirkenden Pubs, der allem Anschein nach in erster Linie ein Hotel war, zum Stehen.

Die Rezeption war nicht besetzt, doch aus der Bar im Nebenraum drang leise Musik. Hinter der Theke stand ein bärtiger Mann mittleren Alters, der die sich vor ihm befindliche Whiskyflasche umklammerte wie einen Rettungsanker.

Zum Klang der trägen Melodie, die aus den Deckenlautsprechern rieselte, wiegte er sich mit geschlossenen Augen vor und zurück.

„Belinda?“, wisperte Liska. „Was sagen deine Antennen?“ Die Späherin musterte den Mann mit zusammengekniffenen Augen.

„Keine Gefahr für uns“, sagte sie schließlich.

Aber wahrscheinlich für sich selbst, dachte Liska traurig.

Zögernd näherte sie sich den Barhockern, die vor dem Tresen aufgereiht waren. Der Mann schien ihre Anwesenheit noch nicht bemerkt zu haben. Erst, als Anian auf einem der Hocker Platz nahm und laut und deutlich „Guten Abend“, sagte, hielt er inne und öffnete die Augen.

Liskas erster Gedanke war, dass der Mann betrunken sein musste. Sein Blick war glasig, Nase und Wagen stark gerötet. Ein langer Speichelfaden hatte sich in seinem rötlichen Bart verfangen. Erst bei genauerem Hinsehen bemerkte sie die schwarzen Flecken auf der ansonsten weißen Augenhaut, die sie vermuten ließen, dass der apathische Zustand des Mannes nicht allein dem Alkohol geschuldet war.

Sicher war ihm ein Seelengeschwür eingepflanzt worden, das seinen Körper inzwischen soweit ausfüllte, dass es bereits aus dessen Öffnungen zu quellen begann. „Guten Abend", wiederholte Anian noch ein wenig lauter als zuvor.

„Hallo", sagte der Mann und ließ es wie eine Frage klingen. Sein Blick verlor sich im Nirgendwo.

„Belinda?", fragte Alisha ungeduldig, „was sagt die Karte?"

Liska hörte Pergament rascheln. „Kaum noch jemand hier. Wenn ich das richtig erkennen kann, sind tatsächlich fast alle Gardisten auf dem Weg in die verwunschenen Wälder. Die Holy Cross Church ist jetzt allerdings vollkommen schwarz eingezeichnet. Und es sieht aus, als würde die Dunkelheit sich von dort aus in den Rest der Stadt ausbreiten."

„Dann sollten wir diese Ausbreitung schnellstens verhindern", sagte Alisha entschieden.

Belinda brummte ein „Ja" und warf einen prüfenden Blick aus dem Fenster. „Das alles kommt mir seltsam vor. Würde mich nicht wundern, wenn Mutatius dahintersteckt."

„Das ist nicht fair“, begehrte Greta auf. Lio kam ihr zur Hilfe. „Er hat nur versucht, uns zu helfen und die Garde von uns abzulenken.“

„Archie“, sagte der bärtige Mann hinter dem Tresen, wie um den Rekruten seine Anwesenheit in Erinnerung zu rufen, „ich bin Archie.“

Mit wem er sprach, ließ sich nicht feststellen. Noch immer starrte er ins Nichts. Die Lethargie in seiner Stimme, seine eingefallenen Wangen und die Hoffnungslosigkeit auf seinem grauen Gesicht waren für Liska nur schwer zu ertragen. Sie fürchtete, dass die meisten Einwohner Kenmares das Schicksal des Barkeepers teilten.

„Archie, wie können wir Ihnen-“

Ein Poltern, gefolgt von einem Wimmern, drang gedämpft durch die Decke und schnitt Liska das Wort ab. Eine eiskalte Furcht strich mit feingliedrigen Fingern über ihre Kehle.

Sie waren nicht allein.

31. Auf Gedeih und Verderb

Das Wimmern ging Anian durch Mark und Bein.

Wir hätten hier niemals reingehen dürfen, dachte er und fühlte sich durch Archies bemitleidenswerten Anblick in seiner Theorie bestätigt. Von der Straße aus betrachtet war das Leid der Menschen abstrakt genug gewesen, dass er es hatte ausblenden können. Vielmehr hatte der Verfall der Stadt, ihre düstere Verwandlung, im Vordergrund gestanden.

Nun bekam Anian die Früchte von Larzods Saat erstmals zu Gesicht. Das, was er und seine Gräueltaten aus jemandem machten, der bis vor kurzem vermutlich noch gelacht und ein ganz normales Leben geführt hatte.

„Hör zu, Archie. Ist hier noch jemand außer dir?“, fragte Liska sanft. Ihre Stimme legte sich wie Watte auf Anians Seele und er war nicht überrascht, dass Archie das Gleiche zu empfinden schien. Sein verhangener Blick klarte um ein paar Millimeter auf, ganz so, als würde sich ein Schleier heben.

„Mein Sohn ist oben in seinem Kinderzimmer. Ich muss auf ihn Acht geben.“

Ein Kind. Verdammt.

Unbehaglich trat Anian von einem Fuß auf den anderen. Sie waren gekommen, um Schutz vor der Garde zu suchen und die von Schatten befallenen Bereiche der Stadt zu reinigen. Einen infizierten Jungen und dessen ebenfalls infizierten Vater zu retten, hatte zweifellos nicht zum Plan gehört.

Vor allem, da er nicht die geringste Ahnung hatte, wie ein solcher Rettungsversuch aussehen sollte.

„Ist er denn krank?“, fragte Liska behutsam.

Ist er denn auch schon von voll von Geschwüren?, korrigierte Anian sie in Gedanken.

Archie nickte. „Es geht ihm nicht gut. Aber ich passe auf. Er kann sich nichts antun. Dafür habe ich gesorgt.“

Irgendetwas an dieser Aussage ließ Anian erschauern.

„Darf ihn mir mal ansehen? Vielleicht kann ich ihm helfen“, schlug Liska vorsichtig vor.

Anian berührte sie an der Schulter. „Wie denn?“, formte er lautlos mit den Lippen.

„Amicus“, gab sie zurück.

„Amicus? Wer ist das?“

„Terenjos Bote“, sagte Liska knapp.

„Die Schwalbe?!“ Alisha lachte freudlos. „Liska, das ist doch Wahnsinn. Da ist nichts mehr zu machen, du siehst doch selbst wie-“

Die Wärme in ihren Augen verwandelte sich in ein gefährliches Lodern. „Ich sagte, ich kann ihm vielleicht helfen.“

Anian staunte über die Autorität, die sie plötzlich verströmte. Ob ihr energisches Auftreten etwas damit zu tun hatte, dass sie kürzlich von der Verwandtschaft zu Terenjos verstorbener Frau erfahren hatte, vermochte er nicht zu sagen.

Eigentlich kenne ich dich gar nicht richtig, Liska Cavanaugh. Ich habe keine Ahnung, wer du bist und welche Seiten an dir du vor der Außenwelt verborgen hältst. Alles, was ich weiß, ist dass du wunderschön, geistreicht und mutig bist. Und dass dein Gesicht das letzte ist, was ich sehe, bevor ich einschlafe.

Archie war nicht anzusehen, was Liskas Aussage in ihm auslöste. Wenn es irgendwo noch einen Funken Hoffnung in seinem verdunkelten Herzen gab, gelang es diesem jedenfalls nicht, sich bemerkbar zu machen.

„Ich bringe dich zu ihm", sagte er verwaschen.

Ohne darauf zu achten, ob Liska ihm überhaupt folgte, setzte er sich schwankend in Bewegung. Die Flasche Whisky pendelte in seiner Hand hin und her wie der Zeiger einer Kuckucksuhr.

„Würdet ihr die Tür bewachen?", bat Liska, während sie sich beeilte, Archie einzuholen. Ohne eine Antwort verschwand sie in einem Durchgang, hinter dem Anian die Treppe ins Obergeschoss vermutete.

„Ich gehe mit ihr", teilte er den anderen Rekruten kurz entschlossen mit. Niemand hielt ihn auf.

Hintereinander stiegen sie die schmalen, mit Filzmatten ausstaffierten Stufen hinauf. Anian war nicht wohl bei der Sache. Dort, wo er die Niedertracht vermutete, spürte er ein Ziehen und Zucken im Unterbauch. Die Emotion war wieder zum Leben erwacht, fühlte sich wohl in ihrer Umgebung.

Als witterte sie ihre Artgenossen, dachte er beunruhigt. Vom Ende des Flures, den sie nun erreicht hatten, vernahm er einen kehligen Laut, der ihn an das Knurren eines Raubtiers erinnerte.

„Ich glaube, das ist keine gute Idee", raunte er, doch Liska ließ sich nicht beirren. Zielstrebig lief sie hinter Archie her, der seine Schritte beschleunigt hatte und nun vor einer hohen Tür stehenblieb.

Als er ihnen sein Gesicht zuwandte, war jede Lebendigkeit aus seinen Zügen erloschen. Tot und leer hüpfte sein Blick zwischen ihnen hin und her. Die Dunkelheit hatte ihn zurück in ihre Arme geholt.

„Da drin", sagte Archie heiser, machte jedoch keine Anstalten, die Klinke herunterzudrücken.

Anian berührte Liska sanft am Arm. „Okay. Ich kann verstehen, dass du helfen möchtest. Aber wir sollten wirklich zurück zu den anderen gehen", unternahm er einen letzten Versuch, die Illusionistin zur Vernunft zu bringen. Hier oben waren sie wie abgeschottet vom Geschehen im Untergeschoss. Sollte Gefahr seitens der Garde drohen, war er nicht einmal sicher, ob ein Warnruf sie rechtzeitig erreichen würde.

Liska aber überhörte Anians Bemerkung erneut.

„Ich gehe jetzt rein", sagte sie ruhig, öffnete die Tür und schlüpfte in das Zimmer.

Fluchend zückte Anian seine Waffe und folgte ihr.

Was er sah, ließ ihm den Atem stocken.

Ein kleiner Junge, kaum älter als acht Jahre, lag an Armen und Beinen fixiert auf einem Bett. Sein Körper war sehnig und abgezehrt, das Gesicht glich einem Totenschädel. Die Wangen des Kindes waren tief eingesunken und seine Augen zwei vertrocknete, schwarze Rosinen in tiefliegenden Höhlen.

Das Kind sah aus als wäre es längst tot, und doch hob und senkte sich seine geschundene, von Schatten zerfressene Brust.

„Er hat sich ständig die Arme aufschneiden wollen", nuschelte Archie hinter ihnen in seinen Bart. „Oder versucht, sich zu erhängen. In der Badewanne zu ertränken. Das konnte ich doch nicht zulassen."

Anian sah genau vor sich, wie der verzweifelte Vater seinen Sohn wieder und wieder davon abzuhalten versuchte, sich das Leben zu nehmen. Wie er Vorkehrungen traf, indem er dauerhaft das Wasser abstellte, alle spitzen Gegenstände versteckte und alles, was der Junge als Strick umfunktionieren könnte, in Schränke einschloss.

Wie er schließlich keinen anderen Ausweg mehr sah, als seinen Sohn zu fesseln, um ihn vor dem sicheren Tod zu bewahren.

Nur, dass es ihm nicht gelungen ist, dachte Anian bitter. *Die Schatten haben seine Seele gefangen genommen und werden auch noch das allerletzte bisschen Leben aus seinem Körper pressen. Und sei es dadurch, dass das Kind sich zu Tode hungert.*

„Nein, das konnte ich wirklich nicht zulassen", wiederholte Archie. Seine Stimme klang nun wie eine leiernde Kassette.

„Wir brauchen Amicus", flüsterte Liska.

„Auch Amicus wird da nichts mehr ausrichten können", sagte Anian aufgebracht. Er hatte behutsam klingen wollen, doch jede Faser seines Körpers schrie danach, diesem schrecklichen Zimmer und dem fürchterlichen Anblick, den es ihm bot, zu entfliehen.

„Vielleicht kann ein *artificium oculus*-“, setzte Liska an, doch weiter kam sie nicht.

Archie schrie. Es war ein Schrei, wie ihn Anian noch nie gehört hatte. Ein Schrei, den nur jemand ausstoßen konnte, der soeben das ihm Liebste auf der Welt verloren hatte.

Der Vater stürzte zum Bett, schüttelte den plötzlich leblosen Körper des Kindes. Anian taumelte ein paar Schritte rückwärts, bis sich der Türrahmen in seine Wirbelsäule bohrte und ihn aufhielt.

Archies Sohn hatte aufgehört zu Atmen.

Anians Eingeweide verknoteten sich schmerzhaft. Ihm war eiskalt, fast als wäre es sein eigenes Herz gewesen, das zu schlagen aufgehört hatte. Schwindel wirbelte zwischen seinen Schläfen hin und her.

Der Brustkorb des Jungen brach mit einem abscheulichen Knacken auf. Dann geschahen mehrere Dinge gleichzeitig: als der von Schatten umhüllte Fantasiekern des Kindes zwischen den brachliegenden Knochen emporstieg, sprang Archie, von unermesslichem Schmerz getrieben, aus dem Fenster. Das Bersten von Glas wurde von einem hässlichen Klatschen übertönt, als der Körper des untröstlichen Vaters auf dem Asphalt aufkam.

Liska, die sich nun mit vor Schock blutleerem Gesicht aus dem Fenster beugte, keuchte erstickt: „Die Gardisten! Da sind sie!“

Mit einem Hechtsprung stürzte sie sich auf den Fantasiekern. Anian stolperte seinerseits ans Fenster, wobei er sich bemühte, den unnatürlich verrenkten Körper Archies aus seinem Gesichtsfeld zu verbannen. Einen Moment lang wunderte er sich, was Liska wohl gesehen haben mochte, war die Bridge Street doch nach wie vor so ausgestorben wie bei ihrer Ankunft.

Dann aber sah er sie, die langgezogenen, bleichen Fratzen der Schattenwesen und die unergründliche Schwärze ihrer langen Körper, wie sie sich vom samtigblauen Abendhimmel abhoben. Sie hatten die Gestalt der weißäugigen Raben abgelegt und flogen mit wehenden Umhängen geradewegs auf das *The Falcon* zu. Bereit, ihre Ernte einzuholen.

Panik pochte in Anians Kehle.

„Raus hier!" Er packte Liska am Arm und wollte sie mit sich ziehen, doch sie schlug seine Hand beiseite. Mit aller Kraft zerrte sie an dem Bündel aus Gold und Schatten, das knapp einen halben Meter über dem geöffneten Brustkorb des Jungen schwebte.

„Wir müssen den Kern mitnehmen! Hilf mir, er lässt sich nicht bewegen!"

„Liska, das geht ni-"

„Amicus!"

Die Schwalbe schoss wie ein Pfeil durch das Fenster und pickte in wildem Stakkato auf die Schatten ein, die den Fantasiekern umschlungen hielten.

Als sich der Kern endlich bewegen ließ, begann die Luft im Raum plötzlich zu vibrieren.

Sie sind da. Es ist zu spät.

Liska wirbelte herum. Anian konnte das Weiß ihrer verdrehten Augen sehen, aus dem heraus sich eine milchige Membran löste und an die Wand heftete. Kaum eine Sekunde später prallten die ersten Gardisten gegen die Hausmauern.

Seine glühende Waffe in der einen, den Stoff von Liskas Kleiderärmel in der anderen Hand, floh Anian aus dem Zimmer des Kindes und rannte den Flur entlang. Kaum dass sie die Treppe erreichten, schlug ihnen der klare, helle Gesang der Zwillinge entgegen. *Gut*, dachte Anian erleichtert, *sie haben auf die Karte gesehen.*

Als sie in den Vorraum stürzten, stießen sie beinahe mit den anderen Rekruten zusammen. Alisha hielt ihren leuchtenden Bogen wie einen Dolch in den Händen, Belinda hatte sich mit zwei leeren Flaschen bewaffnet, deren Hälse sie allem Anschein nach auf der Theke hatte splittern lassen. Die wild fluoreszierende Karte steckte in ihrer Hosentasche; ein Stück des violetten Pergaments blitzte daraus hervor. Amicus flatterte wild um ihre Köpfe herum. Alisha sah ungläubig von der Schwalbe zu dem in Mitleidenschaft gezogenen Fantasiekern in Liskas Händen.

Ihre Frage nach einer Erklärung ging in einem Poltern und Krachen unter. Liskas Illusion musste in sich zusammengefallen sein.

„Sofort raus hier“, insistierte Anian, doch sie hielt ihn zurück und legte einen Finger an die Lippen. Beschwörend sah sie die anderen Rekruten an, bedeutete den Zwillingen sogar, ihren Gesang zu unterbrechen. Was, in aller Welt, hatte sie bloß vor?

Sekunden verstrichen, in denen die Geräusche im ersten Stock immer lauter wurden. Es klang, als rissen die Schattengardisten die gesamte äußere Fassade des Gebäudes nieder.

„Sucht ihr vielleicht euren Kern?“, brüllte Liska so unvermittelt, dass die Rekruten zusammenschraken.

„Hast du sie noch alle?“, fuhr Alisha sie an und sprach damit ehrlichweise aus, was Anian dachte.

War sie wahnsinnig geworden?

„Wartet“, zischte Liska. „Nur noch ein paar Sekunden. Vertraut mir.“

Umhänge rauschten über Treppenstufen.

„Jetzt. Lauft.“

Die Rekruten stürmten aus der Tür. Liska, die das Schlusslicht bildete, schlug die Tür hinter sich zu, ließ sich auf die Knie fallen und warf den Kopf zurück. Ein *artificium oculus*, das dem ähnelte, das ihre Augen bereits im Zimmer des Jungen verlassen hatte, löste sich mit dem Geräusch eines mächtigen Flügelschlags von ihrer Netzhaut.

Anian verstand. Sie hatte das Haus versiegelt, die Schattenwesen hinter ihren Mauern eingeschlossen.

Deswegen also hatte sie warten wollen, bis alle der dunklen Kreaturen ins *The Falcon* eingedrungen waren. Hinter ihm stieß Alisha einen spitzen Schrei aus: Sie hatte Archies Leiche entdeckte.

„Seht da nicht hin“, raunte er den Zwillingen zu. „Kommt!“

Sie rannten die Straße entlang, immer weiter und weiter, bis das Hotel hinter einer Biegung verschwand.

„Singt weiter“, keuchte Alisha zwischen zwei Atemzügen. Greta und Lio stimmten ein Kinderlied an, dessen fröhliche Zeilen wie Fremdkörper durch die Düsternis der Nacht schwebten.

„Liska“, schrie Belinda, „sie folgen uns. Eine Tür, wir brauchen eine Tür!“

32. RESIDENZ DES BÖSEN

Es war, als habe jemand den Zugang zu ihrer Fantasie gekappt. Kein Bild, nicht einmal eine Skizze, wollte in ihrem Kopf noch Gestalt annehmen.

„Ich kann nicht“, presste sie hervor. Ein fürchterlicher Schmerz zuckte durch ihren Schädel. „Ich kann nicht.“

„Es ist der Kern“, rief Anian. Seine Stimme klang, als spräche er durch eine Wand hindurch mit ihr. „Lass ihn los, Liska! Lass ihn los!“

Der Kern. Natürlich.

Die Kruste aus Schatten, die sein Gold gefangen hielt, liebkoste ihre Handinnenflächen.

Anian hatte Recht, sie musste ihn nur loslassen. Aber wenn sie das tat - wenn sie ihn zurückließ - würden Larzods Diener ihn an sich reißen und dem Kind seinen ewigen Frieden verwehren.

Fahrig zerrte Liska am Reißverschluss ihres Rucksacks und bettete den Kern zwischen T-Shirts, Socken, Kleidern und Shorts.

Dann schob sich ein gewaltiger Schatten vor den Mond.

Swusch. Swusch. Swusch.

Flügelschläge, um ein Vielfaches lauter als Liska sie von der Geburt ihrer Illusionen kannte, ließen die

Dächer der Stadt erzittern. Sie spürte, wie jemand sie an der Schulter zurückzog. Hörte das Rufen und Brüllen der anderen Rekruten von weit, weit fort. Einen Moment lang verschluckte ein hochfrequentes Piepen jedes Geräusch. Die Zeit stolperte, dehnte und stauchte sich eine Handvoll Schrecksekunden.

Als sie wieder in ihren gewohnten Rhythmus zurückfand, offenbarte sie einen zweiköpfigen Drachen.

Liska erkannte das Tier sofort als jenes, das sie durch die vergiftete Magie der Quelle hindurch beobachtet hatten.

Ein Drache in Kenmare.

Sie lachte hysterisch auf und spürte, wie ihre Beine nachgaben. Jemand – dem vertrauten Duft nach Anian – stützte sie, bevor sie fallen konnte.

„Das ist unmöglich“, hauchte sie, während ihr Bewusstsein den Anblick der Kreatur zu verarbeiten versuchte.

Das Fabelwesen war lang, hoch und breit wie ein Doppeldeckerbus. Am Bauch glänzten seine Schuppen in einem öligen Schwarz, der Rest des Körpers war dunkelgrau. Vom Hals über den Rücken, bis hinunter zur Spitze des langen Schwanzes, zog sich ein Kamm aus blassen, spitz zulaufenden Stacheln. Auf den von schwarzen Linien durchzogenen Köpfen des Ungetüms prangten zwei Hörner.

Seine Augen leuchteten wie vier winzige, silbrige Monde und mit jedem Atemzug, den es tat, entwichen seinen gewaltigen Nüstern tanzende Schatten. An den ausladenden Flügeln des Drachen, die wie zwei Segel zu seinen Flanken herabhingen, war die Haut dünn wie Pergament.

Liska hatte noch nie ein so furchteinflößendes und gleichsam schönes Wesen gesehen.

„Steigt auf meinen Rücken", raunte der Drache. „Ich bringe euch auf die Blasket Islands. Terenjo sagt, ohne die Hilfe der Inselwesen seid ihr verloren."

Liska stutzte. Irgendetwas an dem wundersamen Geschöpf kam ihr bekannt vor.

„*Mutatius?*", fragte Greta voll glühender Begeisterung.

„Der einzig wahre. Ihr wisst doch: am liebsten imitiere ich den Feind. Bitte zögert nicht länger, liebe Rekruten. Wir müssen fort von hier. Jetzt gleich."

Wie aufs Stichwort kündigte ein Krächzen, das aus hundert Kehlen gleichzeitig zu dringen schien, die Ankunft der Raben an. Larzods Gardisten hatten sich ebenfalls verwandelt – glücklicherweise in weit kleinere geflügelte Tierwesen.

„Los!", zischte Belinda und scheuchte die Sullivan-Zwillinge auf den Rücken des Drachen. Unbeholfen hangelten sie sich an dessen Schuppen empor; offenbar wollten sie die empfindlich aussehenden Flügel nicht verletzen, indem sie sie als Leiter benutzten. „Ihr auch! Nun macht schon!", herrschte die Späherin den Rest der Truppe an. Alisha gehorchte und setzte den Zwillingen nach, Anian jedoch trat nervös auf der Stelle. Er hatte ein ungutes Gefühl, Liska konnte es ihm ansehen. Und nicht nur das; sie teilte es.

Denn wenn Mutatius von seinem Auslug mit den Krähen mit einer Neuigkeit seitens des Fantasiewebers zurückkam, konnte das nur eines bedeuten: Larzod hatte den alten Mann in seiner Gewalt.

„Was ist mit Terenjo? Wo haben Sie ihn gesehen?"

„Das ist nicht der richtige Zeitpunkt", sagte der Gestaltwandler. Die Späherin sah Liska mit zu Schlitzen verengten Augen an, das Gesicht puterrot. „Da gebe ich Mutatius ausnahmsweise mal Recht. Hoch mit dir! Und mit dir auch, Anian! Ich schwöre bei Gott, wenn ihr zwei nicht sofort-"

Mutatius ersparte ihr das Fortführen ihrer Schimpftirade. Er bog seinen langen Hals zur Seite, sodass seine Köpfe über ihnen schwebten und Liska seinen abwechselnd heißen und kalten Atem im Nacken spüren konnte. Dann öffnete er seine breiten, mit ellenlangen Reißzähnen gespickten Mäuler.

Einen grauenhaften Moment lang dachte sie, er würde sie einfach zwischen seinen massigen Kiefern zermalmen, dann jedoch rammte er ihr die Schnauze seines linken Kopfes in die Kniekehlen und riss sie in die Höhe. Panisch drehte Liska sich auf den Bauch und griff nach den Hörnern auf der Stirn des Drachen, um Halt zu finden. Ihr Herz pochte so wild, dass es ihr beinahe die Rippen sprengte.

Sie hätte Mutatius gern angeschrien, doch ihr Mund war so trocken, dass sich nur ein Husten aus ihrer Kehle löste. Verärgert blinzelte sie den Schwindel fort, den ihr diese halsbrecherische Aktion des Gestaltwandlers beschert hatte, und registrierte mit Schrecken die schwarze Wolke aus Todesboten, die nur noch wenige Hausdächer von ihnen entfernt war.

„Okay, okay, ich komme schon", hörte sie Anian keuchen.

Zitternd kletterte Liska den Hals des Tieres hinab und erreichte seinen Rücken zeitgleich mit Belinda und

Anian, die sich stöhnend und ächzend zwischen den Stacheln positionierten.

Liska hatte sich kaum hingesetzt, als auch schon ein Ruck durch den Körper des Drachen ging und er schnaufend und grollend mit den Flügeln zu schlagen begann.

Sie wurde unsanft gegen Anian geschleudert, der sie am Arm packte, ehe sie das Gleichgewicht verlieren konnte. Liska ließ ein dankbares Grunzen verlauten, beugte sich nach vorn und umklammerte die Dornen auf dem Rücken des Untieres so fest sie nur konnte. Mutatius bäumte sich auf. Seine Flügel sausten nun immer heftiger durch die Luft; drückten sie fort, zwangen sie, ihn als einen Teil von ihr zu akzeptieren. Endlich erhob sich der schwere Körper von den dunklen Pflastersteinen und stieg so hoch empor, dass Liska glaubte, sie müsse sich jeden Moment den Kopf am Mond anstoßen.

Sie hatte angenommen, die Krähen würden sie verfolgen, doch stattdessen steuerten sie zielstrebig auf etwas zu, das Liska aus der Distanz nur schwerlich erkennen konnte.

Mit zusammengekniffenen Augen, aus denen der Wind ihr die Tränen presste, sah sie ihnen nach.

„Der Steinkreis von Kenmare“, sagte Mutatius. Sein ganzer Körper vibrierte unter der Kraft seiner Stimme.

„Larzod hat sich dort ein unterirdisches Schloss erbauen lassen. Er hat Terenjo gefangengenommen. Ich werde zurück nach Kenmare fliegen, sobald ich euch in Sicherheit gebracht habe.“

„Er hat Terenjo. Er hat ihn wirklich." Der Schock durchfuhr ihre Glieder wie ein glühendes Eisen.

Nein, nein, nein. Das darf nicht sein.

„Mutatius, wir müssen ihm helfen! *Jetzt gleich*!", rief Anian hinter ihr.

Er klang genauso erschüttert wie Liska sich fühlte.

Dem Fantasieweber durfte nichts geschehen. Unter keinen Umständen. Liska hatte die schreckliche Vorahnung, dass sein Tod den Sieg der Finsternis über alles Licht bedeuten würde.

Doch all ihr Bitten und Betteln half nichts.

„Ich habe ausdrückliche Anweisungen erhalten", beharrte der Gestaltwandler, „ich bringe euch auf die Inseln und dann-"

Urplötzlich brachen dunstig weiße Geisterhände aus einer Wolke hervor, die Mutatius passierte, und stahlen ihm die Wörter von der Zunge.

Weitere frostkalte Finger griffen nach den Rekruten und gruben sich tief in ihr Fleisch. Schlugen die langen Fingernägel in ihre Schultern, zerrten an ihnen, rissen sie mit unmenschlicher Kraft vom Rücken des Drachen.

Liska wollte schreien, doch kein Laut drang aus ihrer Kehle. Von Todesangst wie versteinert, sah sie ihre eigenen Beine in der Luft baumeln. Etliche Meter unter ihr wartete der sichere Tod in Form von Baumkronen, Hausdächern und asphaltierten Straßen, die um das Vorrecht kämpfen, ihren Körper zu zertrümmern.

Doch die Geisterhände ließen sie nicht los, sondern trugen sie über eine Gruppe Nadelbäume und einen Fluss hinweg zu jenem Steinkreis, von dem der Gestaltwandler gerade noch gesprochen hatte.

„Nein“, rief Liska heiser und wand sich im Griff der Geisterhände, „lasst mich *los*!“

Erst als sie ein Steingrab erreichten, das sich mit einem offenen Schlund aus dem Zentrum des Kreises erhob, gehorchten ihr die Hände.

Das letzte, was Liska sah, während sie fiel, waren die anderen Rekruten, die ebenfalls auf das Grab zu schwebten, und Mutatius, der sich geifernd gegen die flinken Hände des Todes zu wehren versuchte.

Dann presste ihr der Aufprall die Luft aus den Lungen.

Liska wusste nicht, wie lange sie hustend dalag, ehe das Brennen in ihren Bronchien erlosch und sie kraftlos dem Keuchen der anderen Rekruten lauschte. Irgendwann, es hätten Sekunden, Minuten oder Stunden vergangen sein können, wurde die durchdringende Finsternis um sie herum durch einen Strahl kühlen Lichts unterbrochen, der durch eine sich öffnende Tür fiel. Soweit Liska es erkennen konnte, waren ihre Freunde ebenso wie sie selbst weitgehend unverletzt.

Einzig der Schock über das eben Geschehene spiegelte sich in ihren fahlen Gesichtern. In einem Anflug von Verzweiflung sah Liska sich in dem kleinen Raum nach Mutatius um, doch bis auf eine große Truhe, an der ein massives Vorhängeschloss baumelte, war das Turmzimmer leer.

Ihr blieb nur zu hoffen, dass er den Geisterhänden hatte entkommen können, denn auch ein Blick nach draußen blieb ihr verwehrt: Das Grab, durch das die Geisterhände sie hineingetragen hatten, war ein gähnendes, schwarzes Loch. In der offenen Tür, durch die das kühle Licht hereinströmte, erschien der gewohnt furchteinflößend verzerrte Kopf eines Schattengardisten.

„Mitkommen", sagte die Kreatur mit einer hellen, kalten Stimme. Keiner der Rekruten rührte sich. Fieberhaft tastete Liska in ihrem Unterbewusstsein nach einem Bild, das bereit war, mit Hilfe ihrer Augen Gestalt anzunehmen, doch wie bereits nach ihrer Flucht aus dem *The Falcon* war nichts als Leere in ihr.

Das Gefühl, blockiert zu sein – als hätte ihr jemand die Fantasie abgeschnürt – wollte nicht weichen. Der Gardist glitt nun vollständig in den Raum hinein, den er mit seiner abnormen Größe bis in den letzten Winkel auszufüllen schien. Unvermittelt packte er Alisha im Nacken.

Im selben Moment, da seinen spinnenartigen Finger ihre Haut berührten, zog sie ihren Bogen unter der Jacke hervor und stieß ihn dem Monstrum in den Hals.

Für den Bruchteil einer Sekunde wirkte das Schattenwesen überrascht, dann brach es in schallendes Gelächter aus. Liska erwartete, dass Larzods Diener die Waffe geradewegs aus seinem Fleisch herausziehen und dann zerbrechen würde.

Doch stattdessen forderte er Alisha auf, ihr Kampfwerkzeug wieder an sich zu nehmen. Als diese sich weigerte, den Hals des Wächters von ihrem Bogen zu befreien, schlug er ihr mit seiner riesigen Hand so fest ins Gesicht, dass es sie von den Füßen riss.

Mit hasserfülltem Blick schritt Anian auf den Schattengardisten zu und befreite ihn an Alishas Stelle von dem Bogen, der aus seiner wächsernen Haut ragte. Es gab ein hässliches Schmatzen, als das Fleisch die Waffe freigab.

Angewidert ließ Anian sich neben Alisha in die Hocke sinken, die sich die schmerzende Wange hielt. „Hier“, murmelte er und reichte ihr den Bogen, an dem auf den ersten Blick nicht ein einziger Tropfen schwarzen Blutes zu erkennen war. Auch am Hals des Gardisten fanden sich keine Spuren einer kürzlich beigefügten Verletzung.

Anian stutzte. Hatte Larzod seine Diener stärker werden lassen? Gar unverwundbar?

Wenn dem so war, warum aber hatte sich die Kreatur dann nicht einfach selbst von der Waffe der Assassinin befreit? Und, was noch viel merkwürdiger war, warum hatte der riesenhafte Schatten den Bogen nicht einfach zerstört? Sah er keinen Sinn darin, da im und rund um das Schloss ohnehin keine Gefahr mehr von der Waffe ausging? Oder konnte er sie, aus welchen Gründen auch immer, nicht berühren?

„Mitkommen“, sagte die Kreatur noch einmal. Sie alle schienen ihre Möglichkeiten abzuwägen. Keiner von ihnen mochte sich dem Befehl eines Schattenwesens fügen, doch sie hatten keine Wahl: Einfach in dem verliesartigen Raum zu verharren und sich dem Zorn des Schattengardisten auszusetzen, ohne sich effektiv gegen ihn zur Wehr setzen zu können, würde ihnen gewiss nicht weiterhelfen. Und vielleicht ergab sich, so Liskas irrwitzige Hoffnung, außerhalb dieses beengten Raumes ja eine Gelegenheit zur Flucht.

Auf zitternden Knien erhob sie sich, die übrigen Rekruten taten es ihr gleich. Nacheinander folgten sie dem Schattengardisten in einen von Fackeln beleuchteten, tunnelförmigen Gang. Von den zahlreichen blauen Feuern ging keinerlei Wärme aus. Im Gegenteil, sie schienen das Gemäuer des Schlosses systematisch auszukühlen. Weitere Gardisten säumten den Gang, an dessen Ende Liska den in einer Kurve verschwindenden Zugang zu einer Wendeltreppe ausmachen konnte.

Jenes Schattenwesen, das die Rekruten aus dem Turmzimmer befehligt hatte, glitt hinter Liska, bohrte die Spitzen seiner langen Finger in ihre Wirbelsäule und schob sie vorwärts.

„Fass mich nicht an!“, hörte sie Belinda hinter sich blaffen, und vernahm gleich darauf ein Klatschen, das von den Wänden widerhallte. Die Vorliebe der Gardisten für Ohrfeigen beunruhigte Liska. Gern hätte sie sich umgedreht, um sich zu vergewissern, dass es Belinda gut ging, doch der Schatten hinter ihr erlaubte es ihr nicht.

Immer, wenn sie den Kopf zu drehen versuchte, packte er sie im Nacken und drückte mit seinen kalten, todbringenden Händen so fest zu, dass ihre Wirbel knackten. Es blieb ihr nichts anderes übrig, als die Treppe hinabzusteigen und zu hoffen, dass die anderen nachkommen würden, sobald Belinda sich erholt hatte.

Die Stufen schienen sich endlos hinab zu winden. Aus Angst, im Halbdunkel zu stolpern, setzte Liska vorsichtig einen Fuß vor den anderen, doch ihr Peiniger war nicht mit Geduld gesegnet und trieb sie immer schneller vorwärts. Als sie nach einer halben Ewigkeit im Bauch des Schlosses angelangt waren, befanden sie sich erneut in einem Gang, der jedoch wesentlich höher, breiter und länger war als jener, der das Turmzimmer mit der Treppe verband.

Von der gewölbten Decke hingen purpurne Lüster herab, in die Gerippe und Schädel eingefasst waren, und die Wände waren mit eisernen Ketten verziert. Entfernt konnte Liska die Klänge eines Orgelspiels vernehmen.

Sie passierten mehrere Türen, denen der Schattengardist jedoch keinerlei Beachtung schenkte. Er trieb Liska weiter den Gang entlang, bis sie eine massive Flügeltür aus Ebenholz erreichten, hinter der die Orgelmusik ihren Ursprung zu haben schien.

Endlich nahm die Kreatur die Finger von ihrer Wirbelsäule, schwebte vor und stieß die Türen auf. Liska nutzte die Gelegenheit, um sich nach den anderen Rekruten umzusehen, die zu ihrer Erleichterung inzwischen beinahe zu ihnen aufgeschlossen hatten. Kalte Finger schlossen sich um ihr Handgelenk und zogen sie in den Saal hinein. Die düsteren, vibrierenden Klänge der Orgel gingen ihr bis ins Mark.

Gespielt wurde sie von einem Gardisten, der seine ohnehin schon hünenhaften Artgenossen bei Weitem überragte; er war fast so groß wie das riesige Instrument selbst. Wie in den Gängen des Schlosses hingen auch hier Fackeln an den steinernen Wänden, um die herum dasselbe blaue Feuer brannte.

Eine lange Tafel, an der problemlos 100 Menschen Platz gefunden hätten und die mit unzähligen schwarzen Kerzen bestückt war, teilte den Raum in zwei Hälften. Dahinter führten breite, mit Ornamenten verzierte Stufen zu einer Empore hinauf, auf der ein seltsam anmutender Thron stand.

Wie beinahe alles andere in Larzods Schattenreich war auch dieser schwarz, doch hie und da blitzte etwas Goldenes zwischen der Dunkelheit hervor.

Das Unheimlichste in diesem Palast der Finsternis aber war der Mann, der zu den Klängen der Orgel über das Parkett tanzte. Mit wildem Blick und wehenden Haaren drehte er sich immer schneller um sich selbst, bis seine Beine kaum mehr den Boden berührten. Als Liska sich abwenden musste, weil ihr vom Zusehen schwindelig wurde, verstummte die Musik plötzlich. Der Schattengardist hatte aufgehört zu spielen, war von seinem Schemel aufgestanden und deutete eine Verbeugung in Richtung des Mannes an, der seinen Tanz nun ebenfalls beendet hatte.

Larzod.

Erst jetzt wurde Liska bewusst, dass es sich bei dem wahnsinnigen Tänzer um den Schattenfürsten höchstselbst handeln musste.

Sie wusste nicht, was sie erwartet hatte – vermutlich, dass seine Grausamkeit sich in seinem Äußeren widerspiegelte. Doch gewiss nicht, dass jemand, der derart furchtbare Taten beging, auf eine so eigenartige Weise schön und vollkommen wirkte konnte. Mit ausgebreiteten Armen schritt er auf Liska zu und blieb so dicht vor ihr stehen, dass sie seinen Atem auf ihrem Haar spüren konnte. Ängstlich sah sie zu ihm hinauf, nur um den Blick gleich wieder abzuwenden.

„Willkommen in meinem bescheidenen Heim, Augenmalerin. Ich freue mich sehr, dass du den Weg zu mir gefunden hast."

Die tiefe, heisere Stimme des Schattenfürsten jagte ihr einen Schauer über die Seele. Larzod hob eine Hand, führte sie an Liskas Gesicht und strich ihr mit seinen langen, schmalgliedrigen Fingern sanft über die Wange.

Sie hielt die Luft an, spürte eine Welle aus Furcht und Verzweiflung unter der Berührung hinweg gleiten. Larzod nahm ihr Kinn zwischen Daumen und Zeigefinger und zwang sie, ihn anzusehen. Erneut staunte Liska über seine ebenmäßigen Gesichtszüge. Larzod war bleich wie der Tod, und doch sah er aus wie ein Engel.

Seine dunkelgrauen Augen flackerten in einem wilden Grau, beinahe wie der Ozean nach einem Sturm. Er hatte hohe Wangenknochen und eine perfekt geformte Nase und als er lächelte, bildete sich ein Grübchen in seiner rechten Wange. Sein schwarzes, langes Haar war von silbrigen Strähnen durchzogen und fiel ihm bis knapp über die Schultern. Er trug eine Hose aus schwarzem Stoff und ein ebenso schwarzes, bis zur Hälfte aufgeknöpftes Hemd.

Auf der Brust des Schattenfürsten lag ein schwer aussehendes, angelaufenes Amulett, in das ein Rabenkopf hinein graviert war. Darunter konnte Liska eine wulstige Narbe erkennen, die sich im Zickzack bis zu seiner linken Schulter zu ziehen schien. Dennoch sah er keinen Tag älter aus als dreißig. Die Jahrhunderte hatten, wenn man einmal von der Narbe absah, keine Spuren an ihm hinterlassen.

„Hübsch, nicht? Dort ist meine Seele ausgetreten", beichtete Larzod im Plauderton. Liska wusste nicht, was sie darauf antworten sollte. Überhaupt fiel es ihr schwer, auch nur einen klaren Gedanken zu fassen.

Konzentrier dich. Du musst Terenjo finden und dann mit den anderen fliehen.

Der Schattenfürst hob die Brauen. „Ich bin schwer enttäuscht. Eine Frage nach dem „Warum“ wäre doch sehr aufmerksam gewesen. Oder zumindest eine Beileidsbekundung. Aber ich bin sicher, ich werde noch dazu kommen, dir diese Geschichte zu erzählen. Wir werden viel Zeit haben, du und ich.“

„V-viel Zeit?“, stotterte Liska.

„Selbstverständlich. Oder glaubst du etwa, ich würde etwas so Wertvolles wie dich, die mächtigste Illusionistin seit Edineas Dahinscheiden, umbringen wollen? Wo denkst du hin, Liska Cavanaugh? Nein, du wirst an meiner Seite stehen, wenn die Welt sich vor mir verneigt. Du wirst mir helfen, die schlimmsten Albträume der Menschen wahr werden zu lassen. Ihnen zurückzugeben, was ich so lange für sie verwahren musste.“

Liska hörte die schweren Flügeltüren aufschwingen und gleich darauf die Schritte der anderen Rekruten, die den Saal betraten. Im selben Moment veränderte sich Larzods Gestalt. Das sturmgepeitschte Meer in seinen Augen wurde zu einem züngelnden Feuer. Dunkle Flecken, aus denen schwarzer Nebel strömte, gruben sich tief in seine makellose Haut und das Lächeln, das Liska eben noch als schön empfunden hatte, wurde zu einem dämonischen Grinsen.

Hinter seinen rissigen Lippen blitzten messerscharfe, lange Zähne hervor. Erschrocken wich Liska zurück, und erneut bohrten sich die kalten Finger des Schattenwesens in ihren Rücken. Doch Larzod schien seine Aufmerksamkeit nun ohnehin den Neuankömmlingen zu widmen.

In einer ruckartigen Bewegung ließ er von Liska ab – nicht, ohne ihr vorher kräftig ins Kinn zu kneifen – und schwebte auf die Rekruten zu.

„Volles Haus!", rief der Schattenfürst lachend und klatschte in die Hände. Alle sahen ihn mit einer Mischung aus Ehrfrucht und Entsetzen an, vor allem Anian war ganz grau im Gesicht geworden. Obwohl auch Belinda rein äußerlich nicht den Eindruck erweckte, als ließe die Begegnung mit dem Herrscher der Dunkelheit sie unberührt, blieb sie sich ihrer rustikalen Art treu und spuckte vor ihm auf den Boden.

„Was für eine nette Begrüßung. Ich bin gespannt, ob dein Kern auch so widerspenstig sein wird, wenn ich ihn mit meinen Schatten verpaare. Was meinst du?" Wie ein Raubtier umkreiste Larzod die von seinen Boten flankierten Rekruten.

„Pavor!" Der Schattenfürst winkte den zu groß geratenen Gardisten, der die Orgel gespielt hatte, zu sich heran. „Hol unseren alten Fantasieweber aus dem Kerker. Ich möchte, dass er ganz genau zusieht, wie ich den Kämpfern des Rates den Garaus mache. Oh, und ruf Ignis und die anderen Schattendrachen. Sobald ich hier fertig bin, wartet ein wahres Festmahl auf sie."

Der Gardist gab ein paar zischende Flüsterlaute von sich, die Liska nicht verstand, und entschwebte dem Saal.

Terenjo. Wie weh es ihm tun wird, uns hier vorzufinden. Die, in die er seine Hoffnung gesetzt hat.

Ihre Kehle schnürte sich zu. Sie hatte dem alten Mann helfen wollen, aus dem Schloss zu entkommen, und war nun selbst zu einer Gefangenen der Dunkelheit geworden.

Und das, dachte sie voller Verachtung gegen sich selbst und die anderen Rekruten, ohne auch nur den *Versuch* gewagt zu haben, den Fantasieweber zu befreien. Stattdessen waren sie auf ihrer feigen, egoistischen Flucht geschnappt worden.

Larzod neigte den Kopf zur Seite und verwandelte sich binnen eines Wimpernschlages wieder in den schönen Mann, als der er Liska entgegengetreten war. „Die irdische Hülle steht mir gut, nicht wahr?" Mit wissendem Blick sah er in ihre Richtung. „Nicht so schüchtern, Augenmalerin. Mir entgeht nichts. Auch nicht das Begehren nach der Nacht in mir, das in deinem Herzen schlummert."

Liska fühlte sich, als hätte der Schattenwahrer ihr einen Schlag in die Magengrube verpasst. Blut schoss ihr in die Wangen, siedende Wut verbrühte ihre Kehle. Ja, sein gutes Aussehen war ihr nicht verborgen geblieben. Doch wie konnte er es wagen, von *Begehren* zu sprechen? Er, der so viele unschuldige Menschen – Kinder – getötet und sie der Essenz ihres Seins beraubt hatte? Wie könnte sie jemals etwas Derartiges für solch ein Monstrum empfinden?

„Sprechen Sie nicht so mit ihr", keuchte Anian. Bei seinem Anblick strömte eine tröstliche Wärme in Liskas Herz, die nichts mit dem heißen Zorn auf den Schattenfürsten gemein hatte.

Larzod stieß ein hohes Lachen aus.

„Tullius wäre stolz auf seinen edelmütigen Assassinen. Nun, Anian Rohwer, mein Angebot steht noch. Komm und schreib mit mir eine Geschichte, die zu erzählen es wert ist. Oder stirb bei dem Versuch, dich mir entgegen zu stellen. Das gleiche gilt übrigens für deine liebreizenden Freunde."

Liska stutzte. So wie Larzod es sagte, klang es, als hätte er schon einmal mit Anian gesprochen.

Doch wie konnte das sein? Hätte er ihnen nicht davon erzählt, wenn er dem Schattenfürsten schon einmal begegnet wäre? Warum sollte er ihnen – vor allem ihr, Liska - etwas so Bedeutsames verschwiegen haben?

Aus demselben Grund vielleicht, warum du nichts von Edinea erzählt hast, dachte sie beschämt und beantwortete sich ihre eigenen Fragen somit selbst.

„Ah, Pavor!" Die Flügeltür war aufgeschwungen und der riesige Schattengardist glitt zurück in den Saal. Doch er war nicht allein. An einer langen Kette, die aussah, als wäre sie aus Venen geflochten worden, zog er Terenjo hinter sich her. Die Hände des alten Mannes waren fest verschnürt; wohl, um ihn am Weben zu hindern. Er ging gebückt, stolperte schwer atmend hinter Pavor her. Sein Gesicht war von ebenso vielen schwarzen Kratern durchzogen wie bei ihrer letzten Begegnung. Doch nun, da der Kapuzenumhang des alten Mannes zerschlissen an seinem dürren Körper hinunter hing, konnte Liska erkennen, dass die Blessuren auch den Rest seines Leibes zierten.

Als er den Kopf hob und Liskas Blick suchte, brach ihr Herz in zwei Hälften. Über die sonst so bemerkenswerten blausilbernen Augen des Fantasiewebers hatte sich ein Schleier aus Schmerz und Hoffnungslosigkeit gelegt.

„Sieh nur, werter Terenjo. Es ist Besuch für dich gekommen", sagte Larzod beschwingt. Liska wünschte sich inständig, er würde endlich diese fürchterliche, aufgesetzte Fröhlichkeit ablegen, doch der Schattenfürst schien jeden Moment voll und ganz auszukosten. „Das ist mir nicht entgangen, Larzod. Auch, wenn *Besuch* vielleicht nicht der richtige Ausdruck ist. Sicher werden diese jungen Menschen nicht aus freien Stücken zu dir gekommen sein."

Liska spürte den Hauch eines Triumphes, der ihre Brust schwellen ließ. So mitgenommen der Fantasieweber auch aussah, seine Stimme klang immer noch so klar und fest wie bei jenem ersten Zusammentreffen, das alles verändert hatte.

Es würde Einiges brauchen, dachte sie, um diesen bemerkenswerten Mann in die Knie zu zwingen.

Larzod lachte. „Dein Scharfsinn ist wirklich beeindruckend. Aber natürlich liegst du mit deiner Vermutung richtig, alter Freund. Deine kleinen Soldaten waren gerade auf dem Rücken dieses Gestaltwandlers unterwegs, der hier seit Wochen herumschnüffelt. Er besaß doch tatsächlich die Kühnheit, mir meine Baupläne stehlen zu wollen. Und nun verwandelt er sich auch noch in einen Schattendrachen. Gewieft, gewieft ... Ich fürchte jedoch, damit hat er sein Todesurteil unterschrieben.

Nicht nur die Augen meiner Boten sind überall. Auch mein Schloss wacht über das Land. Es atmet. Es lebt. Und, was am wichtigsten ist, es wittert fremde Magie und erstickt sie im Keim. Ich denke, ich werde mir in jedem Land der Welt ein solches Schloss bauen lassen. Was meinst du?"

Terenjo ließ die ohnehin rhetorische Frage des Schattenfürsten unkommentiert.

„Du beherrschst dein Handwerk, Larzod“, sagte er stattdessen. „Ich bin sicher, aus dir wäre einmal ein anständiger Weber geworden, wärest du nicht der Dunkelheit anheimgefallen.“

„Nicht doch. Behalte deine Rührseligkeit für dich, alter Mann. Sie bedeutet mir nichts. Ich werde auch so ein guter Weber werden, weißt du? Du wirst mich lehren, Fantasie herzustellen. Aber nicht diesen albernen goldenen Plunder, den du jahrhundertelang gesponnen hast. Nein. Dunkle Materie.“

Deswegen also hatte der Schattenfürst Terenjo noch nicht getötet. Er wollte von ihm lernen.

„Ich sagte dir bereits, dass ich nichts dergleichen zu tun gedenke“, entgegnete Terenjo ruhig.

„Und ich wiederum habe dir bereits deutlich gemacht, dass dir keine andere Wahl bleibt, oder irre ich mich da etwa? Sei nicht so arrogant. Auch dein Wille kann gebrochen werden. Und ich werde dafür sagen, dass das nur allzu bald geschehen wird. Denn leider kann ich auf deine Unterstützung nicht verzichten. Nachdem ich die Menschheit erfolgreich von all ihrer widerwärtigen Schwäche befreit habe, werden eine paar Auserwählte zurückblieben. Ich gedenke, die Kerne der Überlebenden durch *meine* Webstücke auszutauschen. Verstehst du, was ich damit sagen will, Terenjo? Es ist eine Sache, ehemals reine Kerne zu ernten, die durch meine treue Gefolgschaft vergiftet wurden, und sie in meiner neuen Welt gedeihen zu sehen. Eine andere Sache ist es, Fantasiekerne, die durch und durch und von Beginn an verdorben sind, mit meinen eigenen Händen zu erschaffen. Sieh mich nicht so an! Das wird ein großer Spaß – vertrau mir. Ich werde meine Kinder auf dem Schachbrett der Erde wüten lassen. Ihnen ganze Königreiche schenken."

Der Schattenfürst verlor sich seinen Machtfantasien und schien sogar die Anwesenheit der Rekruten zu vergessen. In seinen Augen zündelten Wahnsinn und Größenwahn. Terenjo war ebenfalls nicht entgangen, dass Larzod sich zeitweilig im Netz seiner eigenen Träume verfangen hatte. Prompt nutzte er die Gunst des Augenblicks.

Zwinkernd sah er Liska an. Der Nebel, der sich über die Galaxien um seine Pupillen gelegt hatte, war verschwunden. Tatsächlich leuchteten die Augen des alten Webers plötzlich heller als je zuvor. „Dieser Ort kann nur Macht über dich ausüben, wenn du es zulässt", sagte er leise. Liska spürte ein Kribbeln in ihrem Kopf, als würde ihr Gehirn erst jetzt wieder mit ausreichend Blut versorgt.

Glaubte Terenjo etwa tatsächlich, dass sie Larzods Schutzmaßnahmen zum Trotz eine Illusion erzeugen konnte?

Sie, die doch vor ein paar Wochen erst von ihren Fähigkeiten erfahren hatte? Das Kribbeln breitete sich bis in ihren Oberkörper aus, während der Fantasieweber sie fortwährend musterte und aufmunternd nickte. Als besäße er einen Sensor für nicht autorisierte Bewegungen, wirbelte Larzod herum.

Unvermittelt riss er dem riesigen Schattengardisten die Venen-Kordel aus den Händen, an deren Ende Terenjo gefesselt war, und quetschte sie zwischen seinen bleichen Fingern zusammen. Sofort begann

Terenjo zu röcheln, sein Gesicht nahm eine ungesunde bläuliche Färbung an.

„Aufhören!“, schrie Liska. Sie stürzte nach vorn, um dem Fantasieweber zur Hilfe zu eilen, doch der hinter ihr wachende Schattengardisten hielt sie zurück. Erst als Terenjo auf die Knie fiel und aussah, als würde er jeden Moment ersticken, gab der Schattenfürst das Seil zurück in Pavors Hände, der es lose festhielt.

„Praktisch, nicht?“, sagte er arglos. „Schnürt demjenigen, der daran festgebunden ist, Hauptschlagader und Luftröhre ab, sobald man zudrückt. Zweifellos eine meiner besten Erfindungen.“

Terenjo wurde von Hustenkrämpfen geschüttelt.

„Entschuldige vielmals, werter Freund. Aber ich kann nicht zulassen, dass du meiner Augenmalerin halbgare Lügenmärchen auftischst. Sieh sie dir nur an, Terenjo – das hübsche Ding ist ganz durcheinander.“

Liska atmete flach. Sie fühlte sich gleichzeitig zu Tode erschöpft und unter aufputschende Drogen gesetzt. Tausende Gedanken hagelten auf sie ein, doch sie versuchte, sich nur auf diesen einen zu konzentrieren: *Dieser Ort hat keine Macht über mich. Ich bin stärker als diese Mauern. Auch hier kann ich Illusionen erzeugen.*

Ihr Herz machte einen Hüpfer, als sie ihren Fantasiekern wie zur Antwort auf dieses Mantra zucken und ihre Netzhaut brennen spürte. Das Gefühl war schwach, kaum greifbar, und doch war es da. So unauffällig wie möglich versuchte Liska, einen stabilen Stand einzunehmen. Die Augen zu schließen wagte sie nicht, solange Larzod sie ansah. Zu groß war die Angst, dass er Terenjo erneut mit der grässlichen Kordel quälen oder gar Schlimmeres unternehmen würde, wenn er etwas bemerkte.

Ich muss uns alle unsichtbar machen, dachte sie angestrengt. *Oder ich erzeuge Illusionen menschlicher Gestalt, die das Schloss stürmen, am besten bewaffnet, dann sind Larzod und seine Lakaien abgelenkt und ich kann eine Tür nach draußen heraufbeschwören. Das heißt, wenn es mir überhaupt gelingt, ein artificium oculus in Menschengestalt zu erschaffen. Ich bin immerhin nicht Lealia.*

„Wage es nicht, Liska Cavanaugh." Larzods Stimme war zu einem ohrenbetäubenden Donnern angeschwollen, das die gerade erst wiederhergestellte Verbindung zwischen ihrem Fantasiekern und ihren Sehnerven mit einem Schlag kappte.

„Ich habe nicht-"

„Du hast! Und du wirst es nie wieder ohne meine Erlaubnis tun, hast du mich verst-"

Ein Geräusch, das noch lauter war als der Zorn des Schattenfürsten, schnitt ihm das Wort ab.

Swusch. Swusch. Swusch.

Die Schlossmauer barst mit einem Knall. Pulverisiertes Gestein rieselte durch den Saal. Silbriges Mondlicht fiel durch das klaffende Loch in der Mauer und schmiegte sich um die Silhouette eines zweiköpfigen Drachen, aus dessen Nüstern Rauch und Schatten aufstiegen.

Mutatius?

Wie eine lebendig gewordene Abrissbirne warf der Gestaltwandler sich wieder und wieder gegen das düstere Gemäuer.

Er sucht einen Weg hinein. Er will uns retten.

Als hätte seine Wiederkehr einen Schalter in ihr umgelegt, spürte Liska, wie das rettende *artificium oculus* ihre Augäpfel erreichte und sich von ihnen löste. Im Bruchteil einer Sekunde gaben sie die schützende Membran frei, die sich sogleich wie eine Decke über die Rekruten legte und ihre Haut zum Flimmern brachte.

Die Illusion war geglückt; sie waren unsichtbar für die Augen des Feindes.

Mit einem Hechtsprung waren Anian und Alisha bei Terenjo und machten sich an seinen Fesseln zu schaffen. Der Schattenfürst reagierte sofort.

„*Hora Lavarum*! Holt sie euch!", rief er mit sich vor Hass überschlagender Stimme. Prompt brachen die Geisterhände, die sie aus der Luft gepflückt und in das Schloss getragen hatten, aus jedem Winkel des unterirdischen Palastes hervor.

Alisha und Anian ließen von Terenjo ab, zückten ihre nun glühenden Waffen und stachen auf jede Geisterhand ein, die sich der kleinen Gruppe näherte. Offenbar konnten sie sehen, was Larzod und seinen Gardisten durch Liskas Illusion verborgen blieb. Wispernd lösten sich die Hände unter der Berührung der Waffen in Luft auf. Während sich Belinda nun allein der Befreiung Terenjos annahm, begannen die Zwillinge zu singen.

Ihre hellen, klaren Stimmen waren wie ein wärmender Sonnenstrahl, der die Dunkelheit durchbrach. Sie füllten jeden Zentimeter des Raumes, hallten von den Schlossmauern wider und ließen die Geisterhände langsam zurückweichen. Auch die Schattengardisten wanden sich unter dem Gesang der Hüter. Der Einzige von ihnen, der weitgehend immun gegen die Wirkung der Klänge zu sein schien, war Pavor. Zwar machte er keinerlei Anstalten, die Rekruten anzugreifen, jedoch zog er sich auch nicht zurück wie seine Artgenossen.

Larzod ließ ein animalisches Brüllen erklingen. Die Flammen in seinen Augen waren zu einem Inferno geworden. Er hatte keine Ähnlichkeit mehr mit dem schönen Mann, der er noch vor wenigen Augenblicken gewesen war. In einer schnellen Bewegung schlitzte er sich mit einem seiner langen, spitzen Fingernägel die Pulsadern der linken Hand auf.

Ein einziger dickflüssiger, schwarzer Tropfen von immenser Größe löste sich heraus, den der Schattenfürst mit der Spitze seines Zeigefingers auffing, an die Lippen hob und dagegen pustete. Etliche kleine Tröpfchen lösten sich aus dem großen heraus, flogen durch die Luft wie die Samen einer Pusteblume und hefteten sich an die flimmernde Venen-Kordel. *Er hat sie mit seinem Blut sichtbar gemacht*, dachte Liska erschrocken und wollte Belinda eine Warnung zurufen, doch es war schon zu spät. Der Schattenfürst hatte sich die Kordel bereits gegriffen, drückte sie zwischen seinen Fingern zusammen und zog gleichzeitig daran, als würde er eine Angel einholen. Terenjo stolperte röchelnd vorwärts, während Belinda mit schweißnasser Stirn versuchte, die Fesseln noch rechtzeitig zu entwirren.

„Du bringst ihn nicht um“, sagte Liska mit zitternder Stimme. „Das kannst du nicht. Du brauchst ihn.“

Larzod drehte seinen schattenverhangenen Kopf in die Richtung, aus der er ihre Stimme vernommen hatte. Plötzlich hatte sie das ungute Gefühl, er könne sie trotz des Deckmantels der Illusion, unter dem sie sich verbarg, sehen.

„Das stimmt“, sagte er ruhig. Unvermittelt ließ Larzod die Kette los und stürzte sich auf Liska. Seine klauenartigen Hände schlugen sich schmerzhaft in ihre Schultern.

„Da bist du ja, Augenmalerin. Ich habe ein ausgezeichnetes Gehör, weißt du. Wie eine Fledermaus.“ Sein Gesicht nahm nach und nach wieder menschliche Züge an. Bestürzt registrierte Liska, dass das sie schützende *artificium oculus* mit der Berührung des Schattenwahrers in sich zusammengefallen war.

Ein schneller Blick in Richtung der kämpfenden Rekruten verriet ihr, dass die übrigen Illusionen bestehen geblieben waren; ihre Silhouetten flimmerten im fahlen Mondlicht. *Wenigstens das*, dachte Liska mit wie verrückt trommelndem Herzen. Larzod zog sie nun so dicht an sich heran, dass nur noch wenige Zentimeter zwischen ihren Gesichtern lagen.

Seine wilden, grauen Augen fixierten ihre Lippen und einen absurden Moment lang dachte Liska, er würde sie küssen. Dann packte Larzod sie an den Haaren, riss ihren Kopf zurück und flüsterte ihr ins Ohr: „Du wirst die verbliebenen Illusionen nun auflösen und deine Freunde wieder sichtbar machen. Jeden einzelnen von ihnen. Und wenn du das getan hast, verschließt du das Loch in der Schlossmauer.“

Liskas erster Impuls war es, angesichts dieser lächerlichen Forderungen laut loszulachen. Erwartete Larzod allen Ernstes, dass sie einen so schwerwiegenden Verrat an den anderen Kämpfern des Rates beging, indem sie sie ihres einzigen Schutzes beraubte und sie anschließend auch noch im Schloss einsperrte? Doch noch ehe Liska protestieren konnte, wurde ihr bewusst, dass die Worte des Schattenfürsten keinen Widerspruch zuließen. Sie gruben sich tief in ihr Bewusstsein, fraßen sich Buchstabe für Buchstabe in ihre Wahrnehmung, bis sie sich schließlich verselbstständigten und die Kontrolle über ihr Handeln übernahmen. Verbissen mühte Liska sich, gegen diese feindliche Übernahme ihres Denkens anzukämpfen, doch es war zwecklos:

Ohne dass sie etwas dagegen tun konnte, suchten ihre Augen Mutatius und die flimmernden Rekruten und entsandten unter stetigem Blinzeln die Botschaft des Schattenfürsten, bis sie den Zauber zerstörten, den sie selbst erschaffen hatten.

„Liska!", hörte sie Belinda von irgendwoher schreien, „Tu doch was!"

Der Gesang der Zwillinge, die angesichts der plötzlich verschwundenen Illusion offenbar verunsichert waren, wurde leiser. Die nachlassende Kraft ihrer Stimmen blieb nicht unbemerkt; Schattengardisten und Geisterhände wagten sich wieder näher an die Rekruten heran.

„Nicht aufhören! Macht weiter", rief Alisha ächzend, die sich, wie Liska am Rande ihres Blickfeldes erkennen konnte, ein Duell mit Pavor lieferte. Verzweifelt versuchte Liska, das *artificium oculus* zurückzuhalten, das sich auf Larzods Geheiß nun seinen Weg an die Oberfläche bahnte – bereit, den einzigen Ausweg aus dem Schattenschloss wieder zu verschließen. Gerade als die Illusion sich von Liskas Augen lösen wollte, barst die Mauer erneut unter dem blauen Feuer, das Mutatius aus seinen zwei Rachen spie.

Das Loch war nun groß genug, dass der Magier in Gestalt eines Drachen hindurch gelangen konnte - und genau das tat er auch. Geifernd und fauchend schnappte Mutatius nach den Schattenwesen und schlug mit seinem dornenbesetzten Schwanz nach den Geisterhänden aus.

„Auf seinen Rücken!“, rief Belinda, wie sie es bereits zwischen den vergifteten Häusern der Bridge Street getan hatte, „los!“

Larzod packte Liska an der Schulter und schleifte sie mit sich in Richtung der Flügeltüren, die aus dem Saal hinausführten. „Bringen wir dich erst einmal in Sicherheit, kleine Schönheit. Ohne dich wird der alte Mann ohnehin nicht von hier fliehen wollen“, raunte der Schattenfürst ihr zu, bevor er einen lauten Pfiff ausstieß und erwartungsvoll zur gewölbten Decke der Halle blickte. „Schade um die Kronleuchter“, setzte er in gespieltem Bedauern hinzu und noch bevor Liska sich fragen konnte, was er wohl damit meinen mochte, stürzten die wahren Schattendrachen durch das Gestein hinab. Es war ein fürchterliches Bild.

Zu dritt warfen sich die Untiere auf den Gestaltwandler, schlugen ihre langen Zähne in sein Fleisch und rissen mit ihren Krallen an seinen Flügeln. Das Fauchen und Brüllen der Drachen, der keiner war, ließ die Wände erzittern und brachte Liskas Herz zum Vibrieren.

„NEIN! MUTATIUS!“ Mit aller Kraft versuchte sie, sich Larzods Griff zu entwinden, doch es half nichts. Er zog sie immer weiter mit sich.

Fast hatten sie die Tür erreicht, als ein gellender Schmerzensschrei die Luft zerriss, der nicht zu Mutatius gehörte.

Belinda.

Liska fühlte sich, als wäre sie mit eiskaltem Wasser übergossen worden.

Nicht hinsehen, bitte nicht hinsehen.

Sie wollte nicht wissen, warum die Späherin diese furchtbaren Laute von sich gab. Warum die Luft plötzlich erfüllt war von einem Gestank nach verkohltem Fleisch.

Ihrer flehenden Vernunft zum Trotz folgte Liska dem Blick des Schattenfürsten, in dem ein Ausdruck perversen Vergnügens lag – und erstarrte.

Belinda stand in Flammen.

Blaues Drachenfeuer züngelte an ihrer Haut empor als wäre sie ein menschlicher Docht, ließ ihre Kleidung schmelzen und fraß ihr mit einem gierigen Knistern die Haare vom Schädel.

In Zeitlupe nahm Liska wahr, wie Anian seine Waffe in den Bauch eines Schattendrachen rammte, das Gesicht in unbändiger Wut und Trauer verzerrt. Wie sich Alisha, von denselben Emotionen angetrieben, auf die verbliebenen zwei Untiere stürzte, während die Zwillinge einem halben Dutzend Schattenwesen auswichen, das mit ausgestreckten Händen auf sie zu schwebte. Und wie Terenjo, endlich von seinen Fesseln befreit, durch das Feuer zu Belinda trat und sie umarmte, bis die Flammen unter seiner Berührung immer kleiner und kleiner wurden.

Was von Belinda übrig blieb, war nichts als ein Skelett, über dessen Knochen ein löchriges, schwarzes

Gewand gespannt war. Liska spürte ein heftiges Ziehen in der Brust, als bohrte sich eine Messerspitze zwischen ihre Rippen und geradewegs in ihr Herz hinein. Ein bisher ungekannter, alles verschlingender Zorn brodelte in ihrem Magen, Hitze und Kälte durchströmten ihren Körper, bis sie unkontrolliert zitterte und die Illusionen aus ihr herausbrachen wie aus einem Vulkan.

Das erste *artificium oculus* legte sich über Mutatius' Drachengestalt und ließ ihn etliche Meter in die Höhe schießen, bis er die anderen Schattendrachen weit überragte.

Er war nun so groß, dass seine Köpfe durch jenes Loch in der Decke ragten, das die Untiere bei ihrer Ankunft hineingerissen hatten.

Das nächste Augenkunstwerk war ein zuckender Blitz, dessen Verästelungen Gardisten wie Schattendrachen in die Augen stachen, um sie zu blenden. Liska zitterte bereits vor Anstrengung, doch ihr Fantasiekern gab keine Ruhe.

Bild um Bild kletterte ihre Sehnerven empor und löste sich aus ihren Augen, ohne dass sie länger hätte kontrollieren können, wohin die wie am Fließband produzierten Illusionen sprangen. Als der Ausbruch vorüber war und sie ihren wunden Kern pochen hören konnte wie einen zweiten Herzschlag, lag das Schloss um sie herum vollends in Trümmern.

Über ihnen erstreckte sich der Nachthimmel in all seiner fremdartigen Schönheit; die Sterne waren ihnen nie näher gewesen und der Mond neigte sich zu ihnen herab, als wolle er ihnen die Geheimnisse des Universums zuflüstern. Der Staub der toten Gardisten wurde von einem Windstoß davongetragen und die leblosen Körper der Schattendrachen schmolzen zu einer blauschwarzen Masse, die zwischen den schwarzen Steinen in den Boden sickerte.

Erschöpft sank Liska in die Knie. Der Schattenfürst griff nach ihrem Arm – wahrscheinlich, um sie wieder auf die Beine zu ziehen – doch die Berührung schien ihn zu schmerzen. Fluchend zog er seine Hand zurück. „Ich vergaß. Du musst erst abkühlen."

Liska wusste nicht, was er damit meinte, doch es war ihr ohnehin gleichgültig.

Müde, sie war so müde. Wenn sie doch nur für einen Moment die Augen schließen könnte ...

„Nun", sagte Larzod laut, sodass die Rekruten und der Fantasieweber ihm die Köpfe zuwandten, „das war eine Vorstellung nach meinem Geschmack. Und sie ist genauso ausgegangen, wie ich es mir erhofft habe. Vielleicht sogar ein bisschen besser. Es gibt ein paar Dinge zu regeln, ich werde mich daher vorübergehend von euch verabschieden. Doch seid unbesorgt, wir werden uns schon bald wiedersehen."

Liksa kämpfte noch immer gegen die bleischwere Erschöpfung an, die das Geschehen um sie herum in einen Schleier hüllte. Als der Schattenfürst sich zu ihr herunterbeugte, nahm sie sein Gesicht nur verschwommen wahr.

„Heute hast du bewiesen, dass du die mächtigste lebende Illusionistin dieser und aller möglichen Welten bist. Ich hole dich bald zu mir, schöne Augenmalerin. Und dann wird uns beide nichts mehr trennen können. Die ewige Nacht kann es nicht erwarten, dich in ihre Arme zu schließen."

Lachend erhob er sich und verschwand in einem Strudel aus Schattenschwaden.

33. Das Meer der Auferstehung

Mit weit aufgerissenen Augen und rasendem Pulsschlag beobachtete Anian, wie der Schattenfürst von einem schwarzen Dunst umhüllt wurde, der ihn aus der Ruine des Schlosses trug und dann pfeilschnell nach Osten davon schoss.

Ich möchte jetzt aufwachen. Ich möchte sofort aus diesem Traum aufwachen.

Sein Verstand weigerte sich, zu begreifen, was seit ihrem Aufbruch aus dem Quartier geschehen war. Fort war die Akzeptanz, mit der Anian seinen neuen Lebensumständen jüngst begegnet war. Belinda hatte sie mitgenommen.

Er wagte es nicht, sich zu dem im Drachenfeuer verbrannten Körper der Späherin umzusehen. Überhaupt wagte er nicht einmal, sich zu *bewegen*. Er stand stocksteif da, bis Alisha ihn sanft an der Schulter berührte. „Anian. Hörst du mich? Es geht um Liska. Ich glaube, wir müssen sie stützen."

Er nickte. Mechanisch setzte er einen Fuß vor den anderen. Es war nicht nur die Angst um sein eigenes Leben – oder das seiner neuen Freunde – gewesen, die seine Seele im Klammergriff gehalten hatte.

Hinzu war das Entsetzen darüber gekommen, dass Larzod ihre Begegnung erwähnt hatte. Sein Werben um ihn. Das Angebot, von dem er sagte, er würde es Anian erneut unterbreiten.

Komm und schreib mit mir eine Geschichte, die zu erzählen es wert ist. Oder stirb bei dem Versuch, dich mir entgegen zu stellen.

Nein, verflucht, er würde lieber sterben.

Das würde er doch.

Oder?

Der Anblick Liskas, wie sie zusammengesunken auf den Trümmern kniete und ihren Rucksack umklammerte, ließ ihm das Herz zusätzlich schwer werden.

Selbst jetzt, da ihr zierlicher Körper nach einem schrecklichen Kampf von Schluchzern geschüttelt wurde, versuchte sie, ein Leben zu beschützen.

Kein Leben, korrigierte er sich düster und dachte an den Fantasiekern des Jungen. *Das, was davon übrig ist.*

Mit Alishas Unterstützung gelang es ihm, Liska aufzuhelfen und sie zurück zu den anderen zu bringen. Ihre Haut war merkwürdig heiß, sodass sie selbst auf den wenigen Metern immer wieder eine Pause einlegen mussten, um sich die Hände nicht zu verbrennen.

„Ich glaube, sie hat Fieber", murmelte Alisha, als sie der schwer atmenden Liska half, auf den Rücken des Gestaltwandlers zu klettern.

Dankenswerter Weise war es Mutatius gelungen, sich in eine kleinere Version eines Schattendrachen zurück zu verwandeln, sodass der Aufstieg nicht ganz so beschwerlich war.

„Es wird ihr bald besser gehen", sagte Terenjo mit einem Ausdruck auf dem Gesicht, der vermuten ließ, dass er genau wusste, was der Illusionistin fehlte. Der Fantasieweber zog sein Gewand aus und beugte sich zu dem verkohlten Etwas herunter, das einmal Belinda Bartels gewesen war.

Sanft wickelte er sie in den azurblauen Stoff.

Anians Hals fühlte sich an, als wäre er mit Stacheldraht ausgekleidet worden. Es durfte nicht sein. Belinda durfte nicht tot sein. Sicher war das, was er zu sehen glaubte, nur eine weitere Illusion, die Liska erschaffen hatte.

„Kannst du sie in deinen Klauen tragen, mein Freund?", fragte Terenjo den Gestaltwandler. „Das Feuer brennt in ihren Knochen weiter. Wir dürfen ihnen nicht zu nahekommen. Allerdings bin ich guter Dinge, dass ihr Fantasiekern den Schwelbrand überlebt. Wir sollten bei ihr sein, wenn der Kern austritt, damit wir sichergehen können, dass niemand ihn stiehlt."

Der Drache nickte.

„Gut. Dann möchte ich dich von Herzen bitten, Mutatius, uns auf die Blasket Islands zu fliegen, solange die Nacht deine Gestalt noch vor den Augen der Menschen verbirgt. In ihrem jetzigen Zustand kann und will ich Liska keinen Türenzauber zumuten."

Der Gestaltwandler fügte sich dem Wunsch des Fantasiewebers ohne jede Widerrede. Auch er hatte deutlich sichtbare Blessuren davongetragen, doch schien es fast, als trage er jede einzelne dieser klaffenden Verletzungen mit Stolz.

Anian ahnte, dass sein Beitrag zum Kampf gegen die Dunkelheit ein Band zwischen ihm und den Rekruten geschmiedet hatte, das ewig währen würde.

Mutatius war jetzt einer von ihnen; ein Krieger des Hohen Rates. Er war sicher, dass selbst Belinda ihr

Misstrauen gegenüber dem Gestaltwandler während der letzten Minuten ihres Lebens verloren hatte.

Sie wären Freunde geworden. Ganz bestimmt.

Anian wischte sich eine Träne aus dem Augenwinkel.

„Festhalten", rief Mutatius, als er seine riesigen Flügel spannte und mit nur einem Schlag eine Wand aus Staub über den schwarzen Gesteinsbrocken aufsteigen ließ.

Der schwerfällige Körper des Drachen, in dessen Schwingen Schattengardisten zahlreiche Löcher gerissen hatten, erhob sich wankend in die Lüfte.

Sie flogen über die Trümmer des Schlosses hinweg und ließen die unnatürliche Dunkelheit Kenmares hinter sich.

Anian schmiegte sich eng an Mutatius' schuppige Haut, die eine angenehme Wärme aussandte.

Immer wieder fielen ihm die Augen zu und er wurde von einem Sekundenschlaf überwältigt, aus dem er mit hämmerndem Herzen hochschreckte. Zu groß war die Angst, den Halt in den Stacheln des Drachen zu verlieren, wenn seine Muskeln sich entspannten.

Irgendwann, Anian hatte längst das Zeitgefühl verloren, erreichten sie das Meer. Sofort frischte der Wind auf. Das Rauschen der Wellen, das für gewöhnlich eine beruhigende Wirkung auf ihn hatte, empfand er als unheimlich und irgendwie bedrohlich. Vermutlich war es das Wissen um Belindas Leiche, die in den Klauen des Schattendrachen über das schwarze Wasser schwebte, dachte Anian schaudernd und wagte einen Blick nach unten.

Er sah die für gewöhnlich schmutzig-weiße Gischt unnatürlich hell auf den langgezogenen Rücken der Wellen thronen.

„Wir sind gleich da“, rief Terenjo ihnen über die Schulter zu. „Macht euch langsam bereit zur Landung.“

Tatsächlich offenbarte sich im hellen, silbrigen Schein des Mondes wenig später die zerklüftete, raue Natur einer Inselgruppe.

Mutatius sank immer tiefer. Hügel und Felsen, moosbewachsene Ebenen, widerspenstige Büsche und die steinernen Ruinen einer Häusergruppe rauschten unter ihnen hinweg, ehe der Gestaltwandler seinen massigen Drachenkörper auf einer Anhöhe niederließ. Schnaufend ließ er seine Flügel sinken, damit der Fantasieweber und die Rekruten darauf hinunterrutschen konnten. Es gab ein leises Schnalzen, als er seine menschliche Gestalt annahm.

„Belinda“, sagte Mutatius mit brüchiger Stimme und reihte sich in den Kreis ein, den die Rekruten und der Fantasieweber um die Späherin gebildet hatten.

Fassungslos sah Anian auf die Überreste der Frau hinunter, die für ihre Gruppe wie ein Fels in der Brandung gewesen war.

„Ich kann das nicht“, murmelte Liska mit tränenerstickter Stimme, „ich kann das einfach nicht.“ Sie sank neben ihm ins Gras.

Auch Anian spürte, wie seine Knie nachgaben.

Er wollte Terenjo anflehen, Belinda ihren Körper zurückzugeben, gesundes Fleisch über die schwarzen Knochen wachsen zu lassen. Doch außer ein paar kläglichen Würgelauten wollte ihm nichts über die Lippen kommen.

Der Fantasieweber ging neben dem Körper der Späherin in die Hocke, strich ihr mit einer Hand sanft über den porösen Brustkorb und sah mit tieftraurigen Augen in die Runde.

„Ich kann sie sehen, diese verzweifelte Hoffnung in euren Herzen, doch ich muss euch enttäuschen. Niemand, ganz gleich wie mächtig er auch sein mag, ist imstande, den Tod auf diese Weise zu besiegen. Es tut mir so leid."

Anian taumelte rückwärts. Seine Eingeweide zogen sich schmerzhaft zusammen, Schweiß bildete sich auf seiner Stirn.

Es war, als realisierte er erst jetzt in Gänze, in welcher Gefahr er und die anderen Rekruten sich befanden, seit sie für den Hohen Rat der Wächter in den Kampf gezogen waren. Der Tod Belindas hatte seine Hoffnung auf ein glückliches Ende ein für alle Mal zerschlagen. Hatte er wirklich geglaubt, sie würden mit heiler Haut davonkommen?

Er konnte es nicht fassen, schüttelte unaufhörlich den Kopf.

Das kann nicht alles sein, was von unserer vorlauten, selbstbewussten, starken Belinda übrig geblieben ist. Nein. Das ist unmöglich.

Er war kurz davor, die Nerven zu verlieren und sich dem Verlustschmerz hinzugeben, der wie tausend kleine Nadelstiche unter seiner Haut prickelte. Mit aller Macht versuchte er, sich auf seine Atmung zu konzentrieren und seine wirbelnden Gedanken zu beruhigen.

„Amicus!", rief Terenjo mit vibrierender Stimme, „hierher, mein Freund!"

Zwitschernd stürzte eine einflüglige Schwalbe aus dem Nachthimmel. „Du kommst gerade recht", sagte der Fantasieweber nun sanfter, als der kleine Vogel sich auf seiner Schulter niederließ. Anian gab einen erstickten Schreckenslaut von sich, als Belindas Brustkorb zu Asche zerfiel und ein großes, schwarzes Knäuel heraus schwebte, das hie und da golden schimmerte. Schwere, wabernde Finsternis hinderte es daran, zu den Sternen aufzusteigen.

Ihr Fantasiekern, dachte er ehrfürchtig und verfolgte mit großen Augen, wie Amicus wieder und wieder an den Schatten zog und zupfte, bis nichts als reines Gold zurückblieb.

Er wollte Liska zurufen, dass sie den Kern des Jungen aus ihrer Tasche holen und ihn dem Vogel ebenfalls zur Reinigung überlassen sollte, doch sie schien nicht ansprechbar. Im Schneidersitz saß sie da, vollkommen reglos und ihren Rucksack vor der Brust fest umklammert.

„Dann wollen wir unsere treue Gefährtin mal in die ewige Freiheit entlassen." Terenjo nahm Belindas freigelegten Fantasiekern behutsam in die Hände.

„Grüß das Lichtmeer von mir", flüsterte er heiser, ehe er einen Kuss auf die glänzende Oberfläche des Kerns hauchte und ihn dann in die strahlend helle Nacht entließ. Ergriffen beobachtete Anian, wie die Essenz von Belinda Bartels zum Himmelszelt emporstieg und in Richtung Meer verschwand.

***

War er noch auf dem Hinflug derart müde gewesen, dass er geglaubt hatte, jeden Moment das Bewusstsein verlieren zu müssen, lag Anian nun hellwach in seinem Schlafsack. Die Sterne hingen so tief, dass er das Gefühl hatte, über seinem Kopf würden Millionen von Glühbirnen leuchten. Immer, wenn er die Augen nach ein paar Minuten des Ruhens wieder öffnete, schienen sie näher gekommen zu sein. Die anderen Rekruten hatten sich in eine der Ruinen zurückgezogen, während Terenjo und Mutatius abwechselnd Wache hielten. Anian hatte sich dazu entschieden, ein wenig abseits der Gruppe unter freiem Himmel zu nächtigen. Er konnte die Vorstellung, auf engstem Raum mit den anderen zusammen zu sein, nicht ertragen.

Nicht, solange der Tod Belindas noch so schrecklich präsent war. Nein, er brauchte Luft zum Atmen. Und Ruhe. Jedes gesprochene Wort erschien ihm zu viel. Sie hatten ihre Späherin verloren – keine noch so wohlmeinende Floskel würde darüber hinweghelfen können.

Seufzend setzte Anian sich auf.

Wollte diese Nacht denn niemals enden?

Er brauchte den Tag mehr denn je. Die Sonne mit ihren warmen Strahlen, den blauen Himmel, der ihm versprach, dass doch noch alles gut werden würde.

„Na, mein Junge? Was hält deinen Geist umklammert?“

Anian zuckte zusammen. Er hatte den Fantasieweber nicht kommen hören. Lächelnd reichte Terenjo ihm die Hand, um ihm aufzuhelfen. „Komm. Gehen wir ein Stück.“

Anian hatte keine große Lust, Konversation zu machen, doch er hielt Terenjo für sensibel genug, das Thema Belinda nicht anzuschneiden. Also ließ er sich von dem alten Mann auf die Beine helfen und folgte ihm, wenn auch mit einem Rest von Widerwillen in den Gliedern, an den zerfallenen Hütten und wildem Gestrüpp vorbei zu einer beeindruckenden Felsformation. Terenjo strich mit seinen knorrigen Fingern über das moosbewachsene Gestein, schloss die Augen und atmete tief ein und aus. Dann setzte er seinen Weg durch die silbergrüne Pflanzenvielfalt fort. Anian hatte Mühe, mit ihn Schritt zu halten.

„Die Magie, die hier zuhause ist, ist beinahe so alt wie die Welt selbst", sagte der Fantasieweber andächtig. „Ich habe eure Trauer nicht stören und euch erst am Morgen erzählen wollen, warum ihr hier seid. Doch wenn du einverstanden bist, greife ich gern vor."

Anian nickte, auch wenn seine Neugier wie betäubt von einer schrecklichen Gleichgültigkeit war.

„In Ordnung. Du musst wissen, dass es Orte gibt, denen ein natürlicher Zauber innewohnt. Einer, den nicht erst die Wesen mitbringen, die sich an ihnen niederlassen. Solche Verwachsungen von Magie und Natur befinden sich überall auf der Welt. In der Regel ist es Nicht-Sehenden kaum möglich, über einen längeren Zeitraum an Orten wie diesen zu verweilen. Der Zauber lässt ihre Herzen zu schnell schlagen und überlastet ihre Wahrnehmung. Irgendwann - oftmals erst nach Jahren, wenn sie ernstlich krank geworden sind - schenken sie diesen Warnrufen ihres Körpers Beachtung und verlassen den magischen Grund, auf dem sie einmal gelebt haben. Die Ruinen, die du hier siehst, erinnern an bevölkerungsreichere Zeiten. Seit beinahe siebzig Jahren stehen die Häuser auf den sieben Inseln nun leer und es hat nicht den Anschein, als würden in naher Zukunft neue Siedler zurückkommen.

Damit sich Natur und Magie regenerieren können, bis die nächsten Besiedlungsversuche erfolgen, greifen diese Orte zu Schutzmechanismen. Die Menschen, die die Blasket Islands heute besuchen, verspüren zum Beispiel bereits nach wenigen Minuten Kopfschmerzen und sind spätestens nach mehreren Stunden auf den Inseln zur Heimkehr gezwungen."

Der Fantasieweber lächelte, als gefiele ihm diese Vorstellung. „Jedenfalls, und damit kommen wir zum eigentlichen Grund unseres Besuches, erwählten die Weber und Wächter der Welt Orte wie diesen einst zu ihren Ruhestätten – und zwar lange bevor die Magie Einzug ins urbane Leben erhielt. Ich hege die Hoffnung, dass meine Vorfahren uns helfen können. Ganz gleich, welche Gestalt ihrer Kerne nach Auferstehung angenommen haben. Mutatius und sein selbstloser Einsatz im Kampf gegen Larzod haben mir bewiesen, dass ein Zusammenspiel von Leben und Tod funktionieren kann.

Ein solches Zusammenspiel auch mit den Kernen der Wächter zu erwirken, wird euch jedoch vor immense Herausforderungen stellen. Aufgrund ihres hohen Alters und der langen Isolation sind sie unheimlich scheuer Natur. Sie haben sich nicht einmal den wenigen Einwohnern der Blasket Islands gezeigt. Sind zu Mythen und Legenden geworden; so lange schon ungesehen, dass niemand mehr zu sagen vermag, in welcher Gestalt sie ihr Dasein fristen. Es dürfte schwierig sein, sie ausfindig zu machen und noch schwieriger, sie davon zu überzeugen, sich uns anzuschließen. Hinzu kommt, dass ihr es seid, die diese Verhandlungen führen müsst. Solange ich hier bin - ein Teil jener Gruppierung, der sie ihre Sanktionen verdanken – werden sie sich euch nicht offenbaren. Sie trauen mir nicht."

Terenjo klang betroffen. „Möglicherweise jedoch wird Belindas Kern etwas daran ändern."

„Liska hat auch einen", sagte Anian unvermittelt.

„Einen was?" Der alte Mann runzelte die mit schwarzen Kratern übersäte Stirn.

„Einen Fantasiekern. Nicht nur ihren eigenen, meine ich, sondern auch einen fremden. Sie hat ihn in Kenmare einem Jungen abgenommen, der in unserer Anwesenheit gestorben ist."

Die Augen des Webers färbten sich um ein paar Nuancen heller. Zeitgleich schien auch der Himmel über ihnen ein samtenes Blau anzunehmen.

Der Morgen brach herein. Endlich.

„Wo ist der Kern jetzt?"

„In ihrem Rucksack. Sie hütet ihn wie ihren Augapfel."

„Wenn das so ist, werden ihr gleich zwei Auferstandene um euch haben, die euch wohlgesonnen sind. Ihr solltet euch gleich nach Sonnenaufgang einen Weg entlang der Klippen bahnen. Hinunter zum Strand. Der Moment, in dem Wasser und Kern einander berühren, wird die geballte Magie um euch herum für einen Moment sichtbar machen. Vielleicht reicht dieser Moment aus, um euch auf die Spuren meiner Vorfahren zu bringen. Wenn nicht ... nun ja. Wenn nicht, ist Geduld gefragt. Und eine gute Beobachtungsgabe."

Auferstandene.

Anians Herz machte einen Sprung. „Das heißt, wir werden Belinda wiedersehen?"

„Ihren Kern", korrigierte Terenjo. „Mach nicht den Fehler, anzunehmen, sie käme zu euch zurück, wie sie euch verlassen hat. Es wird allerdings einige Zeit dauern, bis ihr Fantasiekern seine Metamorphose vollständig durchlaufen hat."

„Einige Zeit?"

„Tage oder sogar Wochen. Das ist unterschiedlich. Ich habe keine Kontrolle darüber – niemand hat das. Genauso wie niemand, außer Belinda selbst, auch nur ahnen kann, in welcher Gestalt sie zu uns zurückkehren wird. Der Kern wählt seinen Körper. Das ist beunruhigend und wunderbar zugleich, nicht?"

Darauf wusste Anian nichts zu sagen. Wieso war ihm dieser Gedanke nicht schon früher gekommen? Sein Herz warf tonnenschwere Gewichte ab und war mit einem Mal ganz leicht. Belinda war tot, ja, doch ein Teil von ihr würde weiterleben. Einen größeren Trost konnte er sich nicht vorstellen. Anian nahm einen tiefen Atemzug.

Die Luft schmeckte nach Salz und Zuversicht.

„Belindas Kern wird im hiesigen Meer verschwinden, wie es jene meiner Vorfahren getan haben. Sobald ihre Verwandlung abgeschlossen ist, tauchen die Kerne in ihrer neuen Gestalt wieder auf und entsteigen dem Lichtmeer als fantastische Wesen. Diese mächtige Fantasie der Toten verleiht dem Ozean rund um die Inseln eine goldene Farbe, die sich auch dir offenbaren wird, sobald die ersten Sonnenstrahlen auf das Wasser treffen. Seither trägt das Gewässer rund um die Inseln den Namen Lichtmeer, früher einmal auch genannt *Meer der Auferstehung*. Diese Bezeichnung ist nicht mehr geläufig, denn seit Jahrhunderten ist kein verwandelter Kern den Wellen mehr entstiegen. Der amtierende Hohe Rat sprach ein Verbot aus und schickte die Fantasiekerne ihrer Artgenossen in die Wälder und Quellen, in denen auch die Kerne der Menschen ihre Wiedergeburt erlebten."

„Warum?", fragte Anian, der unbehaglich feststellte, dass Terenjo ihm mit seinen Worten den Mantel der Teilnahmslosigkeit von den Schultern streifte.

Er war noch nicht bereit, wieder in gewohnter Intensität zu fühlen.

„Um ein Gleichgewicht der Mächte beizubehalten und zu verhindern, dass die natürlich-magischen Orte sich durch die als Fantasiewesen wiedergeborenen Wächter und Weber weiterhin mit Magie aufluden. Sie fürchten alles, was ihre Herrschaft über das Weltgeschehen gefährden könnte, Anian. Ich denke, in dieser Hinsicht unterscheiden sie sich gar nicht so sehr von Larzod. Zumindest nicht alle von ihnen. Auch, wenn ihre Motive unterschiedlich sein mögen.

Das Meer der Auferstehung jedenfalls lag jahrhundertelang still. Bis jetzt. Bis wir ihm Belindas Kern geschenkt und seine Kräfte auf diese Weise reaktiviert haben."

„Aber ... aber ist das nicht ein Verstoß gegen die geltenden Gesetze?"

Terenjo nickte. „Ja. Allerdings einer, den ich billigend in Kauf nehme. Wir sind nicht die einzigen, die gegen ein Gesetz verstoßen haben. Auch in unseren Reihen hat es einen Verrat gegeben."

„Einen Verrat", wiederholte Anian. Der Zweig eines Ginsterbusches zerkratzte ihm die Wade, doch er spürte den Schmerz kaum. Was der Fantasieweber im Begriff war zu sagen, verknotete ihm schon jetzt die Eingeweide.

„Ja. Ich fürchte, ich muss etwas weiter ausholen, um dir die Zusammenhänge begreiflich zu machen, lieber Anian. Als Laelia in den Hohen Rat der Wächter aufgenommen wurde, war sie die größte und mächtigste Illusionistin, die jemals gelebt hatte. Ihre Augenkunstwerke waren von einer so erstaunlichen Perfektion, dass niemand, der nicht um die Täuschung wusste, sie als solche hätte identifizieren können. Alles, was sie erschuf, war lebendiger als die Wirklichkeit selbst.

Ihr Talent blieb einzigartig, bis meine Frau das Licht der Welt erblickte. Es dauerte nicht lange, bis die Obersten Wächter auf ihre Gabe aufmerksam wurden. Sie beauftragten die Mitglieder des Rates, insbesondere Laelia, Edinea unter ihre Fittiche zu nehmen und ihr zu helfen, ihre Fähigkeiten vollständig auszubilden. Nicht nur sahen sie in meiner Frau wohl eine würdige Nachfolgerin für Laelia, sollte diese ihr Amt jemals niederlegen. Nein, vielmehr sahen sie Edinea auch als Hoffnungsträgerin der Menschen, die Ihresgleichen durch den Schattenkrieg führen würde.

So half meine Frau, selbst noch in der Ausbildung zur Illusionistin, dabei, weitere Augenkünstler zu rekrutieren und unterrichtete sie an Laelias Seite. Als der Hohe Rat damals das Rekrutierungsverbot von Menschen beschloss und Edinea der Tätigkeit des Lehrens nicht mehr nachgehen konnte, begann sie, sich zurückzuziehen.

Die Weltenväter sahen es nicht gern, dass sie ganz offensichtlich keinerlei Interesse an einer Nachfolge als Mitglied des Rates besaß. Sie nahmen Laelia das Versprechen ab, Edinea weiterhin auszubilden, sie in jedes Geheimnis der Augenkunst einzuweihen und sie dazu zu überreden, eines Tages doch ihre Nachfolge anzutreten.

Laelia, die längst bemerkt hatte, dass meine Frau bereits in jungen Jahren die mächtigere Illusionistin von beiden war, fühlte sich zunehmend bedroht. Sie begegnete ihrer Schülerin voller Neid und Bitterkeit, und schließlich kam es zum Eklat. Edinea hat mir nie verraten, was genau der Auslöser für den Streit war – nur immer wieder beteuert, dass es sich um ein Missverständnis handelte. Jedenfalls wurde aus dem Streit schnell ein Kampf auf Leben und Tod. Edinea war im Begriff, diesen Kampf zu gewinnen, doch sie verschonte Laelia. Von diesem Tag an gingen beide Illusionistinnen getrennte Wege.

Edinea hatte sich gänzlich vom Hohen Rat abgeschottet, Laelia behielt ihren Posten als oberste Augenkünstlerin inne. Bis zum Tod meiner Frau war Laelia von der Vorstellung besessen, Edinea würde sie eines Tages doch noch vom Thron stoßen wollen." Der Fantasieweber machte eine Pause und lächelte traurig in den sterbenden Nachthimmel hinein.

Anian schluckte. Er ahnte, was der alte Mann ihm zu erklären versuchte.

„Ich kenne Laelia weit länger, als ich meine Frau gekannt habe. Als Weber war und bin ich immer eng mit dem Rat verbunden gewesen. Ich habe geglaubt, Lealia trotz ihrer Gier nach Macht und Anerkennung vertrauen zu können. Und selbst nachdem ihre Feindseligkeit gegenüber Edinea längst offensichtlich geworden war, hätte ich die Hand dafür ins Feuer gelegt, dass sie nichts mit dem Ableben meiner Frau zu tun hatte. Ich meine, die Dunkeltür ... all das. Die jüngsten Erkenntnisse jedoch lassen mich etwas anderes vermuten.

Ich denke nicht, dass ich eine Verwicklung Laelias in die Umstände um Edineas Tod länger ausschließen kann. Sie muss in der Dunkelheit etwas gesehen haben, das uns, die reinen Herzens sind, verborgen bleibt. Ich vermute, dass sie schon vor langer Zeit vom rechten Weg abgekommen ist. Doch ich war mit Blindheit geschlagen. All die Jahre."

Terenjo schüttelte den Kopf. „Alter schützt vor Torheit nicht, was, mein Junge? Ich hätte sie sehen müssen, die Schatten auf ihrer Seele. Nun. Es ist sehr wahrscheinlich, dass Laelia und Larzod schon länger gemeinsame Sache machen.

Ich kam nach Kenmare, um Larzods Schloss ausfindig zu machen und herauszufinden, ob ich mit meinen Vermutungen richtiglag. Um ehrlich zu sein habe ich bis zuletzt gehofft, ich würde mich irren. Doch das war nicht der Fall. Wer eine halbe Ewigkeit mit einer Illusionistin zusammengelebt hat, entwickelt ein Gespür für Täuschungen.

Meine Augen mögen die Unterschiede zwischen Illusion und Realität nicht immer erfassen können, doch meine Seele kann es. Ich habe mich aus Kalkül festnehmen lassen, wollte um jeden Preis ins Innere des Schlosses gelangen. Dass du und deine tapferen Freunde mit in diese Angelegenheit hineingezogen werdet, wollte ich hingegen natürlich nicht. Doch so tragisch die letzten Stunden auch verlaufen sind, Belinda ist nicht umsonst gestorben. Eure Anwesenheit hat dazu beigetragen, mich endgültig und unwiderruflich in meinen Annahmen bestätigt zu sehen.“ Erneut hielt der Fantasieweber einen Moment inne, ehe er fortfuhr.

Anians Herz klopfte wie verrückt. Gleich würde Terenjo aussprechen, was auch in seinem Kopf langsam Gestalt annahm.

„Larzod muss eure Route gekannt haben. Ich nehme an, dass er durch das Geschwür, das in Belinda heranwuchs, auf irgendeine Art und Weise mit ihr verbunden war; sozusagen in sie *hineinsehen* konnte. Er brauchte nichts weiter tun, als abzuwarten. Euch sehen zu lassen, was er wollte, um euer Handeln zu manipulieren und euch geradewegs in seine Arme zu führen. Die Schattengardisten in Kenmare, die Geisterhände. Alles nichts weiter als ein raffinierter Schachzug. Doch er trug nicht die Handschrift von Larzod.

Anian, was ich dir nun sage, ist ungeheuerlich, aber ich sehe dir an, dass du bereits deine eigenen Schlüsse aus meinen Worten gezogen hast. Nicht einmal die Hälfte dessen, was euch in Kenmare und unterhalb des Steinkreises begegnet ist, existiert wirklich.

Larzods Schloss ist nicht aus vergifteter Fantasie erbaut worden, sondern eine Illusion. Ein Produkt aus seinen Vorstellungen, denen Laelia Leben eingehaucht hat. All das Grauen, das sich euch geboten hat, war Laelias Werk.

Sogar die Schattendrachen, die gegen Mutatius kämpften.

Und all dieses Übel ganz bestimmten Zweck: Larzod wollte herausfinden, welche Illusionistin die stärkere ist.

Er wird über Laelia Informationen über alle Rekruten des Rates bezogen haben. Früher oder später muss sie ihm dann, wenn auch widerwillig, von Liska und ihren außergewöhnlichen Fähigkeiten erzählt und sie als Nachfahrin meiner Frau erkannt haben. Obwohl ich glaube, dass Larzod auch schon vorher Bescheid wusste. Er wird Liska beobachtet haben.

Dass ihm nichts entgeht, hat er immerhin schon mehrfach bewiesen. Liskas außergewöhnliches Talent jedenfalls dürfte den altbekannten Neid, der Laelias Bewusstsein so lange zerfressen hatte, zweifellos wieder geweckt haben.

Vor allem, da Larzod ihr sicherlich damit gedroht hat, sie durch Liska zu ersetzten.

Er kann Schwäche nicht ausstehen und würde sich niemals mit dem Zweitbesten zufriedengeben. Wenn Liska seiner Meinung nach die bessere Augenkünstlerin ist, wird er keine Skrupel haben, Laelia unschädlich zu machen. Ein Kräftemessen zwischen beiden Illusionistinnen, wie es sich heute zugetragen hat, wird ganz in seinem Sinne gestanden haben. Liska hat mit ihrem Ausbruch bewiesen, wozu sie fähig ist. Doch ihr Sieg hatte einen hohen Preis. Es war kein gewöhnliches Fieber, das sie da befallen hat.

Zerstört ein Illusionist das *artificium oculus* eines anderen, ist es, als versuchte er, einen Brudermord zu begehen. Die Natur hat es nicht vorgesehen, dass Gleich und Gleich sich bekämpft. Die Seele eines Illusionisten kann sich nicht nur durch den Missbrauch seiner Macht, sondern auch durch Blutsverrat dieser Art dunkel färben.

Und machen wir uns nichts vor, dieser Umstand dürfte ebenfalls in Larzods Interesse liegen. Denn Illusionisten können nur Dunkles erschaffen, wenn genug Dunkelheit in ihnen wohnt. Nachdem Laelias Augen bereits gänzlich in Schatten gehüllt sein dürften, wird Larzod denselben Zustand bei Liska herbeiführen wollen. Dass Laelias Drachenfeuer in der Lage war, Belinda zu verbrennen, beweist, wie zerstörerisch dunkel eingefärbte Illusionisten-Magie sein kann. Ich habe erfahren müssen, dass bereits einige eurer Mitschüler den Tod gefunden haben. Binnen eines einzigen Tages sind vorwiegend Laelias Lehrlinge tot aufgefunden worden. Ich bin mir ziemlich sicher, dass sie selbst hinter diesen Morden steckt und durch ihre Taten bereits ausreichend dunkle Materie angesammelt hat, um wahrhaft Fürchterliches zu erschaffen. Welch ein Verbrechen, Anian, welch ein Verbrechen. Ihre eigenen Schüler ..." Der Fantasieweber schüttelte traurig den Kopf.

Sie näherten sich den Ruinen, in die Mutatius und die anderen Rekruten sich zurückgezogen hatten, von hinten.

Anian hatte gar nicht bemerkt, dass sie im Kreis gegangen waren. Terenjo blieb stehen und sah Anian aufmerksam an, der seinerseits nach allen Kräften versuchte, das eben Gehörte zu verdauen.

„Aber was bedeutet das nun für Liska? Ich meine, wird Larzod nicht versuchen, sie zu holen?"

„Gewiss wird er das. Auch wenn ich glaube, dass Laelia es ihm schwer machen wird. Sie mag nicht so mächtig sein wie Liska, doch dafür hat sie jahrtausendelange Erfahrung im Heraufbeschwören von Illusionen. So einfach wird sie sich nicht von ihrem neuen Meister abspeisen lassen."

„Ist der Rat denn informiert?"

„Ich habe meine Bedenken bezüglich Laelia bereits vor einigen Wochen vorgetragen, doch die Mitglieder des Rates reagieren sehr sensibel auf derlei Anschuldigungen. Bisher wollte niemand meinen Befürchtungen Gehör schenken. Ohnehin muss ich in dieser Sache Vorsicht walten lassen. Ich weiß nicht, inwieweit die anderen Ratsmitglieder vielleicht in die Situation verstrickt sind. Möglicherweise ist Laelia nicht Larzods einzige Verbündete aus unseren Kreisen."

„Aber was soll nun geschehen?"

„Die Weltenmutter wird sich der Sache annehmen müssen. Sie hat als einzige einen ungetrübten Blick auf die Ereignisse und Entwicklungen, die uns alle in Atem halten. Ich werde ihren Rat einholen."

„Die *Weltenmutter*?"

„Eine lange Geschichte, Anian. Ich werde sie dir zu einem geeigneteren Zeitpunkt erzählen."

„Okay. Aber warum hat diese Weltenmutter dann nicht längst eingegriffen, wenn sie doch so genau weiß, was so alles vor sich geht?" Anian schwirrte der Kopf. Er fühlte sich an jene erste Begegnung mit dem Fantasieweber und den anderen Rekruten zurückversetzt, die alles verändert und seinem Leben eine Kehrtwende verpasst hatte. In der Kuppel des Quartiers war sein

Kopf ebenso überladen von Informationen gewesen wie jetzt, seine Gedanken bleischwer.

„Das wirst du verstehen, wenn auch du ihr begegnet bist."

„Aber wo sollte ich ihr denn begegnen?"

„Ich werde sie bitten, euch zu sich zu rufen. Vertrau mir, Anian. Alles zu seiner Zeit."

Er atmete geräuschvoll aus. Der Gedanke, dass Terenjo sie alsbald wieder verlassen würde, behagte ihm nicht.

„Sei unbesorgt", sagte der Fantasieweber sanft, als habe er Anians Gedanken gelesen. „Amicus und seine Brüder werden euch im Auge behalten. Außerdem bin ich mir sicher, dass Mutatius fortan nicht mehr von eurer Seite weichen wird. In ihm habt ihr einen treuen Gefährten gefunden, seid euch dessen stets gewahr."

Anian nestelte am Stoff seines T-Shirts. „Wird Mutatius uns führen können? Ich meine, jetzt, wo wir doch keine Karte mehr besitzen."

Und keine Belinda, deren inneres Auge nach Gefahren tastet.

„Oh, das hätte ich beinahe vergessen."

Der Fantasieweber zog ein Stück zusammengefaltetes Pergament aus seinem Gewand hervor.

„Nicht einmal von Illusionisten beschworenes Drachenfeuer vermag geballte Wächtermagie zu zerstören. Nimm sie an dich, Anian. Führe deine Freunde an Belindas Stelle. Beweise der Niedertracht in deinem Bauch, dass du stärker bist als sie."

Anian schluckte. Mit zitternden Händen griff er nach der Karte, strich ehrfürchtig über das violette Papier. „Die Prophezeiung. Sicher hat Tullius Ihnen davon erzählt. Was ist, wenn ich es nicht schaffe, ihr Eintreten zu verhindern?"

„Diese Frage solltest du dir gar nicht stellen, mein Junge. Doch wenn es dich tröstet: Ich bin schon vielen Menschen begegnet, die ein *augurium semifactus* in sich trugen. Und einem Großteil von ihnen ist es gelungen, sich gegen die Prophezeiung zu wehren. Lass nicht zu, dass sich der Gedanke daran, du könntest scheitern, in deinem Bewusstsein manifestiert."

Anian nickte, doch er war nicht überzeugt. „Terenjo?", fragte er leise und knetete seine Finger.

„Ja?"

„Es fällt mir manchmal schwer, an mich selbst zu glauben.

Na ja. Eigentlich war das schon immer so. Zuerst dachte ich, meine Ernennung zum Assassinen hätte alles verändert. Hätte *mich* verändert. Aber offensichtlich besitze ich nicht die Macht, Gefühle zu kontrollieren. Ich bin irgendwie – ich weiß auch nicht - empfänglicher für Emotionen als andere. Lasse mich leicht ablenken. Vielleicht ist das auch der Grund dafür, dass ... dass ..."

„Dass Larzod dir auf der Ebene der Assassine erschienen ist? Dass er dich sehr wahrscheinlich gezielt dazu bringen wollte, in den Bauch der Emotion abzutauchen und die Prophezeiung der Niedertracht zu empfangen? Sieh mich nicht so schockiert an, Anian. Ich habe drei Tage in Larzos Kerker verbracht. Ein Selbstdarsteller wie er geht zugrunde, wenn er keine großen Reden schwingen kann. Während meiner Gefangenschaft hat er mir den einen oder anderen Besuch abgestattet und ein wenig aus dem Nähkästchen geplaudert."

Anian vermied es, den alten Mann anzusehen. Er dachte an seine zurückgelassene Waffe und daran, was Larzod mit ihr angestellt haben könnte. Konzentriert starrte er auf seine Schuhe. Die Scham kribbelte unangenehm auf seinem Gesicht.

„Mehr zu fühlen als andere ist keine Schwäche. Und es bedeutet keineswegs, dass nicht auch du lernen könntest, deine Emotionen zu kontrollieren. Ich nehme an, dass Larzod dir vor allem deshalb erschienen ist, weil du ein Teil der Gruppe bist, der auch Liska angehört. Weil er eines Tages durch einen von dir begangenen Verrat womöglich an sie herankommen könnte. Laelia wird ihm Zutritt zum Quartier verschafft haben. Von dort aus konnte er die Zeremonie beobachten und sich an deine Fersen heften."

Anian scharrte mit der Schuhspitze über die Erde. „Dann ... dann ist das alles nicht passiert, weil ich schwach bin?"

„Selbstverständlich nicht. Es geschah aus rein pragmatischen Zwecken. Larzod hätte sich ebenso an Alisha wenden können, hätte die Niedertracht zuerst nach ihr verlangt. Allerdings bin ich froh, dass es so gekommen ist, Anian. Dass du derjenige warst, der die Prophezeiung erhalten hat. Es gibt da nämlich etwas, das ihr erfolgreich vor Larzod verborgen gehalten habt, nicht wahr?"

„Ähm?"

„Dein Herz schlägt lauter, wenn sie in deiner Nähe ist, Anian. Alleine diese Tatsache sollte dich beruhigen und dir die Angst vor dem Scheitern nehmen. Denn wie könntest du jemanden verraten, den du liebst?"

Anian spürte, wie ihm das Blut in die Wagen schoss.

„*Lieben*? Ich ... ich kenne Liska doch kaum."

„Auffallend viele Menschen scheinen die Ansicht zu vertreten, dass Liebe nur unter bestimmten Auflagen entstehen kann. Als folgte sie einem bestimmten Regelwerk. Dabei entbehrt sie jeder Vernunft, und das ist auch gut so. Dein Herz geht eigene Wege, mein Junge. Und wenn es beschließt zu lieben, wirst du es ihm nicht verbieten können. Ganz egal, wie gut oder wenig du jemanden kennst."

***

Anian dachte noch lange über die Worte des Fantasiewebers nach, bevor er einschlief. Als er die Augen wieder aufschlug, schien über ihm die Sonne. Sie war noch viel heller und schöner als er sie in Erinnerung hatte.

Er streckte sich ausgiebig, klopfte sich Erde und Staub von der Kleidung und schlenderte gemächlich zu den anderen Rekruten herüber. Alisha, Mutatius und die Sullivan-Zwillinge saßen im Schneidersitz um etwas herum, das wie Cracker-Packungen und Dosenravioli aussah.

Von Liska und Terenjo war keine Spur – er vermutete, dass sie sich auf Geheiß des Fantasiewebers zurückgezogen hatten, damit er mit ihr ausführlich über Laelias Verrat sprechen konnte. Immerhin, und das stand außer Frage, war Liska am meisten von der Illoyalität der Wächterin betroffen.

Oder aber, was ebenso wahrscheinlich war, er befragte sie zu dem Fantasiekern des Jungen, den sie vor Larzod und seiner Finsternis gerettet hatte.

„Hallo, allerseits." Mit knurrendem Magen ließ Anian sich auf einem Baumstumpf nieder. Offensichtlich hatten wenigstens die Sullivan-Zwillinge ihren Proviant sichern können – ihm selbst war ebenso wie Alisha während des Kampfes der Rucksack abhandengekommen.

„Na, gut geschlafen?" Alisha reichte ihm ihre Plastikgabel und bot ihm eine Dose mit Mais und Bohnen an. Dankbar tat er sich an dem eingelegten Gemüse gütlich.

„Den Umständen entsprechend", antwortete er zwischen zwei Bissen. „Wo ist Liska?"

„Hält ein Pläuschchen mit Terenjo. Ihr scheint es besser zu gehen als gestern."

„Ähm ... gut, das freut mich."

„Dachte ich mir."

Verlegen kratzte Anian sich im Nacken.

„Ist das wirklich so offensichtlich?"

„Seit Tag eins, mein Lieber. Seit Tag eins. Worauf wartet ihr zwei eigentlich? Das Leben ist kurz. Haben wir gerade gestern nochmal mit eigenen Augen betrachten dürfen. Tut euch also keinen Zwang an. Lasst alles raus." Sie grinste.

Hilfesuchend sah Anian zu Mutatius, doch der Gestaltwandler war damit beschäftigt, die Zwillinge zu bespaßen, indem er sich alle paar Sekunden in ein anderes Tier verwandelte. Gerade war er ein Otter, der verrückte Kunststücke vollführte. Greta und Lio bogen sich vor Lachen.

Ihre Freude war ein wenig zu laut und zu schrill, um echt zu sein.

Kein Wunder. Sie muss ja auch einen Verlust übertönen.

„Ich meine es vollkommen ernst, Anian. Was hemmt euch denn bitte sehr? Sieben einsame Insel stehen euch offen. Wenn nicht hier, wo dann?"

„Oh Gott, Alisha. Bist du über Nacht zu so etwas wie einem weiblichen Armor mutiert?"

Terenjo und Liska, die aus einer der Hütten hervortraten und sich der Gruppe im Gleichschritt näherten, bewahrten Anian vor weiteren Unannehmlichkeiten.

Liska sah müde und mitgenommen aus, auf ihrer Stirn hatte sich eine Sorgenfalte gebildet. Wie so oft sehnte Anian sich danach, ihr über die Haut zu streicheln, bis all ihre Ängste unter seinen Berührungen nichts mehr als Phantome waren. Er wünschte, er könnte ihre Sommersprossen zählen und jede einzelne von ihnen küssen.

„Ich muss mich nun von euch verabschieden", sagte der Fantasieweber mit einem wehmütigen Blick in die Runde. Die Zwillinge hörten auf zu kichern und Mutatius verwandelte sich mit einem leisen „Plopp" zurück in seine menschliche Gestalt.

„Doch unsere Wege werden sich bald wieder kreuzen. Mutatius? Führe diese fünf wunderbaren Menschen sicher über die Inseln. Ich könnte es mir niemals verzeihen, wenn wir noch einen unserer tapferen Rekruten verlieren würden."

„Das werde ich nicht zulassen", sagte Mutatius ernst. „Nie wieder."

Ein Gefühl diffuser Aufregung kitzelte Anians Lungen.

Was, wenn sie mit dem Tod Belindas auch ihr Glück verlassen hatte? Wenn Larzod und Laelia die Insel mit ihren Schatten verseuchen würden, sobald Terenjo sie verließ?

„Also gut“, der Fantasieweber breitete die Arme aus. „Passt auf euch auf.“

Anian wollte ihn aufhalten. Ihn an seinem vom Spuren der Gefangenschaft gezeichneten Gewand festhalten und anflehen, bei ihnen zu bleiben.

Etwas Schreckliches würde passieren, wenn Terenjo jetzt ging. Er wusste es.

Und doch ließ er es geschehen. Beobachtete mit hämmernden Schläfen, wie der Weber hinter tanzenden Nebelschwaden verschwand.

34. DIE DUNKELTÜR

Der Weg durch die Hügellandschaft der Insel war beschwerlich. Terenjo hatte sie auf die Dringlichkeit hingewiesen, mit der sie den Kern zu Wasser führen musste, doch allmählich bereute Liska beinahe, ihn überhaupt mitgenommen zu haben.

Diese Gedanken gehören nicht zu dir, ermahnte sie sich, *das bist nicht du. Du würdest es niemals bereuen, jemandem geholfen zu haben.*

Der Fantasieweber hatte ihr erklärt, dass sie mit der Zerstörung der mächtigen Illusion Laelias eine zehrende Dunkelheit auf ihr Herz geladen hatte, die sich voller Wonne bis in ihren Fantasiekern ausbreitete. Zwar war diese Düsternis nur vorübergehender Natur, dennoch hatte Liska das furchtbare Gefühl, von den Schatten in ihrem Inneren verschlungen zu werden.

Ihr Körper aber kämpfte tapfer gegen das Gift an, das sie sich mit der Zerstörung des Schlosses selbst injiziert hatte. Noch immer fühlte Liska sich fiebrig; schwitzte die Dunkelheit des Illusionen-Mordes aus wie Grippeviren.

Immer wieder mussten sie ihretwegen kurze Verschnaufpausen einlegen. Der ständige Wechsel von bergauf und bergab, den der Weg entlang der Klippen mit sich brachte, beanspruchte Muskulatur und Kondition gleichermaßen.

Allzu gern hätte sie Mutatius gebeten, sich zu verwandeln und ganz einfach zum Meer hinunter zu fliegen, doch der verletzte Gestaltwandler würde seine Kräfte noch anderweitig brauchen.

Auch das Heraufbeschwören einer Tür, die ihren Weg zum Strand abkürzen würde, lag weit außerhalb Liskas Möglichkeiten. Nach den Ereignissen in Kenmare schienen ihre Fähigkeiten endgültig erschöpft. Sie spürte deutlich, dass weder Fantasie noch Sehnerv ihr in nächster Zeit gehorchen würden. Alle beide waren restlos beansprucht worden und verlangten nach ihrer verdienten Schonzeit.

„Es ist wunderschön hier“, bemerkte Anian hinter ihr.

Liska nahm einen tiefen Atemzug. Ließ ihren Blick über das raue Gewand der Insel streifen und sog den Anblick in sich auf.

Anian hatte Recht. Sie erschrak darüber, dass ihr Geist erst jetzt zu erfassen schien, was sich den anderen Rekruten längst offenbart hatte.

Die herrlich grünen Hügel waren zu zerklüfteten, nach Salz und Tang duftenden Klippen geworden. Winzige, elfenartige Gesichter blickten ihnen aus dem Gestein heraus entgegen. Die kleinen Münder pfiffen mit dem heulenden Wind um die Wette. Noch konnten sie den Strand, der unmittelbar unter einem Felsvorsprung zu liegen schien, nicht sehen.

Das immer lauter werdende Rauschen der auf den Sand schäumenden Wellen aber verriet ihnen, dass er nunmehr einen weiteren Abstieg entfernt lag.

Auch der Fantasiekern in Liskas Hand war sich der nahenden Erlösung gewahr. Das Gold hinter den Schatten wollte gar nicht mehr aufhören zu zucken. Mit aller Macht versuchte es, aus dem Gefängnis ihrer Finger auszubrechen.

Je weiter sie an den Klippen hinabstiegen, desto glitschiger wurden die Felsen.

Bloß nicht ausrutschen, dachte Liska, deren Knie sich vor Anstrengung bereits gefährlich instabil anfühlten.

Sie wusste nicht, was geschah, wenn sie hinfiel und den Kern des Jungen losließ.

Vermutlich würde er auf direktem Wege ins Meer der Auferstehung fliegen, doch Terenjo hatte sich unmissverständlich ausgedrückt, als er gesagt hatte, sie solle den Kern mit ihren eigenen Händen in das Gewässer tauchen.

Und außerdem, dachte sie mit einem mulmigen Gefühl im Magen, waren da ja noch die um den Kern herumwabernden Schatten. Wer wusste schon, ob sie nicht ein Eigenleben entwickeln und den kostbaren Überrest des Jungen zu Larzod und seinen Gardisten tragen würden?

„Ich würde ihn dir ja abnehmen", rief Mutatius, dem ihr Straucheln und Zaudern wohl nicht verborgen geblieben war, über die Köpfe der anderen Rekruten hinweg, „aber ich kann ihn nicht berühren. Nicht, solange das Meer ihm noch keine Gestalt schenkt hat. Er würde versuchen, mir meinen Körper zu stehlen."

„Schon gut", rief Liska zurück, ohne sich umzudrehen. *Schritt für Schritt. Gleich ist es geschafft.*

Auf dem Po rutschte sie eine Böschung hinunter, riss sich die Shorts, gegen die sie ihr Kleid am Morgen getauscht hatte, an einem besonders spitzen Stein auf und spürte, wie warmes Blut an ihrem Bein hinablief.

Sie ignorierte den Schmerz, der sich kurz darauf einstellte, und überwand den letzten Meter mit einem Sprung.

„Da wären wir", murmelte sie dem Kern in ihrer Hand zu.

Ihre Zunge fühlte sich so schwer an wie nach einem ausschweifenden Weinabend mit Maida.

Doch hier und jetzt war es die Magie um sie herum, die Liska benommen machte. Was sich ihren brennenden Augen darbot, überstieg in seiner Intensität die Grenzen des Wahrnehmbaren. Das Meer zu ihren Füßen war ein brodelnder Kessel blendend weißen, sturmgepeitschten Wassers. Schimmernde Gischt spritzte wie Goldregen über glühende Muschel-Fragmente.

„Seht ihr, was ich sehe?", fragte sie ehrfürchtig.

„Wenn du Seetang und tote Krabben meinst, ja", gab Alisha ächzend zurück. Liska hörte die Rekruten hinter sich nacheinander auf den Sand springen.

Wie konnte es sein, dass sie die hypnotische Schönheit des Lichtmeeres nicht wahrnahmen? Musste Liska ihnen nun ihrerseits die Augen öffnen?

Nein, korrigierte eine warnende Stimme in ihrem Kopf, *wie kann es sein, dass* du *die wahre Gestalt des Meeres schon siehst, obwohl du den Kern noch nicht hineingetan hast?*

Der blaue Himmel über ihnen verdunkelte sich, kaum dass sie den Gedanken zu Ende gedacht hatte.

„Was zum ...?“ Ein Blitz schoss zwischen den Wolken hervor, die so plötzlich erschienen waren, und schlug nur wenige Zentimeter vor Liskas Füßen in den Boden ein.

Der Schmerz, den sie erwartete, blieb aus. Stattdessen geriet Liska, die vor Schreck zur Seite gesprungen war, ins Straucheln. Noch während sie das Gleichgewicht verlor, streckte sie reflexartig die Hände aus, um sich abzustützen – und ließ den Fantasiekern los.

„Nein!“ Ihr Herz sank in ihren Magen, als das schwarzgoldene Bündel in Richtung Himmel davonflog.

Mutatius griff Liska am Arm, als fürchtete er, sie würde sich Flügel wachsen lassen und dem Kern hinterherjagen.

Kaum hatte die gebündelte Fantasie des Jungen jedoch die Hälfte der Strecke zurückgelegt, stürzte eine Armada einflügliger Schwalben über die Klippen auf ihn zu.

Die Tiere pickten wie verrückt auf den pulsierenden Kern ein, der unter ihren Schnabelhieben auf ein Vielfaches seiner Größe anschwoll.

Liskas Blick wurde jäh von etwas angezogen, das unweit der Gruppe aus dem Sand emporwuchs.

„Sie haben es geschafft!“, jubelte Greta neben ihr, doch Liska nahm ihre Worte kaum noch wahr. Sie registrierte nicht, wie der Fantasiekern des Jungen, nun wieder aus purem Gold und frei von jeder Düsternis, in den schlagenden, weißen Wellen versank. Sie bemerkte ebenfalls nicht, wie Anian sich den Mund zuzuhalten versuchte und seine Augen vor Verzweiflung hervorquollen. Alles, was sie sah und fühlte, stand kaum ein paar Schritte von ihr entfernt.

Die Dunkeltür sah genauso aus, wie sie sie in Erinnerung hatte. Zweifellos war es ein und dieselbe, die Liska bereits auf der Ebene der Illusionisten erschienen war.

Ein winziges Detail allerdings war anders: Das in das Schlüsselloch eingelassene Auge rotierte nicht.

Es zwinkerte.

Was verbirgt sich hinter dir?, dachte Liska und ließ zu, dass der Stachel der Sehnsucht sich tief in ihre Angst grub. Könnte nicht vielleicht ...?

„Tu es. Eskil wartet auf dich.“

Sechs Worte. Sechs Worte waren es, die ausreichten, um Liskas Welt ins Wanken zu bringen. Sie wusste nicht, wer sie gesprochen hatte – der Stimmfarbe nach zu urteilen Anian - doch das spielte keine Rolle mehr. Hatte sie es nicht die ganze Zeit geahnt? Dass sie ihren Bruder eines Tages wiedersehen würde? Dass sie ihn ihren Eltern nach jener verhängnisvollen Mutprobe auf dem Friedhof zurückbringen konnte?

Bei Gott, er war hier. Gleich hinter der Tür. Alles, was sie tun musste, war sie zu öffnen. Hindurch zu treten. Ihren kleinen Bruder in die Arme zu schließen und ihn nie wieder loszulassen.

In einer fließenden Bewegung löste Liska sich aus Mutatius‘ Griff. Die Dunkeltür schwang auf und verschluckte Liska Cavanaugh mit einem Donnergrollen, das bis in die verwunschenen Wälder zu hören war.